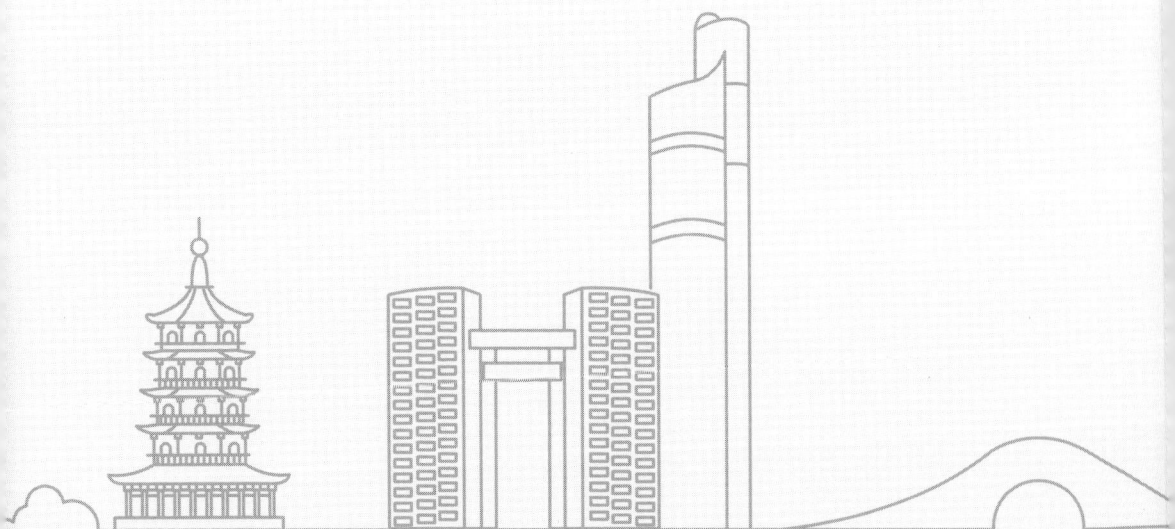

文明密码

江永红 著

在浙里看见文明中国

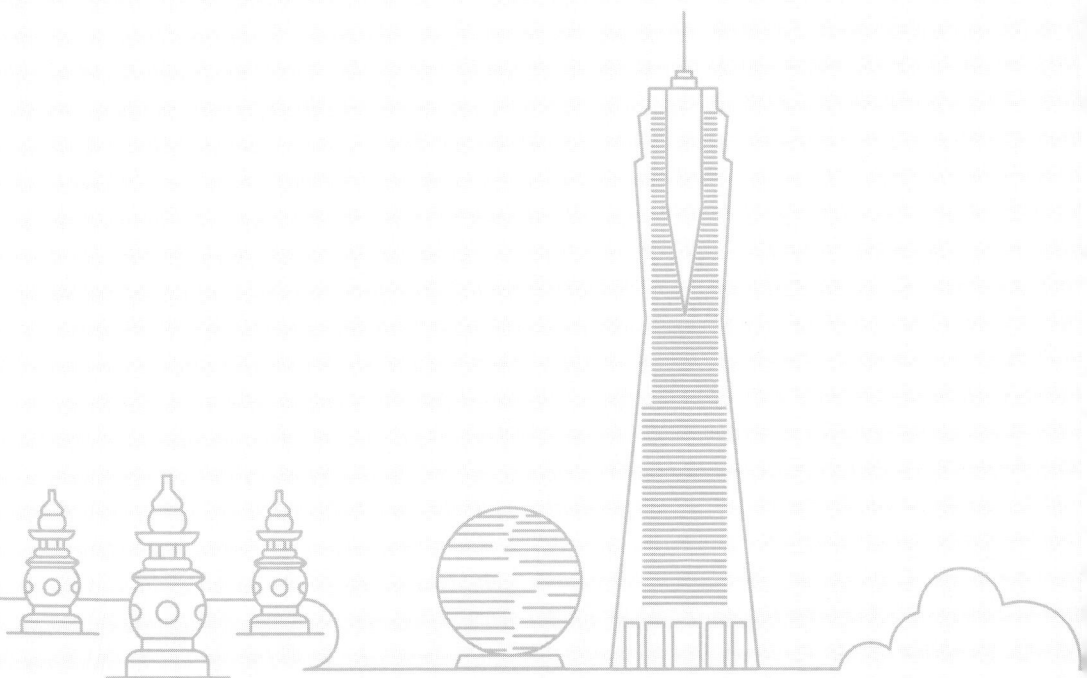

浙江人民出版社

图书在版编目 (CIP) 数据

文明密码 / 江永红著. —— 杭州：浙江人民出版社，
2022.4

ISBN 978-7-213-10557-9

Ⅰ.①文… Ⅱ ①江… Ⅲ ①报告文学—中国—当代
Ⅳ.①I25

中国版本图书馆CIP数据核字（2022）第050983号

文明密码

江永红　著

出版发行：浙江人民出版社（杭州市体育场路 347 号　邮编　310006）
　　　　　市场部电话：（0571）85061682　85176516

责任编辑：卓挺亚　徐　婷　祝含瑶

责任校对：杨　帆

责任印务：程　琳

封面设计：郭维维　厉　琳

电脑制版：浙江新华图文制作有限公司

印　　刷：浙江新华数码印务有限公司

开　　本：710 毫米 ×1000 毫米　1/16　　印　　张：22.75

字　　数：317 千字　　　　　　　　　插　　页：3

版　　次：2022 年 4 月第 1 版　　　　印　　次：2022 年 4 月第 1 次印刷

书　　号：ISBN 978-7-213-10557-9

定　　价：78.00 元

前　言

文明城市的民生脉搏

　　4月我来杭州时，已错过了"乱花渐欲迷人眼"的季节，落英缤纷，樱花、碧桃、连翘等一众早春出尽了风头的花仙子次第谢幕，让位给街中心隔离带上五彩斑斓的月季、玫瑰、木槿、一串红。香樟、广玉兰等常青树上，油光发亮的新叶在迅速地变大变厚变深沉，把熬过了严冬的旧叶一片一片地挤走，任其飘落。莫叹"城中桃李须臾尽"，只说落花、落叶随风下，维护地面卫生何其难矣！然而，街道包括人行道却洁净如洗，让人感到清爽怡人。

　　杭州没有像北京长安街那样宽敞的街道，老城区大多为双向四车道或六车道，车水马龙，略显拥挤，但来往车辆无不规规矩矩，特别是司机，基本上都能礼让斑马线。经验告诉我，一个城市的文明程度如何，不能只看写在文件上、文章中以及各种标语上的条文或口号。在日常生活中，文明其实是一种习惯，是由一个个细节构成的，细节不会骗人。礼让斑马线这个细节，可以成为一个城市马路上的文明符号，甚至可以充当一个城市的名片。

　　2020 年，浙江 11 个设区市全都上榜"全国文明城市"，实现了全省"满堂红"。如此全国领先，必有独特原因，这也是《文明密码》一书出版的由来。这个重任落在身上，我自然是要脚踏实地地采写。所谓"七分采访，三分写作"，采访中要亲眼见其然，并且要尽可能地弄清所以然。奉行新闻界先辈留下的圭臬，大抵不会错！

　　"全国文明城市"是反映一个城市整体发展水平的综合性荣誉称号，是目前含金量高、影响力大的城市品牌，涉及经济社会发展、城市建设、人文环境、生态环境、市民素质等方面，且这个荣誉称号并非"终身制"。至 2020 年，评选已进行了六届。

　　一个一个城市跑下来，随着采访的深入，我终于有了写作的冲动，思路也渐渐明晰起来：文明城市的创建者是人，创建的过程不过是人的思想、人的实践的轨迹，是一条充满了人喜怒哀乐的故事的河流。人在创建文明城市，改变不文明的制度、习俗和行为的同时，也在重塑自己，使自己变得文明起来。从根子上说，人的文明素质的提升，是创建文明城市的初衷，也是能否创建成功的决定性因素。写文明城市创建当然要写事，但事在人为，这与文学即人学的概念可谓不谋而合。

　　在老百姓的眼里，文明不是写在书本上的形而上的概念和逻辑演绎，而是现实生活中充满烟火气的实实在在的幸福感。所谓文明城市，说到底是生活在其中的人们由衷地感到愉悦与舒坦，对未来有梦想并且相信可以圆梦。这个梦想不是乌托邦，而是一个在此地经过奋斗可以达到的目标。

　　置身在浙江美如画的实景之中，我想这美丽的景色是大自然赐予的，更是世世代代特别是改革开放以来浙江人民用智慧和双手绘就的。坐高铁或坐汽车旅行，可见车窗外由一座座别墅式的民房组成的村落，很容易让人误以为是度假村。这不是屈指可数的几个先富起来的"样板村"，而是数不胜数的普遍现象。这就是浙江，地域面积仅占全国的 1.09%，2021 年人口 6000 多万，城乡居民可支配收入、居民人均消费支出稳居全国各省（自治区）第一。2021 年浙江的地区生产总值约 7.35 万亿元，排在全国第 4 位，但人均超 11 万元，是全国人均的 1.4 倍。另外两个数据也许更让人羡慕：

　　浙江是城乡居民可支配收入差别最小的省份之一，2021 年城乡居民收入倍差 1.94，远低于全国平均水平。设区市人均可支配收入最高与最低市倍差为 1.61，可见其经济发展之均衡。

　　"经济持续快速健康发展，居民生活水平稳步提高"是文明城市评选的硬标准，人称浙江是幸福感最强的省份之一，言之有据。

　　"仓廪实而知礼节，衣食足而知荣辱。"浙江创建文明城市的过程，有一个从富裕之城向文明之城的飞跃。如果说富裕与否主要看居民钱包的话，文明与否则主要看人们写在脸上的心情，一个充满笑脸的城市才是文明城市。人的心情虽然没法量化，但其实比任何统计数据更能说明问题，更加可靠可信。人其实是活在心情中的，在这个意义上说，创建文明城市，就是要给人一个好心情。

影响人心情的因素是多重的，但无非分自然环境和社会环境两大类。简单地说，人与环境和谐了，心情就愉悦了，反之就有数不清的烦恼。创建文明城市，说到底就是创建出一个让人感到愉悦的自然环境和社会环境，这就需要处理好以下这些关系。

第一是人与自然的关系。生活在蓝天白云、绿水青山的环境中，人自然会有幸福感。有人说文明办的工作是"上管天，下管地，中间管空气"，不错，生态文明是文明城市的一个重要方面。一个城市是不是文明，可以说"天知地知空气知"。

第二是人与国家的关系。国家的命运决定个人的命运，爱国主义是不分民族不分阶级的伟大旗帜。中国人民从站起来、富起来到强起来的历程中，见证了党和国家的伟大。一个懂得感恩的人，必会尽其所能为国家的繁荣昌盛贡献自己的力量。离开了爱国主义的文明，那就不是我们所要的文明。

第三是人与地方政府的关系。"些小吾曹州县吏，一枝一叶总关情"。党和国家的政策方针是通过各级行政部门和干部而落实到老百姓头上的。出一个"歪嘴和尚"，中央再好的"经"也会被念歪了。像那种办一件事要开十几个证明、盖十几个公章的现象，自然与文明城市格格不入。在创建文明城市的实践中，基层部门和干部的一言一行，无不影响着老百姓的心情。一家单位、一座城市要文明起来，首先要基层文明执政、干部文明做人。

第四是人与社会的关系，包括邻里关系、与陌生人的关系等。文明城市一定是一个热情的城市。在你需要帮助的时候，发一个信号，如打一个电话、发一个微信，就会有人来帮助你，想想你那时会是什么心情！每一个人，特别是弱势群体，都能得到尊重，及时得到帮助，那才是文明城市。

第五是职场中的人际关系。老百姓中有句话："中央天大的政策我不怕，就怕老板一句话。"浙江是民营经济十分发达的省份，员工与老板的关系是创建文明城市绕不开的课题。一个企业里，劳资关系融洽，职场中人的心情才会好。

第六是人与家庭的关系。和谐美满的家庭关系也是创建文明城市的题中应有之义。家门不幸满面愁，家庭和睦开口笑。

第七是人与自己的关系，也可以说是旧我与新我的关系。文明的人是文明城市的细胞，没有文明的人就没有文明的城市。文明城市的创建过程就是提高人的文明素质的过程，是一个人的现代化的过程，这是一个同一的分不开的过程。对个体的人来说，创建文明城市不是坐等享受文明的恩惠，而是要从我做起，积极参与创建活动，在创建实践中提高自己的文明素质。

以上是我从一个报告文学作家的角度呈现浙江创建文明城市历程和成果的思路。这个思路可能有点"野"，不合常规，也可能不够全面，但我觉得这样也许会更贴近普通读者，更能让人领略浙江文明城市的风采。坦白地说，按这个"野路子"采访，一开始我并没有把握，因为许多问题有点"虚"，是很不好回答的。但浙江没有让我失望，文明城市创建者用事实交出了一份份高分答卷，让我越采访越有信心。我有一个特别深刻的印象：浙江人的确不一样，即使是再"虚"的事，他们都能把它做实，做得有声有色、像模像样，让人看得见，摸得着。

起初，我不担心看不见文明创建的故事，却担心找不到"文明密码"，后来突然领悟，这不一样不就是"密码"吗？

正是如此。思维决定行为，浙江人所以不一样，首先是思维方式不一样。从东汉王充的"实事疾妄"开始，到宋代叶适的"崇义养利"，到明代王阳明的"知行合一"，再到清代黄宗羲的"经世应务"、近代蔡元培的"兼容并包"，历代浙江的思想家都传承了实事求是的精神，传承至今，就有了"干在实处、走在前列、勇立潮头"的浙江精神，有了以"务实""守信""崇学""向善"等为核心的浙江价值观，就像当年陈云同志给浙江省委题写的条幅所说："不惟上，不惟书，只惟实"。

2006 年，时任浙江省委书记习近平同志在为"浙江文化研究工程成果文库"所作的总序中指出："千百年来，浙江人民积淀和传承了一个底蕴深厚的文化传统。这种文化传统的独特性，正在于它令人惊叹的富于创造力的智慧和力量。"在文明城市的创建中，浙江人展现了这种"令人惊叹的富于创造力的智慧和力量"，这就是我们所要的"文明密码"。

2021 年 4 月 26 日，在中共中央宣传部举行的建党百年浙江专题新闻发布会上，中共浙江省委书记、浙江省人大常委会主任袁家军用"红色根脉""重要窗口""共同富裕""社会主义现代化先行省"这四个关键词简要介绍了浙江，还从六个方面介绍了浙江发生的深刻变化：跑出了经济高质量发展的加速度；提升了民主法治这一核心软实力；打造了具有重要影响的文化高地；成为百姓感受最安全、最具幸福感的省份之一；建设了全域美丽大花园；构建了党建统领的整体智治体系。

浙江取得的成绩举国公认，上述四个关键词和六个方面的深刻变化，无不与文明城市的创建息息相关，甚至可以说是创建文明城市的动力之源和目的。

但本书不是一本全面展示浙江成就的书，只是从人的角度，讲述文明城市创建中的故事，从中管窥浙江人不一样的思维和不一样的作为，探寻"文明密码"，但愿读者能够喜欢。

文明密码·目录
Contents

第七篇

虚功实做的浙江风格

293

7

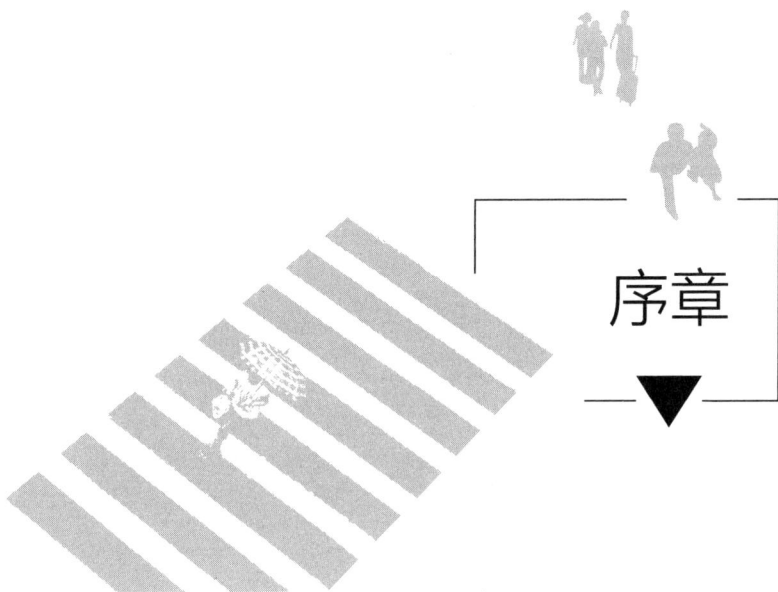

礼让**斑马线**，城市**金名片**

到了一个城市，你只要过几次斑马线，就可以感受到这个城市的文明程度。在杭州和浙江其他城市，礼让斑马线已经成为驾驶人的一个好习惯，也成为一道亮丽的风景线。

这道风景线是倡导出来的，也是规范出来的。

今天的中国，现代都市的主要街道可以说是越来越华丽了，宽敞洁净的马路、富丽堂皇的建筑、精心装扮的商店、川流不息的小汽车和夜间五彩缤纷的霓虹灯，好一个繁华的所在！但繁华也给人带来新的烦恼，其中一个是过马路难！

设了红绿灯，画了斑马线，只要人们遵守交通规则，过马路有什么难？问题其实没那么简单。车匆匆，人匆匆，有人在斑马线上走了一半，突然红灯亮了，于是被争先行驶的汽车隔在了马路中间，进不得，退不得，汽车从前后呼啸而过，难免会心惊胆战；有的路口没有右转向红绿灯，时有右转的汽车与斑马线上的行人抢道，人车混行，吓人！

当浙江人把礼让斑马线作为城市名片向我推荐时，说实话，我是将信将疑的。

在无人陪同的情况下，我在杭州的中心武林广场一带的四五处斑马线上特意穿行了十来次，无不受到司机礼让。有一次在杭州剧院前，我要过马路到浙江展览馆去，走的是一排没有红绿灯的斑马线。见斑马线上有人，一辆汽车便主动减速停了下来，因我才刚跨入机动车道，车要开过去完全没问题，便挥手示意司机先过。司机却摇下车窗，微笑挥手让我先过。我到对面后向司机挥了挥手，表达对他的由衷赞赏。

我的采访就这样从斑马线开始了。某个时间段某个地点的经历很可能片面，于是我又特意在上下班高峰期去看了几处斑马线。上城区秋涛北路宽60米，上有秋石高架路，与各宽40米的新业路、采荷路相交，是一个交通枢纽，一共有四处斑马线。2021年4月24日下午4点半至6点多，我站在路边盯了近两小时，没有发现一辆车不礼让斑马线。快60岁的辅警刘海有常年在这里执勤，他告诉我说："在这里，司机几乎都能做到礼让斑马线，人车矛盾极少发生，一年也碰不到几次。有一天，一位年过八旬的老者过南北向斑马线，因为走得慢，还未走过去红灯就亮了，但两边的汽车都安静地等待着，直到我把老人扶到对面。"

杭州市民公共文明指数显示，2020年，杭州市区主要道路车辆礼让斑马线的比例，整体达到94%，其中公交车达到了99%。一位城市交通专家评论说："这个比例是非常高的，很不容易做到。"

开全国礼让斑马线之先

礼让斑马线不是什么新提法，历史悠久，"老"得该长白胡子了。可很长一段时间里，礼让斑马线年年提倡，斑马线上却年年事故频发。

2009年5月和8月，杭州发生了两起斑马线上亡人事故，一时掀起舆论巨浪，受害者令万众痛心，肇事者为千夫所指。在谴责和严惩肇事司机的同时，礼让斑马线再次成为市民的迫切愿望。

此前，杭州市对礼让斑马线不是没有大力提倡，早在2007年，市公交集团出台的《公交营运司机五条规范》中，就有礼让斑马线的硬性规定。杭州市公交集团一分公司副总经理林琦在接受采访时回忆说：

> 2006年，鉴于斑马线上的交通事故几乎都是由司机的不文明行为造成的，市文明办组织开展了"文明从脚下起步"的实践活动，希望市公交

集团在礼让斑马线上带个头。我们集团积极响应文明办的号召，决定率先在 11 路公交线上试行公交车"人行横道礼让"，而后迅速扩展到整个公交集团，并于次年 1 月制定了《公交运营司机五条规范》（内部称"五条禁令"）。为把礼让斑马线落到实处，我们专门请交警和专家来上课，统一了具体操作规范：在距离斑马线 30 米时要自动减速，在没有红绿灯的路口要在 10 米内停车礼让，等等。我们还把礼让斑马线的情况列入司机业绩考评之中……

同时，杭州表彰了一批文明行车的好司机。全国道德模范、全国劳动模范、杭州公交 28 路驾驶员孔胜东就是其中的突出代表。孔胜东在杭州，可以说无人不知，乘客亲切地称他为"孔师傅"。1982 年，17 岁的他进了公交公司，年过半百后还在一线当班。我问他对礼让斑马线怎么看，他说："这是对司机文明素质的起码要求，如果连这一点都做不到，就谈不上文明。"为乘客服务，他做到了"三个一样"——把老人当父母亲一样，把中青年当兄弟姐妹一样，把儿童当自己的孩子一样。如此日复一日、年复一年，"孔师傅"成为杭州公交的一个"品牌"，公司收到了数不清的感谢信，称赞他代表了"杭州的形象"。对此，他用当仁不让的口气说："在外国人面前，我代表中国；在中国人面前，我代表杭州；在杭州人面前，我代表公交。"

杭州有 300 多万辆机动车。"孔师傅"的模范事迹感动了无数人，带出了许多杭州好司机。2009 年，杭州出租车行业就以公交集团为榜样，"克隆"了公交的"五条禁令"，加入礼让斑马线的行列。

榜样的力量对见贤思齐的人来说是无穷的，但而对那些爱耍点小聪明、视违规为占便宜的人，光靠榜样来感召是不够的。要解决礼让斑马线的问题，不仅要有"软"提倡，还必须有"硬"措施。

将礼让行人写入地方法规

斑马线上礼让行人很长一段时间属于道德层面的问题，不礼让，只要不发生伤亡事故，就没有法律的硬杠杠来约束。所以，如果有前车礼让行人，后车可能还会不耐烦地按喇叭。后来即使已有法律规定，但太过笼统，也颇有点法不责众的味道。因此，要让广大民众做到礼让斑马线，不仅要有硬性的法规约束，还要强力纠风。在这股不好的风气面前，杭州市文明办站出来了。

首先在西湖区试点。文明办牵头，协调交警、城管、新闻媒体等多个部门，一起协商如何把礼让斑马线落到实处。经多次调研、讨论，形成了一个方案，核心内容有：把礼让斑马线纳入评选文明单位以及文明社区、街道的标准体系中，作为一项硬指标；从公务车、公交车和出租车做起，从共产党员和公务员做起，以此带动其他司机；运用数字化技术加强监管，明确奖惩标准，兑现要动真格，等等。

市属机关、事业单位专门举办学习班，把礼让斑马线纳入干部品德的考察范围。杭州市委宣传部的一位处长告诉我："对不礼让行人的人，第一次要发警告通知；第二次交警部门要约谈，请他学习有关规定；第三次要通报到他的工作部门并约谈其直接领导。谁都知道，一旦如此，事就大了。所以，没有一个人敢碰'三'。"

因为礼让斑马线的情况影响到单位的荣誉，所以党政机关、事业单位和国企都把是否礼让斑马线纳入内部奖惩事项。但要在社会执法，必须有法律依据。2011 年修订后的《道路交通安全法》公布实施，对不礼让斑马线有了执法依据。

遵照《道路交通安全法》，杭州交警把不礼让的行为细分为四种情况，各记3 分，罚款 20 元至 50 元：在人行横道上不避让行人的；行经人行横道不减速的；遇行人正通过人行横道时不停车让行的；行经没有交通信号的道路，遇行人横过马路未避让的。那究竟什么叫不避让行人？在网络和电视上展开的讨论中，有人反映：行人一只脚刚踏上斑马线，我在他前面开过去，没有威胁到他的安全，为什么扣我 3 分？交警用动画图像解释：这种情况实际已经威胁到行人安全，因为他迈开了第一步就要往前走，一般不会收回来，机动车从他前面过去实际是抢行，至少不会减速……各种具体情况都一一拿出来讨论，每个驾驶员都发到了一本教材。

开始，交警是现场执法，一人在后面拍照，一人在前面拦车，交警累得半死，驾驶员多有不服，且易造成交通不畅。后来就变成了以非现场执法为主、现场执法为辅。你是否礼让行人了？数字交管系统不同角度的三张照片，拍得清清楚楚，打开电脑或手机就可查看，谁也别想侥幸逃脱。但是，也许因为新的行车习惯一时不好形成；也许因为处罚太轻，不足以让一些人得到警示和教育，所以斑马线上有些司机依然故我。有鉴于此，市文明办牵头有关部门建议市人大立法。2015 年 10 月，杭州市第十二届人民代表大会常务委员会第三十二次会议通过了《杭州市文明行为促进条例》，其中把礼让斑马线提升为杭州文明城市的形象名片，加大对不礼让行人行为的处罚力度。杭州在全国率先把礼让斑马线写进了地方性法规。

这般综合施治后，至 2017 年，全年不礼让行为下降到 19.3 万起。总数似乎挺吓人，平均到每天为 529 起，全市 300 万辆机动车，就算只有 100 万辆上路，也只占万分之五点几了。

斑马线礼让 2.0 版

斑马线上的交通事故发生率虽然已经降到了历史低点，但事故仍然没有杜绝，只要斑马线上还有事故，就说明工作还没有完全到家。

斑马线上的事故，不能简单地归因为汽车驾驶员不礼让行人。事故大多发生在视界不良的路口，因为有绿化带等遮挡物，行人见不到汽车，驾驶员也见不到行人，造成行人突然一下就上了机动车道，俗称"鬼探头"。为解决"鬼探头"之类的问题，杭州交警联合文明办发布，自 2021 年 8 月 1 日起，开展"杭州文明安全出行大提升"活动，其中包括"斑马线礼让 2.0 版"。现场看一下：

原来"一"字形的斑马线变成了"Z"字形，新鲜！你如果要横过马路，先上纵向的斑马线（"Z"字头），上面写有特大的"向左看"或"向右看"，提示你面向来车方向，看清来车情况，然后再拐上横向斑马线（"Z"字中间）。行人虽然多拐了一个弯，多走了几步路，但避免了盲目横穿马路，减少了危险，同时也便于驾驶员看清行人，提前避让。杭州市随即画了 1800 多处"Z"字形斑马线，后续还在增加中。据统计，自实行"斑马线礼让 2.0 版"后，斑马线上的事故数量降低了近 42%；因"鬼探头"造成的亡人事故下降了 91%。一个"Z"字形斑马线的发明，带来如此明显的效果，超出了开始的预期。

在对斑马线上的不文明驾驶行为加大处罚力度的同时，杭州交警刚柔并济，对连续三个月没有违章记录并做到了礼让斑马线的驾驶员有一项奖励：如偶尔出现一次小违规可以只提醒而不扣分。有位出版社的女编辑记错了日子，开着当日限行的车出了门。在路上，她收到一条杭州交警发来的短信：你违反了尾号限行规定，但鉴于你连续三个月无违章记录，本次违规不记分，请吸取教训。她对我说："杭州交警的这条短信让我心里暖暖的，不扣分比扣分更让我印象深刻。"

省会杭州带了头，全省其他城市紧随其后，礼让斑马线进而成为浙江的一张金名片。

说到这里，我不禁产生了一个疑问：反正车辆会礼让行人，如果有人在斑马线上旁若无车，慢吞吞地迈八字步，岂不会影响交通？

事实上，这样的人还真有。于是杭州在斑马线的两头立了一块标语牌，上写"车让人，人快走"。

2018 年 1 月，温州市文明建设指导中心联合媒体对"市民最厌恶的不文明行为"展开问卷调查，参与者 30 余万人，结果显示，"过马路时玩手机、嬉戏打闹"等行为高居前八位，市民迫切希望对不文明行为给予惩戒。有关方面经反复征求市民意见后，形成了《温州市文明行为促进条例（草案）》，把"过马路时玩手机"等 35 种不文明行为作为约束的重点内容。条例草案经市人大常委会表决通过后，成为地方性法规。

温州由此也有了"礼让斑马线 2.0 版本"。2018 年 12 月，该条例正式施行的前一个月，温州市文明建设指导中心、温州市公安局交警支队、温州晚报社等单位联合开展了"不做斑马线上的'慢羊羊'，争做斑马线上的'快行侠'——打造温州礼让 2.0 版本"系列活动。活动中，交警和志愿者对斑马线上的"低头族"进行劝导，送一个"慢羊羊"毛绒玩偶以示劝诫；对快速通过斑马线的"快行侠"则赠送一个充电宝作为奖品。

2019 年 1 月 14 日上午 9 点 24 分，在温州市区学院路口，一名女士在过斑马线时，只顾低头看手机，红灯亮了仍"闲庭信步"，全然不顾排成长龙等着通行的汽车。咋办？罚！交警给她开了一张 10 元的罚单。据说这是全国率先对在斑马线上看手机的不文明行为开罚单。

这张罚单经媒体报道后，引起全国关注。人民日报客户端发表评论说："'低头族'问题引发了越来越多的关注。此前的应对方法更多体现在疏上，而现在，温州给'低头族'开罚单，为完善治理提供了新的思路……有着温州开的这个头，不排除其他城市也在抓紧调研，准备推动地方立法。"

是的，创建文明城市，消除不文明行为，法律不能缺席。包括礼让斑马线在内的文明习惯要最终形成，就得德治与法治双管齐下。

最根本的是对人的尊重

司机礼让斑马线是对行人的尊重，行人快速过斑马线是对司机的尊重，"半边往来"不能持久，互相尊重，文明才能成风。但浙江的经验远不止于此，礼让斑马线与治理拥堵结合起来，效果会更好。一般来说，在车辆行驶比较顺畅的情况下，司机礼让斑马线会比较自觉；但如果一路堵堵堵，在"路怒"之下，有人可能就顾不上礼让了。遇到严重拥堵时，斑马线也被堵上了，行人也会乱穿马路。严重拥堵是一种"城市病",而非文明城市的象征。

因受到种种制约,城市道路建设的速度,跟不上机动车数量增加的速度,道路通行压力越来越大。为解决拥堵,杭州采取了许多措施,不能——道来,只以延安路为例,让一个个细节告诉你道路设计者对人的尊重。

延安路北起武林广场,南至吴山广场,是杭州最繁华的商业区。但从武林广场往南一直到长生路口约2500米的路段,都是没有斑马线的。那行人如何过马路呢?在体育场路附近、庆春路和延安路交叉口分别架设了人行天桥,两座天桥间还有三条地下人行通道,人从天桥和地道过马路,汽车行驶便顺畅了。斑马线少,礼让斑马线会做得更好。交通管理在给汽车带来方便时,没有忘记方便行人。两座天桥和三条地道,除凤起路地道南侧未见下行扶梯(有直梯)外,其余上下均有扶梯,其中一座天桥还兼有直梯。

采访期间,我先后在延安路上走了三个来回,免不了要上天桥、钻地道,尽管已是74岁的老翁,但一点没有疲劳感和不适感。我跑遍了全国的主要城市,像杭州延安路这样给所有过街天桥和地道都装直梯或扶梯的还真不多见。与其说这是城市建设上的新理念,不如说是城市文明的新体现,是把对人的尊重放在了第一位。电梯昼夜行驶,难免有坏的时候,为能及时修理,杭州所有安装在天桥和地道的电梯都在醒目处贴了报修二维码,任何人只要扫一下码就可报修,很快就会有专业人员来修理。有一次我过武林门地下通道到浙版传媒去,一部下行扶梯坏了,一个多小时后,我办完事回来,电梯已经恢复运行。

别以为这些与礼让斑马线没有关系,要知道一个人心情愉悦了,无论是司机还是行人,都会更自觉地遵守规则。

第一篇

▼

生活在**青山绿水**间

　　人从娘胎里出来，第一件事是自主呼吸，其次才是吃奶。从这个意义上说，包括空气在内的生态环境是决定人的生活质量的第一要件。良好的生态环境就是头等的公共福利。创建文明城市，生态文明建设是题中应有之义。

　　浙江地处长江三角洲之南，濒临东海，因境内最大河流钱塘江曲曲弯弯，又名"之江""浙江"，于是省以江名。浙江山川形胜，地貌多变，气候适宜，雨量充沛，青山绿水，风景独好。晋代大画家顾恺之遍游会稽（绍兴）山水，有人问他何所见，他说"千岩竞秀，万壑争流，草木蒙笼其上，若云兴霞蔚"。唐代白居易有《忆江南》，词曰："江南好，风景旧曾谙。日出江花红胜火，春来江水绿如蓝。能不忆江南？"北宋著名词人柳永在《望海潮·东南形胜》一词中写道："东南形胜，三吴都会，钱塘自古繁华。""自古繁华"不错，但"自古繁华"不是自然繁华，浙江的美景和繁荣一半靠天赐，一半靠人为。

　　钱塘江大潮是一大世界奇观，"八月十八潮，壮观天下无"（苏轼《催试官考较戏作》）。每年农历八月十五日至十八日，来自海内外的观潮客也像潮水般涌到海宁来，争睹举世无双的钱塘潮。但是不要忘了，这一自然景观开始是以潮灾的面目出现的。汉代以前还没有海塘，大潮涌来，淹没田地，冲毁房庐，人或为鱼鳖。从汉代开始，浙江人为抵御潮灾而修筑海塘，至今已有 2000 多年的历史。五代十国时期，钱镠为吴越国主，为保境安民，征发民夫 20 万修筑海塘，留下了"三千强弩射潮低"的传说。因为土塘很难抵挡大潮，至明清，人们发明了鱼鳞大石塘的构筑技术，朝廷和地方每年投入真金白银修缮海塘。乾隆帝六下江南，就四巡海宁海塘，甚至还在工地上打桩，可见其对海塘的重视。自有了鱼鳞大石塘，潮灾有所减少，但仍未绝迹。"临海人家千万户，漂流不见一人还"便是遭潮灾的真实写照。真正制伏潮灾是在新中国成立以后，国家和省里每年均拨专款用于海塘修缮，特别是进入 21 世纪后，海塘变成了钢混结构的巨龙，决堤之虞彻底解除了。

所以，钱塘江大潮即浙江潮既是独一无二的自然遗产、自然景观，也是独一无二的文化遗产、人文景观。浙江人与潮灾作斗争的故事和传说可以写成厚厚的一本书，钱塘观潮可不是一个天上掉下来的大馅饼。

一部海塘简史，清楚说明了人与自然的关系。人与自然要和谐相处，一定要尊重自然，对大自然有敬畏之心；同时要在尊重自然规律的前提下改造自然。海塘就让人与浙江潮和谐相处了。在海塘内，逆流的潮水与顺流的江水尽情地碰撞撒欢，"八月涛声吼地来，头高数丈触山回"（刘禹锡《浪淘沙》）。海塘上，"满郭人争江上望。来疑沧海尽成空，万面鼓声中"（潘阆《酒泉子·长忆观潮》），海塘内，万顷良田稻花香，好一幅和谐的画面。

吴光先生是浙学研究专家，在《论浙江的人文精神传统及其在现代化中的作用》一文中，他把浙学的人文精神概括为五个主要方面，其中第一个是"'天人合一，万物一体'的整体和谐精神"。是的，早在史前时期，浙江的先民们似乎就已经对此有了朴素的认识。余姚市境内河姆渡文化遗址出土的双鸟朝阳纹象牙蝶形器，杭州市余杭区境内良渚文化遗址出土玉器上的羽冠、人面、兽身三位一体的神徽，就是"天人合一，万物一体"整体和谐精神的形象化表达。

但是，人与自然并不是总能和谐相处的。在生产力低下的年代，人对大自然的破坏还比较有限，而在生产力高度发达的今天，人稍不留神，就可能造成严重后果。由于贪婪和短视，人往往对自然进行过度开发，结果是钱包鼓起来了，楼房建起来了，可青山变秃了，绿水变浑了。浙江也曾走过这条弯路。2002 年至 2007 年，习近平同志在浙江主政。当年他一到浙江就开始了密集调研，118 天里，他跑了 11 个市、25 个县，发现每一个县都有富裕漂亮的示范村，但与之形成鲜明对照的是大面积的垃圾村。他毫不客气地指出了浙江农村经济社会发展不平衡的问题：农民富，创业的人多，房子造得好，但农村的污水、蝇虫、垃圾也多。

2003 年 6 月 5 日，世界环境日。就在这一天，在习近平同志的倡导和主持下，浙江开启了"千村示范，万村整治"工程（简称"千万工程"），明确以改善农村生产、生活、生态的"三生"环境为重点，提高人民生活质量，计划用五年时间（2003—2007 年），从全省四万余个行政村中挑选一万余个进行全面整治，把其中一千多个中心村建成全面小康建设示范村，然后进入整体推进阶段。

2003 年 7 月，习近平同志在《求是》杂志上发表题为《生态兴则文明兴——推进生态建设，打造"绿色浙江"》的文章，进一步阐明了打造"绿色浙江"的伟大意义。习近平同志谋划浙江的长远发展战略，在同月召开的中共浙江省委第十一届四次全体（扩大）会议上，提出了著名的"八八战略"：面向未来，要发挥八个方面的优势，推进八个方面的举措。其中第五条为："进一步发挥浙江的生态优势，创建生态省，打造'绿色浙江'。"随后，为推进"八八战略"实施而部署的"五大百亿"工程中，就有"百亿生态环境建设"工程，计划五年投资 400 亿元。

2005 年 8 月，习近平同志到安吉县余村考察，首次明确提出了"绿水青山就是金山银山"重要理念，强调不以环境为代价去推动经济增长。此后，他在《浙江日报》"之江新语"专栏先后发表了《绿水青山也是金山银山》和《从"两座山"看生态环境》，对"绿水青山就是金山银山"理念进行了深入阐发，指出："我们追求人与自然的和谐、经济与社会的和谐，通俗地讲，就是要'两座山'：既要金山银山，又要绿水青山。这'两座山'之间是有矛盾的，但又可以辩证统一。"

2018 年 9 月 27 日，联合国总部大厅内，气氛庄重热烈，联合国环境规划署将年度"地球卫士奖"之"激励与行动奖"，颁给了中国浙江"千万工程"。其颁奖词说：

> 这一极度成功的生态恢复项目表明，让环境保护与经济发展同行，将产生变革性力量。

请注意其用词："极度成功"。

时任联合国副秘书长、环境规划署执行主任索尔海姆称："中国浙江的农村故事是发展中国家发展和环境保护的示范"；"我在浙江浦江和安吉看到的，就是未来中国的模样，甚至是未来世界的模样"。

从提出"生态兴则文明兴"到 2021 年，转眼近 20 年过去了，一个"绿色浙江"以全新的面貌出现在世人面前：山更青，全省森林覆盖率超过 60％；水更绿，全省地表水总体水质为优；人更富，全省城乡居民人均可支配收入年年增加，至 2021 年，连续 21 年和 37 年居全国各省（自治区）首位。

生态决定心态，悦目而后赏心，满眼的绿，满心的美。浙江人是如何让环境保护与经济发展同行的？绿水青山与金山银山是如何并行不悖的？让我们去体验一下生活在青山绿水间的滋味。

1

渗到骨子里的美

"西湖之美，美在山、美在水，美在淡妆浓抹总相宜的自然环境……生态立市首先要在西湖的保护上体现出来，如果西湖的生态环境都破坏掉了，那就根本谈不上生态立市。"这是 2003 年 9 月，时任浙江省委书记习近平同志在考察杭州西湖综合保护工程时的讲话。在创建文明城市的过程中，杭州始终把生态立市作为重要支柱。

身在西湖美景中，枕着钱塘江潮入眠，呼吸着新鲜空气，喝着从千岛湖引来的 I 类水，人间天堂今如是，何须蹈海去寻觅？

西湖美景是天造也是"人设"

宋代苏轼说："杭州之有西湖，如人之有眉目。"第一个说杭州是"天堂之城"的是意大利人马可·波罗，那可是在元代，距今 700 余年了。

且说 2011 年，杭州可谓双喜临门：第一喜，杭州入选第三届全国文明城市

（至今已"四连冠"）；第二喜，在第 35 届世界遗产大会上，西湖文化景观正式列入世界遗产名录，"东方文化名湖"西湖成为名录中少数几个湖泊类文化遗产之一。西湖可谓自然、文化双遗产，仅《西湖文献集成》所收录的作品就有 400 余部，1800 余万字；历代西湖诗词有两万余首，其中收录在《全宋词》中的就有 1000 余首，作者 200 多人。这在世界上是绝无仅有的。

西湖太美了，美到历代文人骚客绞尽脑汁，也找不到合适的词汇来描述它，于是就来比喻。白居易在诗中用了"青罗裙带""草绿裙腰"之类的意象，实乃把西湖比作美少女的滥觞之作。后世文人争相效仿，写得多了，免不了就有点俗。苏轼就曾对此类诗作有所讥讽，可这位大文豪在吟出"水光潋滟晴方好，山色空蒙雨亦奇"之后，同样找不到合适的意象，也顾不得俗不俗了，顺口吟出"欲把西湖比西子，淡抹浓妆总相宜"。就凭这两句，他把以少女拟西湖的诗词推向了顶峰。

西湖之美，美在自然，"三面云山一面城"的地理环境就是上天的慷慨馈赠。但事实上，西湖的美却并非天造地设，而是天造"人设"。

说西湖的美景是天造，是指其地理位置；说她是"人设"，是因为许多美景是人设计并通过工程技术改造出来的，其奥妙在于改造而不违背自然规律。历代仁人和人民按照天人合一的审美观念，精心对她装点描绘，有损其美者必去之，能增其美者必为之，终于成就了这一美不胜收的"东方文化名湖"。古人笔下的苏堤春晓、柳浪闻莺等西湖十景中，除了双峰插云之外，其余都是天之鬼斧与人之匠心的完美结合，是人的审美理念在自然景观中的体现，没有人的审美体验和作为，就没有西湖的神韵。比如苏堤春晓的堤是人筑的；柳浪闻莺的柳是人栽的；花港观鱼的港是人建的，鱼是人养的；没有雷峰塔，哪来雷峰夕照？没有断桥，哪来断桥残雪？因为在水中修了三座石塔，才有了三潭印月；因为建了望湖亭，才有了平湖秋月；因为建了净慈寺，才有了南屏晚钟……

所有历史"人设"之中，最重要的是事关民生的饮水问题。北宋时，苏轼曾先后两次到杭州任职。第一次是 1071 年来任通判，见到的西湖已不是白居易笔下的"湖上春来似画图"了，菰、蒲等湿地植物占据了湖面的两三成，水面萎缩，以至于影响到城内居民的水源——六井。

这里有必要多说几句：那时杭州城内的河渠与钱塘江相连，因潮水倒灌导致水变咸，不能饮用。河水不行，就打井呗！可打出来的井水也是咸的。无奈，居民饮水得到很远的西湖去挑，甚为不便。隋朝开大运河，把杭州作为终点，漕运之外，还想通过运河之水冲走咸水，但收效不大。唐代李泌到杭州当刺史时，在城内打了六眼井，用埋在地下的竹筒将西湖的淡水引入井中，从而解决了居民的饮水问题。40 年后，白居易到杭州当刺史，修筑了白堤，疏浚水道，也与保证六井供水有关。离任时，他留下一篇《钱塘湖石记》，把治理西湖的经验和注意事项刻在石上供后人参考。

所谓无水不成城，苏轼第一次到杭州任通判，协助知州搞了一个不大的水利工程，主要也是为解决给六井供水的问题：将原来用竹筒做的地下水管换成了瓦筒，其下用石头打底，以保持其稳固。十几年后，苏轼再次来到杭州，这次是任知州。他见西湖已严重淤塞，半为葑田，不禁忧心忡忡，于是给朝廷上《杭州乞度牒开西湖状》，指出："若二十年之后，尽为葑田，则举城之人，复饮咸苦，其势必自耗散。"朝廷批准了西湖疏浚工程，苏轼又遇到一个难题，就是湖中那么多的葑草和淤泥往哪里放。传说他在西泠渡口准备上船时听到有人唱渔歌，歌曰："南山女，北山男，隔岸相望诉情难。天上鹊桥何时落？沿湖要走三十三。"苏轼听罢茅塞顿开：如果用挖出来的葑草混合淤泥在湖中筑一道堤，岂不妙哉！他设计好蓝图，采取以工代赈的方法，征民夫 20 万，筑起了苏堤，堤上修了六座桥，沿岸栽了各种花木。自此，西湖分里湖、外湖，南北往来从堤上走，东西往来乘船从桥下过，兼有水利之湖和旅游之湖的特性。

李泌、白居易、苏轼等，都对西湖动过"大手术"，像一个个整容大师，让西湖变得更加美丽。另一位对西湖有大功的人是五代十国时的吴越王钱镠。他信佛，到处修寺庙，但在方士以"可保国祚千年"为诱饵鼓动他填塞西湖以建府邸时，却断然拒绝。他说，百姓靠西湖灌溉田地，填了西湖就断了百姓的活路。他不仅没有填西湖，还建立了一支"撩湖兵"，专事西湖的管理与维护。这是历史上第一个专门为管理西湖而设立的机构，并且是军事化的。

"生态立市"下的西湖与西溪

新中国成立后，党和政府多次拨款对西湖进行疏浚和整治，让西湖保持着美丽端庄的形象。可惜"文化大革命"时期旅游被当作资产阶级生活方式来批判，西湖一下子变成了养鱼塘，水质一日不如一日。"文化大革命"结束，拨乱反正，西湖养鱼队撤销，养护队成立。

1985—1986 年，杭州干了一件大事：实施引水工程，将钱塘江水引入西湖。1985 年，经专家和市民评选，有了"吴山天风""满陇桂雨""玉皇飞云"等西湖新十景，是西湖史上一大盛事。但是西湖的污染仍然严重。有市民通过媒体发出了"救救西湖"的呼声，结果一呼百应，成为舆论焦点。1993 年底，杭州市文明办、环保局、园林文物局等六家单位发起了"保护西湖绿色行动"，并成立了志愿者组织，负责人盛国进曾任杭州西湖水域管理处副主任。他是西湖疏浚工程的参与者、见证者。

但真正对西湖进行综合整治是在 21 世纪初，西湖·西溪志愿服务总队负责人祝亚平说：

在习近平同志到浙江任省委书记之前，西湖水体的"红灯"并未解除。第一，水质差，能见度也就 40 厘米；第二，水浅，大多数地方水深不过 1.65 米；第三，水域面积在缩小，现在是 6.39 平方公里，当时才 5.6 平方公里；第四，湖东面，就是紧挨城区的这边，违章建筑比较多，不仅破坏了景观，而且偷排的污水污染湖水；第五，周边道路拥挤，特别在旅游旺季，拥堵非常严重，迫切需要打通环湖路……

西湖的问题，杭州市民看到了，时任省委书记习近平同志也看到了。2003年9月，他对西湖保护作出了具体指示："要按照'蓝天、碧水、绿色、清静'要求，大力保护和建设好环湖生态，在绿化、美化上下功夫，做深做透山水园林文章，使西湖风景名胜区绿水常绿，青山常青，鲜花常艳""可以说，西湖的周围，处处有历史，步步有文化……对这些历史文化遗存，我们一定要保护好，利用好，传承下去，发扬光大"。

随后，杭州市不断将西湖综合保护工程引向深入。2005年，世界少见的湖泊类专题博物馆——西湖博物馆建成开馆。现在我们看到的西湖，就是这一工程持续实施交出的成绩单。沿湖的违章建筑被拆除了，原有的美景恢复了，湖面扩大了。偷排污水的根子被拔除，湖水的透明能见距离从40厘米提高到80多厘米，在晴天，你可以欣赏到"鱼翔浅底"的情景。环湖的道路打通了，临湖的北山、灵隐、龙井、南山、湖滨五条新老道路，像一条条珍珠项链，几乎把景区所有的景点都串在其中。2007年，经10万人投票，又评选出"灵隐禅踪""六和听涛""岳墓栖霞"等西湖新十景。从此，西湖有了让人流连忘返的三十景。"一湖两塔三岛三堤"的西湖全景重返人间。

在加强西湖的治理与保护的同时，杭州又在距西湖不足五公里的地方建起了一个集城市湿地、农耕湿地和文化湿地于一体的西溪国家湿地公园。西湖、西溪联袂，一灵秀，一狂野，共同成为杭州生态文明建设的标志性景观。

民间河长制，志愿者的发明

西湖是杭州的眉目，所谓画龙点睛，眼睛美，人才美；眼有神，浑身灵。但是，生态文明建设必须全面推进，既要顾"眼"，也要顾"身"。以居民饮水为例，外人有所不知，杭州虽为江南水乡，可从古代到现代，饮水一直都是一大难题。杭州人不忘李泌、白居易、苏东坡等"父母官"，不只因为他们是文化名人，更重要的是他们为老百姓解决了饮水问题。李泌留下的六井不可能满足现代城市的供水需要，而滔滔奔腾的钱塘江又有咸潮。这个让杭州人伤透脑筋的饮水问题，在打造"绿色浙江"的战略行动中解决了。2019 年 9 月，历时近五年建设的千岛湖配供水工程正式通水运行，千岛湖的优质水从此流入了杭城千家万户。喝千岛湖的水是什么感觉？你喝过农夫山泉吗？农夫山泉就是取自千岛湖的深处。

从千岛湖引水到杭州，纯属"锦上添花"之举，是为了用Ⅰ类水代替Ⅱ类水、Ⅲ类水。杭州市区包括西湖在内的河湖水质都已在Ⅲ类以上。水资源治理得这样好，与一项制度创新——河长制有极大关系。

河长制最早诞生于湖州长兴县，时在 2003 年，后逐步遍及全省。2013 年，浙江率先出台《关于全面实施"河长制" 进一步加强水环境治理工作的意见》，形成省、市、县、乡、村五级河长制架构。2017 年，全国首个关于"河长制"的地方性法规《浙江省河长制规定》颁布实施。河长制是创建文明城市中的一项创举，但许多人也许不知道，在浙江，除了官方的河长之外，还有民间的由志愿者担任的河长。

民间河长制诞生于杭州，是绿色行动志愿者在水资源保护中的一个创新。在民间河长的领导下，千万双志愿者警惕的眼睛盯着河、湖，发现小问题，他们会当场处理；发现大情况，他们会马上报告。大自西湖、钱塘江，小至纵横交错的河渠沟塘，无不在他们的监督之列。杭州市区的 47 条主要河道有 56 名民间河长，总河长是下城区文晖街道的居民忻皓，一位年轻的共产党员。他凭啥能当上总河长？这位可是参加过联合国气候变化会议的"牛人"，在保护水资源上做了两件大事：

第一件，他运用一款地理信息技术平台，开发出一个名曰"钱塘江水地图"的互动环境信息平台，公众可以在这个平台上举报水污染问题，并能实时呈现，方便执法部门及时查处与纠正。这个平台入选了联合国环境规划署生态和平领导项目并获得"芯世界"公益创新奖。

第二件比第一件更厉害。2011 年，温州瑞安一位在外经商的民企老板回乡看到河道旁垃圾成堆，于是悬赏 20 万元，请环保局局长下河游泳，成为一大新闻。忻皓通过微博和他交流后，以环保组织"绿色浙江"的名义与浙江卫视新闻中心共同策划了一个大型新闻行动——"寻找可游泳的河"，因为新闻线索来自志愿者，事关群众切身利益，节目非常接地气，开播后一发而不可收，一连播出了 136 期。时任浙江省委书记看了节目后，写了《给全省县、市、区委书记的一封信》，要求高度重视媒体曝光的问题，拿出解决的办法，给人民群众一个负责任的交代。接着，他们又和浙江卫视联合推出了"横渡钱塘江，畅游母亲河"系列节目，政府和民众互动，查找污染原因，拿出治污办法，展示治理后的新面貌。

忻皓本科毕业于浙江大学，又在国外读了硕士，本可以找一份薪酬较高的工作，他却甘当每月只有 800 元补贴的专职环保志愿者。2013 年 11 月，浙江省委十三届四次全会作出了"五水共治"（治污水、防洪水、排涝水、保供水、抓节水）的重大决策。忻皓觉得要做到"五水共治"，政府主导与全民参与缺一不可，"五"下面加一个"口"，就是"吾"字，"家园之水是吾水，'五水共治'是吾责"，于是组织了"'绿色浙江'·吾水共治"圆桌会议，与会者除了政府有关部门外，主要是民间利益相关方的代表，大家一起寻求消除水污染的办法。比如，有人靠养猪生活，而养猪场却成了污染源；你关上了他养猪的门，就得给他开另一扇谋生的门……这些需要在圆桌会议上反复协商。这种政府和民间互动的圆桌会议解决了许多棘手的问题。

忻皓家门口的备塘河以及由他负责的陆家河都曾经是臭气烘烘的，经过多次圆桌会议后，终于在各方共同努力下得到治理，河水变清，看得见鱼游、听得见蛙声了。他成了"最美浙江人·时代的先锋"优秀共产党员先进事迹巡回党课报告团的一员，带着一瓶采自陆家河的干净水来作报告，发言中充满了自信和自豪："当我们看到一条条河道从黑臭变清澈，越来越多的百姓为周边环境的改善点赞，越来越多的人认识到绿水青山就是金山银山，理解了为何要像对待生命一样对待生态环境时，我终于感受到了青年党员的价值，那便是改变生活，改变世界。"

下姜村：梦开始的地方

"绿色浙江""生态立市"，杭州的城市生态在改变，农村生态也在改变，变得越来越文明。

因有千岛湖，淳安县是个出了名的"网红"县，从北京南站发往全国各地的高铁列车中，就有一趟终点站在淳安县千岛湖镇的。此镇初名排岭镇，新安江水库把淳安老县城淹没了，排岭镇成了新县城，1991年改名为千岛湖镇。

在淳安县游千岛湖，置身于如诗如画的风景之中，如饮醇醪，不觉自醉。然而，如果再看看"月球的背面"，也许会是另一种景象。21世纪初，浙江的经济发展走到了全国前列，但与经济发展孪生的是环境的污染。尤其在一些农村，高大宽敞的住房令城里人羡慕，可"有新房无新村""室内现代化、室外脏乱差"。先发的村如此，一些后发的村钱没有赚到多少，污染却跑到了发展的前面。

淳安县枫树岭镇的下姜村就曾是一个后发村。据历史记载，下姜村的祖先是宋靖康年间从四川迁移来这里的，至今近900年了。在交通不发达的年代，美景总是藏在深山里的。下姜村的村民世世代代守着美景过着清贫的生活，穷是穷，但穷惯了。直到有一个人当兵回来，在安于贫穷的村民心里激起了浪花。

他叫姜银祥，1974年从部队退伍时年方24岁，正是血气方刚的年龄。他在部队入了党，当了班长，也见了世面。退伍后见到家乡山河依旧、贫穷依旧，他不甘心，尤其是那段不知从哪一年传下来的民谣，叫他一听就来气——"土坯房，烧木炭，半年粮，有女不嫁下姜郎"。"不行！我要带领大家改变面貌！"本已被安排在公社农机站工作的他要求回生产大队。1975年，他如愿回村，被选为党支部书记。

在支部大会和社员大会上，姜银祥给大家描绘着下姜的蓝图：家家住楼房，楼上楼下，电灯电话；粮食亩产800斤，养猪养牛又养羊，农林牧副渔五业兴旺……但他的演说被几位老人给打断了："银祥啊！先别说那么远，还是说说怎么让大家吃饱饭，让小伙子娶上老婆吧！"是啊！他描绘的美好蓝图，就是解决这两个问题的答案，但如何才能把这个蓝图落地成真？

他不是一个光会耍嘴皮子的人，总是带头吃苦，身先士卒，没日没夜地为大家操劳。那个时候，全国都在"农业学大寨"，"农业以粮为纲"，他的"农林牧副渔五业兴旺"的路子走不通，只能带着大家学大寨。而下姜700多人，仅有600多亩地，人均不到一亩，虽然引进了杂交水稻新品种，但因为小气候偏阴凉，光照不足，亩产只有三四百斤，仍然只有"半年粮"。想学大寨开荒地，下姜其实又没有荒地，只有林地，坡度太大，毁林开荒开不出一块平整的田，还不如伐木烧炭实惠。总之，姜银祥的"牛皮"吹破了。

40多年后，他说起当年，未免唏嘘。"当年我讲的那些话，村民觉得是吹牛皮。现在看来，还是贫穷限制了我的想象力。'楼上楼下，电灯电话'算个啥呀？亩产800斤又算个啥呀？但那个时候，就连这个目标我们也没法达到。像我们下姜这样的山村，光靠农业，是挖不掉穷根的。"

改革开放后，姜银祥还是村党支部书记，为带领乡亲们挖掉穷根，可以说是想尽了办法，先后发展养殖业、开办村企业，还鼓励村民外出打工。应该说，村民的生活质量已经大为改观，再穷的人也温饱两不愁了。可就像进入了《西游记》中孙悟空给唐僧画的那个圈一样，村民的生活很长时间停滞在温饱阶段，找不到突破的路，上不了致富的梯。2001年，下姜村被确定为省委书记的联系点。习近平同志在浙江工作期间，多次来到这里实地考察，给下姜村指出了一条绿色发展之路。姜银祥和其他村干部豁然开朗，明白了努力的方向。绿色本来是下姜村的优势，仅林地就有一万几千亩，负离子是城市的百倍以上，全村就像一个大氧吧。这么好的自然条件，完全可以开民宿、农家乐，吸引城里人来休假；森林面积大，可以发展林下经济，种植中药材；农田种水稻产量低，但可以搞特色农业，如种植水果、搞观光农业，让游人体会农作的过程……

但要吸引游客，首先得有个像样的环境。当时，下姜村有150多个露天厕所，加上几乎家家散养生猪，弄得满村都是猪粪，苍蝇乱飞，臭气熏天。习近平同志见状，指导他们生猪变散养为圈养，并且改建厕所，建沼气池，沼气通过管道接到每家每户，作为清洁燃料。省委书记现场谋划，村党支部书记姜银祥心里有了指路明灯。在淳安县和枫树岭镇党委、政府的支持下，姜银祥带领大家按照规划干起来。2003—2006年，下姜村用三年时间拆危房、建新舍，一拆一建，腾出了3000平方米土地作为村绿化用地。村里像城里一样安上了路灯，建起了公共厕所、垃圾填埋场和沼气池，家家户户都通上了沼气，安装了太阳能热水器，还铺设污水管，流经本村的河道也得到整治……下姜村的生态环境得到彻底改善！

一任接着一任干，一张蓝图绘到底。2017年，鉴于劳苦功高的老支书姜银祥已经67岁了，枫树岭镇党委决定下派镇党委委员姜浩强到下姜村任党总支书记，交给他的任务主要有两个：一、考察可接任村支书的人选；二、让下姜村的绿色经济更上一层楼。下姜村的村民大多姓姜，一看他也姓姜，一下子就亲了几分。对下姜村发展遇到的瓶颈，姜浩强在镇里工作时就略知一二，到村里当书记后，就看得更清楚了。村里虽然发展了绿色经济，但村民还保留着多年的老习惯：种植的水果、茶叶、中药材，等着有人来收购；开的民宿、农家乐，等着客人来上门。总之，缺乏商品经济头脑。下姜村是省委书记的联系点，但省委书记指明了发展道路后，路还得靠自己来走。这条路想要走下去，且要越走越宽敞，村民必须换一换思路。而要村民换思路，光说教不行，还得让他们"眼见为实"。

姜浩强先是带着几个年轻人跑到杭州，一家一家旅行社地找，用刻在光盘上的照片、视频来推销下姜村，好几家大旅行社动心了，跟着他们来考察。考察后，人家给出了意见和建议：民宿个体经营太分散，而且各家情况差异较大，可考虑集中经营，统一服务标准……根据客户建议，又经村"两委"多次讨论，最后决定成立千岛湖下姜村实业发展有限公司，统管全村的绿色经济项目，聘请职业经理人负责经营。村民以人口股、现金股和资源股等三种股权形式入股，人人有股份，个个当股东。村民以责任田等资源入股后，为公司打工，拿工资。工资和公司分红，成为村民收入的两个主要来源。公司成立后，在村口建成一家名为"下姜人家"的培训中心,可同时容纳400人培训、食宿。为让游客下高铁后能马上抵达下姜村,姜银祥与他人筹资买了一辆接驳车,往返于千岛湖高铁站与下姜村之间,每天两趟。现在,下姜村每年接待游客达20万人次。

在往公司化经营转型的过程中,有一位从杭州市区回乡的创业者发挥了很大作用。她叫姜丽娟,是一名共产党员。2016年,她看到下姜村绿色经济搞得风生水起,便放弃城里的工作,回乡把自家的房子改造成一家精品民宿,注册名"栖舍"。名字取得有诗意,装修也有诗意,加上服务好,虽然价格比别人家要贵,但格外抢手。在她的带动下,12名外出闯荡的年轻人回村创业了。许多村民总对公司化不放心,害怕入股后"鸡飞蛋打里外空",姜丽娟以"栖舍"的经营为例,说服了大家。姜浩强从镇里下来,其中一个任务不就是要发现培养接班人吗?真是远在天边近在眼前啊!

如今,姜丽娟已接替姜浩强,被选为下姜村党总支书记。她本着原山、原水、原村落的理念,带领大家走农旅结合的路子,建立和完善了林下中药材基地、精品水果基地、猕猴桃园等创意农业园区。"望得见山、看得见水、记得住乡愁。"习近平总书记对新农村建设的要求,在这里都实现了。曾经以"穷脏差"闻名的下姜,已经成为"绿富美"的示范村。在这里,可以欣赏到桃林里漫天的粉红色花雨、高耸的香榧树上挂着的累累果实、满树开放的黄栀子花,还有成片冒出的雷竹笋。这些都是既可以观赏又可以卖钱的经济作物。在这里,你还可以体验一把农业劳动,寻找一下农民前辈的记忆,比如:到茶园与茶农一起采茶;到桑园与养蚕姑娘一起采桑叶,然后去蚕房喂蚕宝宝;到茂密的林下,与药农一起侍弄中药材。当然,你也可以什么都不做,半卧在躺椅上一边听音乐,一边贪婪地享受"大氧吧"里的负离子。

除了农旅结合,还有文旅结合,下姜村把文旅品牌定为"梦开始的地方"。老百姓有什么梦,是怎么奋斗的?每家门口都有展示,你可以去找他们聊聊天,听听他们的故事。村民的梦想都是要过上幸福美满的生活,但具体到每个人的实际,就变得五花八门了。比如,一位民宿主厨的梦想是"人人都慕名来吃我做的饭菜”；一位蚕娘的梦想是"宝宝肥，蚕茧大，帮我发大财"。村里还设有梦想邮筒、梦想小屋、梦想座椅等，供游客重温自己的梦想，把此次旅游作为"追梦人"一个难忘的节点。

梦想是可以传递的，下姜村靠绿色、靠美丽圆梦的经验无声辐射到周边。如今一个"大下姜"联合体已经诞生。杭州市及淳安县将下姜村所在的枫树岭镇的28个行政村和毗邻的大墅镇4个行政村，规划为一个发展深绿产业的核心区块，成立了杭州千岛湖大下姜振兴发展有限公司。一个生态共美、产业共兴的"大下姜"值得期待。

千岛湖的美，淳安的美，西湖的美，杭州的美，是有灵魂的美，是渗到骨子里的美，因为就像姜丽娟所说，这里的每个受益者都当起了环保大使。在此地生活的人有了充当环保大使的自觉，是绿色不败、美丽永驻最可靠的保证。

2

幸福写在村姑的笑脸上

　　湖州是历史文化名城，建城已有2300多年了，因地处太湖南岸，故以湖名。过去湖州人引以为豪的大多也带"湖"字或与湖有关，如湖笔、湖丝、湖羊、太湖百合、太湖银鱼、太湖鹅，此外，湖州还是茶圣陆羽从事茶事活动的主要场所。如今，除了这些老资本，湖州人会告诉你：湖州安吉的余村，是习近平同志提出"绿水青山就是金山银山"理念的地方；他们还会请你喝安吉白茶，问你："与龙井相比，味道如何？"即使是老翁、村姑，言语中也充满了自信。

　　湖州先后被评为国家森林城市、国家园林城市、中国十大秀美之城，进入全国文明城市的行列。因为有了底气，在湖州到处可听到一句话："在湖州看美丽中国"。

　　2018年9月，浙江省"千万工程"获联合国环保领域最高荣誉——"地球卫士奖"。在联合国总部的颁奖现场，有五位来自浙江省各地的农民代表，他们都扎根农村，或居于深山，或面朝大海，为世界带去了富有泥土芬芳的浙江故事。来自湖州市安吉县的裴丽琴，代表大家领奖并致辞。

裴丽琴是安吉县递铺街道鲁家村的村民委员会主任，说一口地道的"吴语"土话。领奖台上，她向大家讲述自己的深切感受："15年前，我每天都要拎着满满的一桶脏水走到很远的地方去倒。当时，我家厨房没有排污水管，村里没有垃圾箱，河道受污染，又黑又臭。今天，习近平主席亲自倡导和推动的'千村示范、万村整治'工程使我们村庄变成一张亮丽的明信片。"

几句大实话，赢得了热烈的掌声。

从"卖石头"到"卖风景"

余村的老支书鲍新民至今清楚地记得，2005年8月15日，时任浙江省委书记习近平同志来村里视察，他按县里的通知汇报了村里民主法治建设工作后，想顺便汇报一下村里转变发展方式、走绿色发展道路的情况。当时，余村正处于绿色发展道路能否走通的节骨眼上，所以他特别想把村里的情况跟习书记说一说。

他说的节骨眼是这么回事：

余村过去村办企业很多，有矿山、石灰窑和水泥厂，村民的钱包鼓起来了，住上新楼房了，可村里美景却没有了。一个个矿洞把好好的青山弄得伤痕累累。石灰窑、水泥厂一天24小时冒烟，烟尘把空气污染了，让人眼睛痛、喉咙痒；废水、矿渣把从山中流下来的溪水污染了，原来清澈见底、可见鱼儿嬉游的溪水变成了又脏又臭的黑水。2003年，时任省委书记习近平同志推动"千村示范、万村整治"工程，我们就趁这个机会，关了两座矿山和一家水泥厂。原来也想关，但许多村民不同意，就指望这些企业发财，你要关了，岂不断了他们的财路？我当时想，发财重要，性命更重要，怎么也不能要钱不要命。出一次事故，孤儿寡母和老父老母的哭声撕心裂肺，叫人几天都吃不下饭，睡不着觉。管你同意不同意，强行关了。但自从关了之后，支委会和村委会门前就没有平静过。不少村民来问："你关了矿山和水泥厂，让我们靠什么生活？"我耐心地一遍又一遍给他们解释，省里搞"绿色浙江"，安吉县搞"生态立县"，但说服不了大家。你说让他们搞旅游，开民宿和农家乐，可有人开了农家乐，却招揽不来客人……

潘春林过去当矿工，腰受了伤，做了手术，还经常要理疗，干不了重活了，就借了60万元，开了余村第一家农家乐。开张时挺热闹，亲朋好友都来捧场，但此后一周，才来了一个客人！他问人家："为什么没人来我们这儿呢？"客人告诉他："你们村里的水都是黑的，到处是垃圾，谁敢来吃你做的饭呀？"开民宿和农家乐需要一个整洁美丽的环境，但很多村民觉得这些都不靠谱，还是挖矿烧窑保险。

潘春林两兄弟就走了两条不同的路。起先，两兄弟跟着当矿工的老爹下矿井，村里关了矿山后，潘春林开农家乐，他哥开筷子加工厂，用山上的毛竹生产一次性筷子，销路很好。老二说老大的筷子厂"消耗资源，污染环境，长久不了"；老大说老二的农家乐是"开错了地方，就等着亏死吧"。两人互不服气，打了个赌：五年后看谁对谁错，错了的要当着全家的面喝罚酒认错。赌是打下了，潘春林心里也打起了鼓：村里的环境要不改善，我这农家乐可真要完蛋了！开农家乐的本钱是借来的，靠啥还？为装门面，显体面，自己花600元买了套西服，穿起来像模像样的，可没有客人，穿给谁看呀？

村支书鲍新民觉得像潘春林这样搞第三产业的方向是对的，但村里的绿色发展道路走不走得通？他心里也没底。当着省委书记的面，他汇报说："2003年，按照打造'绿色浙江'的要求，我们关了两座矿山和一家水泥厂，污染减少了，但是……"

听到这里，习近平同志说："一定不要再想着走老路，还这样迷恋着过去的那种发展模式。所以，刚才你们讲了，下决心停掉一些矿山，这个都是高明之举。绿水青山就是金山银山。我们过去讲既要绿水青山，又要金山银山，实际上绿水青山就是金山银山。"

"绿水青山就是金山银山"，这一科学理念让鲍新民等村"两委"一班人豁然开朗，大家重新认识了余村的优势，坚定了走美丽经济之路的决心。

观念更新了，看问题的角度就不一样了。有句老话说"靠山吃山"。余村的山多，过去看到的是山底下的石灰岩，想的是开矿山，把石头炸出来烧石灰，或用于生产水泥，结果赚了一点小钱，却破坏了生态，这就是所谓的"走老路"；现在再看余村的山，有郁郁葱葱的植被，有山货特产，都是吸引游人的资源。比如，村里有三棵千年古银杏树，高度在 50 米左右，一雄两雌，雄的开花，雌的结果，最大的一棵直径有两米多。树很稀有、雄奇，而且还有发人深思的传说。一棵树树干上留有一块明显的围了小半圈的疤痕，传说古时候有人要伐这棵树，用锯子锯了一小半，肚子饿了，准备吃了饭再接着锯，可等他回来时，树已经把锯开的部分自动封死了。锯树的人被吓跑了，逢人便说："这棵树成了精，有神保护，动不得。"这个传说护佑这三棵树几次逃过了被砍伐的厄运，生活在树下的村民也确确实实被树保护过：有一次严重的雷击烧坏了一棵树的树枝，但树下的房子安然无恙。此外，居住在银杏树下的村民都很长寿，活到八九十岁是寻常事，其中阮阿婆刚过了百岁生日。

还有，看余村不能孤立起来看，要放在安吉县天荒坪镇的背景中来看。天荒坪镇有一个美丽的别名，叫"爱情小镇"。究其来历，是典型的中国式浪漫想象。天荒坪海拔近公里，坪顶有目前亚洲第一、世界第二的抽水蓄能电站。电站上的水库绿水荡漾，波光粼粼，静卧于茫茫竹海之中，俗称"天池"。进入天池之畔，宛若置身仙境，可忘人生之烦恼，顿生浪漫之情愫，"爱情小镇"由此得名。天荒坪景区建有江南天池度假村，还有纵深九公里的大溪峡谷、天池天文科普基地和野外滑雪场等旅游点，是江南著名的高山旅游休闲胜地。在离抽水蓄能电站仅一公里处，还有一组江南罕见的瀑布群，名曰"藏龙百瀑"……总之，旅游是天荒坪镇的支柱产业之一，余村的发展要与天荒坪镇同步。

村"两委"思想统一了，经过村民大会讨论后，全村彻底转型搞美丽经济，把矿呀窑呀加工厂呀统统关闭，把矿洞口填上……绿水青山在还原，可老百姓靠啥吃饭呢？开农家乐为什么没客人？同在天荒坪镇的大溪村怎么就开得红红火火呢？大溪村1990年就率先开出了一家农家乐，现在全村300余户开了200多家农家乐。

鲍新民带着潘春林等人去大溪村参观取经，明白了许多，其中最主要的一点就是：旅游火了，民宿、农家乐才能火；旅游要火，首先要让环境美起来。于是，全村按照生态旅游区和农业观光区的标准进行了改造。道路变宽了，街道变整洁了，水变清澈了，从山洞中出来的自流水堪比矿泉水，可以直接饮用；以村文化礼堂为起点，连接矿山和石灰窑遗址、古树名木、竹山、农业示范田等的一条观光路线设计出来了，各种娱乐、体育设施和独具特色的山货市场也建好了。这般操作下来，余村的旅游业火起来了，民宿和农家乐自然就火起来了。全村现有20多户开农家乐，20多户卖山货，还有零零星星开酒坊的、做小点心的。最火的是余村荷花山漂流基地，游客须要赶早买票，否则就很可能轮不上玩。现任村支书汪玉成说："2020年余村接待游客90多万人次，旅游收入3500余万元。"

农家乐的老板潘春林满面春风地接受我的采访。他小个子，大眼睛，50岁了，还没有一点啤酒肚，一看就是个精干的人。他说："是习总书记给我们余村指出了一条光明大道。没有他的'绿水青山就是金山银山'理念，就没有余村的今天，就没有我的今天。"问他现在每年收入多少，有100万元吗？他笑而不答。笑啥？"笑你太保守了，"带我到余村的天荒坪镇党委宣传委员俞丹说，"你说100万元，他们一个月都不止这个数。"乖乖！真有这么多吗？潘春林不摇头也不点头，说："赚的钱不是我一个人的，是春林山庄旅游公司的。"原来，这家公司是几家农家乐的联合体，旅游服务一条龙，有大巴在上海、苏州、杭州等地接客人，他是董事长、法定代表人。当年与他打赌的老大现在生意如何呢？潘春林说："因生产一次性筷子不符合环保政策，村里不让他干了，他就跑到外村去干，躲到深山里去干，结果他躲到哪里，就被追到哪里，没法干了，只好改行，也搞第三产业了。"说起两兄弟打赌的事，潘春林说："并不是我有什么远见，习总书记要不来余村，我的农家乐开不开得下去还真难说。当年搞装修借了60万元，就怕还不上，也曾经后悔不该借钱，现在我很后悔当时借少了，要借100万元，我的饭店装修就会更好一些。"

我的采访不时被打断："对不起！客人来了，我得去招呼一下。"生意太火，他忙得没时间坐下来，毫不掩饰地说："我忙得高兴啊！忙就说明有钱赚呀。"有人夸他说："你这农家乐不比城里的饭店赚得少呀！"他说："在城里开饭店没法跟我比，第一，这房子是我的，不要付租金；第二，大多数食材是本村产的，特别是新鲜蔬菜，那是我老父亲种的，百分百的绿色食品。"本来他是要按市场价给父亲付菜钱的，可老人家说什么也不要，说："我有我的钱，都用不完，种菜就当锻炼锻炼身体，顺便给你帮帮忙。"瞧这父子俩，真是日子富裕了，说话的底气就足了。

"你们是富了，村里还有贫穷户吗？"潘春林说："应该没有贫穷户了，相对穷点的还是有的，但再穷的人家也有三层别墅，10万元左右存款。"他指着一栋四层楼房对我说："这家就比较困难，主劳力病了，但存款有10多万元。"他的话被老支书鲍新民证实。他说："在余村，即使你躺着，一个月平均也有四五千元的收入：第一是农地的租金；第二是林地的收入分红，是卖毛竹的钱；老年人另外还有老年补贴。潘春林的父亲说的'我有我的钱'，就是指这三块。"

"我们过上了好日子，不能忘了党和政府的好政策，更不能忘了习总书记的'绿水青山就是金山银山'理念，不能只想着自己眼皮底下的那点事儿，得求上进。"潘春林2007年被批准入党，"党员就不能光顾自己发财"。他发起成立春林山庄旅游公司，就是要带动大家致富。原来只有初中文凭的他通过自学，从杭州电大大专毕业，还准备继续深造。"文凭对我来说，并不能帮助升职调级，为啥还要去学去考？是真的感到知识不够用，开公司不懂销售、经营、法律、理财……怎么能行！"

采访到最后，我请潘春林说一件自己感到最幸福的事。潘春林说："我感到最幸福的是 2020 年 3 月 30 日，习总书记再次来余村视察，走进了春林山庄，与我拉家常。我向他汇报了农家乐以及白茶等特色农产品的销售情况，习总书记说：'余村现在取得的成绩证明，绿色发展的路子是正确的，路子选对了就要坚持走下去。'我感到很幸福，很自豪。现在村民有医疗保险、养老保险，还有村集体经济的分红，生活幸福指数很高。所以，我要好好学习宣传习近平新时代中国特色社会主义思想，特别是'绿水青山就是金山银山'理念。"

村姑走上联合国的颁奖台

说罢余村，得去"裘妈"裘丽琴的鲁家村看看了。

当年，余村是转变发展方式，换一个绿色经济的路子发展，鲁家村不同，没有矿山和工厂，穷得叮当响，经济落后，污染却不落人后。村里垃圾遍地，污水横流，苍蝇狂欢，路人掩鼻。裘丽琴当选为村委会主任后第一次召集村委开会，就收到镇里转送来的一份"礼物"，是全县卫生检查考核的排名通报，在全县 187 个村子中，鲁家村赫然排在倒数第一的位子上！

丢脸啊！裘丽琴与村支书朱仁斌以及其他与会者，一个个面面相觑，无言以对。实施"千万工程"时，离鲁家村不远的高家堂村就是一个示范村，老老实实向人家学呗！但是高家堂村的经验鲁家村学不来啊，人家集体经济实力雄厚，鲁家村却欠债 150 多万元！

不管怎么说，工作还得做，怎么也得把"倒数第一"这个不光彩的名次变一变吧！大家研究，别的事暂时还办不了，先把乱扔垃圾的问题解决了。要村民不乱扔垃圾，得买垃圾桶，可就连买垃圾桶的钱，村里也拿不出来。没法子，朱仁斌、裘丽琴等村干部筹集了 8.5 万元，给全村每 25 户配一组垃圾桶，聘一名保洁员。

然而，村干部的一片苦心并没有马上见效，垃圾桶摆上了，但人家仍旧把垃圾倒在路旁，倒进河渠。你给他讲道理，他说："你们这些村干部没本事让大家发财，就知道管垃圾。"话很难听，但再难听也得受着！裴丽琴带头，不怕脏，不怕累，不怕嘲笑，默默把村民倒在河沟里的垃圾捞上来，把倒在路边的垃圾扫干净。如此日复一日，风雨无阻，一个多月坚持下来，大多数村民终于被感动，开始有人喊她"裴妈"了，有人请她进屋喝茶了，与她说起了掏心窝子的话：谁不喜欢干干净净、漂漂亮亮，但人穷志短，马瘦毛长，人要是穷了，就懒得讲究，也讲究不起来，能凑合就凑合。现在，年轻人都出去打工了，留在家里的都是老小，平时村不像个村，冷冷清清，家也不完整，一家分几处，老人身边不见儿女只有孙辈，就过年的时候全家团圆，热闹几天，年过完了，还是老样子……谁也不是故意和你们干部作对，你们得想办法让大家致富呀！得想办法让出去的人回来呀！

老百姓的话没啥大学问，但句句在理。裴丽琴和朱仁斌又何尝不懂经济是基础的道理。先别说让大家致富，就是完成"千万工程"规定的整治任务，没有钱也完不成啊！找镇里、县里要？不可能。要是贫穷县、贫穷乡、贫穷村，反倒好说，国家、省、市的扶贫资金自会拨下来。而鲁家村呢，说你富裕吧，你账上没有钱，反而欠账百多万元；说你贫穷吧，又算不上，全村基本都是楼房，仅看外表也有几分堂皇。说它穷，是相对于富裕村的穷，是没有集体经济的穷，而非某些村民日子过不下去的穷。

鲁家村是一个比较典型的发展滞后村，滞后的原因很多，其中之一是没有找到发展方向，就像人在沙漠里找不到北。打造"绿色浙江"，实施"千万工程"，让鲁家村"两委"明确了要走绿色经济的发展之路。虽然对这条路究竟如何走心里还没数，但有一点是非常明确的，就是必须对村容村貌进行彻底整治，没有一个绿色的环境，发展绿色经济就是一句空话。整治是要花钱的，朱仁斌、裴丽琴等村干部纷纷外出找乡贤"托钵化缘"。鲁家村也有几个在外面发展得不错的老板，见老家的村支书、村主任找上门来，无不愿意为家乡建设出力。

在他们外出筹资期间，"绿水青山就是金山银山"的理念正传遍安吉、传遍湖州、传遍浙江。朱仁斌、裘丽琴和乡贤们议论，要按照这一重要理念来重新改造鲁家村。筹集到的300万元，一部分用于垃圾分类、污水处理以及道路、河道的整治，一部分用于请专家来村里按照"绿水青山"的要求设计规划，然后按蓝图进行建设。

本来就没筹到太多钱，竟然还要花好几万元请专家？村"两委"会上有争论，村民中更是炸开了锅。为说服大家，朱仁斌、裘丽琴磨破了嘴皮子，还请镇里的干部和乡贤来讲解，终于让大多数人明白，建设美丽乡村、发展美丽经济，不能脚踩西瓜皮，滑到哪儿算哪儿，必须先做好规划、设计好蓝图，而规划设计光靠我们自己还不行，因为外面的世界很大，我们只看到了周围的一点点地方，而专家见多识广，有国际眼光，所以要请他们帮忙。不过，外来的和尚到底会不会念经，村民仍然将信将疑。

从上海和广州请来的专家团队到实地考察，看了鲁家村的地形地貌后，就感到特别兴奋，觉得是个发展美丽经济的好地方，关键是要好好规划、认真建设。比如，原来分散在高低不平的丘陵上的农田和林地，分属一家一户，各家的田各人种，显得杂乱无章，有的还撂荒了。如果根据不同地形，建成若干个各具特色的家庭农场，既有作物种植收入，又有旅游景观收入，岂不一举两得！专家们研究得很详细，不仅查阅了大量资料，而且进行了实地测量，对水、土取样化验。三个月后，专家团队拿出了规划蓝图。

蓝图被制作成多媒体文件，像放电影一样放给大家看。瞧，这还是鲁家村吗？街道、河道旁，绿树成行，鲜花盛开；十里绿道，纵贯全境；田野上空，白鹭飞翔；顺着起伏的丘陵，依次展开18个各具特色的家庭农场，有的种粮食，有的种蔬菜，有的种花种草，错落有致；池塘里，水库中，有荷花开放，有鱼儿跳跃；围着18个农场的不是围墙，而是几公里长的铁道，游客可以坐着小火车去观光，农场的人也可以坐着去上班；还有民宿、农家乐、文化礼堂和运动场……村民们看罢张大了嘴巴，半天才回过神来。

精彩的蓝图绘就，又如何实现呢？有许多问题需要解决，第一就是资金问题。没有足够的投资，就是纸上谈兵。"请问资金在哪里？"答复是："暂时还没有，但准备去招商引资。""引得来吗？""试试看。"招商的办法，就是用多媒体给商家放规划蓝图，在杭州放第一场后，就有一家蔬菜公司愿意来种植有机蔬菜。蓝图又从杭州放到上海，有意投资的人越来越多。多家投资是好事，但如果没一家牵头，谈判、管理都有麻烦。最后敲定，由上海一家旅游公司来牵头。

有了资金来源，接下来的问题是股权结构，经谈判沟通，确定股份比例为出资方占51%，村里占49%。这个方案经村民委员会讨论，总算是通过了，但村民除关心集体收入外，还关心自己的钱包。与公司签约后，经营模式变成了"公司＋村＋农场＋村民"，村民人人有股份，都成了股东。这在鲁家村可是开天辟地头一回，村民疑问很多，得一个一个解释，一家一家算细致。"我的承包地被集中经营后，权益怎么保障？""地还是你的承包地，等于你租给了农场，每年给你租金，租金要多于你自己耕种的收益。""地租出去了，我干啥？""会经营的可以优先承包家庭农场，没经营能力的可以当职工，拿工资。"最后村民都清楚了今后将有三份收入：第一是承包地的租金，第二是股份分红，第三是打工的工资。

鲁家村按照设计蓝图建设，一年一个样，越来越美丽，2015年，蓝图全部变成了现实，村民人均可支配收入超过了4万元。那"呜呜"鸣叫的小火车，引来了络绎不绝的游客，与村民们一起领略美丽乡村、美丽经济的魅力，一起见证"绿水青山就是金山银山"理念指引和"千万工程"推动下鲁家村脱胎换骨的神话。就是这个神话，把这个村的"裘妈"推上了联合国的领奖台。

位居前列的全国文明城市

湖州是"绿水青山就是金山银山"理念的发祥地，自然是先得春风先扬鞭。与余村一山之隔的上墅乡刘家塘村"两委"班子，在电视上看到习近平同志在余村调研并提出"绿水青山就是金山银山"理念的新闻后，坐不住了。村支书

褚雪桥说:

原先我们与余村一样,集体经济靠开矿和烧石灰窑。两个村虽然不在一个乡镇,但隔得近,翻过山就是,所以互相比着干,你开矿我也开矿,你烧窑我也烧窑。2003年,他们关了两个矿和水泥厂,我们没关,还想等等看看。听到了"绿水青山就是金山银山"理念,我们不能再等了,立马把矿山和石灰窑关了,想办法走绿色发展的道路。原来的石灰仓库背靠着山,面对一个小水库,村里就把它改造成农家乐,又搞了个"艺术山谷",展示过去农村的老物件,如磨子、碾子、水车、风车等,又请人画了一幅大画。画面上,夕阳西下,小孩骑在牛背上,老汉挥舞锄头在田里干活……这就是乡愁,是历史与诗和远方的结合。想不到这很受欢迎,游客来得很多,几家农家乐不够了,又先后开了28家,生意都不错……村里提的口号是:做文明人,干文明事,创文明村。2020年,刘家塘村人均纯收入4.8万元,集体收入260多万元,成了全国文明村、乡村旅游创客示范村。

一个个村子和一条条街道的小环境,固然是城乡大环境的有机组成部分,但小环境是受制于大环境的。改善大环境必须由政府主导,全民协力。在"绿水青山就是金山银山"理念的指引下,湖州市把生态立市作为首位战略,先后作出了创建全国生态文明先行示范区、打造生态样板城市的战略部署。

生态文明建设简单地说就是要满足人民的朴素要求:吸上新鲜空气,喝上干净的水,吃上放心食品;出门是绿地,放眼见青山。仅以治理水污染为例。湖州重拳出击:对矿山进行集中整治,矿企由原来的600多家削减到30几家,并且进行环保改造;累计淘汰近1600家落后产能企业,对2万多家"低散乱"企业进行整治;把沿南太湖岸线五公里内的企业全部关闭,对湖鲜一条街进行停业整顿,对所有排污口一一登记,建起日处理能力3万吨的污水处理厂,杜绝了向太湖排污的现象。湖州是全国率先推行"河长制"的城市,市、县、乡、村四级河长，加上民间河长，严防死守，不放过一个排污口。这般操作下来，南太湖的水质达标了，连续十几年保持Ⅲ类水质。

关了那么多企业，地区生产总值不降反升，2005—2020 年，湖州市生产总值年均增长 10%，城乡居民人均可支配收入年均增长分别超过 10% 和 11%，2021 年收入比缩小至 1.65 : 1。湖州已经摸到了一条绿水青山与金山银山互相促进的路子，印证了习总书记的一段话："绿水青山既是自然财富、生态财富，又是社会财富、经济财富。"

"行遍江南清丽地，人生只合住湖州。"今天的湖州，是全国最宜居的城市之一，同时拥有"历史文化名城""国家森林城市""国家园林城市""国家卫生城市"等荣誉称号。特别是 2020 年，它以全国地级市排名第一的成绩获得全国文明城市"两连冠"。不仅如此，其所属的长兴、德清、安吉三县级市也全部入选全国文明城市，实现了全市"满堂红"，其中德清在县级城市中排名第一。这种情况，在全国应是非常罕见的。

践行"绿水青山就是金山银山"理念，为了一句"在湖州看见美丽中国"，像余村的鲍新民、鲁家村的"裘妈"这样的基层干部很拼，各级党政机关的干部也很拼。陪我在安吉余村采访的一位女干部不是下基层，就是开会、学习，一天到晚不着家，上八年级的女儿没有机会与她交流，在 2021 年三八节前夕，给她写了一封信，信中说：

> 对于您的工作，我有些自豪，却说不上是为什么。记得有一段时间您特别忙，当我入梦时您还没回家，当我清晨出门时您还在睡觉，连见到一面都不太容易。但当我在电视上看到习爷爷来到您工作的地方时，我释然了，我感到自豪。我明白，您也许不能像其他母亲一样花更多时间陪伴我长大，但您的身影是我的榜样。
>
> 妈妈，我还是希望您能抽空在周末放松一下……

3

青山不负有情人

浙江丽水市多年来坚持走绿色发展道路，坚定不移保护绿水青山这个"金饭碗"，努力把绿水青山蕴含的生态产品价值转化为金山银山，生态环境质量、发展进程指数、农民收入增幅多年位居全省第一，实现了生态文明建设、脱贫攻坚、乡村振兴协同推进。

上述这段话被称为"丽水之赞"，是 2018 年 4 月 26 日，习近平总书记在深入推动长江经济带发展座谈会上讲的。他对丽水非常熟悉，在任浙江省委书记期间，曾用"秀山丽水，天生丽质"来赞美丽水，先后八次到丽水考察指导，每次都向当地干部群众强调要走绿色发展之路。2006 年 7 月，习近平同志在丽水调研时重申"绿水青山就是金山银山"并强调对丽水来说"尤为如此"，告诫丽水"守住了这方净土，就守住了'金饭碗'"。

丽水人没有辜负青山，青山也没有辜负丽水人。至 2021 年，全市农村常住居民人均可支配收入增幅连续 13 年、生态环境状况指数连续 18 年位居全省第一，全市九个县（市、区）率先实现省级生态县全覆盖。丽水还先后被列入首批全国生态文明先行示范区、首批国家级生态保护与建设示范区；被授予"中国长寿之乡""中国气候养生之乡"等称号；2017年、2020年连续两届被评为"全国文明城市"。

下面这些数据，也许能让人更直观地感受到丽水优良的生态环境：森林覆盖率80%以上；优良空气每年350天以上，空气中的负离子标准浓度为3000个，可谓超级清新；全境水质状况极好，2021年全市重点监测的99个水环境功能区水质达标率99%，I类水和II类水占比达89%，在全国名列前茅。

点绿成金不是神话

考丽水地名之由来，历史上其境内还真有一条溪流叫丽水。据唐李吉甫《元和郡县图志》："丽水本名恶溪，以其湍流阻险，九十里间五十六濑，名为大恶，隋开皇中，改为丽水，皇朝因之，以为县名。"虽然那条名叫丽水的溪流已经改名为好溪了，但丽水县名保留了下来，1986年撤县设市，2000年设立地级丽水市，原县级丽水市后被改为莲都区。

这段历史掌故，从一个方面说明了丽水自古偏僻。丽水被称为"江浙之巅"，境内有海拔公里以上的山峰3500多座，浙江最高峰和次高峰都在这里。有山就有水，丽水是瓯江、钱塘江等六条江河的源头，水资源丰富。但在"农业以粮为纲"的年代，"九山半水半分田"的丽水是穷地方。

浙江全省11个地级市中，丽水的面积最大，海拔最高。丽水人世世代代守着青山绿水，但长久以来，绿水青山没有变成丽水人的金山银山。为了生活，青田人出国去欧洲闯世界，青田成了著名的侨乡。以往，丽水与浙江其他地区相比虽有差距却不明显，但改革开放后，差距一下子拉大了。眼看着山下的人赚得盆满钵满，山上的人却囊中羞涩，能有"我自岿然不动"的定力吗？有人沉不住气了，想靠发展工业来打翻身仗。比如，丽水的矿产资源丰富，不仅种类多，而且质量优，矿床规模大，分布较集中，其中有金、银、钼以及稀土、叶蜡石等稀有矿产，如果加大开发力度，再配套发展冶炼企业，矿产资源就是一个"金饭碗"。但是如果在环保技术还没有跟上的情况下发展矿业，势必会对环境造成破坏。

在决定丽水发展方向的关键时刻，时任省委书记习近平同志在调研时告诉大家，丽水要发展，就要端好绿水青山这个"金饭碗"。于是，就有了丽水"点绿成金"的文明实践。

"不识庐山真面目，只缘身在此山中。"生活在丽水这个天然大氧吧里，吸着超级清新的空气，喝着可直接饮用的水，吃着没有污染的绿色食品，大家反而有点浑然不觉了。习近平同志一语点醒"急"中人，丽水人仔细一瞧，认真一想，自己可不是端着"金饭碗"吗？就怕"有眼不识金镶玉"。时任丽水市委宣传部副部长张卫英在接受采访时说："绿水青山怎么变成金山银山？转变发展观念很重要，观念转变了，'点绿成金'的办法就越来越多了。"她跟我讲了一些实现生态产品价值的典型案例，让我大开眼界，只觉得与点石成金的神话相比，"点绿成金"不是神话却胜似神话。

南方的水稻多，多得有点不值钱了。丽水的青田县自古有"稻鱼共生"的种养传统，但大家只想到了种稻与养鱼两份收入，所以稻当普通稻卖，鱼也当普通鱼卖。2005 年，青田县"稻鱼共生"系统被联合国粮农组织列入首批全球重要农业文化遗产保护项目，成为中国第一个入选项目。丽水市和青田县邀请浙江大学专家开展了五年的田间试验研究，结果显示，"稻鱼共生"与水稻单作相比，所需农药量减少 68%，所需化肥量减少 24%，纹枯病发生率平均降低 54%，稻飞虱密度平均降低 45%。这说明，"稻鱼共生"系统中的水稻是生态稻，养出来的鱼是生态鱼。生态产品能与普通产品一个价格吗？随着鱼米市场对"稻鱼共生"认可度越来越高，每公斤稻鱼米的零售价从过去的六七元跃升到 15~25 元，成功跻身中高端大米市场。在联合国粮农组织、农业农村部、中科院等单位的支持和指导下，2017 年"稻鱼共生"种植养殖面积达 4.6 万亩，实现每亩"百斤鱼、千斤粮、万元钱"，既保护了生态，又有效促进了农民增收。

苔藓是地球上最原始的陆地植物，4.7亿年前就有了，其生命力极强，热不死，冻不死，旱不死，采光不足也阴不死。丽水是苔藓植物的天堂，林间、田头、空地甚至石头、树干上无处不生。曾几何时，苔藓一文不值，被视为最贱的植物之一。但贵与贱往往是同一事物的两极。苔藓类植物是地球首个稳定的氧气来源，具有良好的贮水功能，能吸收的水分高达本身重量的20倍，堪比海绵。同时，苔藓被誉为大气污染的预报者，对大气污染反应的敏感度是种子植物的10倍，对各种污染物又有很强的去除作用。进入环保新时代，苔藓从丑小鸭一下变成白天鹅。2012年，丽水市润生苔藓科技有限公司应运而生，首创苔藓人工周年栽培技术。公司生产的各种苔藓原料，是花卉园艺产业上的"高、新、尖"产品。昔日不起眼的苔藓，如今已成为引领生态经济新潮流的"明星"。

说完不起眼的苔藓，再来看看传说中的仙草——铁皮石斛，《道藏》里排在"九大仙草"之首。越剧《白蛇传》中，白娘子上天盗来仙草，救了许仙的命。铁皮石斛本来就是名贵中药材，经《白蛇传》这么一做"广告"，更是身价不菲。南方不少地方一度争相种植铁皮石斛，市场上一时鱼龙混杂，优劣并存。既然被称为仙草，铁皮石斛就不是一般地方能种出来的，仙草当长在仙境中。丽水很多地方的自然条件接近于传说中的仙境，应该来试一试。2011年8月，唯珍堂在龙泉西街街道周村建立了铁皮石斛原生种植地。他们选择优质品种，在野外原生态培植，所产出的铁皮石斛堪比野生铁皮石斛。上市后，受到专家和消费者的高度认可，尽管价格高于市场均价的10倍以上，仍然十分抢手。现在，丽水龙泉已是全国最大的铁皮石斛种植基地。

丽水的水好，"独乐乐不如众乐乐"，2018年5月，在杭州国际博览中心举行的第二届中国国际茶叶博览会上，浙江清华长三角研究院生态环境研究所常务副所长刘锐为丽水站台，来了一场"泡茶之问"："好山出好水，好水泡好茶，泡茶问丽水"，向大家推荐泡茶好水"丽水山耕·披云水"。披云水，即来自披云山原始森林终年不枯的龙泉水。过去，披云水千年流，万年淌，当地人从来也没有觉得这水还会这么值钱。经科学考察，这可是全国罕见的宝贝水！披云水出龙泉后，流经青龙峡里的第四纪冰川遗迹——山谷冰臼，大自然使之发生了神奇的变化：出现了稀有的小分子团水结构，含多种有益于人体的矿物质，氢、氧离子是普通水的数十倍，呈弱碱性。披云水绵柔顺滑，口感独特，特别适合饮用，尤其适合泡茶。上市不久，披云水便跻身中国饮用水十大品牌之列。这次博览会后，"泡茶问丽水"成为茶友中的热词，披云水销量猛增。经清华长三角研究院生态环境研究所化验检测，丽水共有 46 处类似披云山的特优质水源。

好水好泡茶，也好养鱼。千峡湖的"洁水渔业"被人称为"矿泉水里长大的产业"。千峡湖是浙江省最大的峡湾湖，湖区库湾众多，水域面积 10 万亩。湖被植被茂密的群山环绕，湖水清澈晶莹，一般能见度有十二三米，属国家 I 级水体，可供直接饮用，也非常适合各种鱼类繁衍生息。千峡湖过去也曾养鱼，与普通水里的养法无异，又是网箱，又是投饵，虽增加了一点产量，生态鱼却变成了喂养鱼，辜负了一湖好水。转变观念，现在搞美丽经济，"洁水渔业"采用全生态天然养殖方法，在养殖过程中不设网箱、不投饵料、不施农药，遵循自然界中的生物链原理，探索出一条既改善水质，又提高渔产的生态养殖之路。2017 年，千峡湖出产的"千峡渔翁"生态有机鱼通过国家有机产品认证，2018 年获得"浙江省名牌"称号。"千峡渔翁"有机鱼成为鱼中贵族，出现在杭州、上海等大城市的饭店里……

青山是金，绿水是金，乡愁也是金

正所谓思路变了天地宽，丽水往发展绿色经济上使劲，绿水青山转化为金山银山的例子俯拾皆是。在发展第一产业时，这种转化主要体现在品牌溢价上。张卫英副部长问我："你知道'丽水山耕'这个品牌吗？"我摇了摇头，说："恕我孤陋寡闻。"她说："你不知道，说明我们宣传不够。"看她推荐的材料，我明白了："丽水山耕"品牌是丽水历经三年创立的覆盖全品类、全区域、全产业链的地市级农业区域公共品牌。之所以取这个名，是因为"山"是丽水最大的自然特征，而"耕"是传统农业生产方式的体现，得天独厚的生态优势孕育了独具特色的丽水农耕文明。说白了，就是要打丽水的青山绿水这张王牌。

自走上绿色经济发展之路后，丽水全市涌现出 7000 多个农产品生产经营主体，2800 多个品牌商标，但国家级农业龙头企业只有一家，著名商标寥若晨星。要创出一个品牌，策划、宣传必不可少，这不仅需要大量资金，还要有专业的品牌营销人才。想靠弱小的单个企业去打响品牌，几无可能。丽水市委、市政府看到了消费者对品牌农产品的旺盛需求，同时深刻感受到众多小企业单打独斗创品牌的无力感，责无旁贷地站到创品牌的第一线，委托浙江大学中国农业品牌研究中心策划，在全国率先创建了"丽水山耕"公用品牌，并构建起一套"母子品牌"运行模式。2017 年 6 月，"丽水山耕"成功注册为含有地级市名的集体商标，为政府所有，经生态农业协会注册，由国有农投公司运营。经国家认证认可监督管理委员会批准，"丽水山耕"成为全国率先开展认证工作的农业区域公用品牌。凡是通过认证的，就可以打"丽水山耕"＋自身商标的母子商标，如"丽水山耕·披云水""丽水山耕·千峡渔翁"等。持有母商标的农业协会和农投公司，采取基地直供、检测准入、全程追溯等手段，对产品质量进行严格检测把关，实现农产品溯源系统全覆盖。在"丽水山耕"品牌旗下，形成了菌、茶、果、蔬、药、畜牧、油茶、笋竹和渔业等九大主导产业，累计销售额达数百亿元，产品平均溢价率超 30％，远销北京、上海、广东等 20 余个省市。据 2017 年中国农产品区域公用品牌价值评估结果显示，"丽水山耕"品牌价值为 26.59 亿元。

继"丽水山耕"之后，丽水又打出了"丽水山居"和"丽水山景"两个品牌。前者是全市农家乐和民宿的公共品牌，后者是全市旅游景点的公共品牌。这是一对互相依存的孪生品牌。无山景，山居无人问津；无山居，山景难以留人。"丽水山居""丽水山景"，只是各有侧重而已。

青山是金，绿水是金，乡愁也是金。

在从丽水市区往遂昌县的路边，我经过了一个有 400 年历史的古村——下南山村。村里的房子大多建于民国时期，最老的房子据说建于清代。村名叫人一下想起陶潜的诗句："采菊东篱下，悠然见南山。"还别说，村子真有几分陶潜田园诗的意蕴。40多栋民房依山而建，白墙黛瓦，大多是吊脚楼，夯土墙，层次感很强，上层人家的地面甚至高于下层人家的屋顶。村内道路鲜见平地，靠错落有致的台阶相连，坡陡处一律用石头护坡。房前屋后，有古树修竹，有小花园，此时正开放着月季、蜀葵、栀子花。有的小院里还挖有小池，养着锦鲤、金鱼等观赏鱼。有一条小溪从村中流过，两岸是茂密的树林，因其源头是一个水库，流量可人工调节，故四季不断流。村民告诉我，因为古村的房子太老，大多成了危房，于是政府在山下平地给村民盖起了新房，但留下来的古村没有被废，而是引进投资，按修旧如旧的原则原样重建，复活古村风貌，保留文化基因，将其变成了欢庭·下南山酒店，又叫"下南山原始村落度假村"。房子大多变成了民宿，价格不菲，节假日需要提前预订。我在一家民宿的小院里坐了坐，看树竹葱绿，听流水叮咚，顿有归隐田园之意。

走在丽水大地上，时不时就可见到像下南山村这样几乎原汁原味的古村落。一种以乡间客栈、文化驿站等为骨干的乡村旅游新业态正在形成。据统计，2021年，全市培育农家乐民宿3507家，全年接待游客超2600多万人次，实现营收24.6亿元。

听说过因一棵红柿子树而走红的村落吗？松阳县枫坪乡沿坑岭头村，又是坪，又是坑，又是岭，一听这个名字就感受到它的偏僻，怎么发展？虽然偏僻但风景优美，尤其是别具一格的红柿子难得一见，画家也许会一见钟情。试试请人来看看呗！这一试，本来"养在深闺人未识"的沿坑岭头村一下在画家圈里火了，于是一个"画家村"横空出世。如今，全村开办特色民宿13家，年接待写生创作师生及游客2万人次。

在丽水，比松阳"画家村"更著名的是莲都区的"古堰画乡"。古堰，指的是建于公元505年的通济堰。通济堰横跨碧湖和大港头两镇，距丽水市20公里，是国家重点文物保护单位、世界首批灌溉工程遗产。2006年7月，时任浙江省委书记习近平同志来古堰调研，看到这里有古街、古亭、古村落、古码头，有青瓷古窑址，还有一片片树龄千年以上的古樟，见江南小镇如此自然古朴，历史文化沉淀如此深厚，感慨不已，深情地说，绿水青山就是金山银山，对丽水来说尤为如此。但是，当时古堰人还没有这个认识，支柱产业是木业，不大的地方就有大小150多家木工厂，电锯、电刨、斧头、凿子齐上阵，噪声吵死人，收入却羞煞人，年人均收入不过3000元。习近平同志要求大家发展绿色经济，特别叮嘱：只要守住这一方净土，就捧住了金饭碗。

随后，古堰关闭了木工厂，走上了打造"古堰画乡"特色小镇的美丽经济之路，经三年建设，于2009年正式开园。小镇完整地保存了原有的生态河川景观，沿江两岸的滩、屿、岛、林等自然资源与堰、港、坝、村等人文资源相映生辉，更加典雅迷人。镇内93%断面的水质常年保持国家Ⅱ类水标准，空气质量和噪音控制均达到国家Ⅰ类标准。"古堰画乡"，把"古堰"的特色充分表现出来了，"画乡"的文章就好做了。这里本是丽水巴比松画派的诞生地，那就把油画当一个产业来做，油画创作、专业展示、拍卖、定销等一条龙发展，收入不菲。"中国美术家协会写生基地"的牌子挂上了，"'古堰画乡'院校联盟"的牌子也挂到了这里，300余家国内外艺术院校在此建立了艺术教育实践基地，年接待写生创作人员15万人次以上，先后举办了六届全国知名画家写生创作行、首届中国写生大会及作品展、"古堰新韵"小镇音乐节等活动。"古堰画乡"成为吸引绘画、音乐、摄影、旅行等领域爱好者的"天堂"。游客纷至沓来，又带旺了小镇民宿。小镇的"原住民"基本都在景区就业，居民年人均收入从2006年的3000元到2020年超4万元。

2021年，丽水全市第三产业增加值964.9亿元，同比增长8.4%，其中住宿、餐饮等传统服务业增长18.6%。

首创"两山公司"和 GEP 核算

在第一和第三产业上，绿水青山转变为金山银山的表达比较直接，而在第二产业上似乎难以一下子看明白。

滩坑水电站是 21 世纪丽水的一大水电工程，电站位于青田，而水库库区又延伸至景宁畲族自治县境内。根据历史的水文资料，审批的电站水库年取水量为 34 亿立方米，预测年发电量为 10.2 亿度。2009 年电站建成后，实际取水量却有所增加，2011 年至今，年均可用水量超 40 亿立方米，年发电量达 12.2 亿度，比预期增加了 2 亿度。按每度电 0.67 元计算，每年增加值为 1.34 亿元。电发多了，是因来水多了，可来水多并非由于天气异常或降水增加，而是得益于水库周边良好的水源涵养。毫无疑义，是景宁和青田的青山让电站每年多发了 2 亿度电，每年增加的 1 亿多元收入是青山的格外恩赐。

位列世界 500 强的德国肖特集团是一家有 130 多年历史的跨国公司，是全球医用玻璃生产的主力。在丽水缙云的肖特玻管项目，是肖特集团在德国本土以外投资的最大项目，设计年产值近 10 亿元。2020 年 11 月，肖特玻管正式投产。肖特集团董事会主席海因里希特博士谈到了为什么把厂址选在相对偏僻的丽水："高品质的医药容器对生产环境有着极高要求，而丽水具有无可比拟的一流生态环境，以及优质的营商环境，这是集团决策层最终选择丽水的根本原因。"

浙江国镜药业有限公司前身为龙泉制药厂，以大容量注射剂为主打产品，是最接近工业 4.0 的智能制药厂。这家曾经奄奄一息的企业之所以能一跃成为全省健康医药产业的标杆企业，其中一个重要原因是充分认识并利用了龙泉的生态效益。

首先是占了龙泉优质水资源的"便宜"。原水的水质决定了注射用水制备处理的成本。龙泉地下水和河水的电导率仅为其他地区的四分之一，这就极大降低了水的净化成本。其次，空气净化处理成本也远低于其他地区。药品生产对空气的洁净度有严格要求，生产车间的空气净化系统必须 24 小时不间断运行。

龙泉的空气质量优良，大幅度延长了空气过滤器的更换周期，从而减少了60%的维护费用。此外，蒸汽耗用成本也下降了90%。总之，在绿水青山中开药厂，既可节省成本，又有助于提高药品质量。从绿水青山中得到实惠的国镜公司先后投入1100万元用于环保改造，实现了绿色生产和清洁生产。

绿水青山就是金山银山，无论是第一、第二还是第三产业，都证明了这一理念的科学性。而科学是可以量化的，生态产品的价值应该也可以量化。国家电投集团投资的缙云县大平山光伏发电项目，得益于大洋镇优越的生态环境，光伏发电板使用寿命延长近5年，年发电量增长超10%，投资方愿意支付"生态溢价"回馈乡村，与大洋镇"两山公司"签订调节服务类生态产品购买协议，分年度支付购买资金近280万元。

这里讲到的"两山公司"是隶属于乡、镇政府，专门经营生态产品的公司，负责生态环境保护与修复、自然资源管理与开发等，是公共生态产品的供给主体和市场化交易主体。但是，作为公共产品的生态，不能像用电那样按电表计费，怎么办？自2019年确定为全国首个生态产品价值实现机制试点以来，丽水以生态系统生产总值（GEP）核算为切入点，率先破题绿水青山的量化工作，开展生态产品价值核算，发布地方标准《生态产品价值核算指南》和《丽水市生态产品价值核算技术办法（试行）》，探索试行与生态产品质量和价值相挂钩的财政奖补机制，形成了一系列生态产品价值核算以及交易制度体系。至2020年底，丽水所有乡、镇均组建了"两山公司"。绿水青山作为全民共享的公共生态产品，政府奖励或购买生态产品在丽水率先破题。依据GEP增量的2%标准，景宁县财政向大均乡"两山公司"支付188万元，用于进一步保护和改善生态环境。云和县出台了生态产品政府采购试点暂行办法，分别向雾溪乡、崇头镇"两山公司"支付首期生态产品购买资金约58万元、208万元。

2020年7月，杭州宏逸投资集团有限公司向青田县小舟山乡"两山公司"支付300万元，购买项目所在区域生态产品。这是首笔基于GEP核算的生态产品交易，标志着生态产品价值得到了市场认可。清新空气、优美环境等生态要素被作为"生态溢价"明码标出，纳入民宿的定价范围。"生态溢价"也体现在土地出让上。云和县探索"经济产出价值＋生态环境增值"的生态资产评估核算方式，科学量化出让地块的生态价值，明确生态环境增值部分专用于生态环境建设。目前，已有四宗"生态地"成功出让，共实现生态环境增值超过75万元。

2020年10月，青田县发放了全国首本生态产品产权证书，农商银行以GEP及未来收益权为质押物向"两山公司"发放了全国首笔"GEP贷"500万元。这标志着GEP也可质押、可变现、可融资了。这年年底，丽水发放各类"生态贷"的余额为187.5亿元。

碳中和是近年来的一个热词，简言之，就是对人类活动所排放的二氧化碳总量，要通过植树造林等措施来抵消，使之中和、归零。绿水青山可以说是实现碳中和的王牌，通过参与碳中和而转化为金山银山。2020年11月，在嘉兴海宁举办的浙江省公共机构节能管理干部培训班，开展了一次"零碳会议"试验。在省机关事务管理局支持下，会议购买丽水森林经营碳汇项目，中和抵消会议产生的60多吨温室气体排放量，从而实现碳中和。碳交易由此破题。现在，丽水正在争创中国碳中和先行区。

2021年5月，全国生态产品价值实现机制试点示范现场会在丽水召开，丽水生态产品价值实现机制正由试点逐步走向示范。

青山不负有情人。"绿水青山就是金山银山"，丽水提供了一个鲜活的样本。

4

看不见垃圾的城市真美

垃圾分类工作看似不起眼，却能从一个方面度量出一个社区、一个城市的文明程度。在创建文明城市的实践中，金华市把垃圾革命作为一个重要抓手，抓出了一个垃圾分类的全国典型——金东经验，抓出了一个看不见垃圾的文明城市，一个垃圾不落地的城市。

人类制造的垃圾遍布全球，上至世界最高的珠穆朗玛峰，下至世界最深的马里亚纳海沟，都没能幸免！在地球受到垃圾严重威胁的同时，垃圾的制造者自身也受到了严重威胁。垃圾分类，进行无害化处理，是减少垃圾污染的主要手段，是人类的一种自救行为。如今，垃圾分类、变废为宝已成为检验一个国家、一个地区、一个城市、一个社区、一个人文明程度的一把尺子。

用这把尺子量下来，浙江的成绩排在全国前列，金华又在全省前列。申报参评第六届"全国文明城市"的城市，必须连续三年（2018—2020）接受中央文明办组织的考核。在全国113个地级提名城市的测评中，2018年、2019年，金华连续两年位居第一，2020年，三年总评第三。金华顺理成章成为"全国文明城市"。

在南下王村看垃圾分类

对金华，我自认为并不陌生。《记金华的双龙洞》是叶圣陶先生的著名游记，无意中给金华做了广告，很多人就是冲着游记中写的双龙洞和冰壶洞去的。我也不例外，第一次去金华就是想看这两个岩洞。改革开放后，我曾多次去金华驻军采访，顺便也到地方看了看。当时我看到金华的农村变富了，一幢幢新的楼房如雨后春笋般冒出来，但各种垃圾也泛滥成灾，沟渠河道半为垃圾所占，甚至村道中间也有垃圾。

这次再到金华采访，行前脑子中难免还有老印象。等走进金东区江东镇南下王村，我看到干干净净的街道和家家门前栽种的鲜花时，一下颇为惊诧，这变化也太大了吧？村民怎么就能规规矩矩地进行垃圾分类了？村支书汤旭林说："我们先到村里转一转，转完后再回答你的问题。"他如今50岁，当了八年的村支书，是金华市劳动模范、浙江省优秀共产党员，非常善于和农民打交道。

村里的房子大多是三层的，也有二层和四层的。走了一圈，发现没有一家有围墙，门前的小院全部是开放式的，只用半人高的透空砖墙或铁栏杆，里面大多摆着盆栽花卉，边缘栽有月季、玫瑰、凌霄等，也有在院子中搭葡萄架的，或栽石榴、玉兰、紫薇、碧桃等花木的。总之，让人看了十分舒适。一座平房前，一个老婆婆在用木盆洗衣服。问她为什么还住这儿，她说："老房子住惯了，舒服。""孩子们愿意跟你一起住平房吗？""那！"她指着路对面一栋三层连体楼房说："两个儿子，一人住一半。"我谢绝了她让我进屋喝茶的邀请，见院子中没有垃圾桶，便问她："垃圾桶在哪里？"她说："过去一家两个垃圾桶，摆在院门口，现在没有垃圾桶了，有垃圾就分好类拿到村垃圾站去倒。"

又转了一条街，来到一个建在离民居约30米外的垃圾站，远看挺像一个亭子。如果不看墙上的垃圾分类宣传画和垃圾投放注意事项，也许没人能想到这是一个垃圾站。有一扇门，只有在规定的时间段内扫二维码才能打开，其余时间垃圾站就是全封闭的。汤旭林说："我们的做法简称'两定四分'。'两定'是指规定的时间和规定的地点，每天倒垃圾的时间为'233'，就是一天2次，一次3小时，早上为6点至9点，晚上是18点到21点。我们村不大，设了两个垃圾投放点。'四分'是指把垃圾分为易腐垃圾、可回收物、其他垃圾和有害垃圾四类。每天到规定的时间，会有一个巡检员在垃圾站外面，对大家带来的垃圾进行检查，发现有分类不正确的就及时纠正。然后，倒垃圾的人自己扫码开门，把各种垃圾分别投入相对应的桶里。每个垃圾桶下面都装有感应器，看谁今天投了什么垃圾、重量多少、分类的准确率多少，都能自动记录在案，并且这些数据都能折合成奖励分。积分达到200分以上，就可以到垃圾分类奖品兑换机上兑换奖品，每200分为一个档次，积分越高，奖品价值就越高……"

奖品兑换机，有点意思，值得一看。随着一句"兑换成功"的提示语，一包纸巾从机器中吐出来，来兑奖的是卢阿姨，这次用了200个积分。

汤旭林介绍说："单纯抓垃圾分类其实是很难的。我们村的垃圾分类工作是放在创建文明村的大盘子里通盘考虑的。过去一家一个院子，用围墙围起来，围墙里面即使很不整洁、乱七八糟，外人也看不到。院子里是人家的隐私，也不便进去查垃圾分类情况。再就是围墙挨围墙，公共空间被隔成一条条小巷，让人感到憋屈。公共道路被挤得很窄，消防车进不来，救护车也进不来，真有点事就没办法。借垃圾分类的东风，我们把村容村貌的整治与垃圾分类捆在一起抓。首先动员大家拆围墙，党员、干部带头拆，拆了一看，空间马上就变大了，变亮堂了，院里种上花木，邻居都可以欣赏，人夸花儿美，其实是夸主人好。我们请人把拆除围墙后的村子拍摄下来做成多媒体光盘放给大家看。大家看了都说好，但有人说：'修围墙是为了防贼，拆了围墙，贼不是更方便了吗？'我说：'过去村里出过两起盗窃案，就因为围墙挡着，摄像头拍不到，破案非常困难。而拆了围墙后，摄像头没了盲区，哪个贼还敢来？'事实证明，围墙拆掉后，村里再也没有出过盗窃案。人要脸，树要皮，尤其在熟人面前更要面子。没了围墙，小院再不整洁就丢脸了。所以，各家暗中较劲，一家比一家搞得漂亮。加上村里对做得好的家庭奖励盆栽，村民的积极性就更高了。

比拆围墙更难的是街道拓宽，因过去规划不周，各家宅基地挨得太近，公共道路就被挤成了羊肠小道。要让人家让一块出来修路，涉及切身利益，强行要人让，就违法了。"

"最后是怎么解决的呢？"

汤旭林带我去路上看，发现好多路上都有一道特别明显的红线。"这不像交通标志啊！""对！这是我们村特有的借地标识线。红线离路边较近一侧的地是向农户借用的，是他们宅基地的一部分。村里与有关农户签借用合同，付给他们一定租金；如果将来拆迁，这部分地仍然算在他们的名下。这么一来，村里的道路打通了，车辆可畅行无阻。这些工作与垃圾分类都是为了一个目标，就是让村民过上美好的日子。道理要站在村民立场上讲，他们才容易理解，尤其要做通大妈大嫂的工作，在这方面，妇联的'美丽大姐'发挥了很关键的作用。"

汤书记把妇女主任朱金燕也叫来了。她是一个热情似火的中年妇女，对村里各家各户的情况都非常熟悉。据她讲，2019年垃圾投放升级为"两定四分"时，许多村民因为习惯了把垃圾放在大门外，对集中投放很抵触。于是村里开村民代表大会宣传，党员深入联系户家中走访，各方面的力量包括妇联都被动员起来。她自豪地说："我们妇联的'美丽大姐'做工作，有别人没有的优势，有的人对别人信不过，但就相信我们。"

优势何在？她领我去看村里的"美丽大姐"工作室。工作室里，坐着五六个七八十岁的老人，边聊天，边等着开饭。原来这里设有老年餐桌。来这里的人都有子孙，但孩子们上班的上班，上学的上学，中午老人们没人照顾，老年餐桌就是专门为他们开的。此外还有儿童餐桌，是专门为中午家里没大人照顾的孩子开的。工作室的最里面，地上铺着软垫子，有三个小家伙在上面爬着玩耍，这是帮助宝妈的一个临时服务项目。妈妈有事要办，带着宝宝不方便，就把宝宝临时"寄存"在这里，办完事再回来领。工作室墙上的告示栏，有当日"'美丽大姐'轮值主席"和四名值班"美丽大姐"的姓名。朱金燕说："你看到了吧！这就是我们的优势之一。除了这些，我们还帮助调解家庭纠纷，给单身男女当红娘，给有需要的家庭介绍保姆。农村的传统习惯是男主外、女主内，家务事、家务活又麻烦又琐碎，我们设身处地为大家分忧解难，说话时人家就容易听进去。"某阿婆因嫌垃圾投放点太远，懒得走，又把垃圾倒在路旁了。朱金燕复盘了做她工作的过程。

阿婆：过去垃圾桶放在家门口，我就没有乱倒垃圾。现在（垃圾投放点）离我家太远了，快半里地……

朱金燕：投放点离你们家是有点远，倒没有半里地，有六七十米吧。

阿婆：是啊！这么远，不怪我吧。

朱金燕：原来垃圾收集就早上来一次，第二天早上再来，中间隔了一整天。您闻不闻得到臭味？

阿婆：闻得到啊！特别是夏天，不要的菜叶子、瓜瓢子、香蕉皮，都烂了，虫子、蚂蚁、蚊子、苍蝇都来了，臭死了。

朱金燕：就是为了大家不闻臭，所以要搞垃圾"两定四分"，集中投放。您家门口不放垃圾桶了，是不是看起来更清爽了？

阿婆：对！各家门口没了垃圾桶，街道两边也好看多了。

朱金燕：这么好的事，您怎么就不积极呢？

阿婆：我不反对，就是嫌路远。

朱金燕：您去文化广场跳广场舞，路远不远？

阿婆：……

朱金燕（笑）：您走去投放垃圾也是锻炼身体，就当多跳了一节广场舞。

阿婆（笑）：算你会说。就按你说的，明天我倒垃圾就去投放点。

朱金燕：在我们村，谁也不如阿婆会说，还指望您帮我们做工作哩……

朱金燕说："与这位阿婆谈话后，第二天我又上门帮她进行垃圾分类，带着她一起去投放。这样子陪了三天后，她不好意思再让我去了，并且报名参加了'美丽大姐'的队伍，主动去做别人的工作。'美丽大姐'是金东区妇联的志愿者品牌，我们村开始只有7名志愿者（其中4名为党员），现有46名，年龄最大的就是那位阿婆，70多岁了。一个'美丽大姐'平均联系四五户人家。"

南下王村2020年人均可支配收入3.8万元，收入不错，村里环境又好，你说"牛"不？金东区垃圾分类工作专班副主任徐旭升说："南下王村'牛'，支书汤旭林却很低调；江东镇的六角塘村'牛'，村支书楼根洪也'牛'。在全市现场会上，他公开悬赏说：'欢迎各位领导到我们村来抓苍蝇，抓到一只奖励50元，两只100元……上不封顶。'有人问：'你们村的苍蝇都到哪里去了？'他说：'都变成蝴蝶了！'他的话有点幽默，他们的垃圾分类和环境整治工作也确实做得好，经得起反复检查。他说的苍蝇变蝴蝶，表达的其实是苍蝇走了、蝴蝶来了的意思。垃圾分类闭环处理后，苍蝇找不到滋生地了，就不来了；养花多了，自然就招蜂引蝶。"

给垃圾分类建个艺术馆

金东区的垃圾分类工作，走的是"农村包围城市"的路子。从2014年开始，在农村推行"两次四分"模式。第一次分类时给农户每家发两个垃圾桶，一个装"会烂"（厨余）垃圾，一个装"不会烂"垃圾。各村建一个阳光堆肥房，把易腐垃圾就地转化为有机肥料，"不会烂"垃圾再由保洁员进行第二次分类，分为"好卖"和"不好卖"两类，"好卖"的卖钱，"不好卖"的经乡镇转运至市垃圾填埋场统一处理。

在农村，这是一次伟大的垃圾革命。2016年，"两次四分"实现县域全覆盖。住建部和浙江省、金华市相继召开垃圾分类现场会。对此，央视在两年内先后七次进行了报道。党的十九大召开前，"两次四分"的金东经验上了"砥砺奋进的五年"大型成就展。2018年，通过学习上海等地的经验，金东区对垃圾分类进行升级，一是从农村推向城区，实现城乡全覆盖；二是由"两次四分"改为"两定四分"，也就是前面我们在南下王村见到的做法。

"两定四分"的好处显而易见，但对群众来说不是难事，是烦事。所谓"不怕难，就怕烦"，要让这件烦事落到实处，学问大了。说到底，垃圾分类其实根本就不是一件事，而是一项移风易俗的伟大工程，目的是培育全民的文明习惯，正如习近平总书记所强调的：垃圾分类工作就是新时尚。

有了这个认识高度，金东区的垃圾分类领导小组设双组长，由党政一把手双担责；成立垃圾分类工作专班作为办事机构。专班副主任徐旭升说，农村的垃圾分类，过去是农办管，但它管不了市区，所以要成立一个统管城乡的专班。专班人员从区委、区政府各单位抽调，不扩大编制，主任是司法局党组书记傅得余，直接向区委书记、区长负责。傅得余清楚地记得，当时区领导跟他谈话时说："专班的责任是协调、督促各部门抓落实。"此前，金东区已经走出了"农民可接受，财力可承受，面上可推广，长期可持续"的农村生活垃圾分类新路子，已做到480个村全覆盖。

现在，城里怎么办？

调动居民的积极性是个关键。与农村是熟人社会不同，城市是生人社会，楼上楼下、隔壁邻居，都有可能不认识。在农村乱倒垃圾，多少要顾虑不得罪邻居，到城里，有人就没了这个顾虑。为让居民认识到垃圾分类的重要性，金东区除了把常规的宣传手段都用上，还别出心裁，率先全国建起了一家垃圾分类艺术馆。这个馆占地面积3000平方米，里面有啥？

"希望大家进馆内一次，就能轻松学会垃圾分类的新技能。"讲解员说。

馆内有个沉浸式影音厅，随着视频的播放，我们看到垃圾、听到相关声音，还闻到了成堆垃圾散发出的"恶臭"。在给你一种身临其境的感觉后，再请你看看"垃圾之伤"，结合展品、图文告诉你："大家可能想象不到，皮革要花50年以上才能被降解，锡罐、铝罐和玻璃罐的分解时间分别是50年、500年和1000年，而塑料制品则是永远不可降解……还有，一粒纽扣电池会污染600立方米水，这相当于一个人一辈子的饮用水，而一节 1 号电池则会使 1 平方米的土地失去利用价值……或许你一个不经意的举动，就会给地球带来几百年甚至永远的伤痛。做好垃圾分类，合理循环利用，已经迫在眉睫。"

"垃圾之伤"之后是"完美蝶变"，主要内容有"浙江模式""金华模式""金东经验""六角塘实践"等，重点展示垃圾分类沙盘和变废为宝的实例。接下来是垃圾分类的"精彩互动"。

馆内摆放的曾前往北京参展的沙盘，是一件集中展示金东垃圾分类经验的作品，被视为"镇馆之宝"。沙盘旁有三个按钮，每个按钮按下去会显示一种经分类后垃圾后续的处理情况。解说词说："坚持这种垃圾处理方式，金东区每年农村生活垃圾会减少 70%，而剩余垃圾的 70%将就地堆肥还田，20%作无氧化处理，10%实现资源回收，每年节约人民币 500 余万元。"

展厅中有一整面的漂亮彩色墙，是由近万个大小不一的废弃瓶盖镶嵌而成的；展馆的进口和出口处也分别摆放了多个变废为宝的艺术品，有纽扣做成的花束、纸杯做成的衣服、饮料罐做成的飞机模型，还有用果壳、麻绳等废料做成的装饰品，其中一匹"马"，是用近 80 个废弃的塑料油罐做成的。

以上这些都告诉人们：垃圾是放错了地方的资源，垃圾分类就是把放错地方的资源放回正确的地方。

真是进去走一圈，出来认识不一般。

创建垃圾分类智慧监管平台

与南下王村的经验一样，城区的垃圾分类也是与创建文明城市同步的。东孝街道处于城乡接合部，辖区内的戴店小区始建于 1996 年，是金华市最早开发的开放式小区，有楼房 13 幢，住了 326 户。小区建好至今已有 20 多年，住户变化较大。居民中，老年人多、租住的人多，人员素质参差不齐。当年的小区建设标准低，私搭乱建现象又比比皆是，小区旁还有一个较大的农贸市场，环境之杂乱可想而知。过去当然也摆了垃圾桶，但垃圾清理不及时，污水排泄不畅，有人嘲笑说："垃圾堆里摆垃圾桶，桶没装垃圾，垃圾埋了桶。"

环境越好，垃圾分类才越好搞。现在要搞垃圾"两定四分"，如果环境依旧，岂能奏效？东孝街道经研究论证，决定将垃圾分类与老旧小区改造等一起放在文明建设的大盘子里，通盘规划，一并解决。按照设计蓝图，首先拆除违章建筑，铺设各种管道，将所有的架空明线包括电线、通信线路全部转入地下；清除墙上的商业广告，对居民楼进行立面美化；沿街建设正规的小商铺，画好停车位，供原先露天经营的商贩租用。与此同时，建好高标准的公共厕所和垃圾投放点。如此这般操作下来，"两定四分"的垃圾分类工作顺理成章展开了。

城区垃圾投放点也修建成亭子式样，以美观瞻，按服务半径 300 户左右设置。楼下不摆放垃圾桶，既整洁，又没了臭味，大多数居民坚决拥护！但也有离投放点远了的人嫌麻烦，近了的又怕有臭味。多湖街道是区政府所在地，辖区内的小区大的有 2000 多户，小的只有 52 户，户籍人口 7 万多，流动人口 2 万多。在设垃圾投放点时，遇到的阻力可不小。街道办事处的钱朝辉说："住某栋楼的几个老头老太，为抗议把垃圾投放点设在他们楼下，故意把臭鱼挂在街道党群服务中心，意思是让你们也闻闻臭的滋味。"各方面都做了许多工作，老头老太还是不干。最后，街道干部开车拉着他们去已经实行"两定四分"的小区参观，看到投放点是封闭式管理，打扫得比有些人的家里还干净，一点臭味也没有，老人们再也不说闻臭的事了，又经街道社区人员耐心劝导，投放点终于建了起来。

在城里，白天在家的多是老人，垃圾分类"两定四分"主要靠他们。每个楼门若有一个带头人，就能带动整个楼门。退休职工刘笑眉通过串门拉家常，动员退休人员参与"我为创建全国文明城市作贡献，从楼道做起"的活动，一个人带起了一个楼道，又从一个楼道辐射一栋楼、一个小区，最后带动了整个多湖街道。

区委常委、宣传部部长徐琰说："金东区的垃圾分类不是一步到位的，是随着整个文明创建活动一步步向前推进的。而每前进一步，都需要做细致入微的工作。"

的确如此。工作细致入微是垃圾分类"金东经验"成功的秘诀之一。垃圾分类，不论城乡，都要解决"怎么分""谁来分""如何管""如何做到可持续"等方面的问题。一说"怎么分"，有人可能不以为意："不就是'四分'吗？分成易腐（厨余）、其他、有害、可回收四类，不就完事了！"哥们！你这么做工作就太粗了。人家金东区能往更细处想，分出来的易腐（厨余）垃圾，农村是进堆肥房，但城里是运到区再生资源利用中心进行固态肥料化处理，不仅耗费运力，而且路上易发臭。最好是像农村那样就地处理，可城里不可能建堆肥房。那就没有办法了吗？有！金华一家企业研发出一种小型质粒垃圾处理设备，一次可处理100公斤易腐垃圾，产出约10公斤有机肥料。此设备于2018年7月开始在东孝街道下王垃圾投放点上试用。街道副主任沈琦说："产出来的有机肥，可以供小区绿化用，也可以给居民养花用，这也算是垃圾分类给予的一点回报。"现在，像这样就地处理易腐垃圾的投放点越来越多了，易腐垃圾从土地中来，又回到了土地……

为了源头分类全覆盖、无盲区，金东区构建了"人防""技防""法防"三道防线。

所谓"人防"，即每个垃圾投放点配备一名巡检员，在规定投放时间对居民进行提醒、指导和监督。开设举报电话，对违规投放以及收集、运输、处理中出现的问题，可随时举报；接到举报电话后，指挥中心会立即派人去现场解决。

"技防"就是科技化监督，区里建成了智慧监管平台，连接到每个投放点。所有投放点均有两套监控设备：一是视频监控；二是声像监控。如果有人在非投放时间进入垃圾亭，广播就会提醒："现在不是投放时间。"如有疑问，你可以通过广播对话系统与指挥中心对话。

特别值得一说的是垃圾桶下面的智能感应系统。这是在区委常委、区政府党组成员王新永的提议并主持下搞出来的。金华曾组团去上海学习垃圾分类的经验，发现当时上海用的是称重兑奖的办法。回来后，王新永觉得这个方法值得借鉴，但人工称重太麻烦，且易腐垃圾是装在塑料袋里投放的，还得由清洁工把塑料袋拣出来，等于又分了一次类。他提出：称重要自动化，易腐垃圾投放要脱袋。称重自动化比较好解决，桶底下装感应器就可以了，但投放易腐垃圾是否脱袋，感应器没法识别。怎么办呢？虽然装易腐垃圾的这个桶没法反应，但装其他垃圾的桶可以记录，因为易腐垃圾脱袋投放后，装垃圾的塑料袋要单独再投到装"其他垃圾"的桶中。再辅之以录像系统，投放情况便一目了然。王新永为啥对"技防"这么上心？他认为，监督某项工作，光靠人是不够的，还得有技术监督，因为机器更高效可信……

专班主任傅得余说：技术监督不仅用在源头投放上，也用在垃圾收集、中转运输和末端处置中，比如，金东区的52辆垃圾清运车全部都装上了卫星定位系统，实现了垃圾清运全程监控。

最后是"法防"。任何时候，任何地方，总会有极少数人不听劝说、我行我素。对经多次提醒仍不按"两定四分"规定投放垃圾的，以及在收集、运输、末端处置上有违规行为的，由执法部门依法顶格处罚。在办理相关行政处罚案件2500余件、罚款近50万元后，就鲜有敢碰垃圾分类"红线"的人了。

违反垃圾分类的人和事几乎绝迹了，垃圾也就不落地了，在哪里呢？在一个由分类投放、收集、运输和处理的闭环里。

金华，垃圾不落地的城市真美！

第二篇

爱国主义，
浙江文化的生命线

浙江的爱国主义传统深厚，越王勾践卧薪尝胆的故事妇孺皆知。陆游的"位卑未敢忘忧国"，于谦的"如何一别朱仙镇，不见将军奏凯歌"……，浙江籍的诗词大家，写出了多少爱国诗篇，滋养了多少代中华儿女呵！爱国主义是浙江文化的生命线，也是浙江秀美山河的骨骼。诚如清代袁枚拜谒岳王墓时所写的诗句：

江山也要伟人扶，神化丹青即画图。
赖有岳于双少保，人间始觉重西湖。

诗中所说的"岳于双少保"，说的是两位官居"少保"的保家卫国英雄。"岳"是指岳飞；"于"是指于谦。"岳于双少保"与另一位安葬在西湖之滨的抗清英雄张煌言并称"西湖三杰"。张煌言，号苍水，是宁波鄞州人，坚持抗清斗争20余年，被俘后拒降，就义于杭州。"西湖三杰"加上秋瑾等先烈的墓，让婉约温柔的西湖，平添了许多阳刚英武之气。

西湖如此，浙江大地皆如此。浙江人民不仅为保家卫国的英雄建庙立祠，如台州、温州沿海多处出现的戚继光祠，舟山的定海三总兵庙，绍兴的秋瑾烈士纪念馆，等等，而且把对保家卫国英雄的爱和对卖国求荣之辈的恨融入饮食生活和乡土风俗之中。台州的"继光饼"是为了纪念抗倭名将戚继光，金华的"宗泽饼"是为了纪念宋代抗金名将宗泽，而杭州的小吃"油炸桧""葱包桧"则是表达对奸臣秦桧的痛恨。

绍兴过年供奉"祝福菩萨"不仅仅是一种喜庆祝福，还包含着爱国内涵。"祝福菩萨"上或印"黄山西南"，或印"南朝圣宗"。两种文字，两个传说。"黄山西南"的来历为：南宋时金兵南下，绍兴两兄弟为保护家乡，佯装为金兵带路，把他们带到了海边的滩涂上。见部队已精疲力竭，便劝他们就地宿营。晚上金兵睡得死死的，在睡梦中被大潮卷进了海里，两兄弟也未幸免。为纪念这两兄弟，人们将他们牺牲的地点"黄山西南"封为他们的神号。而"南朝圣宗"则是为了纪念抗清的"福王"朱由崧及杨继盛、左光斗、史可法等志士。

对英雄的崇敬，对祖国和家乡的热爱，这些崇高的感情通过文化熏陶，融入一代代浙江人的血液之中，赓续至今。

"各位乘客！欢迎您乘坐杭州市爱国主义教育公交专线。不知您是否知道，新中国第一部宪法——五四宪法是在杭州起草的。我们的下一站就是五四宪法历史资料陈列馆，北山馆区的30号楼就是毛泽东主席当年在杭州起草宪法的地方……"这是公交车上的语音系统在给乘客简要介绍下一个场馆的情况。杭州市的"爱国主义教育公交专线"是全国首创。专线共设九个站，从浙江展览馆发车，经停杭州市少年宫、五四宪法历史资料陈列馆、岳王庙、盖叫天故居、苏东坡纪念馆、西湖博物馆、淞沪战役纪念碑、杭州城市建设陈列馆，最后回到浙江展览馆。九个站都是或全国或省、市级的爱国主义教育基地。

安巧云是这一专线的驾驶员之一。她40岁左右，有丰富的驾驶公交车的经验。杭州公交集团一分公司副总经理林琦说："专线驾驶员不仅要车开得好，还得对沿线的场馆非常熟悉，能当半个讲解员，能回答游客的相关问题。"为此，公交公司安排优秀的司乘人员来专线服务并进行专门培训，包括到沿线九个站点参观学习，这些司乘人员通过考试后才可正式上岗。我在安师傅的车里转了一圈，发现车厢内有小朋友画的画，都是体现爱国主义主题的，还放着介绍各个爱国主义教育基地的小册子，乘客可以免费带走。每个拉环上都有一个二维码，扫一下就能看到一个场馆的简要介绍。除有语音到站提醒外，重点是对下一站的语音推介，司乘人员还会即兴讲故事、典故。据安师傅讲，乘客多为中学生，家长带孩子的也多；最大的有百岁老红军，最小的是幼儿园小朋友。自2019年开通，至2021年上半年，专线已接待乘客近20万人次，最多时一天有3000多人次。车上的记录簿记下了一位乘客的感想："坐上穿梭在街头的爱国主义教育公交专线，深入到了杭州的'红色'角落，真切感受到了城市的历史与过往，看到、听到了一个又一个有血有肉的城市红色故事，也让人看到了杭州的美好现在与更加值得期待的美好未来，心底的爱国情与身为一名中国人的强烈自豪感油然而生，让人更加热爱我们伟大的祖国、爱上我们美丽的杭州！"

这么好的"金点子"是谁出的？林琦说："应该说是杭州市文明办与公交集团共同策划的。"2019年，是新中国成立70周年的大庆之年。这年春节过后，杭州下起了大雪。除了西湖十景之一的断桥残雪，西湖周边的几处爱国主义教育基地如五四宪法历史资料陈列馆、岳王庙等处，也是人山人海，主要是家长带着孩子来参观。西湖边是不允许非公交车停车的，为了方便市民参观爱国主义教育基地，就有了这条"红色公交线"。

相比其他形式的爱国主义教育，教育基地的优势是非常明显的，有文物，有故事，有影视资料，能让人身临其境，必要时，还可以听讲座，参与讨论。到教育基地走一遭，比单纯看书本印象要深刻得多。受"红色公交线"的启发，杭州市将西湖周边的七处名人纪念馆或故居组团打造成杭州名人纪念馆群，分别有太炎先生纪念馆、张苍水先生祠、苏东坡纪念馆、于忠肃公祠（于谦祠）、于谦故居、司徒雷登故居、唐云艺术馆。这七个地方都具有深厚的历史积淀和丰富的文化内涵，是进行爱国主义教育和文史教育的好去处。

爱国主义是一个国家内各民族、各阶层价值观的最大公约数。如今，富起来的浙江人更明白个人命运与国家命运是紧密相连的，爱国报国成为一种自觉，成为幸福感的一个重要来源，成为生活中不可或缺的精神力量。

我曾经有一个担心："浙江人富了之后，是不是没有人愿意当兵了？""老兄！你错了！"省军区一位退休不久的领导当面反驳我说："恰恰相反，浙江省年年完成征兵任务，在兵员质量上连续 15 年排全国前列。你不知道应征青年抢着报名，最多的地方 10 个才能选 1 个。不仅征兵是这情况，还有临时征用装备，车呀船呀机械呀，只要部队开口，无论公私企业，老板从来不说二话。这是因为平时爱国主义教育深入人心了……"

他给我摆了许多浙江省对义务兵和驻浙部队的优惠政策，包括对伤残战士的关怀，听了令人感动。其中一个战士我认识，是"硬骨头六连"的，叫嵇琪。

1998 年，正在九江大堤上抗洪的硬六连战士嵇琪先后 10 次昏倒，醒来后又继续扛沙包，后被原南京军区授予"硬骨头战士"荣誉称号。开始以为他昏倒的原因是中暑和劳累，但后来到医院一检查，发现他是得了恶性脑瘤，于是转原南京军区总医院进行手术。他是浙江宁波人，退伍后回家乡安置。省里对安置嵇琪作了指示，宁波市得知他家里只有母亲和他两人，还没有属于自己的房子，给他分了一套三室一厅的房子，并且为他办了一张特殊的医保卡。凭这张卡，全市所有医院一律免费治疗。照说这已经安排得不错了，但市委书记去看了之后发现一个问题：房子安排在二楼，没有电梯，他上下楼怎么办？于是又给他换到一套有电梯的房子。习近平同志任浙江省委书记时，去看望嵇琪，后又想到了老红军，在走访中了解到浙江当时还有 20 多位老红军在世，由他提议，省委、省政府决定在浙江医院盖一栋"红军楼"，老红军不论什么级别，一律享受副省级医疗待遇……一任接一任的省委书记以及宁波市干部群众精心关照嵇琪。本来预计"只能再活半年"的嵇琪现在还好好的……

听了这个故事，我心里久久不能平静。嵇琪生病是不幸的，但他又是幸运的，他有幸生活在浙江这片充满了爱国情怀的热土上。你为国尽忠不惜生命，家乡人民愿意照顾你终生。宁波人说得好："照顾英雄不是负担，而是一种回报的幸福。"

5

成风化俗的爱国情怀

历史上的台州府城在今之临海。临海是戚继光抗倭的主战场之一，也是如今保留丰富的抗倭历史遗存的地方。这里，从孩童开始，几乎人人都能讲戚继光的故事，爱国主义传统融在细细风俗之中。

戚继光抗倭遗迹、解放一江山岛烈士陵园和大陈岛垦荒精神青少年教育基地，是台州爱国主义传统链条上的三颗明珠，也是爱国主义的三大教育传承基地。

在国家遇到灾难的时候

2020 年 1 月 25 日，农历庚子年的春节。此前两日，因新冠肺炎疫情肆虐，武汉"封城"了！

从得知武汉"封城"的消息开始，距武汉约 900 公里的台州就行动起来了。无须号召，无须动员，人人都想帮武汉一把。听说一线防疫人员缺少护目镜，杜桥镇眼镜电商协会的商家立马组织捐赠，他们在微信群里提出："有库存的出眼镜，没库存的捐资金。希望我们与时间赛跑，保护一线人员。"正月初二，他们捐赠的 2800 副护目镜就送到了一线工作者手中。大年初一晚上，得知湖州一家生产手术防护服的工厂急需配套的拉链，浙江伟星实业发展股份有限公司副总经理章仁马迅速召集人员连夜加班生产，次日上午 9 时，1.4 万多条医用防护服拉链生产出来了，迅速被送往湖州……

杜桥镇小田村号称"西蓝花之乡"。村党总支书记陈兆进对妻子张彩红说："我们得为武汉出份力。"张彩红是临海东赢生态农业合作社负责人，说："武汉'封城'后肯定缺蔬菜，我们给他们送西蓝花去。"两人一商量，出资 50 万元，把原准备拉到西安去销售的 45 吨西蓝花买下，捐赠给武汉。村民抓紧收割西蓝花并装入冰袋。在夫妻俩的请求下，运输公司派来了两辆大车和三名司机。2 月初，两辆满载西蓝花的运输车分别在武汉和孝感完成交接。"谢谢！你们捐赠的西蓝花我们收到了。武汉人民不会忘记你们！湖北人民不会忘记你们！"在接到这个电话后，陈兆进鼻子一酸，忍不住流泪。他对妻子说："这下我可以睡个好觉了。"一直担心这批西蓝花送不到武汉人民手里的他，心中的石头终于落地了，这才露出笑容。妻子张彩红说："有人抽烟有瘾，有人喝酒有瘾，有人赌博有瘾，他这个人捐赠有瘾。不论哪里有灾难，他不捐点就睡不着觉。"2008 年汶川大地震发生时，陈兆进是村委会主任，自己没有多少钱，就一面自己带头捐，一面动员村民捐，最后全村一共捐了近 7 万元；2019 年"利奇马"台风来袭，他自己带头并发动商会共捐了 16 万元……陈兆进不否认妻子的说法，但觉得"与其说是有捐赠瘾，不如说是献爱心有瘾。献爱心的事做多了，就会上瘾"。陈兆进说："作为一个临海人，我是听戚继光抗倭的故事长大的，是背诵陆游、辛弃疾的诗词长大的，从小到大，受的都是爱国主义教育，在国家遇到灾难的时候，献出爱心是理所当然的事。不然，就像欠了债，睡也睡不安稳。"

"就像欠了债"，他说，"不是指欠哪个人的，是指欠国家的。在中国，不论哪里出现灾难，都是国家的灾难，你能袖手旁观吗？"

在为抗疫捐赠的队伍中，有耄耋老人，也有黄口稚儿，还有一个马上要满

18 岁的青年。在成人礼来临之前，他把自己积攒的近 2.8 万元压岁钱全部捐给杜桥金都社区用于防疫，作为一份特殊纪念。他不愿透露自己的姓名，但留下了一封信："把我的一点心意捐给社区，支持所有奋战在一线的工作人员，我们买不到物资，只能以此略尽绵薄之力。感谢一线工作者的日夜奋战。"

社区工作人员在微信群里向他致谢："这一声谢谢，给不知道姓名的你，希望你能看到。"

从正月十四过元宵到经典诵读

"同学们！下面请听经典诵读《双层空心敌台的由来》。"在临海，有一套地方教材叫《大雅临海·经典诵读》，从学前到八年级，每个年级一本。每一本中爱国主义教育的内容都占较大比例。如一年级分册中，就有三篇讲的是民族英雄戚继光的故事。《双层空心敌台的由来》就是其中一篇。

临海是历史上台州府的治所，保留有古台州府城墙，民间称其为"江南长城"。城墙沿江而起，依山而筑，兼具防御和防洪的功能，至今已有 1600 多年历史。"江南长城"西北部一段，建于危崖之巅，错落盘旋，敌台林立，雉堞连云，城楼高峙，民间誉之为"江南八达岭"。明嘉靖年间，东南沿海倭寇猖獗，人民苦不堪言。戚继光奉命驻防台州抗倭，发明了双层空心敌台，在台州府城墙上建了 13 座，在桃渚古城建了 2 座。双层空心敌台，是中国古代筑城史和城防史上的一个重大突破。一年级的小朋友们大多在大人的带领下去古城墙玩过，现在听老师诵读，更觉得有趣：

　　戚继光是明代抗倭名将，是中华民族的英雄。他曾经在台州抗倭，九战九胜，史称"台州大捷"，歼尽台州沿海的倭寇。此后，浙江再无倭患。

　　桃渚之战后，戚继光在加固城墙的同时，又修建了空心敌台。他在《练兵实纪》一书中对空心敌台有详细记载……著名古建筑学家、长城研究专家罗哲文先生认为，台州府城墙是北方明长城的"师范与蓝本"。

《大雅临海·经典诵读》每年免费发给学生，内容列入考试科目。时任临海市委宣传部副部长单益波说："这套教材的社会效益可以说是无限的。通过学校教育，加上家庭教育和社会教育，爱国主义的种子就在孩子们的心中生根发芽了。"

临海的美食糟羹也与戚继光有关。传说某年正月十四，他带兵进入临海古城，粮草官说大批军粮次日中午才能运到，而已有的粮食不够部队吃两顿了，本想找老百姓借，但戚继光说，老百姓屡遭倭寇抢掠，已经很苦了，军队不能再扰民。于是想出了一个一餐饭两顿吃的办法，把粮食磨成粉，加水搅成糊，再把蔬菜、豆腐、肉末放进去一锅煮，做成的糊状食物就叫糟羹。为纪念此事，临海人把元宵节改在正月十四过，糟羹也因此成为当地元宵节的传统美食。

在临海，你会感到自己沉浸于一种爱国主义的氛围之中。临海有两个戚继光祠，两条用戚继光的名字命名的街道——继光街，分别在市区和桃渚古城；有借用戚继光之名的酒——光酒，小吃——继光饼。此外，还有许多包含戚继光相关元素的文创小纪念品，如钥匙扣、水杯等。我特意请人买来了继光饼，见包装袋内附有简短文字说明："明嘉靖四十二年，抗倭英雄戚继光率军入闽追歼倭寇，连日阴雨，军中不能开伙，戚继光便下令烤制一种最简单的小饼，用麻绳串挂在将士身上，充当干粮。"这个说明所依据的不是传说，而是史实。吃一个小饼，就重温了一段历史，就受了一次爱国主义教育，这就是文化熏陶。

在临海，排在头两位的名胜古迹，一是台州府古城墙，二是桃渚古城。这两个地方都曾经是戚继光抗倭的战场。在台州府古城墙，你可以看到戚家军巡城和练鸳鸯阵的表演。鸳鸯阵是戚继光的发明，是戚家军战无不胜的战术法宝。随着临海文旅产业的发展，原先寂静的古城墙变得异常热闹，来访者不仅可以听故事、看展览，而且能看还原历史场景的表演，印象自然会更加深刻。很多人一开始是冲着表演来的，但看了鸳鸯阵的表演之后，就沉浸其中思考开了，当时倭寇的武器是锋利的刀剑，而戚家军使的是藤牌、狼筅、长枪和镋钯，看着土气落后，特别是狼筅，就是一根一头削尖了的毛竹。靠这种武器怎么能百战百胜？进一步了解发现，戚家军靠的是士气、纪律和合成作战的威力。藤牌、狼筅、长枪和镋钯，单个看都不起眼，但通过鸳鸯阵法配合起来，在冷兵器时代就所向披靡。两名藤牌手在前，负责保护队长和两名狼筅手，狼筅手负责将敌人捅倒，四名长枪手负责刺死倒下的倭寇，两名镋钯手负责消灭漏网之敌并防护侧面。原来如此，长见识了！游客来一次古城墙，就长一次志气，增一次智慧，收获满满。

桃渚古城曾一度衰败，20世纪八九十年代，急于致富的乡亲们光顾着个人赚钱去了，似乎一时顾不上古城的保护，城墙坍塌，屋宇破败而无人修葺。1999年，城里村的村民猛然醒悟，集体捐款六万元，将原北斗宫改建成戚继光桃渚抗倭陈列馆，陈列面积900多平方米。然后在台州市、临海市和桃渚镇的支持下，将城墙和古建筑逐渐修复，戚继光祠、千户所、点将台、关帝庙等与抗倭历史相关的遗迹也整修完成，抗倭的历史故事与历史建筑融合起来，桃渚古城成了名副其实的爱国主义教育基地。

走在桃渚古城内，见有一个青年在戚继光抗倭陈列馆外的操场上除草，我问他："你是陈列馆的人吗？"回答说："不是。"又问："那你为什么来这里除草？"他瞪了我一眼，说："没有戚继光，哪有我们？没有戚继光，我们吃什么？"或许这两句话转弯太猛了，乍一听，我有点蒙，细一想，他说得对呀！看来他对桃渚的历史是很清楚的。据临海市委原常委、宣传部部长卢如平等的论文《戚继光浙东平倭的历史贡献及当代价值》所载，桃渚因处于从海上进入台州的咽喉之地，是倭寇侵扰的重点地区。明正统四年（1439）五月，数千名倭寇分乘40多艘战船突袭桃渚，攻破城池，大肆抢杀。桃渚城内外，"积骸如陵，流血成川，城野萧条，过者陨涕"。嘉靖三十八年（1559）四月，数千名倭寇登陆台州，一股倭寇围攻桃渚城达七昼夜。戚继光率兵冒着暴雨急行300余里，解桃渚之围，连战连捷于沿海各处，彻底歼灭入侵之倭。五月，在再次解桃渚之围后，戚继光率部进驻桃渚城，看到城池破败，立即动员军民大规模修复城墙，并在东北角和西北角各修筑了一座空心敌台，使桃渚"城上有台，台上有楼，高下深广，相地宜以曲全，悬瞭城外，纤悉莫隐"，大大增强了防御能力，桃渚城始得安全。嘉靖四十年，总督胡宗宪就上疏赞誉戚继光和戚家军，"台（州）民共倚为长城，东浙实资其保障"。460 年后，桃渚古城里这位青年所说的"没有戚继光，哪有我们"，与当年胡宗宪所说的可谓异曲同工。如果祖先被倭寇杀了，哪还有我们这些后代呀？如果没有戚继光保卫这片家园，"我们吃什么？"

知史者知爱国，知爱国者知感恩，感恩者以感恩为荣，以感恩为乐。

熏陶出的爱国主义观念更牢靠

台州的历史资源丰富，共有 38 个爱国主义教育基地。其中的三大名牌为戚继光抗倭遗迹、解放一江山岛及烈士陵园和大陈岛垦荒精神青少年教育基地。

新中国成立之初，浙江沿海很多岛屿还被蒋介石军队和海匪武装占领着。他们利用海空优势，不时派兵骚扰抢掠，闹得沿海人民不得安宁。朝鲜战争爆发后，美蒋更是沆瀣一气，策划所谓"共同防御"计划，妄图以沿海岛屿为跳板窜犯大陆。一江山岛南距大陈岛才 10 余公里，是大陈岛的北面屏障，所以蒋军便在这个无人岛上布兵防守。要知道，大陈岛是台州湾的最大岛屿，是蒋介石准备"反攻大陆"的前线司令部所在地，驻扎有大量正规军和土匪武装。而要解放大陈岛，必须先拿下一江山岛。据侦察，敌人在这个小岛上修筑了 150 多个永久型工事，单靠陆军坐机帆船去攻坚，将付出惨重代价。1954 年，中央军委决定实施陆、海、空三军协同作战，以张爱萍将军为司令员，指挥解放一江山岛。1955 年 1 月 18 日，战斗打响，至 19 日凌晨两点，我军一举攻克全岛。一江山岛解放后，鉴于台州湾其他岛屿的屏障已失，蒋介石下令盘踞在大陈、渔山、披山等岛屿的军队悉数撤退。

解放一江山岛的政治意义是让蒋介石军队彻底离开浙江沿海，从此沿海人民得以安宁。从军事上看，此战是我军历史上首次陆、海、空三军联合登陆作战，在我军战史上具有里程碑的意义。

一江山岛战役留下了"一江山精神"：不畏艰险、智勇坚定、团结奋斗、不胜不休。现在这一精神被印在该地宣传品和各类文创产品上。

据解放一江山岛烈士陵园管理中心副主任林成介绍，在登陆战结束后的次年，即1956年，浙江省人民委员会就修建了解放一江山岛烈士陵园。陵园位于台州市椒江区枫山北麓，占地面积675亩，安葬着500多名烈士，主要是在一江山岛战斗中牺牲的烈士，也有其他烈士。烈士陵园先后被评为浙江省和全国重点纪念文物保护单位、全国爱国主义教育示范基地、全国百家红色旅游经典景区、全国青少年教育基地以及国家国防教育示范基地等。

烈士陵园每年接待十五六万人次参观者，他们在办好这个主课堂的同时，还把课堂延伸到社会上，延伸到网络上。

2021年4月2日，一堂云上传统教育课开讲了，主场设在台州市学院路小学，听讲者除本校少先队员外，还有通过视频连线的杭州市惠兴中学190中队的少先队员以及驻大陈岛的解放军官兵。主讲人是95岁高龄的老兵陈龙岗。他17岁加入新四军，参加了抗日战争、解放战争、抗美援朝，一江山岛战役是他参加的最后一次战斗。今天这堂课，是66年前在这次战役中一个感人故事的续篇。上午9点40分，在热烈的掌声中，戴着军功章的陈龙岗走上讲台，在系上了少先队员献给他的红领巾后，缓缓讲起了当年的往事：

在誓师会快要结束时，部队首长把突击连的连长、指导员叫上台，说除了消灭敌人，还要交给你们一个重要任务。首长拿出一个小袋，说："这里面装的是马尾松种子，是杭州惠兴中学初三丁班葛裕昆等9位少先队员采集的。受他们委托，来部队采访的《浙江日报》记者帮他们带来了这袋种子，也带来了这9位少先队员的心愿：'让马尾松种子随着胜利的红旗播种到新解放的土地上，把海岛装扮得像西湖一样美丽！'"说罢，首长郑重地把种子袋交给了连长、指导员。回到连里，他们把种子交给突击排，每人分上一点，装在口袋里，规定攻上岛后，只要还有一口气，就要把马尾松种子播到泥土里。……当时，突击连的伤亡较大，但大家没有忘记红领巾们的心愿。排长史戊辰带队突破黄岩礁，又攻克了190高地，不幸中弹身负重伤，在生命的最后一刻，他将已沾上鲜血的马尾松籽播进了土里……因为葛裕昆等9名红领巾采集的马尾松种子被播种在190高地，1955年5月，他们所在的小队被正式命名为"190"小队。

一颗颗小小的马尾松种子连接着解放军战士与少先队员的心，这是一颗颗爱国爱岛之心。排长史戊辰在生命的最后一刻也不忘完成杭州的红领巾们爱海岛如爱西湖的心愿。当年播下的马尾松种子，今天已经长成了粗壮的大树。学院路小学党支部书记、校长陈凌峰说："66年前，解放军官兵把马尾松种子种在了一江山岛，今天也种进了现场我们每一个师生的心里。"

大陈岛垦荒精神是台州的又一面爱国主义旗帜。

1955年1月，解放军攻克一江山岛后，大陈岛上的国民党残部因失去屏障，2月就撤往台湾，撤离前将岛上的生活设施包括码头等悉数破坏，还将渔船炸毁、渔网烧毁，然后把岛上近1.5万居民全部掳掠而去。大陈岛被糟蹋成一片废墟，收复后，人民政府立即展开重建。共青团中央号召温州（当时台州地区撤销，所属县分别划归宁波和温州）青年组织志愿垦荒队，开发建设大陈岛。1956年1月31日，就有227名知识青年登岛垦荒。到1960年垦荒队建制撤销，前后共有近500名城镇青年上岛垦荒。他们将满目疮痍的荒岛变成了奉献青春的热土，铸就了宝贵的大陈岛垦荒精神。

2006年8月29日，时任省委书记习近平同志上大陈岛考察，慰问看望了老垦荒队员，对他们的奉献给予充分肯定，并且把大陈岛垦荒精神概括为16个字："艰苦创业、奋发图强、无私奉献、开拓创新"。在他此次视察的三年后，仍在岛上的25名老垦荒队员给他写信，汇报了这三年大陈岛建设取得的新成绩，他回信说，大陈岛正朝着"小康的大陈、现代化的大陈"目标迈进，相信今后的发展会更好。

大陈岛上有由张爱萍将军题写碑名的大陈岛垦荒纪念碑、大陈岛垦荒精神青少年教育基地（全国关心下一代党史国史教育基地）。椒江区充分发挥基地作用，深化"垦荒精神代代传"主题教育，点亮青少年"信仰之灯"、熔铸青少年"信念之魂"。2016 年 5 月初，在以"垦荒精神代代传"为主题的椒江区少年儿童书信写作比赛活动结束后，12 名小学生以"大陈岛垦荒队员后代"的名义给习近平总书记写信，表达了传承大陈岛垦荒精神，做爱学习、爱劳动、爱祖国好少年的决心。5 月 30 日，习近平总书记给 12 名写信的小学生回信，对青少年提出了"三爱"（热爱党、热爱祖国、热爱人民）、"三有"（有知识、有品德、有作为）的希望，椒江区立即在全区中小学开展了"弘扬垦荒精神 争做'三爱三有'青少年"主题教育活动，以此为契机加强青少年爱国主义教育。

2016 年秋季的开学第一课，台州市椒江区大陈实验学校的师生在大陈岛垦荒纪念碑下和大陈历史陈列馆里，聆听两名老垦荒队员张其元、戴婕嫈夫妇讲述大陈岛垦荒史。1956 年 1 月 31 日，他们参加垦荒队，来到大陈岛。那一年张其元 18 岁，戴婕嫈 16 岁。戴婕嫈指着一张老照片说："这张照片是我们第一天到大陈岛时拍的，因为没有码头，船靠不上去，解放军战士用小舢板把我们一个一个接下来，这个就是当时的我。"两位老垦荒队员告诉师生们，垦荒队员基本都是从城里来的，没有从事过农业劳动，到岛上来垦荒，手上磨出血泡，破了皮，钻心地疼，但没有人退缩，他们在新开垦的土地上种上了马铃薯、红薯等农作物，眼看就要有收获了，结果一场台风把红薯藤都刮走了。但大家不气馁，逐渐摸索总结出农业、畜牧业和渔业三业并举的路子，让垦荒队坚持下来，扎下了根……

一堂课、一次参观、一篇日记、一封信……这一个个不起眼的"一"，是教育，也是熏陶，如春风化雨，让爱国主义的旗帜在一代代台州人的心中飘扬。2020 年冬，又到了一年的征兵季。有人说："旧社会是好铁不打钉，好男不当兵，而现在要当上兵，比考大学本科要难得多。"这话不假。台州报名应征的青年人数是征兵指标的 9 倍以上。

听听应征青年是怎么说的吧！

王天禹："我毕业于浙江海洋大学，从小就是一个军迷，上大学前报名参军没能竞争上，这次再次报名，终于如愿以偿，我很激动，能为保卫祖国尽一份力，我感到无比自豪。"

阿力木·阿卜杜外力："我是维吾尔族人，成长于阿克苏，在台州工作。在新疆，我为不畏艰辛、保家卫国的戍边军人而感动；在台州，随处可以感受到浓浓的爱国热情。我即将成为一名中国人民解放军战士，为此深感荣耀。这次我要去的部队刚好是我的家乡那边，我会在部队里把握每一天，珍惜每一天，保卫我的祖国，保卫我的家乡。"

几天后，这批新兵陆续告别亲人和故乡，赴新疆、甘肃、海南等地，走上了卫国戍边的岗位。

6

一个古稀老人的幸福追求

在海盐县澉浦镇，有这样两个红色景点：一个是人称"将军阁"的民办军史馆，主要展出硬骨头六连所在部队的历史；另一个是扇子山新四军浙东游击纵队澉浦突围战纪念馆和英烈墙。

也许你不会想到，这两个红色景点都与一个叫朱龙训的老先生的不懈努力和幸福追求相关。

澉浦镇位于海盐县城东南20公里，依山傍水，扼守钱塘江入海之咽喉，自古为一经济、军事之重镇。

唐建镇，明筑城，南国坐标吴越界

宋通商，元兴曲，东方唱响海盐腔

这副写在澉浦镇残存古城墙西门两旁的对联，勾起人们对这座千年古镇悠远历史的回忆和对昔日繁荣的怀想。澉浦的镇志——《澉水志》据说是我国第一部镇志，为宋代学者常棠所修，被清代的《四库全书》收录。这部镇志告诉我们，这里是中国最早的盐场之一，鲍郎盐场遗址至今尚在；这里从宋代开始就是繁忙的海舶贸易港口，招宝塘遗址就是物证。至于它成为军事重镇，则是明代的事。明代为防倭寇，在此筑城。因城坚池深，百年间倭寇侵犯十多次，次次都无功而返，只能徒叹奈何。

今天，我们在澉浦镇可以看到古城墙、古城门、古街、古巷、古宅子，听到古老的"海盐腔"，也可以一边吃当地的特色羊肉，一边听民间曲调海盐骚子。

在澉浦镇澉长路 58 号，一座三层别墅刚落成不久，别墅的主人朱龙训虽然没有大操大办，但也请亲朋好友来温了温锅，好生热闹了一番。

住上了大别墅，心里头总觉得还缺点啥

住上像有钱人家那样的房子，可以说是朱龙训年轻时的梦想之一。澉浦是有名的"浙北侨乡"，又出过不少名人贤达。《海盐县志》收录的历史名人中，澉浦籍的超过四分之一。这些名人中不少是富商巨贾，在澉浦镇留下了许多豪宅。1947 年出生的朱龙训不止一次去看过，那时他还不懂什么美学原理，就知道人家的房子又大又漂亮，不免羡慕，老想着哪天自己也能搬出蜗居，住上那样的房子。1999 年 12 月，在 21 世纪的新年钟声敲响之前，朱龙训终于如愿以偿了，他建成了一幢建筑面积达 580 平方米的花园洋房。

这是朱龙训在澉浦老家所住的第四栋房子。第一栋房子即他的出生之处，严格地说那是他父母的，不属于他。那是他祖父留给他父亲的，大约有 60 平方米。这点面积，除了住人，还要有个颇占地方的厨房，因为要垒砌一个烧柴火的灶，还得有个放水缸、放柴草的地儿。家中兄弟姐妹五个，他是老大。在他的记忆中，卧室里摆了三张床，呈"品"字形。父母睡在靠里的横放着的大床上，孩子们分别睡在靠外的竖摆着的小床上。他 1965 年参军前是这样，1969 年退伍回来还这样。那年他 22 岁了，再那么一家人窝在一间屋就不合适了，母

亲向他堂叔借了一间小屋，让他暂且栖身。后来他结婚生孩子，也都在这间小屋里。

1971年12月，堂叔要翻修房子，朱龙训只好搬出来，又找了一个临时住处，开始张罗给自己盖房子。当时，县里对退伍军人有优待，可以平价供应部分木材和建房用的砖瓦。可朱龙训买好这些建材后，口袋里只剩下1角4分钱，造屋的其他开销全无着落。为难之际，表兄雪中送炭，借给他300元，岳母又把自家准备盖房的石头、砂子共30多吨借给了他，这样东拼西凑，1972年元旦，五间新房终于在北小街20号落成。朱龙训总算有了自己的房子。

朱龙训第二次盖房是在1980年。这时，改革开放的春风已经吹来，虽然人们还顾虑重重，但已经开始想办法赚钱了。朱龙训先后为大队和公社办了四家工厂，大多是担任业务副厂长，每月工资120元；妻子刘茂宝工资80元，下班后还做手工活，加起来一个月可拿150元。两人的工资加上养殖收入，在当时算是高的了。他急于建房，除了要和兄弟分家，还想开一个家庭工厂。那年他申请到了新的宅基地，就在漱长路58号。

1982年初，新房竣工了，模仿过去大户人家的做法，把椽子、檩条都漆成朱红色，内走廊宽达1.5米，门上方安有气窗，两者相加高2.5米，房子进深16米，宽敞气派。新房同时也成了他的家庭工厂——五龙羊毛衫厂的厂房。

房子修好后，他只剩下2000元做启动资金，机器设备是从倒闭工厂租来的。他一条扁担挑着两箩筐羊毛衫，去上海推销，辗转找到了合作伙伴，生意从此越做越大，从国内做到了日本、澳大利亚和欧洲各国。

朱龙训第三次为自己建造的房子，就是我看到的这栋580平方米的农民别墅。他家房子的变迁，从一个侧面书写了漱浦镇的改革开放史，记录了一个农民经过自己的拼搏从穷光蛋变为富人的历程。他建这栋大宅，不是为了与谁较劲，而是为了实现从儿时起就埋在心中的那个梦想。他的梦想实现了，我们应该为他高兴。

他是勤劳致富的典型，是乡亲们的致富带头人，连续多届被选为县人大代表，为地方解决了不少棘手的问题。在他的企业里，优先招收退伍兵和现役军人家属。他先后为集体办了四家厂，只拿一份工资，没有多占过一分钱……在别墅内外转悠，他想得很多很多。别人都以为他要啥有啥了，已经够幸福的了，可他总觉得心里头还缺点啥。

要让硬六连所在部队的军魂永驻

2002年7月9日的午后，尽管有海风吹拂，澈浦镇气温仍在38℃以上，大夏天的中午，人们一般都会午休。朱龙训到海盐去了，妻子刘茂宝正准备带孙子午休，突然听到有人敲门，隔窗一看，是两个穿迷彩服的军官。刘茂宝开门后，来人自报家门，接着说："阿姨，我们来是看能不能借您的房子住一段时间。"刘茂宝一面说"欢迎"，一面拨通了朱龙训的电话："老头子！快回来吧！家里来了解放军，要借我们家的房子住哩！"朱龙训一听就来精神了，说："老太婆！你先好好招待他们，让他们等我一下，我买好空调就回来。"刘茂宝带着两位军官在家里转了一圈，其中一位说："您家房子这么大，适合我们做指挥所。"刘茂宝说："反正空着也是空着，你们就来住吧。"

不多久，朱龙训回来了，不仅带着新买的分体式空调，而且把安装师傅也带来了。因为房间太多，平时没有人住的房间就没有安装空调，朱龙训说："这么热的天，给解放军住的房间必须安装空调。"两位军官很感动，说："大叔、阿姨对我们这么好，我们回去向首长汇报，让他搬过来住。"朱龙训说："我也当过四年兵，你们千万别跟我客气，让首长赶紧搬过来吧！"谁知两位军官回去请示后，师政委陶正明不同意，理由是"不能扰民"。"人家专门给每间屋都安装了空调，买了电视机，不去咋交代？"陶政委还是那句话："不能扰民。"两位军官只好回来给朱龙训道歉，说："实在对不起！我们首长马上回杭州营房了，就不来住了。"听了这话，朱龙训不高兴了，说："你们这是见外了！看不起我朱龙训。首长要回杭州，指挥所可以搬过来嘛。我也是当过兵的，指挥所哪能没有首长？"说得两位军官面面相觑，只好再回去请示。陶政委没有想到这个"新富阶层"的人竟然如此执着，就决定把小指挥所搬到朱老板家里。

"朱老板！感谢你把房子借给我们住。"陶政委打量着面前这个瘦削但精气神十足的老人，的确像个退伍兵的样子。朱龙训说："首长！到了我这里就别客气。请不要叫我老板，我大你几岁，就叫我老朱，或者叫朱大哥，都可以。"从此，师首长叫他"老朱"，叫他妻子"大嫂"；其他军人则分别叫"大叔""阿姨"。朱龙训也是个见过世面、经历过风浪的人，那天却兴奋得不能自持，硬要设家宴招待解放军，席间他向大家讲起了自己当兵的经历。

"1965 年，我 18 岁，报名参军，政审、体检，样样合格，但澉浦大队就两个指标，被人家占了先，把我刷下来了。眼看去不成了，突然大队干部跑来找我，说人武部来通知，空军接兵部队的领导要见我，让我马上赶到县里去。空军来接兵的是一个排长，叫高德胜，见到我后，上下左右仔细瞅了瞅，问：'听说你吹拉弹唱都有两下子？'我说：'马马虎虎，还行吧。'他让我唱了一首《北京有个金太阳》，就让我回家等着。两天后，县人武部副部长到澉浦给我送来了入伍通知书。他告诉我，本来没我的事儿了，空军接兵排长发现分给他的兵没有一个有文艺特长，之前团长专门向他交代，一定要带一两个有文艺特长的兵回去。于是他再翻落选者的档案，从中找到了我……"

那天，朱龙训是真高兴了，又唱起了《北京有个金太阳》，大家都跟着他一起唱起来。唱罢，陶政委说："是金子总会有人挖掘。部队是很重视各方面人才的。"朱龙训接着说："是啊！我当的是空军工程兵，在东北打山洞，做'机窝'。不久，团里搞文艺会演，我们连拿了第一名，我就被调到团俱乐部管的毛泽东思想宣传队了。宣传队到处搞文艺演出，不参加施工。可我的肚子不争气。在浙江吃的是大米，到东北一天也吃不上一顿大米，三分之一是杂粮，把我的胃吃坏了。1968 年被强制住院，在医院查出十二指肠球部溃疡，两个，一个黄豆大，一个绿豆大。治疗一段时间后，我就被送到大堡基地疗养。说起来惭愧，当了三年空军，没见过飞机，因这次疗养才被一同疗养的飞行部队首长带去看飞机……疗养回来不久，就退伍了。"说到这里，他长叹一声，"唉！遗憾啊！当了四年兵，党也没入上，就回来了。"陶政委问："怎么回事？"他说："连队因为我在团宣传队，不好发展我，而团宣传队是个临时单位，没有发展党员的权力，就这样被耽误了。"陶政委说："还是那句话，是金子总会有人挖掘的。"朱龙训说："1986 年，嘉兴市委书记和海盐县县长来我办的五龙羊毛衫厂视察。县长问我是不是党员，我说不是。他说：像你这样带领群众致富的人，要争取入党。于是我写了入党申请书，被批准入党，那时我 39 岁了。"

这年"八一"建军节，海训部队送给朱龙训一块匾，上书"国富军强民富兵乐"八个字。朱龙训把它挂在了厅堂的墙中央。

自打海训部队指挥所驻他家后，朱龙训一直处于兴奋状态。他与陶政委成了无话不谈的朋友。他很快知道，自己家接待的是一支英雄部队，鼎鼎大名的硬骨头六连就在这支部队中。海训结束时，陶政委请他有空到杭州部队营区去做客。他真去了，在营区，他参观了官兵的宿舍、操场和各种武器，还观看了军事表演，特别是参观了师史馆后，他受到了极大震撼。这支部队起源于贺龙两把菜刀闹革命和洪湖赤卫队，在红军时期、抗日战争时期和解放战争时期都是能征善战的主力，立下了赫赫战功，出了贺龙元帅、许光达大将以及 200 多位上将、中将、少将。所属第二团号称"百将团"，出了上将贺炳炎等 100 多位将军。新中国成立后，这支部队参加抗美援朝和边境自卫还击作战，涌现了许多新的英雄。在与陶政委交谈时，朱龙训谈了自己的感受，陶政委说："一支部队、一家单位、一个人都不能忘了根，只有知道自己是怎么来的，才知道该往哪里去。我们部队是党的队伍，战争年代是在毛主席、朱总司令的统率下，先后在贺龙元帅和彭德怀元帅的指挥下战斗成长起来的。只有记住革命前辈浴血奋战的历史，我们才能创造新的辉煌。"

听了这番话，朱龙训如醍醐灌顶。陶政委又说："漱浦应该也有革命历史，我们再一次去海训时，还请你给部队讲一讲。"这一下点到了朱龙训的软肋，恰恰在这个问题上，他有点"欠账"了。

要说澉浦的革命历史，他本家就有故事。1945 年 9 月底，新四军浙东纵队奉党中央之命，撤离四明山抗日根据地，渡过杭州湾前往苏北。何克希司令员带领第 5 支队在澉浦南北湖外的黄塘关海滩登陆后，陷入国民党军的重重包围之中，双方在扇子山一线激战十几个小时，新四军部队最后由澉浦 100 多名群众分别带路，趁夜色，分散突出重围，但 223 名烈士从此长眠于此。村民中有传，在给新四军带路的人中，就有朱龙训的爷爷朱贵清和姑姑朱岁宝。新四军的一位首长临别时还把一件衣服披在了朱贵清的身上。可惜，这件衣服到哪里去了，他不知道；姑姑的故事也没人知道了；223 名烈士究竟埋在哪里，姓甚名谁，一概不知道了！

思考之后，他决定要办三件事：第一，在家里建一个军史馆，供群众参观，进行爱国主义教育；第二，找到烈士安葬地，建纪念碑和纪念馆，尽力找到烈士姓名，刻到纪念碑上去；第三，出资设立一个"双拥奖励基金"，奖励澉浦籍现役士兵中被评为优秀士兵者和立功者。他把自己的想法告诉了陶政委，陶政委表示大力支持，对他说："从个人的角度来说，朱大哥你可以说啥都有了，如果再为弘扬爱国主义精神多做些实事，你就会更有幸福感。"

他要干的三件事中，设立"双拥奖励基金"比较好办，只要符合规定并在民政部门注册后就可以运行了，而另外两件就不光是出钱能够办到了，还必须耗费大量的时间和精力。在部队的大力支持下，军史馆历时五年，在他家建起来了。他家建筑面积 580 平方米，他拿出 300 多平方米用于军史陈列，其中重点展示了硬骨头六连的成长经历。他在前言中写道：

靠部队养成的吃苦耐劳的精神，在党的改革开放政策下，我走上了发家致富的康庄大道。在饮水思源的同时，我更加感恩人民解放军这所大学校，也更加眷念部队的战友，总想用自己微薄的力量做点什么。

2002 年盛夏，某师到澉浦进行海训……我的家连续六年成为师指挥所……我像失散多年的游子，回到了母亲的怀抱，我和家人倾己所有，为驻训战友服务……

随着军队改革的深化，该师及所属各团的番号撤销了，人员也各奔东西，但这支部队所具有的光荣传统和精神风貌，永远镌刻在浙江人民、嘉兴人民和海盐人民的心中，我要让该师军魂永驻，把他们的硬骨头精神和优良作风传承下去。

酒香不怕巷子深。虽然只是一家规模有限的家庭军史馆，但消息很快就传到了北京。贺龙元帅的女儿贺晓明听说后也专程前来参观。她在这里看到父亲的巨幅照片时，眼泪就止不住了。她对朱龙训说："这是我第一次在农家看到父亲的照片，谢谢你！"

不错，这是全国极少见的由个人建的军史馆，虽然它不如许多部队办的军史馆气派，却是澉浦周围十里八乡的"明星"打卡地，每年征兵时，人武部门都要组织应征青年来参观，机关、学校、企业办班培训也要带学员来参观，至于节假日，参观者更是络绎不绝。尤其让朱龙训感到光荣的是，在他家住过的师首长中，先后有五人晋升为将军。有人半开玩笑地说："你们家也成了将军摇篮了！"于是有人合计给他制作了一块"将军阁"的金匾，热热闹闹地挂到了他家楼门前。他激动地说："这是我的光荣，但我知道，不是部队首长沾了我的光，而是我沾了部队的光。这块匾挂在我这儿，时刻提醒我要牢记：国兴才会家旺，饮水应该思源，我们要尽可能为国防建设多出一份力。"

情系扇子山："烈士安，我心安"

然而，寻找扇子山突围战烈士的工作就不是那么顺利了。1945年发生的事，到现在70多年过去了，只知道有223名烈士长眠于此，但既无名又无墓，到哪里去找他们？

先从身边调查起，把当年的战斗地点即烈士牺牲的地点搞清楚，把当年给新四军带过路的人找出来。好在澉浦是一个长寿之乡，还有六位 90 岁以上的老人，朱龙训夫妇一一拜访，他负责笔录，妻子负责录像。听说这对老夫妻在干大事，袁志芳、祝栋梁等人也参与到寻访队伍中。很快，他们就找到当年掩埋烈士遗体的杨富仁老人，是他带着 10 多位乡亲让烈士入土为安，可惜因为没文化，没有能力登记烈士姓名，只记得一个概数"二百几十人"。澉浦乡亲姚大美（又名"庆祥"）给新四军带路的事迹也被挖掘出来，他已离世，但他的四个儿子根据父母生前的讲述，整理出一份材料。姚大美是黄包车夫，对地形很熟悉。当年，他带着一支小队伍出澉浦北门经吴家埭，走了一整夜，终于彻底摆脱敌人。他做了这么大的事，回家后却骗妻子朱迷珍说："送了个客人。"新中国成立后，他才告诉妻子实情，妻子也告诉他，自己曾把新四军伤员藏在米缸里，掩护他脱离了危险。这就是澉浦人，但行好事，不事张扬。

真是"小城故事多"，等你来发掘。本地的材料搜集得差不多了，就得去找烈士姓名了。2012 年，为了专心办这件事，朱龙训辞去了五龙羊毛衫厂总经理的职务。县、市、省的民政部门和档案馆是必须去找的，相关部队也是必须去找的，六七十岁的人，和老伴轮流开车，到处奔波。然而由于年代久远，他们的收获非常有限，好长时间才找到三位烈士的姓名。有人给了他一张翻拍的照片，是新四军浙东纵队澉浦突围老同志座谈会合影照，原照拍摄于 1983 年 5 月。照片上共有 37 人，朱龙训和老伴"按图索骥"，一个人一个人去找，杭州、上海、北京、济南，请他们回忆并提供线索。可惜他们中的绝大多数也已经去世，只能找他们的子女了解情况。个中辛苦，天知地知，有时费了老鼻子劲找到了一个"红二代"，却一问三不知。多次无功而返，但他仍然一如既往。在不懈的努力下，终于找到 82 名烈士的姓名，但其中的 17 人还存疑。223 这个数字是战后清点人数时得出来的，严格地说，其中也许有失踪者。在继续寻找烈士姓名的同时，他想到应建立新四军浙东游击纵队澉浦突围战纪念馆。

澉东村就在扇子山下，村民杨彐英的六间平房建在村外，当时已被政府征用。此地离烈士安息地最近，纪念馆建在这里很合适，政府同意了朱龙训他们的建议，将其作为纪念馆用房。房子落实了，2017年，70岁的朱龙训向海盐县委打报告，请求在扇子山下建新四军浙东游击纵队澉浦突围战纪念馆，所需经费由他和许国训、朱虎林、汤月培四人共同承担。报告得到批准，县里还让有关部门全力协助朱龙训他们的筹建事宜。

许国训是海盐紧固件厂厂长，"最美澉浦人"，与朱龙训是好朋友。他对筹建纪念馆全力相助，听说扇子山牺牲的烈士中有余姚梁弄的，有慈溪的，当地也建了纪念馆，许国训便带着全厂党员去参观，并找到了珍贵的史料，还把六间平房的改建工程承包了。朱虎林、汤月培也慷慨解囊，既出钱又出力。经过三年多的努力，新四军浙东游击纵队澉浦突围战纪念馆终于在2020年7月底建成。纪念馆内，有突围战的沙盘、有表现新四军官兵勇敢战斗和澉浦人民支援子弟兵的数组群雕，有珍贵的历史照片，有征集来的各种文物……随后落成的是新四军浙东纵队北撤扇子山战斗遗址汉白玉浮雕和以海盐县人民政府名义所立之英烈墙。

英烈墙为223位烈士而立，但上面仅刻着陈大德、林大慈、包金荣等65名烈士的姓名，其他的烈士只能包含在一个"等"字中。这一个"等"字，是100多位无名英灵，他们的姓名还等着我们去寻访。为办这件事，朱龙训从65岁忙乎到了73岁，自己和老伴开车跑了20多万公里，虽然辛苦，但总算让牺牲在扇子山的烈士们有了一个供后人凭吊的场所。"烈士安，我心安。""知道从哪里来，才知道到哪里去。"朱龙训自己当讲解员，跑前跑后，汗水湿透了身上的老军装。

老话说，澉浦99座山，山山灵秀。本来，扇子山藏在这99座山中，稀松平常，现在新四军的烈士让扇子山独具风采。2021年，纪念馆已经挂上了好几块爱国主义教育基地的牌子，但朱龙训知道，他的事还没有做完，还有100多位无名烈士的谜等着被解开。

在2021年海盐县十五届人大五次会议上，朱龙训提出了把扇子山建设成红色旅游经典景区的建议并得到重视。在县退役军人事务局的主持下，扇子山牺牲烈士凭吊平台、双拥公园已开始建设。

7

"红根"扎在民心上
——一个老党员、一个老板和一群老华侨的故事

中华民族有上下五千年的历史，那是我们民族的老根。但在现代中国，离开了中国共产党来谈爱国主义，就会流于空谈，因为近代中国积贫积弱、饱受外侮，自从有了中国共产党，中华民族才走上了复兴之路。中国从站起来到富起来、强起来，中间贯穿着一条红色根脉，那就是中国共产党的领导。要留住中华民族之根，首先要留住党的领导这条"红根"。在浙西南这块革命老区，你会发现，这条"红根"已经扎在民心上。

丽水市地处浙西南，是一块留下了丰富革命记忆的红色热土，是浙江省唯一的所有县（市、区）都是革命老区的地级市。在革命战争年代，周恩来、粟裕、刘英、叶飞等老一辈革命家都曾经在这里战斗过，留下了以"忠诚使命、求是挺进、植根人民"为核心内容的浙西南革命精神。

"人民就是江山，江山就是人民。""红根"扎在民心上，芝兰玉树满庭芳。

泉湖寺升国旗：从一个人到一群人

遂昌县大柘镇有个泉湖寺，建于清嘉庆年间，1914 年重修。本为文昌阁，1923 年遂昌县立第二高等小学迁址于此。1927 年 1 月，这里悄悄地发生了一件大事——浙西南第一个党支部诞生了。

1926 年 12 月，遂昌籍党员唐公宪卸任中共温州独立支部书记后，中共杭州地委令其返回故乡建立党组织。他邀请当时在衢州省立第八中学求学的遂昌籍党员谢云巢同行。经一段时间的认真工作，唐、谢二人首先介绍县立二小教员陈恂（化名陈实甫）、杨立程（化名杨则时）和工友傅增龄（又名傅九德）入党，于 1927 年 1 月成立了中共遂昌支部，是为浙西南第一个党支部，这是党在浙西南播下的第一颗火种。遂昌的红色根脉起源于此。

泉湖寺，这个遂昌党组织起根发苗的地方，对当地来说，其地位是神圣的，但由于种种原因，很长一段时间没人修理，眼看屋顶到处漏雨，墙体坍塌，再不抢救就成一堆残垣断壁了。2000 年，大柘镇的五名共产党员向镇党委反映，要求尽快对泉湖寺进行抢救修复，保住浙西南第一个党支部旧址。为首者名叫朱宗鹤，当年 66 岁了。他从小当裁缝，因积极要求进步，于 1956 年入党。1958 年，他被招进杭州铁路分局当铁路工人，一年后被提拔为副班长。1961 年国民经济政策调整，动员从农村来的工人回乡，他本不需要回乡却报了名，为啥？他说："第一是国家有困难，党员要带头响应党的号召；第二是老母亲病了，身边要有人照顾。"就这样，他回乡继续做裁缝。

镇党委对五名党员的建议很重视，专门把他们请来了解情况，最大的问题是没有修缮经费，财政拿不出这笔钱，大家商量后决定发动全体党员捐款。镇里开了全镇党员大会，之后，县里又开了全县党员大会，发起募捐。经费问题就这样解决了，修缮工程开始。

但一年多过去，三分之一的工程量都没有完成。"太慢了！"朱宗鹤等发起人忍不住提意见了，于是 2002 年 7 月对工程进行招标。谁来监理呢？镇党委让朱宗鹤来，并给他配了一名党员助手。之所以要他监理，一因他是修缮工程的发起人之一，二因他当时是泉湖寺居委会的党支部书记。

2003年6月，泉湖寺中共遂昌支部旧址修复。遂昌不仅是我党在浙西南最早建立组织的地方，也是我党最早领导开展武装斗争的地方之一，还是红军挺进师策应长征、掀起浙西南革命高潮的领导中心，革命历史悠久，所以在旧址内设遂昌革命纪念馆。门口挂着两块牌子："中共遂昌支部旧址""遂昌革命纪念馆"。还有一块"爱国主义教育基地"牌匾是2006年才挂上去的，落款为"中共丽水市委、丽水市人民政府"。

从修复之日起，朱宗鹤就从工程监理变成了管理员。这一年，他69岁。他的主要职责：一是每天早晨负责升国旗；二是打扫卫生，维护旧址和纪念馆的安全；三是为参观者讲解。三件事，每一件事要做好都不简单。

先说升国旗，从2003年6月28日开始，每天日出时升起，日落时降下。18年来，6500多天，无论天气如何恶劣，他一天也没有耽误过。我问："难道就没有生病或者因事外出的时候吗？"他说："没生过大病，小病有过，也外出过，但生点小病不影响升国旗。外出呢？不能走远，不耽误升旗和降旗。"国旗被风吹雨淋，时间长了会褪色，至今已换了30多面，升旗的绳子也换了20多根，但升国旗的人还是他——老党员朱宗鹤。他与这根旗杆和国旗已经连在一起分不开了，从69岁开始。我采访他时，他87岁了，可看起来还像60多岁，握手时，他那只满是老茧的手似乎没怎么使劲就握得我的手生疼，这手劲大概是每天升国旗练出来的吧！

再说讲解，遂昌革命史上的重大事件很多，重要人物也很多，要全部记下来、讲清楚，困难不小，年纪大了，记忆力衰退啊。但这难不住他，反复地看、记，加上又是本地人讲本地事，慢慢就烂熟于胸了。

我问："你这么大年纪了，身兼三职，升旗手、管理员、讲解员，不累吗？"他一笑，回答说："别人怎么看我，我不理会，我觉得很幸福。这件事是我愿意干的，而且在这里，经常发生让我感动的故事。"

"2019年9月，驻福建某部队的排长林金文来遂昌接新兵，听说我每天都在这里升国旗，就问我：'明天早晨，能不能让我来看你升旗？'我说：'没问题。'约好后，因部队有规定，不能单独在外住宿，他就回县城接新兵部队的住处去了。第二天一早，他跑了23公里赶到这里，看着我升国旗，他立正、敬礼，很标准、很威严。他给我留言，写了很多字。我非常感动。"

他翻出留言本，找到了林金文的留言：

> 给人星火者，心怀火炬。朱爷爷18年的红色坚守，是他60多年（对）党性的坚守。这份坚守就像一面鲜红的旗帜，在浙西南革命老区上空飘扬。我相信在中国的每个角落都有这样的党员，用他们坚定的理想信念为我们书写一个又一个感人的故事，为我们的社会灌注一点又一点的正能量。我愿意做这样的人，像他们那样将信仰坚守住。祝朱爷爷身体健康，工作顺利！
>
> …………

18年了，每年接待万余名参观者，留言本装了整整一个书柜。朱宗鹤说："我有空就拿出来翻一翻，看看参观者的留言，愈发感到自己的工作有意义。"

有一天，朱宗鹤讲完谢云巢在泉湖寺县立二小建党支部的故事，有两位老人拉着他的手说："我们是谢云巢的儿子。非常感谢党和人民，没有忘记我爸爸，把他的事迹放在纪念馆里。"朱宗鹤说："其实，对谢云巢这位浙西南党组织的创始人之一，我们研究得还不全面。2021年，他的一个外甥叫罗珍，91岁了，是上海一所大学的教授，特地来补充了两份材料：谢云巢参加过周恩来在上海组织的工人罢工。谢云巢的妹妹谢茹兰也是地下党员，被捕后在押解途中跳崖牺牲。她讲的最后一句话是：'我们的家庭是革命的家庭。'"

"升旗的人只有我一个，但我并不孤单。因为来看我升旗的人越来越多。今年（2021年）庆祝建党100周年，每天都有镇里的干部和学生来参加升旗仪式，大家唱着国歌，看着我把国旗升上去……"

遂昌县委常委、宣传部部长郭劲松说："朱老每天升国旗，本身就是爱党、爱国的一面旗帜。从最初一个人升旗，到现在一群人升旗，朱老的带动作用越来越大。"

不忘历史，是为了今天。大柘镇镇长陈锋说："爱党，爱国，爱家乡，大柘镇是浙西南第一个党组织的诞生地，我们作为后辈要做出对得起前辈的事业，让人们来这里不仅可以学到革命历史，而且能看到人民今天的幸福生活，看到后辈是如何把先辈的理想变为现实的。"他带着我参观，不时向我穿插介绍整个镇的情况。大柘镇连续 19 年都是遂昌县人均收入冠军，镇里的冠军则是大田村。在万亩茶海，只见满山满沟的茶树，恰逢下起小雨，雾气随风飘荡，让人仿佛置身仙境。现在大柘镇正在进行的是未来乡村建设 3.0 版，1.0 版是搞洁净乡村；2.0 版是搞美丽乡村建设；3.0 版就是"在最美的地方发展数字经济，以向往的生活集聚有趣的人"，乡风乡容乡愁、花园、数字乡村等，全都在里头。2018 年，大田村的生产总值为 8800 多万元，而 GEP 有 1.6 亿元，是生态产品价值实现的试点单位，好风景可以交易。大田村现在有 4 个 AAAA 级景区，茶海算一个，引进第三方来经营，但有 10% 的股份是属于环境的。还有一个是金山森林温泉，金山占 7% 的股份，这部分产生的利润是属于山的，只能用于山的环境建设。这里环境太好了，有客人连住三个月不想走。

酱油厂老板的"邮说党史"展览

从丽水市区前往青田县途中，汽车拐进一家酱油厂。酱油厂是老百姓的叫法，正规的企业名称叫丽水市鱼跃酿造食品有限公司，是一家民企。老实说，我原先对去酱油厂采访颇不以为然，怀疑他们是变相想给酱油做广告，所以希望跳过这一站，但莲都区精神文明建设指导中心主任张凌说："放心，他们会给你一个惊喜。"

果不其然，公司展馆门前的一堆牌匾就让人眼花缭乱。浙江省授予的有省工业旅游示范基地、省生态文明教育基地等七八个；丽水市授予的有市爱国主义教育基地、市"非遗"体验基地等三四个；此外还有省级以上各类奖励的牌匾。我最感兴趣的问题是：爱国主义教育基地的牌子怎么会挂在一家酱油厂里？

一走进展馆，展品就解答了我这个问题。

看的第一个展览叫"邮说党史"，一下就把我震撼了。这个展览是特别为庆祝中国共产党成立100周年而举办的，用5000多张邮票展示了党的历史。展览的发起人是公司董事长、丽水市集邮协会主席陈旭东，所展出的邮票和其他物品，由陈旭东联合丽水的集邮达人刘少华等六人共同提供。鱼跃酿造"非遗"项目第七代传承人王景弘为我做了讲解。他在讲解的同时引导我们看有关邮票，用"邮说党史"的方法来学习党史，别有滋味。

"邮说党史"展览按照时间顺序，用邮票表现了共产党在各个历史时期领导人民艰苦奋斗的光辉历程。

"十月革命一声炮响，给中国送来了马克思列宁主义。"展区第一板块展出了20世纪50年代发行的马、恩、列、斯的邮票，还有不同时期发行的党的一大代表毛泽东、董必武、王尽美、邓恩铭、何叔衡等的邮票，以及纪念五四运动的邮票、不同时期庆祝建党的邮票，加上各种首日封、纪念封等邮品，再看看简短的解说词，就可基本了解建党前后的历史。

"开国大典是对新中国成立前历史阶段的总结，也是新中国新的历史阶段的开篇，因此表现开国大典的邮票意义非凡。这里展出的是1950年发行的开国大典纪念邮票，还有当年发行的纪念革命烈士的邮票。把它们放在一起展出，是想提醒大家记住新中国是无数革命先烈用生命和鲜血换来的。"在开国大典的展板面前，王景弘说。

展出的新中国各个时期的邮票比较齐全，特别突出地展示了改革开放以来发行的邮票。

展馆里还对与丽水关系密切的重大事件和人物重点进行"邮说"，如红军挺进师挺进浙西南是党史军史上发生在丽水的一个重大事件。1934 年 6 月，由于"左"倾路线的错误领导，致使第五次反"围剿"失败，红军退出中央苏区进行战略转移（长征）。为宣传我党的抗日主张和策应红军主力长征，中央决定由红军第七军团组成北上抗日先遣队，7 月初从瑞金出发开始北上。8 月，先遣队由福建转战到浙西南，连战连胜，攻占庆元县城，取得竹口大捷，掩护中央红军主力长征。但在主力长征后，先遣队陷入孤立无援的境地，1935 年 1 月，北上抗日先遣队在江西怀玉山区遭国民党军重兵包围，只有 500 余人突出重围，领导人方志敏等被俘牺牲。2 月，突围出来的 500 余人组成红军挺进师，以粟裕为师长、刘英为政委，挺进浙西南和浙南，在丽水等地坚持了三年艰苦卓绝的游击战争。现存的挺进师生活和战斗遗址，在遂昌县的就有 20 多处。该县王村口镇乌溪江西岸月光山麓有粟裕陵园，这里是他战斗过的地方，他的部分骨灰撒在这里。展品中，方志敏和粟裕的邮票被放在突出位置。王景弘解说道："这样是为了让大家看到方志敏和粟裕，就想到他们在浙西南浴血战斗的岁月，不忘他们对丽水人民的恩情。"

一个酱油厂的老板，为什么会如此热心党史教育？参观了酿造博物馆后，我找到了答案。

鱼跃酿造的技艺源自北宋的著名词人秦观。秦观是苏门四弟子之一，受苏轼牵连被贬到处州（今丽水）监酒税。秦观多病，听说囿山法海寺高僧平阇黎精通医术，便前往法海寺求医。高僧所开药方要用好酒做药引，偏偏处州有好水而无好酒，于是秦观在庙后的柴房里用自己的秘方酿酒，以山泉水和本地碧湖糯米为原料，酿出了好酒，是为处州黄酒。用之做药引后，秦观病情大为好转。酿酒后的酒糟被遗忘在一个大缸里，半年后周围弥漫着一股特殊的香味，人们寻香而去，揭开缸盖，一股带酸的香味扑鼻而来，尝了一下，酸甜可口，回味无穷，是为处州米醋。秦观将自己的酿造方法教给了处州百姓，从此代代相传。为纪念他，曾有人为他建祠。1919 年，应德生创立德生酱园，其生产技艺就是民间世代相传的秦观酿造法。

　　德生酱园是今日鱼跃食品有限公司的源头，从头算起已经103年了，其命运与党和国家的命运紧紧连在一起。新中国成立前，德生酱园经两次更名重组，变成了祥兴化工厂，但始终没有摆脱小作坊规模狭小、销路不出本县的窘境。企业的第一个黄金发展期是在新中国成立初期的公私合营，祥兴化工厂先后合并了几家酱油厂和作坊，成立公私合营丽水化工厂，并将化工部分搬到兰溪（即现在的纳爱斯）。从此企业发展迅速，两次因规模扩大而搬迁新址，多次更名，2001年改制前名丽水酿造厂，改制后使用现名——丽水市鱼跃酿造食品有限公司。可惜改制失败，企业日薄西山，濒临倒闭，没辙了，只好卖掉。

　　听说酿造公司要卖，有一个人抢着要买，并且志在必得。此人就是现任董事长陈旭东。他在一次科普节目中说："我是一名地地道道的丽水人，以前爸妈在田里忙，没空做饭，我和弟弟常常会将剩米饭用酱油加一点猪油拌着吃。酱油猪油拌饭就是我们儿时的回忆。2006年，丽水酱油厂濒临倒闭。得知这个事情后，我一狠心关了经营多年的五金加工厂，拿出全部的积蓄收购了国有的酱油厂，也就是今天的鱼跃。"经过15年艰辛努力，"鱼跃"已进入千千万万丽水老百姓的厨房，鱼跃传统酿造技艺被列入丽水市非物质文化遗产名录。

　　陈旭东是党员，接手酿造公司后就成立了党组织。虽是民企，但党建与国企无异。有人说他有本事，能赚钱，他说："我办五金厂，收购鱼跃酿造，全靠党的好政策，没有改革开放，本事再大也不行。"他收购鱼跃酿造后，企业进入了第二个黄金发展期，获得的荣誉和奖励可真不少，但他只说了最满意的三个，"一个是'消费者信得过企业'，说明我对得起消费者；一个是'劳动关系和谐企业'，说明我对得起员工；一个是'五一劳动奖状'获得单位，说明我对得起国家"。他最感荣耀的是，企业被确定为丽水市爱国主义教育基地，他自己也被评为浙江省首届基层宣讲名师、党的十九大精神宣传明星。

乡贤会里的华侨会长

青田县是有名的华侨之乡，其中的仁庄镇现有户籍人口 2.6 万，华侨却有 3 万多。我想去听听华侨与祖国的故事。

我到达仁庄镇的时候，雨下得很大，镇党委书记廖建利在乡贤馆里接受我的采访。乡贤馆是乡贤会的活动场所，乡贤会由侨界精英和商界、文教界优秀人士以及知名公益人士组成，其中侨界精英占大头，会长、常务副会长都是华侨。

乡贤馆一楼是仁庄镇乡贤事迹展。在古代先贤蒋继周等人之后的是本镇新中国成立前入党的 9 名党员、7 名抗战军人的照片与事迹。然后就是华侨中的乡贤，排在最前面的是被称为"四梁八柱"的老华侨、归侨郑秾、孙言川、林三渔等人。

郑秾是一名革命烈士。他在第一次世界大战时被征召去法国当华工挖战壕，因胞兄在苏联便转往苏联，当做皮鞋的学徒，受中共党员谢文锦的影响，参加苏联红军，后回国，于 1930 年参加了在浙南永嘉组建的红十三军。这年冬天，十三军攻打黄岩、领导平阳暴动失败，革命进入低潮。郑秾以行医和教武术为掩护，在兰溪、龙游、汤溪、寿昌等地秘密发展红军 1000 余人，组成第十三军第二师，任师长，隶属中共上海中央局郊区党委领导，1932 年在建德七星垄等地与浙江保安团激战两天两夜，因寡不敌众而失败。后因内奸出卖被捕，1933 年 12 月，在龙游英勇就义。

孙言川早在 1920 年就担任旅俄华工联合会秘书（列宁、孙中山为名誉主席），1921 年回国准备发动革命，可惜一回国就病倒在杭州，英年早逝。

林三渔被称为"青田陈嘉庚"，有博士学位，新中国成立前在日本忍辱负重，艰苦创业，积累了雄厚资本；从新中国成立到 1987 年的 38 年时间内，他以"奉献感恩"为人生宗旨，先后 41 次回国，考察了解国情、乡情，慷慨捐资。其捐资项目多、地域广、金额高、影响大，至今青田侨界无出其右。他 1987 年逝世前的未了心愿，是未能加入中国共产党。他给侨胞留下遗言："祖国与海外华侨是母子关系，国强则民荣，国弱则民辱，只有先国家后个人，才能使祖国强大，人民荣光。"

乡贤会会长吴朝平是德国华侨，他告诉我："弘扬爱国主义是建设乡贤馆的指导思想，所以'四梁八柱'不是按钱多钱少来排的，而是根据他对国家的贡献来选择的。如果不爱国，不爱党，钱再多也进不了乡贤馆。"

廖建利说："仁庄镇乡贤会是 2018 年 10 月建立的，目的是建一个平台让乡贤们更好地发挥作用。组建方法是党委指导与乡贤自发组织相结合，吸收会员与民主选举负责人的标准中，都把爱国主义放在第一位。在爱国爱党上，会长吴朝平和常务副会长蒋仕良就是大家的榜样。"

吴朝平出国前是仁庄乡的副乡长，到德国一段时间后被推选为青田同乡会会长。"1999 年 5 月 8 日，美国飞机轰炸了中国驻南联盟大使馆。当天，我就与我国驻德国使馆联系，在青田同乡会号召大家一起抗议游行，到美国使馆递交抗议书，当即就有 400 多人响应，还有不少非青田籍的华侨、华人参与进来。当时抗议的队伍很多，但我们这一支的规模是最大的。"

"人到了国外，比在国内时更加爱国。国家强大了，华侨腰杆子就硬，否则，你赚再多的钱，人家照样欺负你。"常务副会长蒋仕良接着说，"我在国内时是公社书记。出国后，开始在法国巴黎发展，后来到意大利发展。虽然在那边事业有成，可以加入意大利国籍，但我没有。"

他们出国后，党组织生活就中断了，但是思考问题时仍然习惯于站在党的立场上。每月 5 日是乡贤会固定的学习日，在家乡的人集中到乡贤馆来学，在国外的则通过互联网学。蒋仕良说："《中国共产党简史》我们已经集中学习了六七次。"乡贤会的主要职责是协助党委和政府参与基层治理和公益事业。成立以来已经做了很多事：帮助困难家庭，提供经济救助，劝学奖学，即时应对突发事件等。2020 年新冠肺炎疫情一出现，会长吴朝平就找镇党委书记汇报，要发动乡贤捐款，发动国外亲友寄防疫用品。乡贤会还每年评选十大慈孝人物，组成文明劝导团，劝导移风易俗，如红白喜事简约办，把省下的钱用于公益。

对于劝学奖学，两位会长有很多话要说。过去，青田华侨虽然满世界，但是他们是因为在家乡生活太困难，被逼无奈出去的。青田素有"九山半水半分田"之说，"半分田"养不活青田儿女，他们就漂洋过海去闯荡，许多人都是文盲。这就形成了一种风气，年轻人不爱读书了，没有上大学的概念，就想往外跑。殊不知文化水平太低，出去后要吃更多的苦，受更大的罪。这是乡贤会大力劝学奖学的主要背景。发现哪家孩子辍学，他们就及时去做工作，该援助的就出手援助，同时注意奖励品学兼优的好学生。2019 年，仁庄镇出了一个省高考状元，乡贤会立马把奖金送到他家里。

现在，仁庄镇的 3 万华侨，有约 5000 人回国创业。青田县精神文明建设指导中心主任范丽军说："在北京举行的纪念抗日战争胜利 70 周年大会，共邀请2000 余名华侨华人参会，其中青田籍的就有 200 多人，占十分之一。"青田县建有华侨博物馆等华侨文化场所，县农商行还专设华侨分行。据县农商行董事长刘建伟介绍，他们对华侨不仅提供信贷服务，而且几乎可以代办所有商务和旅行方面的事务，因而赢得了华侨的信任。走进华侨分行，落座几分钟，工作人员就会给你端来一杯咖啡，上面的一层奶油上印着你的头像，你能不感到惊喜吗？某女士原籍杭州，丈夫曾经担任英国财政大臣，在咖啡杯中见到自己的头像，激动不已，说："凭这一点，就能体会到祖国对华侨的爱。我要主动给你们做宣传。"不必讲一个一个的故事了，只说在青田，华侨分行的存、贷款数量就是当地所有金融机构中最高的，占总数的 42%。

华侨爱祖国，祖国爱华侨；华侨爱故乡，故乡爱华侨。这种良性互动产生了巨大的正能量。

8

"我为烈士来寻亲"

近代以来，为国捐躯的烈士约有 2000 万。

也许很少有人想过，在约 2000 万烈士之中，有多少是无名英雄？有没有可能把他们的名字全部找出来？有多少烈士虽然有名有姓，可亲人却不知他们安葬在哪里，心中永远留着遗憾？也许有人想到了这些，但觉得这是政府该做的事，而不再去关心；或者觉得自己心有余而力不足，一下就把自己撇开了。然而，有一个宁波姑娘不仅想到了这些，而且付诸行动了。

一篇博文，引来烈士后代寻亲的请求

一个十分偶然的机会，让宁波姑娘孙嘉怿改变了生命轨迹，成了"我为烈士来寻亲"公益活动的发起人，创办了全国最大的烈士寻亲网，网站年点击量达 3000 万以上。

孙嘉怿大学学的是旅游专业，因这所学校用英语教学，所以她的英语不错。2012 年，她结婚了。丈夫是做进出口贸易的，她能为他当翻译，从发展事业的角度来说，两人可谓珠联璧合。婚礼后，两人飞到云南去度蜜月。到了腾冲这个历史文化名城，一般人少不了要看火山群、泡温泉和买翡翠，但孙嘉怿与众不同，也许因为从小受家庭的影响，她喜欢去看看战争遗址和烈士墓园。她非常自豪地告诉我："我爷爷是抗战老兵，在新四军浙东纵队五支队，纵队领导人是谭启龙；我外公是志愿军的侦察兵，参加过抗美援朝战争；我爸是海军，曾经在北海舰队服役。"度蜜月之所以要去腾冲，首要目的就是看中国远征军收复腾冲的战场和埋葬牺牲将士的国殇墓园。小两口很新潮，也很节省，不住宾馆，选择住民宿。她记得那家民宿的地上有一个很大的红五星。民宿主人是一位 80 多岁的老爷爷，热情地招待他们，就像对待亲孙辈一样。

国殇墓园是腾冲的一个标志性历史建筑，是为了纪念 1944 年在收复腾冲战役中阵亡的 9000 多名中国远征军将士而建的，是全国重点文物保护单位。腾冲乃中缅通道之要冲，被日军占领达两年之久，防御工事非常完备，所以收复腾冲之战异常惨烈，历时四个月，经大小 80 战，终于彻底消灭守备日军。腾冲也因此成为首个从日寇手里收复的城市，名垂青史。

一天，小两口参观国殇墓园回来，谈起当年中国远征军收复腾冲的壮举，心情久久不能平静，两人还不时发生小小的争论。不料房东老爷爷说："国民党的远征军和共产党的解放军都在我家里住过。"孙嘉怿好奇地问："解放军也在这里打过仗吗？这里也有解放军的烈士陵园吗？"老爷爷说："有嘛！1949 年底边纵 7 支队解放腾冲，随后就开始剿匪。腾冲的土匪很多，有惯匪，也有国民党的残兵败将和地主武装，你一打，他就跑到缅甸那边去；一有机会，他又过来杀人抢劫。当年许多解放军战士牺牲在剿匪战中，有的就是在我眼前倒下的。腾冲革命烈士陵园就在国殇墓园的旁边，你们一定要去看一看，别忘了给他们献花。"

孙嘉怿真的去看了。革命烈士陵园与国殇墓园只有一墙之隔，这里长眠着新中国成立初期边纵 7 支队 36 团牺牲在剿匪战斗中的烈士以及此后各个时期各个方面的烈士。据工作人员介绍，后来牺牲的烈士大多还有人来悼念，而边纵支队的烈士除了每年清明节各界的公祭之外，很少有人来悼念。这让孙嘉怿陷入了沉思。她忘不了那些少有人悼念的革命烈士，是因为没有亲人呢，还是虽然还有亲人而亲人不知道他们安葬在这里？她思绪万千，以至夜不能寐，于是把自己的观感和困惑发在了微博上，还配了十几张自己拍的照片。她还设想能否绘出一张红色地图，把革命烈士陵园都标上，方便人们去悼念。"当时，我的想法很单纯，就是想把自己的心里话说出来。未曾想到，这则微博竟然吸引了许多人的关注，还引起了讨论，参与者之中就有烈士的亲人。但刚开始大家还停留在务虚阶段，各人谈各人的想法，提建议。2017 年，安徽一位叫王志宝的烈属在网上找到我，让我帮他找大伯。"

王：你是否去过很多烈士陵园？

孙：去了不少。

王：我家大伯叫王心恒，在解放战争中牺牲了，至今没有音讯。

孙：他埋在哪里？

王：不知道。

孙：他牺牲在哪里？

王：听说是在解放宁波的战斗中牺牲的。你能不能帮我找一找？

孙：没问题。我就是宁波人，我帮你找。

王：拜托了，谢谢你！

孙嘉怿想都没想就答应了，那时她还在一家公司工作，就决定利用周末时间骑着自行车去找这位王心恒烈士。第一个星期天，她去了市民政局，只有值班人员接待，问她："王心恒是你什么人？"回答说："不认识。是帮他的亲人找他的下落。"接待者说："你这姑娘，呆头呆脑的，你要找的人跟你不沾亲不带故，你又没有介绍信，我怎么能随随便便帮你？"吃了闭门羹，她扭头就走，"说我呆头呆脑，我就呆给你看看"。宁波有十几个烈士陵园，她决定骑着自行车一个一个去找。当天她去了江北慈湖陵园，一个一个墓碑看过来，没找到王心恒。回来查资料，解放宁波时在西门外牺牲的烈士，大多安葬在宁波最大的樟村烈士陵园。第二个星期天，她带着面包和矿泉水，一大早就往樟村陵园赶。这个陵园里长眠着 724 个烈士，墓碑一排一排的。她逐一仔细往下看，怕有遗漏，一排往往要顺向看一遍再逆向看一遍。看到下午 4 点，只剩下最后几块墓碑了，还是没有发现王心恒的名字，她未免有点伤感。当她继续往下看时，发现一块墓碑上赫然写着"王心恒烈士之墓"，而且在简要介绍中注明是"安徽太和人"。"哇！"孙嘉怿兴奋地叫起来，立马拨通了王志宝的电话："你大伯找到了，在宁波樟村烈士陵园。等我拍好照片后，再传给你。"对方千恩万谢，孙嘉怿也激动得手都在颤抖，急忙跑去买了香烛以及水果、烟酒来祭奠王心恒烈士。"我也不知道烈士生前抽不抽烟，喝不喝酒，点上香烛后，把一盒烟打开，一根一根点上，插在他的墓碑前，把酒一点一点洒在他的墓上，并且拍了照片，传给了王志宝。他激动地说：'从此你就是我们家的亲戚了。'我说：'好。这个亲戚我认下了，以后只要我在宁波，每年都会来祭奠，都会把照片发给你。'……"

王志宝告诉孙嘉怿，他大伯牺牲后，二伯王心清也参军了，在华东野战军，第二年就上了抗美援朝战场。"2021 年春天，王志宝夫妇来宁波祭奠大伯王心恒，我带着 8 岁的女儿陪他们去，女儿的四个同学知道了，也拉着父母要一起去。在祭祀前，我说：'长眠在这里的王心恒烈士和他战友是为解放宁波牺牲的，我们今天过着幸福的生活，但永远不能忘记，没有共产党和解放军，没有先烈们的牺牲奋斗，就没有人民的好日子……'说罢，王志宝夫妇哭了，在场的大人小孩都流泪了。"

辞去工作，专做"我为烈士来寻亲"的志愿者

2017 年帮王志宝找到大伯王心恒后，孙嘉怿发现自己过去有点天真，把为烈士寻亲这件事想得太简单了。战争年代，档案管理相当困难，有的战士甚至

还没来得及进行登记就牺牲了，有时打的是突围战、遭遇战，部队来不及掩埋烈士就得撤走，烈士是由老百姓收殓的。不要说那时的老百姓很多是文盲，即使有文化也搞不清烈士的姓名和籍贯，因为他们身上没有任何证明身份的物件。这是出现无名烈士墓的原因之一。她意识到，为烈士寻亲是一个浩繁的工程，仅凭一己之力是不可能做到的，必须发动热心人一起来做。于是，她辞去了公司的工作，成为一名为烈士寻亲的专职志愿者。

年轻人干工作的一大优势是擅长利用网络。孙嘉怿在微博上发起了"我为烈士来寻亲"志愿者活动倡议。她的昵称叫"猫小喵滴兔子"，说起来也是有来历的。大学毕业参加工作后，她时常去看望伤残老兵，这些战争中的幸存者可谓身残志坚，对人民爱心依旧。有位抗战老兵叫王仁佑，是宁波人，孙嘉怿坚持每月去看他两次。老爷爷已经瘫痪，说话很吃力了，但他不说自己的难处，反倒非常关心来看他的孙嘉怿，嘘寒问暖，生活、工作情况问得很仔细。2014年老兵去世前，反复叮嘱保姆："一定记得把生日红包送给'小猫'。"保姆把这事告诉她后，孙嘉怿伤心地哭了好半天。因为王仁佑等老兵都叫她"小猫"，所以她就用了"猫小喵滴兔子"这个昵称。

要为烈士寻亲，首先要为烈士建档，这是一项基础工程。孙嘉怿设计了一个表格发到微博上，给大家做示范。表格从左至右分别为：姓名（乳名）、出生年月、家庭住址、部队番号、职务、牺牲时间、牺牲地点、所葬陵园等。她希望热心的志愿者认真查找资料，把准确信息制成电子文档，发到网上，通过资源共享来提高寻亲效率。

做这项工作，有两个人被她视为"领路人"。第一个人叫路客，他从2004年开始就到全国各地的烈士陵园拍摄照片，然后挂到网上；第二个人叫黄军平，2016年，天命之年的他跑到朝鲜去寻亲未果。2017年，他把拍下的墓碑照片一帧一帧地整理出来，共有1万余名烈士的信息，全部发给了孙嘉怿。两人的行为令她震撼，令她佩服，促使她更坚定地把为烈士寻亲当作事业来干。她的倡议得到了广泛响应，经过认真权衡，她确定了首批26名志愿者为"我为烈士来寻亲"的核心成员。

　　资料整理看似简单，其实十分艰难，因为很多烈士的信息是残缺不全的。或有姓名无籍贯，或有牺牲地点无部队番号……于是孙嘉怿发动更多志愿者通过网络补充信息和数据。志愿者中有不少人是军迷和驴友，他们骑着摩托车奔波在祖国大地，在烈士陵园里拍照片、找档案。孙嘉怿说："有 200 多人在做这件事，因为经费有限，主要靠志愿者自费。出差时每人每天补助 150 元，还不够付住宿费，何况还要吃饭、给摩托车加油，所以有的志愿者就自带干粮、矿泉水和小帐篷，自己解决吃住问题。许多数据就是他们骑摩托车、睡小帐篷跑出来的。特别是在西部，从一个陵园到另一个陵园骑摩托车要一整天，非常辛苦，而且危险。做这件事的大都是"80 后""90 后"，也有少数"00 后"，他们出门一次短则半个多月，长则两个多月。这让我非常感动。比如，"90 后"小伙车英赫是经营旅行社的，湖北的'露露'是一位舞蹈老师，山东潍坊的'海沫'是他们中年龄最小的……"她回忆说："在寻亲路上，我住过最好的旅馆是 120 元一晚的，就一次；最奢侈的一次空中旅行是 2018 年从朝鲜回来，坐了头等舱。应该说那是沾了烈士的光，因为应烈士家属的请求，我从志愿军烈士墓旁挖了一抔一抔的土，包起来，写上烈士的名字，准备回国后分给他们，加起来好大一挎包。这些土代表烈士，现在他们回家，我觉得应该给他们最高礼遇，所以就买了头等舱。机票没处报销，只能自己掏。"

　　至 2020 年 11 月，70 多名志愿者历经三年，终于建成了朝鲜开城志愿军烈士陵园一万余名烈士的数据库，并公布在网上。这只是第一步，孙嘉怿的愿望是建成全国烈士数据库。

"一个个烈士的故事被还原拼接成一个可爱的中国"

　　此事引起全国轰动。全国人大代表吕卉是安徽广播电视台的广播剧创作室副主任，是广播剧领域的翘楚，曾连续八届获"五个一工程奖"。在网上看到孙嘉怿的行动后，吕卉决定为她创作一部广播剧。吕卉到宁波采访结束时，孙嘉怿交给她一份建议，标题叫"全国烈士陵园档案的信息化管理"。吕卉看完后当面表态：一定把这个建议提交给全国人大。2021年，吕卉到北京参加"两会"时兑现了自己的诺言。全国人大又将这一建议转给了退役军人事务部，最终被采纳。

有不少烈士生前没有留下照片，牺牲时孩子太小或者是遗腹子，孩子对自己的父亲，要么毫无印象，要么压根儿就没见过。现在孙嘉怿的志愿者团队为烈士子女找到了父亲，但只知其名，只见其墓，孩子却不知道父亲长什么样。

志愿军烈士陈忠根牺牲的时候，女儿陈荷珍还小。长大后，陈荷珍一心想寻找父亲的安葬地，所以找到孙嘉怿求助。帮陈荷珍找到父亲安葬地后，孙嘉怿又了解到她从未见过父亲，父亲也没有留下任何影像资料，于是又多方联络求助，最后浙江传媒学院动画学院武小峰教授决定根据有限的相关信息，执笔为陈忠根烈士画像。烈士画像完成后，浙江传媒学院的志愿者们专门把陈荷珍请去举行了一个仪式，郑重地把她父亲的画像交给她。陈荷珍激动地说："父亲牺牲的时候我太小了，因为没有留下照片，我这辈子不清楚他的模样。没想到，今天终于有了他的画像。爸爸！我们回家！"

这是从一个70多岁的女儿嘴里喊出来的心声，在场的人无不为此动容，孙嘉怿更是哭成了泪人。许多感动她的场景像拉洋片一样闪现在她眼前：在随赴朝寻亲团去朝鲜的路上，很多烈属还没有见到亲人的墓，就跪在地上哭着高喊："爸爸！儿子来接你回家了！"人人都是这样，只是称呼不同罢了，有喊"伯伯""叔叔"的，甚至有喊着"哥哥""弟弟"的，都是来寻亲的。有的烈属在找到烈士的墓之后，磕头把额头都磕出血来，竟哭到失声……在这一过程中，她由衷感到"一个个烈士的故事被还原拼凑成一个可爱的中国"。女儿三岁时，跟着她去烈士陵园祭扫，问她："什么是烈士？"她说："他们是中国的脊梁骨，撑起了祖国这个大家庭。"

到2021年上半年为止，"我为烈士来寻亲"公益组织已经调查了散布在7个国家和国内25个省（市、区）的700多座陵园，整理出4万余名烈士的信息，帮助 600 多位烈士的亲属找到了亲人的安息之处。

陈忠根烈士的画像被交到他女儿陈荷珍手中时，他残破的牺牲证明书和当年部队寄回的信件的修复成了新的难题，孙嘉怿在接洽了河南某 AI 技术修复团队和宁波财经学院"甬城文保"社会实践团后，又发起"我为烈士修遗物"公益项目，利用技术手段让烈士画像栩栩如生地"动起来"，让烈士遗物得到修复并更科学地保护起来。目前已修复包括长津湖牺牲英烈遗物在内的烈士照片、战地水壶、木质牌匾、烈士手记文书等 20 余件。

孙嘉怿成了名人、"大 V"，当人们夸奖她的时候，她却感到这项工作才刚刚起步，"旧中国的苦难太深重了，为了国家独立、人民解放，多少先烈牺牲了啊！""他们是民族的英雄，每一个名字后面都是一部英雄的传奇。他们应该被找到，被记住，更应该被祭奠。"2021 年清明，她又发了一则微博：

> 有需要的烈属可以到微博找我，微博搜"猫小喵滴兔子"就是我了。
>
> 大家好！我是孙嘉怿！今天是 2021 年的清明，我正和我的小伙伴们陪同一位烈士家属去祭奠他们 72 年前牺牲的亲人。很感谢大家的关注，我想着这是一件一个人完不成的工作，靠的就是一群人的努力，众人拾柴火焰高，感谢我的引路人路客老师、黄军平叔叔，我希望有更多的年轻人加入到我们当中，这是对我们最好最朴实的爱国主义教育。希望烈士的名字不再是冷冰冰的字眼，我把烈士背后的故事讲给大家听！

她说，每一次寻亲，"仿佛让我们完成了人生的一次'穿越'，接受了一次爱国主义教育"。

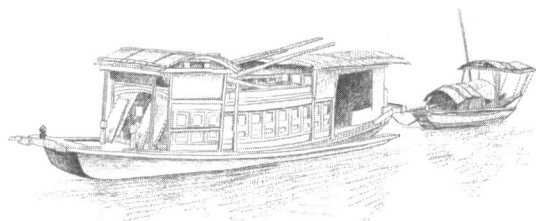

第三篇

守**初心**方能得**民心**

要创建文明城市，首先得建设一个文明政府。文明政府必然是服务型政府，是为人民服务的政府。

虽然早在两千多年前，孟子就提出了"民为贵，社稷次之，君为轻"的民本思想，但在千百年的封建社会中，民从来就没有"贵"过。官民关系对立，几乎是旧中国一个无解的死结。老百姓自称为"草民"，意即与草一样贱。

在旧中国，民只能把希望寄托在清官身上，好不容易盼到一个清官，就会给他树碑立传，即使不能见诸文字，也会通过口口相传，使之成为民间的地方神。这些文字记载或口口相传的清官故事，构成廉政文化的主体。浙江的廉政文化遗产相当丰富，杭州、绍兴等城市都建有廉政文化馆，展出历代清官的事迹。廉政文化馆是各级干部经常去瞻仰的地方，他们长期耳濡目染，无疑会产生见贤思齐的动力。

旧中国，老百姓对清官的最高评价叫"青天"，能被称作"青天"的官员是百年不遇的。在浙江的历史上，先后出现过两个被称为"青天"的清官。

第一个是"海青天"，就是海瑞。他在淳安任知县四年，为民造福，清正廉洁，留下《兴革条例》和"不贪、不贿、不霸"的"三不"形象。淳安人民为之修"三不亭"，以资纪念。

第二个是"林青天"，就是在虎门销烟的林则徐。他曾经三到杭州，两任浙江地方官，自奉清廉，办事公正。曾为林和靖祠堂和梅亭题联，祠堂联为："我忆家风负梅鹤，天教处士领湖山。"

还有一些曾在浙江任职的官员虽无"青天"的口碑，但人民给他们的哀荣和祭祀甚至超过了"青天"。比如，北宋那个写下了千古名句"先天下之忧而忧，后天下之乐而乐"的范仲淹，先后担任睦州（淳安）、越州（绍兴）和杭州的知州，留下了斐然的政绩和廉政的口碑。绍兴人民在府衙建贤牧亭以祀之，且将他领导开凿的泉水命名为范公泉。他到任杭州时已年过花甲，有人要在西湖边为他建房，让他安度晚年，但他说："人苟有道义之乐，形骸可外，况居室乎！"为纪念他，杭州孤山建有范公亭，梅登高桥建有范府君庙。

"杭州若无白与苏，风光一半减西湖。"白居易和苏轼是杭州人民世代牢记的人物。他们用自己的神来诗笔为西湖做了大广告，但人民怀念他们，绝非仅仅因为笔墨人情，还在于他们留下了功在当代、利在千秋的白堤与苏堤，留下了廉政的好形象。白居易空手而来，空手而去，任职期满离任时，杭州万人空巷，人民箪食壶浆，为之送行。这送别的场景被后人铸成群塑铜像永久定格在西湖之畔。苏轼离开杭州时，只带走了慧静禅师所赠之天竺石，有七绝为证："在郡依前六百日，山中不记几回来。还将天竺一峰去，欲把云根到处栽。"杭州人为之建苏轼祠和苏东坡纪念馆以永久怀念。

古时就有州、县官的任职回避制度，即本地人不能在本地做官。来浙江做州、县官的多是外地人。浙江人在外地做官的，也有清正廉洁、政声卓著的杰出人物。浙江籍的王守仁（王阳明）就是一个堪与范仲淹比肩的全才。他一生充满传奇色彩，是明代杰出的思想家、文学家、军事家、教育家。他生于余姚，长于绍兴，建功于赣闽两广，一生最大功劳，一是在南昌平定了宁王之乱，二是创立了以"知行合一"为宗旨的阳明心学。其心学，简言之，即以"良知"为德行本体，"致良知"为修养方法，"知行合一"为实践功夫，"明德亲民"为政治理想。立德、立功、立言，王守仁被后世赞誉为汉唐以来"三不朽"的典范。在他家乡余姚的龙泉山上，建有纪念他的碑亭，楹联的横额即为"真三不朽"。习近平总书记曾多次在讲话中阐发王守仁"知行合一"论的内涵和当代价值。

浙江人在外为官廉声最高的当数清代的陆陇其，有"天下第一清廉"之美誉。他是浙江平湖人，在西南当过多地的知县和四川道监察御史，"清操饮冰，爱民如子"，离任时只有图书几卷和妻子的织布机一部。

上述清官是有史可查的，还有不少无史可查、全凭民间代代相传的清官。在宁波奉化有一个被称为"剡东第一名祠"的萧王庙，于是地以庙名，古镇被命名为萧王庙镇。萧王是何方神圣？他叫萧世显，北宋真宗朝奉化的一名知县。一个正史上也许找不到名字的知县咋就成了王？因为他为官清廉，在任期间，带领大家兴修水利，最后累死在施工现场。人民为了纪念他，在他牺牲之地为他修庙塑像，世代祭祀。

在浙江，类似"萧王"的地方神还有不少。这种文化现象与其说是为了纪念清官，还不如说意在祈盼清官更为确切。然而，在旧社会，清官是官员中的另类，而"三年清知府，十万雪花银"则是常态。人民即使有幸遇到了清官，也不过就像吃了止痛药一样，只能减轻一时的疼痛而已，治不了病根。

范仲淹出仕艰难。皇祐元年（1049）他被贬任杭州知州，第二年即逢大旱，粮价飞涨，流民遍地，道有饿殍。当朝皇帝宋仁宗下诏说："两浙流民，男女不能自存者，听人收养，后不得复取。"仁宗的这份诏书，看不出一点"仁"来，一点人情味也没有！而作为知州的范仲淹却创造性地提出了救灾的"荒政三策"：第一是以工代赈，招灾民做工，靠工钱度荒；第二是纵民竞渡（划船比赛），发展旅游，发有余之财以济荒民，一时新增餐饮、小买卖岗位数万个；第三是提高粮价，吸引各地粮商把粮食运到杭州来，结果因运来的粮多了，价格反而降下来了。"荒政三策"条条都反常态，起初招来一片反对声，实行后却条条见效，因而被称为"荒政三奇策"。但就是这样一个廉洁奉公的全才，也只能为封建朝廷做些修修补补的工作，当他推行庆历新政试图进行改革时，立即被群起而攻之，险些被置于死地。因此，从根本上说剥削压迫人民的是旧中国腐朽的社会制度，个别清官虽然被称为"青天"，也不过如昙花一现，改变不了一个社会制度的本质。

"解放区的天是明朗的天，解放区的人民好喜欢"，就像这首歌所唱，只有在人民当家做主的新社会，头上才会有真正的朗朗青天。人民政府与人民的关系是服务者与服务对象之间的关系，完全不同于旧中国那种剥削者与被剥削者之间的关系。

习近平总书记指出："'政之所兴在顺民心，政之所废在逆民心。'全心全意为人民服务，是我们党一切行动的根本出发点和落脚点，是我们党区别于其他一切政党的根本标志。"为人民服务是中国共产党的初心。不忘初心，方得始终。中国共产党人的初心和使命，就是为中国人民谋幸福，为中华民族谋复兴。中国共产党的百年历史已经证明，守初心才能得民心，你不忘初心，我与你同心。

浙江嘉兴南湖的红船是中共一大闭幕的地方，是宣告中国共产党诞生的地方，当然也就是我党向世人昭告初心的地方。浙江又是习近平新时代中国特色社会主义思想重要萌发地。嘉兴南湖的红船和南湖革命纪念馆，是习近平总书记心心念念的地方，也是浙江各级党员干部净化灵魂，进行不忘初心、牢记使命教育的圣地。2002 年 10 月 22 日，刚到浙江任职的习近平同志第一次到南湖瞻仰红船，就号召党员同志开展"六个一"活动：到南湖看一次展览，听一次党课，学一次党章，观一次专题片，瞻仰一次红船，重温一次入党誓词。2005年春节后的第一个工作日，浙江省委理论学习中心组成员来到南湖瞻仰红船，举行保持共产党员先进性教育活动专题学习会。同年 6 月 21 日，习近平同志在《光明日报》发表署名文章《弘扬"红船精神" 走在时代前列》，首次对"红船精神"进行了系统论述，把"红船精神"的核心内涵概括为：开天辟地、敢为人先的首创精神；坚定理想、百折不挠的奋斗精神；立党为公、忠诚为民的奉献精神。并指出"红船精神"为中国革命精神之源。

2017 年 10 月 31 日，党的十九大闭幕仅一周，习近平总书记带领新一届中共中央政治局常委在上海瞻仰中共一大会址后，即赴嘉兴瞻仰南湖红船。参观结束时，他在南湖革命纪念馆序厅发表了重要讲话，指出：上海党的一大会址、嘉兴南湖红船是我们党梦想起航的地方。我们党从这里诞生，从这里出征，从这里走向全国执政。这里是我们党的根脉。

浙江全省的县处级以上干部，嘉兴市的所有干部都在红船和南湖革命纪念馆经受过思想的洗礼，参加了"不忘初心·重走一大路"的现场体验式教学，在重温建党历史中体会初心，请听：

　　一天，一个小伙子在家里奋笔疾书，妈妈在外面喊着说："你吃粽子要加红糖水，吃了吗？"他说："吃了吃了，甜极了。"结果老太太进门一看，这个小伙子埋头写书，嘴上全是黑墨水。原来他吃错了，旁边一碗红糖水他没喝，却把那瓶墨水给喝了。但是他浑然不觉啊，还说，"可甜了可甜了"。这人是谁呢？就是陈望道，他当时在浙江义乌的家里，就是翻译这本书——《共产党宣言》。于是他说了一句话：真理的味道非常甜。

这是运用声光电技术还原陈望道说"真理的味道非常甜"的场景。

不忘初心，牢记使命，体现在文明城市的创建工作中，就是党政干部在为人民服务上下真功夫、实功夫、细功夫，勇于担当，锐意改革，让人民群众更满意，公仆和人民的关系更融洽。

本篇不讲反腐防腐的事儿，讲的是政府和广大党员干部等守初心、与民同心，人民的日子越来越富裕、心情越来越舒坦的故事。

9

"谢天谢地谢高华"
——民心对初心的纯洁回应

　　老百姓对一个官员的真实评价，往往是在他离开岗位后特别是在他逝世后。我不知道在和平时期，全国除了焦裕禄之外，还有哪个县委书记逝世后，会有群众自发要求为其修纪念馆，应该是很少的吧！浙江的谢高华先后在义乌任县委书记、在衢州当常务副市长。他逝世后，两地的群众抢着要为他建纪念馆，争执不下，最后在他的家乡衢江区横路办事处贺邵溪村建了一座"改革担当精神传承馆"。纪念馆不用他的名字命名，是因为他已被群众视为改革担当精神的化身。

2019年10月23日，那个在义乌"让鸡毛飞上天"的谢高华走了！新中国成立70周年华诞前夕，他刚刚被评为全国300名"最美奋斗者"之一。得知他逝世的消息，义乌和衢州的老百姓，特别是义乌国际商贸城的数万家商户，情不自禁地流下了眼泪，有的甚至忍不住号啕大哭。尽管对他的离开早有思想准备，但人们还是关不住泪水的闸门。一年前的12月18日，党中央、国务院授予谢高华"改革先锋"荣誉称号，颁发"改革先锋"奖章。他是坐着轮椅在北京参加改革开放40周年改革先锋表彰大会的。

被党中央、国务院表彰的"改革先锋"，来自浙江省的有7位，浙江籍的有16位，谢高华是其中年龄最大的一位。他是1931年12月17日出生的，当年87岁了。但这一年的生日，义乌人只能在网上给他庆祝了，因为他第二天就要参加表彰大会。虽然只能在网上见面，但大家心有灵犀一点通，谢高华用颤抖的手给义乌题写了六个字："改革永无止境"。

义乌人给谢高华过生日是1994年开始的惯例，那一年他63岁，彻底退休了。不给领导人祝寿，是毛泽东主席定下的纪律。但是党有党的纪律，老百姓有老百姓的规矩：他一心为咱老百姓，咱也不能忘恩负义、不懂规矩，他在岗位上时咱不能给他添乱，给组织出难题，退休后总该可以了吧！谢高华怎么也推辞不掉，只好与他们定了一个君子协定："不收礼，不摆宴席，只吃一碗长寿面。"这么多年来，每年他的生日都是这么过的。但这次，距他88岁的生日还有不到两个月，他却走了！

敢于担当，因为不忘初心

在最怀念谢高华的义乌人中，有一位名叫冯爱倩。她算得上是义乌小商品市场上的"出头鸟"和传奇人物。她是全县第一批个体经商户。当初去经商的动机并不是发财，而是填饱全家人的肚子。冯爱倩永远不会忘记，有一次家里断了粮，40岁的她提着一个篮子去找人借两斤米，跑了六家都白跑了，到第七家才借到。听说政府允许个人经商了，她东拼西凑弄到80元钱，又找信用社贷款300元，做起了小买卖，其实就是到杭州、温州、绍兴等地去进货，运回义乌来卖，赚点差价。吃的那个苦，现在想起来都心酸。那个时候还没有银行卡，更没有微信和支付宝，公对公用银行转账支票，个体户都是现金支付。有一次去绍兴进货，她带了3000元现金，这在20世纪80年代初期可是个大数目。怕被偷，她就把钱绑在腰上。因为绑得过紧，人都喘不过气来。松一松呗，哪敢！这样一笔钱要是被人瞧见了，哪个不眼红！再难受也得忍着，憋得脸色发青也得坚持住。进完货，坐无篷卡车往回运，不巧汽车在诸暨抛锚，偏偏天又下起了雨。别人都下车找地方休息，她却得死死守住车上的货物。先把货物用油布认真包好，人呢？蜷缩在车厢的一角当"团长"。半夜，雨停了，风更紧。如此一夜下来，她成了"白毛女"，头发、眉毛上都结了一层白霜。

就这样辛辛苦苦拼命赚点小钱，还时常被有关部门当作"投机倒把"来处罚。冯爱倩像一只处处躲着"猫"的"老鼠"，没被逮住就赚点，被逮住了就血本无归。这样躲躲罚罚的日子何时是个头？她终于忍无可忍，怒不可遏了！她要找"县太爷"喊冤告状。

听说新来的义乌县委书记谢高华是个瘦小个儿，衣着不讲究，不像干部，倒像农民，她就到县委门前去堵人。去了几次没堵上，反而被门卫盯上了：这个女人想干啥？莫非是个上访户？"喂！要上访去上访办，别老在这门口转悠。""我不上访，我等人。"老这么傻等也不是办法，她于是找到了一个在县委大院里工作的"内线"，先让他提供"情报"，然后"按图索骥"，就一找一准！这天中午，"内线"出来告诉她，谢书记在朱店街的菊芬理发店理发。冯爱倩平时走街串巷做生意，对街道烂熟于胸，一下就找到了这家理发店。只见一个瘦削的男子坐在椅子上理发，他的头发已经花白，看样子起码50多岁了。理发时他与理发员聊天，说的都是些家长里短的琐事。这个人一准就是县委谢书记了。冯爱倩想冲进理发店找他理论，又觉得这样太不礼貌，便在门外边抽烟边等他理好发出来。

谢高华刚出理发室，就被冯爱倩给拦住了。

"你是谢书记吗？"

"我是。"

"你好难找啊！要不是别人告诉我说你在这里理发，我还找不着你哩！"听这口气，就知道她有气。

"找我有事吗？"

"当然，没事怎么会找你？"

"有事慢慢说，别急。"

"你不急，我急！我叫冯爱倩，是街上摆摊的。我问你：政府的人为什么到处撵我，说我没有经营场地？为什么抓住就往死里罚？为什么就不给我们一条活路？"她一连问了几个为什么，越问怨气越大，越问嗓门越大。

谢高华心平气和地说："你没有场地证，随地摆摊，不符合规定。"

冯爱倩一听更来气了，猛一挥拳，指着谢高华说："你们还让人活吗？家里五个孩子靠我养活，我没有田种，没有工做，拿着个体经营许可证做点小生意，你们还一罚就罚光，你让我怎么活？"

她的大嗓门引来了一圈围观者。基层工作经验丰富的谢高华觉得这样下去不仅解决不了问题，还会造成不良影响，便和颜悦色地对她说："我们在这里说话，别人还以为是夫妻吵架哩！你跟我到办公室，咱们慢慢说。"

刚一进门，她就敲着桌子说："实话告诉你：你同意，我要摆摊；你不同意，我也要摆摊，不摆摊我一家就没法活。"发泄完了，她才注意到，堂堂县委书记的办公室竟然这么俭朴，只有一张办公桌和几把木椅子，连个沙发也没有；她更没有想到，谢书记对她的无礼不但没有生气，反而非常客气，微笑着给她让座，给她倒水，给她递烟。这让她不好意思了，咋能抽书记的烟？马上掏出自己的烟递上去。谢高华一看，说："哇！'大重九'呀！抽得起这个牌子的烟，说明你生意还不错嘛。不像我，就蓝'西湖'。"那时昆明出的"大重九"牌香烟算中高档，杭州出的蓝皮包装的"西湖"牌算中低档。冯爱倩说："我哪里抽得起'大重九'呀？都是为了生意，联络感情，自己一天才抽四五根。"谢高华与冯爱倩，一个县委书记，一个小摊贩，虽然身份差别较大，但两人烟一抽上，冯爱倩的火气一下小了许多，说："义乌的田少，养不活那么多人，我从小就看到大人挑着担子去做鸡毛换糖的小生意。"谢高华边听边点头，插话说："鸡毛换糖是义乌人的传统谋生手段，很了不起。"所谓鸡毛换糖，其实是糖换鸡毛。就是先用自家种的甘蔗熬成糖，然后挑着担子，摇着拨浪鼓去走村串户，让农户拿鸡毛来换糖，再把换来的鸡毛做成鸡毛掸子卖钱（后来把硬鸡毛卖给羽毛球厂）。这从头到尾是个辛苦活，"文化大革命"中却被当作"资本主义尾巴"给割掉了。改革开放后拨浪鼓才重新响起来。

见谢高华很和蔼，在耐心听她说话，冯爱倩说起了自己的身世："我娘家在佛堂镇和平村，一岁时父亲就病故了，孤儿寡母，穷得没饭吃，我小时候几乎没有吃饱过。长大后，曾经在县劳动服务公司当营业员，户口也转到城里了，但好日子没过几天，1962年我被精简回农村了，户口转到了婆家的柳青公社。因为我老公在城阳区供销社工作，我就当了供销社的临时家属工，主要靠老公的那点死工资生活。有天断了粮，我跑了七家才借到两斤米……"说着说着她流泪了。谢高华看着她擦眼泪，听她继续往下说：

"我是1980年开始摆摊的，到县百货公司批发一些小商品如纽扣、针头线脑，摇着拨浪鼓，挑到乡下去卖，赚点差价。第一天就赚了6块钱，第二天又多一点，全家人高兴坏了，觉得从此有盼头了。义乌传统集市上，赶集的人多，廿三里镇是农历初一、初四、初七赶集，稠城镇是农历逢双日赶集，逢集我就早早挑着担子去赶。现在，货快卖完时，就跑到外地去进货，近的有金华、衢州、龙游，远点的有绍兴、温州、苏州，都是当天去，连夜回，吃不上饭、睡不上觉是常事……"

谢高华说："你们赚点钱也不容易，摆摊的都这样吧？"

冯爱倩一听，说得更来劲了："要赚钱就不能怕吃苦。吃苦对我们来说不算啥，就怕政府这不允许那不允许。最开始是抓无证无照的，摊贩一听说管市场的人要来，就像老鼠听说猫来了一样，吓得挑起担子就跑，做点生意东躲西藏，所以，我找了不少关系，求了不少人，嘴皮磨破，好话说尽，才弄了张'小百货个体经营许可证'。"说着，她掏出许可证让谢高华看，"我以为从此就可以放心大胆地摆摊了，哪知道照样被赶、被罚，说是只有许可证不行，还得要有场地证。我找他们办场地证，人家又说没有场地，办不了证……"

听到这里，谢高华说："我完全理解你的困难。说说你现在的要求。"冯爱倩说："让他们不要赶我，让我在街上摆摊，让我赚点小钱养家。"谢高华说："你没有场地证，摆摊是不符合规定的。但是场地问题，我们很快就会解决，我相信你不久就会拿到场地证。"他话还没说完，冯爱倩就抢话了："那我现在怎么办？能不能让他们不赶我？"对冯爱倩的这个要求，谢高华略加思索，也点头同意了："好！我跟他们说说，不抓你。"

冯爱倩是满腔怒火而来，满面春风而去。

其实，像冯爱倩这样拦路告状的事，谢高华并非第一次碰到。有一次他正在街上走，被十几个个体工商户拦住了。他们刚从"打办"（"打击投机倒把办公室"）出来，一个个气鼓鼓的，本来没想找他，可其中一个叫何海美的认出了他。何海美是回乡知青，当时就靠给人做衣服赚点小钱。1978年，被解封后的越剧电影《红楼梦》在义乌县城放映，连着三天三夜，座无虚席。何海美灵机一动：何不卖演员的剧照？买的人一定不少吧！于是试着在影剧院门口开卖，越剧《红楼梦》的黑白剧照，第一天卖了22块钱。这么来钱，那就继续干！除了晚上在电影院门口卖，白天还带着两岁的孩子摆地摊，甚至把摊摆到县政府旁边去了。廿三里镇有人听说干这个买卖不错，跑来找何海美批发剧照。应该说，她的"隐藏术"练得不错，剧照偷偷卖了好几年也没有被逮住，但1982年还是被县"打办"抓了现行，不用说，剧照没收，还要罚款。理由呢？那个时候人们没有知识产权的概念，卖演员的照片也没人打肖像权的官司，但人家给她戴了顶"投机倒把"的帽子，说："针头线脑可以卖，照片不能卖，是'投机倒把'。"这一天被没收货物的还有十几个卖尼龙袜、卖儿童服装的摊贩，理由也是"投机倒把"。

大家愤愤不平，正发着牢骚，何海美突然发现有个人好像就是新来的县委书记谢高华。她家里有一台黑白电视机，是凭电视机票花800元买的。她买电视机不光是为了娱乐，主要是想看新闻。20世纪80年代初，改革开放才刚刚开始，各地的新鲜事很多，新政策不少，她要做生意，就得关心政策动向。新闻看多了，也就从电视上认识新来的县委书记了。当然，谢高华的辨识度特别高，这也是她一眼就认出他的重要原因。他出奇的瘦削，颧骨很高，双颊凹陷，眼睛大而有神。来得早不如来得巧，既然碰到了县委书记，就不能放弃这个机会。何海美往前指了指，告诉大家："那个瘦子就是新来的县委书记，我们找他讲理去。"于是乎，这帮摊贩把谢高华围住了。

何海美上前问道："你就是谢书记吗？"谢高华说："我是。找我有什么事？"何海美说："我们都是在街上摆摊的。'打办'把我的剧照，他们的尼龙袜、小孩衣服全部都没收了。"谢高华问："他们没说为什么要没收？"摊贩们叽叽喳喳地抢着回答："投机倒把""扰乱市场""无证经营"。谢高华说："你们是不是既没有经营许可证，又没有场地证？"何海美说："不是我们不办证，是他们不给我们办证，就知道抓人砸摊，没收货物。"谢高华说："你们的难处我知道了。经营许可证和场地证的问题我们正在想法解决。你们给我一点时间，耐心地等一等，问题就会解决。"他指着何海美说："我要说话不算数，到时候你代表他们去找我。"

时隔40来年，何海美早已从一个被撵得到处躲的小摊贩成长为受人尊敬的企业家了。1985年，她被评为浙江省劳动模范，后来成立了罕美服饰有限公司，前些年退居二线，让儿子当了董事长。在义乌国际商贸城接受我采访时，她回顾走过的路，想起谢高华对义乌的贡献，不禁流下热泪。她说："当时他让我们耐心等一等，我还将信将疑，害怕他像有些当官的，表面佯装许愿，其实是拖延之计，先把你哄走再说。没想到，过了10多天，（1982年）11月下旬（25日）县里开了一个大会，是全县农村个体户、专业户的代表大会，各种各样做小买卖的人都来了，有600多人。是'代表'的人来了，不是'代表'的人也可以来听。那天我去晚了，没有座位，就站在后面听。谢书记在会上讲话，有些话我现在还记得很清楚，比如，他说：'共产党是为人民服务的。农民生活很不容易，为人民服务，就要允许农民进城经商。今后，谁要再为难农民，我就处理谁！'再如，著名的'四个允许'就是他在这次会上讲的。'允许农民进城经商，允许从事长途贩运，允许开放城乡市场，允许多渠道竞争'。听到这里，会场上响起了长时间热烈的掌声，但我忘了鼓掌，光顾着哭了……"

谢高华让何海美他们耐心等待的，就是这次会议所宣布的一系列政策。经营许可证有了，场地证也很快有了。场地就在此次会议前刚开放的湖清门小商品市场。因为县城里除了义乌中学的操场外，实在找不到大点的地方，他们不得不把市场建在一条臭水沟旁，先用水泥板搭起一条条长桌，上面用塑料薄膜搭一个简陋的防雨棚，长桌上每80厘米一个摊位，一共700个摊位。

从小商品市场到"江南红旗渠"

何海美他们只知道这个结果，不知道为了发展小商品市场，谢高华在县委、县政府的会议上反复地苦口婆心地做了多少说服工作，才有了这个结果。他手里的"武器"就是党的改革开放政策和实事求是的思想路线。义乌人多地少，光靠种地，老百姓活不下去，又没有可以发展交通的港口，只能发扬鸡毛换糖的传统，"无中生有"，靠经商来发展经济。这次会议过后，发展商品经济的阻力仍然不小，特别是涉及部门利益的时候，矛盾更加激烈。比如，杀猪的个体户、做金华火腿的作坊，就曾被县食品公司没收生产工具和待出售的商品。这些矛盾通过谢高华和县委、县政府认真细致的工作才得到解决。

义乌的"创艺厨具"现在是一个响当当的国际品牌，其创始人和董事长刘萍娟15岁就跟着父亲承包乡镇企业，自称"是在企业里长大的"。因为热心助人、经商有道，她被评为金华市道德模范、经商小能手。"其实，我不过是把产品重新包装了一下，大包装变小包装，简陋包装变漂亮包装，卖相好了，销量就好了。一个人一干一整夜，孩子就睡在我旁边的纸板箱上……1998年，我买了20亩地，创立了宝马路厨房用品有限公司，后改名为'创艺厨具'。在义乌，我代表'创艺'；在中国，我代表义乌；在世界上，我代表中国……"

"你的生意开始时与谢高华书记有关系吗？"

"没有关系，又大有关系。怎么讲？我没有像冯爱倩大姐那样跟他拍桌子，没有像何海美大姐那样拦着他告状，我父亲和我经商都比较顺当。那是谁给了我们顺风顺水的环境？首先当然是党的改革开放的伟大决策，但全国都在改革开放，为什么义乌却不一样？这就得感谢谢高华了。义乌的老百姓说'谢天谢地谢高华'，那是发自内心的。"

"说起他离开义乌，这里还有故事。"义乌市委党校市情研究中心徐应红说："谢高华对义乌最重要的贡献有三个：第一是搞'四个允许'，发展小商品市场；第二是对小商品市场的商贩实行'定额计税'；第三是提出'兴商建县'的战略。三个方面都得披荆斩棘，没有勇于担当的精神，就不可能实现。"

所谓"定额计税"，就是将小商贩的营业税和所得税二税合并，定额包干计税。当时的税法还是对资本主义工商业实行社会主义改造时制定的，在义乌的小商品市场执行起来困难重重。按照规定，一次购销 27 元以上的东西就得去小商品市场管理处开发票，然后去交税费和市场管理费。一个摊贩往往一天要跑无数次，生意一忙就可能漏交了。而且，因为税务干部少，摊贩多，虽然返聘了不少退休的"老税务"，但也平均每人要管五个以上摊位。由于小商品交易快速频繁，税务人员根本盯不过来。特别难办的是，摊贩进货渠道复杂，基本不开发票，而卖货是随行就市，讨价还价是常规，这就让你没法按实物计税……总之，税务工作人员与摊贩互不信任，双双疲于奔命，而收上来的税款却并不多。为此，谢高华专门去市场做了仔细调查，并与税务干部反复交流，最后商量出一个"定额计税"的临时办法，一面向上报告，一面在小商品市场试行。如何定额？根据你生意的大小，自报公议，税务核定。一年一定，按月交税。假设你的税款年定额为 360 元，那么你每月按时去交 30 元的税款。这样，双方都省事了，而且税收也增加了。这种计税法完全是地方自主创新，在当时是找不到文件依据的，实行起来的阻力可想而知。

1984 年 10 月，谢高华代表义乌县委提出了"兴商建县"的发展战略；12 月，义乌第二代小商品市场在稠城镇新马路建成，水泥地面，钢架玻璃瓦顶棚，占地面积 1.3 万平方米，提供摊位 2800 多个，而且建有银行分理处、税务分所等单位的用房。与湖清门的第一代市场相比，光摊位就增加了 2100 多个，硬软件设施都上了一个台阶。这个市场凝聚着谢高华的心血，他参与规划并且不止一次去现场检查，但在市场建成时，他接到了任金华地区农村工作部副部长的调令。临走前，他提出了一个要求："能否让我参加完第二代市场的开业剪彩仪式之后离开？"但这个要求被否决了，这是一种善意的"粗暴"："为了大局，也为了你，剪彩就让别人去剪吧。"从调来到离开，他在义乌工作了两年五个月零八天。

他没能看到第二代小商品市场的开业，带着遗憾走了，走得干干净净，一没有房产，二没有摊位，三没有股份，只带走了一张沙发。那是他女儿谢凤见他没日没夜地工作，累了也只能趴在桌子上打个盹，便到小商品市场花了 120 元给他买的，放在他办公室里，供他小憩。这张沙发已经破旧了，女儿要丢掉，他却要带走，说："算是在义乌工作的纪念吧！"

谢高华在金华地区农工部不到半年，金华地区分置金华、衢州两个地级市。他被提拔任衢州市委常委并被选举为常务副市长。1990 年，年近六旬的他转任市人大常委会副主任、党组副书记。在衢州市常务副市长的任上，他分管农业、文化等诸多方面的工作，其中一个兼职是"乌引工程"总指挥。"乌引工程"是乌溪江引水工程的简称，就是从龙游把乌溪江水引向金衢盆地，要修建一条总干渠和 29 条支渠，可灌溉衢州境内 11 个乡镇的数十万亩田地。但这是一个民办公助工程，资金缺口主要靠民间捐款，谢高华自己带头捐款。他提出辞去常务副市长职务、退出市委常委时，领导与他谈话，他说："年龄到了，该退就退，理所当然。但我有一个请求：让我继续当'乌引工程'的总指挥？"这个要求一下让领导惊讶了！"乌引工程"被称为"江南红旗渠"，可见工程之险和工程量之大，他已经不年轻了，挂帅干这个活，吃得消吗？"我是衢州人，参加工作后，除了在义乌、金华加起来三年外，其他时间都在衢州工作，基本都是抓农业、水利，就让我了却'乌引工程'这个最后心愿吧！"这不是要职要权要待遇，而是拼老命奉献。领导满含热泪点了头。他当天就搬到"乌引工程"指挥部安营扎寨，指挥工人和民工 1.5 万余众，逢山开隧道，遇谷架渡槽，奋战四年多，"乌引工程"大功告成。这中间，谢高华在 1993 年当选全国人大代表。1994 年 8 月，隆重的通水典礼在龙游县灵山江渡槽段举行，随着时任省水利厅厅长一声"开闸放水"，乌溪江水冲出灵山江渡槽节制闸，流向金衢盆地的东部……在庆祝胜利的欢声笑语中，谢高华躲开人群，默默告诫自己："'乌引工程'的心愿了结了，该彻底退休了。"

他彻底退休了，除了全国人大代表的任期还没有结束之外，什么职务也没有了。

"彻底退休了好啊！"义乌的商户可算逮住了机会，终于可以给他过生日了！1994 年 12 月 17 日，是他 63 岁的生日，但他没收一份贺礼，没喝一杯酒，只和大家一起聊聊天，吃了一碗长寿面，并把这种简单的庆生方式立为规矩。

老百姓致富了，他两袖清风而去

"育市场兴水利泽被金衢，飞鸡毛飘橘香无愧先锋。"这是谢高华去世后，人们写给他的一副挽联。这副挽联把他的主要功绩写出来了，却没有写到他令人难以置信的廉洁作风和品德。在一般人眼里，他对义乌贡献巨大，有多少人在他的支持下从穷光蛋变成了亿万富翁？他们愿意用金钱、股份来报答他。但是他空手而来，空手而去，只带走了女儿买的那张沙发。他长期在衢州工作，积累了丰厚的人脉，又身居要职，家属子女要办点什么事应该说易如反掌，实际情况却恰恰相反。

谢高华有三子两女。1960 年，正处于"三年困难时期"，部分城市人口下放农村，时任区委书记的谢高华把两个儿子谢林海、谢新彪和大女儿谢芬（小儿子谢建彪、小女儿谢凤这时还没出生）连人带户口转回农村交给了老母亲，兄妹三人从小跟着奶奶和叔叔、姑姑干农活，在农村上学。老大谢林海长大后，从生产队队长干起，逐级成长为国家干部。在谢高华到义乌任县委书记后，谢林海被提拔为衢州（县级市）市委常委，但当谢高华回衢州任职时，谢林海又主动回避，调到广东一家国企工作，直到退休。二儿子谢新彪初中毕业后参军入伍，服役期间参加了边境自卫反击作战，因表现突出，战后入军事院校学习，成为一名军官。1988年，服役12年的谢新彪要转业回衢州，被安排在市委组织部，谢高华知道了，坚决不同意："我是市委常委、常务副市长，你去组织部，别人怎么看？不仅组织部不能去，凡是我管得着的地方你都不能去。"谢新彪没办法，最后去了中国银行，因为国家四大银行是垂直领导，地方管不着。老大谢林海退休前想回衢州，但与老二商量了多次，还是放弃了这个打算，因为父亲是不会同意的。那些年允许私人开加油站，谢高华的弟弟也想开一个，各种手续都办好了，被谢高华知道后立马"叫停"。弟弟争了半天，加油站还是被他"封杀"了。二儿媳退休后，一所驾校请她去工作，什么都谈好了，谢高华不知怎么知道了，"不行！"两个字就给"拍死"了。在他看来，开加油站也好，去驾校上班也好，都有权力影响的嫌疑。

再说配给他的车子，那是家人谁也不能坐的，搭顺风车也不行。谢新彪在部队打完仗回家探亲，要回农村去看奶奶，谢高华的车不能坐；想骑自行车，家里竟没有，无奈，只得找人借。他的车，除了妻子孩子，连母亲也不能坐。母亲想坐他的车到城里看看，他却推来一辆独轮车，为保持两边平衡，一边绑着一块大石头，一边绑着一张躺椅，让母亲坐在躺椅上，他就这样推了七八公里，把母亲推进了城。母亲一共来衢州四次，谢高华用独轮车推了四个来回。他虽不让母亲坐公车，却是一个孝子，再忙也会抽空去老家看望，自己去不了就让妻子去。1993年7月19日，因谢高华在俄罗斯谈一个引进项目，妻子方松卿一个人去乡下看望婆婆。回来时，侄子骑摩托车送她去车站，因下起了小雨，她提前下车，让侄子快些回去，自己往车站走，在过铁道口时不幸被列车卷到了车轮下……谢高华一家好像没有照一张全家福的福分，过去其他人都来了，就他缺席；而此刻，他来了，子女也一家一家都齐了，妻子却成了一幅遗像！想起来，子女们结婚时，是照全家福的最好机会。可五个孩子的婚礼，谢高华却一次也没有参加，而且还定了许多"清规戒律"，包括不得邀请父辈的同事，不得动用公车和借用私车，婚宴按最低标准办等。孩子们曾经觉得他的规定太不近情理，太落后于时代，现在哪家办婚礼不是"车水马龙"，怎么谢家的子女就不行呢？不让大操大办可以，难道你作为父亲出席一下婚礼都不行吗？随着社会阅历的增加，他们慢慢理解爸爸了。"你们理解了就好，"谢高华感慨地说，"你们的妈妈一直都理解我，支持我，一辈子没有坐过我的工作用车……"没等他说完，孩子们已经哭成一片，谢高华眼中也蓄满了泪。良久，他说："我们是共产党员，入党就是要为人民服务。为人民服务不仅要勤勤恳恳，任劳任怨，不怕苦，不怕死，还有两条很重要：一是遇事敢担当，风险自己担，好处人民得；二是个人利益该牺牲就要牺牲。"本来是悼念妈妈，怎么爸爸的话像自己留遗嘱？

老伴去世26年又三个月后，谢高华也走了。用泪水为之送行的不仅有义乌的商户、衢州的农民，还有许多认识不认识他的普通干部和群众。在他逝世两年后，一座"改革担当精神传承馆"在衢州建成开放。这个传承馆其实是谢高华的事迹展览馆，也可以说是谢高华纪念馆。据说，他逝世后，义乌、衢州两地都想给他建纪念馆，因为谢高华是优秀共产党员的代表，纪念他又是民心所向，是民心与党的初心的交响。最后两地协商，觉得还是建在他的老家衢州为好，建在那里，来访者还可以顺便参观其故居。

我在传承馆里参观，看着谢高华留下来的遗物和照片，听着他生前的讲话录音片段：

"我们搞'乌引工程'，就是要让农民有饭吃、有菜吃、有豆腐吃，还要有肉吃……"这话是在"乌引工程"开工典礼上讲的。

"在这里，我再说一遍，农民生活很不容易。我们要允许农民进城经商。今后，谁要再为难农民，我就处理谁！"这话是在义乌全县个体户、专业户代表大会上讲的。

站在展馆门前，看着络绎不绝前来参观的人群，我在想，这是否可以说是民心对初心最纯洁的回应呢？

10

天上有朵吉祥的彩云
——从"最多跑一次"到"整体智治"

俗话说:"人不求人一般高。"但哪怕再牛,你也得找政府办事。找政府办事,过去是被许多人视为畏途的。但在打造全球数字变革高地、推进"整体智治"的浙江,找政府办事不仅不再是一件难事,而且可能是一次令人愉悦的经历。

"杭州速度"与城市大脑

不动产登记涉及两部法律、三个部门,是一件比较麻烦的事。即使没有人为的阻力,顺顺当当办成起码也要两天时间。党的十八大提出以人民为中心的发展思想后,浙江省杭州市提高办事效率,国土、税务、房管三个部门串联办理,把这项事务的办理时间从两天缩短为两个小时(房屋交易40分钟、税收30分钟、不动产登记50分钟)。在很多人看来,这已经是"火箭速度"了,但杭州还在进一步提速。2016年底,浙江省正式推出"最多跑一次"改革,杭州的不动产登记从原来的三部门串联办理改为并联办理，创造了一小时办结的"杭州速度"。从两天到两小时，再到一小时，如果你是当事人，是否会有一种"爽歪歪"的愉悦感？其实，在不动产登记上，"杭州速度"不是最快的，在一些业务不是太繁忙的地方，只需三四十分钟就可办结。

"有这么快吗？"这个速度是不少地区的人不敢想象的，甚至可能会被怀疑是"吹牛"，但事实就是事实。不过，如果今天你还把这个速度当新闻传播，那就有点贻笑大方了。在杭州，随着数字化改革进一步深化，很多事情已经可以"一次不用跑"了。

一个有近50万粉丝的博主卢俊把到杭州办房产证的经历发在其公众号"真叫卢俊"上：

> 不得不感慨杭州的效率。
>
> 今天去杭州，本来就是询问一下办房产证要什么资料，下趟弄好了再来一次递交资料，然后再一次是拿房产证，我想怎么着要三次来回吧。
>
> 结果对方说，你把开发商给你的资料都给我吧，我帮你整理。
>
> 然后从我一叠厚厚的文件袋中拿出资料帮我整理啊整理，整理了好一会，然后和我说，等一会。
>
> 结果就"卧槽"了，一个小时之后，（房）产证就拿到手了。
>
> 是直接拿到手了。
>
> 速度真的快，市政服务也真的是不让百姓多跑一趟。

这条帖子得到许多点评，几乎是众口一词地赞扬、羡慕杭州的办事速度。殊不知卢俊的这次意外惊喜早已经不是什么新闻，最多只能算是"旧闻新录"，他这一趟本可以不到10分钟就拿证走人。2021年，杭州的城市大脑已经相当完善，通过手机App就可以把相关资料上传，相关的国土、税务、房管等部门就会并联审理，把一切手续都给你办好后，通知你来签字、拿证，这过程花不了

10 分钟。

城市大脑是飘在杭州天空中一朵吉祥的彩云，让老百姓找政府办事成为一种愉快的享受。要办企业或当个体户，商事登记过去也是一件比较麻烦的事，一是"要的材料多"，二是"等的时间长"，再快也得以"天"计。杭州市桐庐县率先推进商事登记标准化改革，以信息采集标准化为突破口，开发出快速办照系统，自动生成全套申请资料，企业设立登记的效率从以"天"计提高到以"分钟"计，10 分钟即可完成办照。这一做法在杭州、浙江全面推广。湖州市在学习桐庐经验的基础上，进一步建立了 24 小时送达系统，为网上办事大厅和网下实体办事大厅提供线上线下全方位跨区域快递送达业务。就是说，你不必亲自去取证，只要留个地址，登记机关办好后就会将证照通过快递送到你手上。

政务改革，一路改革一路情

提高政府办事效率，似乎只是一个把数字技术、智能技术应用于行政办公的举措，浙江却把这一举措叫作"行政制度改革"，为什么？因为政府的办事效率，不仅直接关系到本地经济的发展速度，而且直接关系到人民的幸福指数，远不止是一个技术问题，而是一个是否真心立党为公、执政为民的问题，一个是否真的以人民为中心的问题，也可以说是加强廉政建设的另一种思路，即用云计算、大数据等新技术倒逼政府转变职能。机器、系统可能会出故障，但不会说谎，它遵从程序而不受人情世故的影响。机器和系统看似冷冰冰，却承载着对人民的感情，其运行程序秉承以人民为中心的发展思想，是党和人民意志的体现。回望浙江行政制度改革走过的路，可以说是一路改革一路情，政府改革，百姓受益。刚开始，数字技术、智能技术还没有参与其中，随着改革的深入，逐步唱起主角。

在 2012 年 11 月 15 日，刚刚当选为党的总书记的习近平同志率十八届中央政治局常委与中外记者见面，他在讲话中说："我们的人民热爱生活，期盼有更好的教育、更稳定的工作、更满意的收入、更可靠的社会保障、更高水平的医疗卫生服务、更舒适的居住条件、更优美的环境，期盼孩子们能成长得更好、工作得更好、生活得更好。人民对美好生活的向往，就是我们的奋斗目标。"他用"十个更"概括了"人民对美好生活的向往"，指出了党的奋斗目标。2015年10月，中共十八届五中全会首次把"以人民为中心的发展思想"写进了党的正式文件，强调指出："必须坚持以人民为中心的发展思想，把增进人民福祉、促进人的全面发展作为发展的出发点和落脚点。"

以人民为中心，就得倾听人民的呼声。人民对政府的要求，首先是要有正确的路线、方针、政策，在大的决策上不能出问题；其次是全心全意为人民办事，态度要好，效率要高。改革开放以来，人民对政府的意见大多不是在大政方针上，而是在办事态度上。浙江的民营经济和个体经济发达，浙江人把自主创业、自主择业看作天经地义的事，几乎没有人会要求政府给他安排工作，但是他们对政府服务水平的要求也很高。比如，我要办一家企业，登记办证要快速高效；我买了房子，办房产证别给我找麻烦；等等。然而，与全国其他地方一样，浙江也曾经存在政府部门"门难进，脸难看，事难办"的情况。因为随着经济体量越来越大，政府机构也越来越庞杂，分工越来越细，办公楼越盖越气派，官僚作风有了死灰复燃之势。在一些地方，老百姓一般不愿意去"戒备森严"的政府部门，但要办事就不得不去。老百姓要办的事可谓包罗万象，但主要的无非是三个方面的事：一是要办各种证，如房产证、企业登记证等；二是要解决公共服务如社会治安、教育、医疗等方面的问题；三是要解决个人之间和群体之间的纠纷。这三个方面的事都关系人民的切身利益，政府部门办理得好群众就高兴，办理不好群众就烦恼，甚至产生对立情绪。

早在党的十八大之前，浙江已经进行了两轮以行政审批为主体、以提高效能为目标的行政改革，标志性事件是1999年9月率先在绍兴上虞成立的便民服务中心，成为全国行政服务中心体系形成的源头。上虞的便民服务中心最初内设分属23个部门的47个窗口，办理各类涉民、涉企的审批、报批、核发证照等115项业务。行政服务中心被群众形象化地叫作"政府超市"，因为过去的行政审批服务是各部门各司其职，条块分割，缺乏协调，好比是"专卖商店"，而行政服务中心让各职能部门在同一场所提供服务，类似于"超市"。办一件事，过去需要跑三四个部门，现在只需跑一处。相对来说，老百姓办事已经比过去容易多了。上虞的做法在全省推广后，运作更加规范，先后创造出首问责任制、分类办理制、公开和承诺制、网上审批制、电子监察制等八项制度。概括起来，这场改革主要是进行了"三大整合"，即场所整合、事权整合和流程整合，从而为浙江政府的行政模式创新和效率提升创造了制度条件。但是，"三大整合"主要发生在机构层面，尚未涉及政府职能转变。

学习贯彻党的十八大精神，坚持以人民为中心的发展思想，浙江省委、省政府认识到行政改革不能只停留在机构层面，必须进一步实行政府职能转变。简单通俗一点说：服务中心只是把群众办一件事要跑多地变为跑一地，并没有解决两个更核心的问题：第一，这件事该不该跑？第二，如果这件事该跑，能不能让办事人只跑一次？于是，浙江开始进行第三轮行政制度改革。2013年浙江省委决定将建立政府权力清单制度作为重点突破的改革项目，紧接着省政府率先开展职权清理、推行权力清单的工作，并决定建设浙江政务服务网。这项改革从"一张清单一张网"逐步发展为"四张清单一张网"，即政府权力清单、部门责任清单、财政专项资金管理清单、企业投资负面清单以及全省联通的浙江政务服务网。

首先，要有政府权力清单。政府的权力不可没有边界，必须把权力与责任搞清楚。有人或许要问："这么多年了，难道连政府权力都没搞清楚吗？"可以说清楚，也可以说不清楚。说清楚，是因为每个部门行使的权力都有法律规章的依据；说不清楚，是因为随着形势的发展，有些权力的行使已经不合时宜，甚至成了发展的阻力。所以，对那些不合时宜的，就需要根据实际情况一项一项地清理。比如，在《政府核准的投资目录》以外的企业投资项目，过去也要通过审批，现在还要吗？再如，企业不征用土地，用自有资金原地进行技术改造，过去要审批，现在还要吗？另外，市、县同权的行政审批事项，有必要重复审批吗？等等。政府清权瘦身，把不该管的权力事项撤销，把该让给市场和社会的权力让出来。

浙江省政府纳入清理的 57 个部门原始权力事项有 1.23 万项，只保留行政权力 4200 多项，被削减了近 66%；保留的权力中，实行属地管理和委托下放的占 53%。也就是说，原来要管 1.23 万项事，现在直接管的只有不到 2000 项，减少了近 84%。

在行政改革中，如此大规模地削减权力事项，可以说是破天荒的。减少一项权力，意味着减轻一份负担，更意味着减少了一份部门利益。为什么简政放权难？难就难在这里。

权力清单解决了"法无授权不可为"的问题，责任清单则解决了"法定职责必须为"的问题。责任清单在杭州富阳先行，在基层调研中发现有证照逾期而忘了补办被罚款的现象，当事人固然应该承担责任，但政府有关部门没有及时提醒、通知当事人，也可视为一种失职行为，于是增加服务清单作为责任清单的补充。最后全省实行的责任清单包括主要职责、具体工作事项、多部门职责边界划分事项、事中事后监督制度、公共服务事项。权力清单和责任清单都必须公布在"一张网"——浙江政务服务网上。

浙江政务服务网是全国率先成立的省级政府数据统一开放平台，包括一个省级主站和 100 多个地方分站，省、市、县、乡四级联动，集行政审批、政务公开、便民服务、效能监察等于一体，支持各类智能手机和平板电脑终端。政务服务资源按个人办事、法人办事两条主线实现全口径汇聚，分为"我要问""我要查""我要看""我要办"四个板块，基本囊括了"我"的所有要求。

官僚主义赖以生存的条件之一，就是政府部门与群众的信息严重不对称，政府部门占有信息资源并以此造成一种神秘感。这个部门究竟有多大权力？其职责是什么？老百姓只是模模糊糊地知道，即便对它不满意，也无可奈何。现在"四张清单"都晒在网上，并且全流程公开各级政府部门审批办理信息，围绕"三公"经费、考试招生、征地拆迁、工程建设等群众关心社会关注的领域，提供 2000 多个重点公开事项，任何人只要上网就可以一目了然，权力被放在了阳光下运行。

信息公开是行政改革的组成部分，成为倒逼政府作风转变的关键因素。信息的公开也催生了网上审批、并联审批、区域化零为整审批等多项审批制度改革。如施工图审批，涉及规划、住建、消防、人防、气象 5 个部门，原先要向各部门逐一申报，报送材料 50 余件次；改革后实行网上并联审批，综合进件窗口一次性收取 5 个部门所需的材料，经电子扫描后上网，启动并联审批，申报人从跑 5 个窗口到跑 1 个窗口，上报材料从 50 余件减少到 24 件，审批时间从 50 余天减少到 6 个工作日。

"最多跑一次"改革缘于换位思考

"四张清单一张网"改革"以政府权力的减法来换取市场和社会活力的加法"，但是在浙江省政协于 2015 年 2—3 月所做的问卷调查中，有接近四分之一的受访者却表示对这项改革的具体内容不了解。问的问题越具体，表示"不了解"的人就越多。

"四张清单一张网"是一项以人民为中心的发展思想为指导原则的改革，可改了一年多，各级政府费了老鼻子劲，有的部门甚至可以称得上是下了壮士断腕之决心。结果对于这项改革，居然有这么多人"不了解"。这说明什么？浙江省委、省政府进行了认真反思。

这么多群众对"四张清单一张网""不了解"，从表面上看，似乎是宣传不够，还没有深入人心，但再往深处挖，就会发现问题还是出在立足点上。"四张清单一张网"好不好？好得很，可这一提法是站在政府立场、从政府的角度提出来的。你们看呀，我列了"四张清单"，建了"一张网"，实行政务公开，方便你们办事，亲爱的父老乡亲，有事就请上网吧！我在网上等你！这多好啊！

可普通群众特别是平时不大看新闻的群众，哪里知道你的"四张清单"是个啥，哪里知道"一张网"能干啥？至于评价标准，如行政效率的提高等指标也是从政府角度出发制定的。这些评价指标虽然很好，现在、将来都应该用于考核中，但这些指标还不能完全与群众的满意度画等号，检验政府改革的终极标准应该是人民群众的满意度。行政改革不能自唱自嗨，要人民群众点赞鼓掌才算数。因此，"四张清单一张网"的改革应该往增强群众的满意度上深化，并且应该换位思考，以群众的视角来命名。于是，有了"最多跑一次"改革。

2017年1月，浙江省十二届人大五次会议的《政府工作报告》正式明确提出："加快推进'最多跑一次'改革。按照'群众和企业到政府办事最多跑一次'的理念和目标，从与企业和人民群众生产生活关系最密切的事项做起，逐步实现全覆盖。"一个月后，省政府就拿出了《加快推进"最多跑一次"改革实施方案》，把改革的目标定为："以切实增加群众和企业获得感为衡量标准，检验和评价改革的成效，至2017年底基本实现群众和企业到政府办事'最多跑一次是原则、跑多次是例外'的要求。"5月21日，《政务办事"最多跑一次"工作规范》第一部分《总则》正式公布。《总则》对"最多跑一次"定义为："'最多跑一次'是指通过优化办理流程、整合政务资源、融合线上线下、借助新型手段等方式，群众和企业（自然人、法人和其他组织）到政府办理'一件事情'在申请材料齐全、符合法定受理条件时，从受理申请到作出办理决定、形成办理结果的全过程一次上门或零上门。""最多跑一次"可分为下列几种方式实现："网上申请，快递送达""网上申请，网上办结""网上申请，现场取件""现场申请，现场办结""现场申请，快递送达"。

但这里面还有一个非常重要的问题，就是对"一件事情"如何理解。群众和企业的一件事情，到政府部门可能就变成了若干件事情。如果按政府部门的职能来划分，那就不可能"最多跑一次"。是按群众的标准还是按政府的标准？当然是必须坚持以人民为中心。浙江省"最多跑一次"改革办公室明确"一件事情"是指群众和企业的一件事情，分为下列几种情形：一、一个部门一个办理事项；二、多个部门一个办理事项；三、一个部门多个办理事项，如企业跨县级行政区迁移，在变更工商登记前必须先迁移企业档案，如果不当成"一件事情"，就需要跑两次；四、多个部门多个办理事项，如不动产登记涉及三个部门三个办理事项，只有当成"一件事情"，才能做到"最多跑一次"。

到 2019 年，浙江进一步明确了涵盖一个人全生命周期的 24 件与群众密切相关的"一件事"，包括出生、上学、婚育、退休、养老、丧葬等；同时明确了包括注册登记、获得场地、生产经营等 17 件企业的"一件事"。是"一件事"就不能变成两件事、多件事，只能让办事者跑一次。比如，过去生了孩子，群众的一件事到政府部门就变成了几件事，要跑派出所、社区、医保中心等，花一星期时间，才能办齐所有手续，现在只要在接生医院的"新生儿出生事项联办窗口"填写一张表就妥了。

从渊源上来说，"最多跑一次"是"四张清单一张网"的升级版，因为站在群众立场上规定了"最多跑一次"这个一看就懂又便于检查的量化标准，从群众的利益出发，而且把最终评判权交给了群众，所以群众的反应就比过去强烈得多。据浙江省社科院的调查，86.9% 的群众和企业对"最多跑一次"表示满意。省人大委托第三方评估后发现，85% 以上的受访群众表示"工作人员态度好""办事效率比以前明显提高"。人民群众的获得感主要表现在找回了主人翁的存在感，去政府办事得到了尊重，而且省时、省钱、省啰唆。与此同时，"最多跑一次"改革大大推动了服务型政府、法治政府、责任政府和智慧政府的建设。

随着"最多跑一次"改革的深入，"一张网"从以政务审批为主要功能发展到囊括民生保障、社会治理、公共安全以及投诉受理、纠纷调解等多方面的服务功能。

基于这张网的一体化平台，浙江又开发出一款名叫"浙里办"的手机 App，包括"掌上办事""掌上咨询"和"掌上投诉"三大核心功能板块，提供的便民服务项目有数百个，包括查询社保、提取公积金、交通违法处理及缴罚、缴学费，等等。

"浙里办"到底灵不灵？省委宣传部的一位处长说："我一家迁移户口，从外地迁杭州，一次没有跑，就在手机上搞定了。"

"浙里办"的运用使许多事一次都不用跑了。杭州是京杭大运河的起点，在运河上行船，每年都要年审办证，办好这件事必须停靠多个码头、注册七本证书，每次要花十几天时间。刘雨扣夫妇在京杭大运河行船 16 年，以前每到船舶年审办证时就皱眉头，自从有了"浙里办"，他们再也不用下船，通过手机就可以申请年审办证，而且"七证合一"，一次办妥。截至 2021 年 6 月，"浙里办"注册用户数突破 6900 万，网上可办率几乎达 100%。

为"浙里办"提供后台运作的是"浙政钉"掌上办公平台，覆盖省、市、县（市、区）、乡镇（街道）、村（社区）、小组（网格）六级组织，集成上千个应用，服务浙江全省百余万名政务人员。政府工作人员通过"浙政钉"进行数据流转办公，这叫"以数据跑代替群众跑"。

如果你要到省内某市县办事，一可以通过"浙里办"进入，二可以通过市县的政务服务中心 App 直接进入。各市县都给自己的政务服务 App 取了独具风格的名字，比如杭州的叫"城市大脑"。

城市大脑：杭州城上一朵吉祥彩云

城市大脑是啥？据中国工程院院士、杭州城市大脑技术总架构师王坚介绍，城市大脑是为城市生活打造的数字化界面，目前包括公共交通、城市管理、卫生健康、基层治理等十几个大系统 50 个左右的应用场景，日均协同数据 1 亿多条。"通过城市大脑，市民可以更好地触摸城市脉搏、感受城市温度、享受城市服务。城市管理者也可以依托城市大脑，合理配置公共资源，作出科学决策，提高城市治理效能。"

城市大脑可以说是"浙里办"的子系统，但它又是一个独立的系统，是智慧城市的数字总平台，给群众和企业带来的便捷是过去不可想象的。过去要到政务服务中心去办的事，除了法律有特别规定的事项外，现在城市大脑都可以帮你搞定。因此，全市行政窗口大量"撤窗"，数量超过了40%，按原来每个窗口配2人计算，每年就能节省成本2亿多元。

杭州市的数据资源管理局，设在云栖小镇。云栖小镇位于西湖区转塘街道，坚持以云计算、大数据为科技核心的产业方向，是浙江特色小镇的发祥地、数字经济第一镇。2014年，时任浙江省省长李强来考察时说："让杭州多一个美丽的特色小镇，天上多飘几朵创新的'彩云'。"杭州的城市大脑就是数字资源管理局与云栖小镇合作的产物，是飘在杭州天空中一朵吉祥的彩云。王坚院士希望城市大脑能"倒逼政府职能转变和社会变革，为建设'数智杭州，宜居天堂'作贡献"。"彩云"飘来，王坚院士的愿景正在逐一实现。

好！让我们一起来玩玩这城市大脑吧！

如果你想在杭州买一套房子，不用去杭州就可以线上看房或VR（Virtual Reality，虚拟现实）看房，相隔千里就能把房子看个仔细；买房资料、资产证明、银行冻资、登记、摇号、选房，都可以在城市大脑App搞定，只需最后去签字交钱就行了。

低保、失业保险、养老金等，虽然是国家给特殊人群的法定福利，但过去这些本该享受的待遇有时却像求人施舍得来的一样；义务兵家属优待金、伤残军人优抚金，是光荣的象征，但过去多半也得自己去跑。这就是以往民生资金"人找政策"的情况，现在城市大脑反过来让"政策找人"，通过民生资金直达平台，做到了民生资金兑付"一个都不少、一天都不差、温暖当日达"。城市大脑开通以来，上线政策60多条，惠及几百万人次。2021年因新冠肺炎疫情，提倡就地过春节，杭州市政府给留杭的外地人每人发放1000元红包，通过城市大脑4天发放了8亿元（2.8万人因行程变化主动退还）。

在现代都市，出门停车是件很让人头痛的事。在杭州的停车场，普遍都能看到一个叫"先离场、后付费"的二维码，扫一下这个码，车子就可以"扬长而去", 节省了缴费、排队的时间。停车费呢? 24 小时之内, 在城市大脑 App 上交就行。城市大脑构建了一个市级停车生态云平台, 实现停车数据的集中统一采集、存储和管理, 2021 年上半年已经接入 4400 个停车场, 共计 123 万个泊位, 开通了先离场后付费功能, 其中近 400 家实现"无杆停车", 泊位使用率提高, 平均过闸时间从 30 秒减少到 5 秒, 相当于多出约 30 万个车位。在医院、大型商圈和火车站等人流集中的地方, 附近各条马路上都有非常醒目的指示牌, 上面动态显示着周边各个停车场的距离和剩余泊位数, 车主可提前选择有空位的停车场, 免除了因找不到停车位而像无头苍蝇乱窜的苦恼。据统计, 在主城区最繁忙的 16 家医院, 上述综合智能措施使每辆就诊车平均节省约 1 小时。

与先离场后交费相类似的是先拿药后交费。以往就医, 特别是去三甲医院看病不是一件轻松的事。患者通常要交三次费(挂号费、检验费、药费), 排四次队(缴费三次加取药一次)。用城市大脑 App, 看病可以在线上挂号, 按约好的时间去就医, 全过程都不用交费, 最后拿处方抓药走人, 回家后再用手机交费。想想, 这能给患者节省多少时间, 省却多少烦恼!

电梯是现代都市必不可少的交通工具。但如果碰到电梯故障, 好心情也许一下就没了。城市大脑还有"电梯智管"功能, 场景全市覆盖率 100%, 实时守护, 使电梯救援的平均时间由原来的 14.18 分钟下降至 10.9 分钟。

2020 年新冠肺炎疫情基本控制后, 全国都实行持健康码通行制度。你也许不知道, 健康码的发明就源自杭州的城市大脑。当时为防控疫情、复工复产, 杭州坚持平战结合, 发明了杭州健康码, "一码知健康", 现在又推出码上就医、核酸报告等健康应用。杭州市数据资源管理局副局长吕钢锋说:"这是多年来'数字浙江'建设的实战成效, 也是杭州在城市治理中实践全周期管理意识的充分体现。"

2020 年 3 月底 4 月初, 习近平总书记在浙江考察期间, 专程来到云栖小镇的杭州城市大脑运营指挥中心。在现场看了运营情况后, 他说, 城市大脑是建设"数字杭州"的重要举措, 通过大数据、云计算、区块链、人工智能等前沿技术，推动城市管理模式、管理手段、管理理念创新，从数字化到智能化再到智慧化，让城市更聪明一些、更智慧一些，是推动城市治理体系和治理能力现代化的必由之路，前景广阔。他希望杭州在建设城市大脑方面继续探索创新，为全国创造更多可推广的经验。

城市大脑没有辜负总书记的希望，服务场景越来越广泛，性能越来越完善。

比如：西湖龙井是杭州的特产，但假冒产品一直层出不穷，城市大脑对西湖龙井进行数字化管理，一码识真假，可以溯源到采摘的茶叶产地以及其他相关信息，从而有力遏制了制假售假。2020年西湖龙井茶在总产量较上年同期略有下降的情况下，总产值却增长近50%。

又如：如果你是初次来杭州，想在计划的时间内多玩些地方，城市大脑的"多游一小时"服务项目可以给你帮忙，让你"30秒入住"（覆盖六七百家酒店）、"20秒入园"（覆盖200多个景区、场馆）。每年有200多万名游客因此"多游一小时"，城市因此增收上百亿元。

安居乐业自古以来就是人民的愿望和幸福的源泉。安全是安居的首要标准。每个城市总有治安较差的街区。杭州萧山区闻堰街道的相墅小区，曾经是"梁上君子"和火灾频繁光顾之地，居民常常提心吊胆。在城市大脑的建设中，维护社会治安是一个重要板块。萧山公安搭建了一个"智安小区"平台，先在相墅小区做示范。200多路高清摄像头、消防水压监控、充电桩电力监测、火灾烟雾探测器等物联互通，传到平台，有隐患可及时处理，有案件也方便侦破。结果呢？经包括数字化建设在内的综合治理，小区的刑事案件和火灾事故几乎绝迹了。

与萧山公安的"智安小区"改革一样，数字化建设把许多事情都交给机器干了，工作效率成倍提高，机关岂不有不少人没事干了？如桐庐县综合行政执法一体化平台，整合了21个部门的2677项行政处罚权，由县综合执法局一个部门行使，打造了县域一体化大综合行政执法格局，各部门机关原有186名行政执法人员，现在只需45人即可，其余的141人一律下沉到基层中队，多年困扰一些部门的"头重脚轻"的沉疴被一朝治愈。

城市大脑给政府部门提供了一个数字化改革的运用大平台，每个部门的改革蓝图都可以在这个平台上实现。西湖区委宣传部、区文明办结合自己的工作实际，依靠城市大脑开发出一个分平台——文明大脑（公众号"美丽西湖"）。区委宣传部副部长、区文明办主任葛宝国说："文明大脑是针对以往资源不集中、信息不对称、供需不匹配和活动不闭环等问题而建成的。"简言之，它由"一码一图一中心一驾驶舱"组成，构建了理论宣讲、文化服务、教育服务等八大平台。

"一码"，就是将分散在十几个部门及社会层面的实践资源，如农村文化礼堂、社区文化家园、党群服务中心、中小学校、文化馆站、文体场馆等400多个场所，一个场所编一码，打破界限，全部纳入公共文明实践场所；"一图"即文明实践地图，将上述场所囊括于一图之中，扫码即可看到各个场所在干什么，你可以"按图索骥"选择你所需要的或感兴趣的；"一中心"是指把平台内容整体嵌入"美丽西湖"新闻App和"美丽西湖"微信公众号，实现与西湖区融媒体中心的融合，建成掌上的文明实践中心；"一驾驶舱"就是文明实践数字驾驶舱，可实时掌握每个场地的使用和活动开展情况，参与的群众准确人数和评价反馈等各类数据指标，以解决"活动不闭环"的问题。以理论学习和宣讲为例，在我采访时，平台已上线2000个视频课程、5万册电子图书、10万条听书音频等数字内容，可供群众选择学习，同时各类宣讲活动的信息，包括主讲人、时间、地点、场地情况，都可一键查询。你选好课后，还可以像坐飞机前选座位一样选听讲的座位，一键搞定。届时会提醒你开讲时间，去的时候还提供导航。再看"文化服务"平台，打球、跳舞、游泳、学乐器等的各类场所都显示在地图上，你想玩点什么直接去就行。如果没有你想要的，还可以"群众点单，部门派单，定向送单"。如有人反映没地方学吹葫芦丝，平台便委托一个社区文化家园开办了葫芦丝培训班，受到赞赏。2020年9月平台上线后，不过半年时间，入驻志愿服务组织就超过500个，开展文明实践活动近9000场次，参与群众数量超 10 万人次。

如今，"数字"仍在持续改变浙江，撬动各领域各方面改革，构建党建统领的整体智治体系，打造"整体智治、唯实惟先"的现代政府。"整体智治"的背后，是以数字化技术推动经济社会、民主法治、文化体育、生态建设和党的建设等各领域的发展，实现精准高效的公共治理；而更深层的核心，是一切以人民为中心的初心。

11

81890，把方便留给老百姓

宁波有一座神奇的"桥"，可以为你送走烦恼，让你露出微笑；宁波还有一座十分灵验的"庙"，真正"有求必应"，名不虚传。

严格地说，它不是桥，也不是庙，而是一个电话号码：81890，取宁波话的谐音：拨一拨就灵。人们记住了好记的81890这个号码，往往不晓得它的官方名称叫宁波市海曙区社区服务中心。所谓"桥"呀"庙"呀，是老百姓给封的。因为它沟通了政府部门、相关企业、社会组织和群众的联系，故被誉为"连心桥"；因为它对群众的求助从不说"不"，满意率高达99.6%，群众就说："这里没有菩萨，但比庙里的菩萨还灵。"

果真如此吗？

金杯银杯不如老百姓口碑

2004年3月18日夜晚，宁波市朱雀小区一户居民家突然断电了。主人习惯性地拨通了81890："我们这里突然断电了，能帮忙解决吗？"女接线员在报了自己工号后，说："您别着急，请问是您一家断电了，还是整栋楼都断电了？"求助人答："是我家断电了。"接线员在问明对方详细地址后，告诉他："您等一会儿，10分钟后就有师傅上门为您修理。"这可能吗？不到10分钟，真的有一位电工师傅背着工具箱来到了求助人家里。检查后发现原来是保险丝和保险盒烧坏了，需要更换。不一会儿，81890的电话打过来了，还是那位接线员，问："电工师傅到了没有？"此时电工师傅已经更换完保险丝，而老式的保险盒不好配，不得不把新保险盒稍加改造以替代之，维修完成，电灯亮了。师傅收了10元钱，告别而去。师傅刚走，81890的电话又来了，问："您对维修服务是否满意？如果不满意可以投诉。"求助人说："很满意。"

这时，有一个人长舒了一口气，说："看来不是吹的。"他是《人民日报》的记者，正在进行体验式暗访。81890的名声打出来后，很多媒体都派记者来采访，也许是因为名不副实的情况见得多了，记者都喜欢暗访考察一番，以辨真伪。有一次，18家媒体分片暗访，充当求助人，结果完全没有发现名不副实的情况。但《人民日报》的这位记者更相信自己的体验，于是有了上述故事。当然，81890的这位女接线员自始至终不知道还有记者参与其中。

2004年11月23日，自称"一位宁波普通市民"的张雅琴写了一封题为"谢谢你，81890"的感谢信，信中讲了她与81890之间的几个故事，其中第一个是一张报纸的故事：

几年来，我一直订阅《现代家庭报》，还养成了集报的习惯。2003年1月7号的报纸邮递员没有送到，我就多次打电话和邮政局联系，每次都答复说补送，但我等呀等，一个多月过去了，还是没有见到报纸。我的心很烦，因为对于一个集报者来说，少了一份，全年的报纸就不完整了啊。在万般无奈的情况下，我想到了81890，就向"爱晚亭"（宁波人民广播电台老年节目）81890夕阳热线求助，想不到"爱晚亭"节目刚结束，81890就来了电话，告诉我报纸下午就可以送来。当时，我真的有点不相信自己的耳朵。过了不久，81890又来电话说，报纸5点左右送过来，叫我不要外出。我喜出望外，在家耐心地等着，5点刚过，门铃响了起来，邮递员上楼把报纸送到我手中，还连声说，"对不起。"晚上，我在灯下阅读这张浸透着81890爱心的报纸时，总以为我的烦心事已经圆满解决，但令人意想不到的是第二天上午，81890有来电回访，关切地问我报纸是否收到，我拿着话筒激动地连声说："收到了，收到了，谢谢，谢谢！"

她讲的第二个故事是她家水槽的事。她住在一栋老房子里，有一天，露天水槽的水管破裂，便打81890求助，很快就来了一位师傅给她更换了水管。见水槽在露天，下雨时用起来不方便，师傅主动建议把水槽向内移一米，放在屋檐下。她同意后，师傅让她去找些砖块，自己去买来水泥，干了一上午，大功告成，但师傅只收了材料费，连水也没喝一口就走了。

她自己有事就爱打81890，还喜欢帮儿子、邻居求助81890，又一口气讲了五六个故事。最后她说，81890背后的故事，在老百姓心中还有很多很多，一件件，一桩桩，简单而平凡，但81890就是用一颗颗爱心，编织了一个个不简单不平凡的动人故事。"金杯银杯不如老百姓的口碑，千句万句市民说得最多的一句就是——'谢谢你，81890！'"

诚如张雅琴女士所说，81890接到的求助电话大多是为简单而平凡的居家小事而打，但是千万别小看了这些小事。在国富民安的时代居家过日子，我们的许多不愉快，往往是小事惹的祸。种种小事看似鸡毛蒜皮，但解决不好，就有生不完的气。反之，这些小事如果能像宁波这样迅速解决，一时的烦恼却带来一次愉悦体验，你说是不是很幸福？

简直是太幸福了！像张阿姨集报的事纯属个人爱好，并且集报的人可谓少之又少，81890不但没有推诿，而且让她如愿以偿了，你叫张阿姨如何没有幸福感！

这是一个比张阿姨找一张报纸更具个性化的求助电话。有一天，81890接线员彭春霞接到一位男士的电话，说他奶奶 90 多岁了，年轻时裹过小脚，冬天来了，想给她买一双棉鞋以表孝心，但跑了很多商店，都没有卖的，所以打电话救助。这真的有点叫人为难了，这年头，还有多少小脚的老太太？需求量这么少，哪有商家还愿意做小脚鞋的生意？但 81890 有一条死规定：不准对求助人说"不"。彭春霞给一家又一家鞋厂打电话，答复都是"没有"，还奉劝她："别费心找了，现在啥时候了，生产那种小脚鞋，卖给谁呀？"这倒提醒了彭春霞，找批量生产的鞋厂是徒劳的，应该找搞民间艺术的工作室或作坊。于是她找来黄页，从中找"对象"，再一家一家打电话过去问。有的电话打不通，她就把电话打到社区去问："这家店还在不在？是否做小脚鞋？"功夫不负有心人，她终于找到了一个愿意做小脚鞋的人，向社区干部确认后，她第二天把准确信息告诉了求助人。求助人见到小脚棉鞋后自然欣喜不已："太好了！我奶奶要的就是这种鞋。"他一下子买了好几双。

81890 的主任陈蕾告诉我，个性化的求助比比皆是，比如，有一个高龄老人打电话来求助，说："我从没坐过飞机，想知道飞机是个什么样。"乖乖！这个要求明显超出了社区服务中心的服务范围，是否有点过分了？但 81890 不能对求助人说"不"，接线员答复说："我们一定想办法协调，争取满足您的要求。一有消息，我们会提前通知您。"这件事要办成，起码涉及机场、航空公司等单位。在区政府的帮助下，81890 协调各方，终于满足了这位老人的愿望，把他带到宁波栎社机场，通过安检后，由东方航空公司的一位工作人员带着参观。工作人员从机头讲到机尾，老人边听边摸，还不时提问，兴致盎然。外面参观完了，老人又被请进机舱，坐在座位上，模拟了一次飞行。

81890 光明电影院成立至今已经十几年了，它的诞生也源于一个听起来"离谱"的求助电话。2007 年底，一个因病失明的盲人打来倾诉电话，说以前还能看看电影，现在几乎没了文化娱乐，生活枯燥，心情烦闷。81890 听完他的倾诉，觉得这种情况在盲人群体中应该普遍存在，于是就琢磨如何帮助这一特殊群体。2008 年新年伊始，81890 就联合海曙区残联，开办了 81890 光明电影院，专门为盲人"讲电影",让他们通过听解说来"看"电影。光明电影院工作人员和志愿者们快马加鞭,利用休息时间积极筹备,还特意从电视台、电台请来指导老师,对放映员开展心理、语言、技巧等方面的专门培训。

试播的那一天终于到来了。让人意外的是,原先邀请的 20 位盲人却没来几个。当时 81890 胡道林主任毅然决定:"即使只有一位盲人朋友来也要试播!好好听取和征求他们的意见。"盲人倪师傅"看"完电影,拉着胡主任的手,动情地说:"来之前,我一直在想,我们看不见,还被叫来看电影,这不是侮辱人吗?要不是信赖你们 81890,我是不会来的。现在才知道盲人也能'看'电影,谢谢你们。但我想提个意见,我们盲人大多是本地的,有的上了年纪,对普通话不熟悉,能不能用宁波话来解说啊?"倪师傅的话让大家深受启发,于是一个一个打电话,收集盲人朋友的意见、建议,进行汇总。

2008 年 2 月 23 日,在宁波市、海曙区残联和社会爱心组织的关心支持下,81890 光明电影院正式开映,当天就用宁波方言为盲人讲解电影《暖春》。在近两个小时的放映过程中,讲解员志愿者吴云飞用声情并茂的宁波话解说,把盲人朋友带入了电影中的故事情节,他们仿佛身临其境,有时露出会意的笑容,有时神情凝重,有时还与一旁的亲属朋友交流,跟随剧情喜怒哀乐……电影结束后,盲人朋友反响强烈,纷纷表示下次要叫上自己的朋友一起来。就这样,每月的第一个星期六,这个光明电影院放电影的日子,成为盲人朋友期盼的日子。也许对他们来说,这已经不是简单地"看"一场电影了,而是在过自己的节日。

让老百姓有享受服务的获得感

81890 的"准生证"是 2001 年由宁波市海曙区委、区政府签发的,当时是怎么想起要建这么个平台的呢?

改革开放后,宁波是全国先富起来的地区,到了 21 世纪,宁波各项经济指标都排在了全国第一方阵。但是老百姓的怨气并没有因为收入提高生活改善而减少，反而有增加的趋势。这究竟是什么原因？若人民对政府不满意，那最不满意的地方究竟在哪里？这是海曙区委、区政府反复思考的一个问题。

经过调查，许多人恍然大悟：群众最不满意的是官僚主义，群众最缺的是服务。

全心全意为人民服务是党和政府的宗旨，而群众感到最缺的偏偏是服务，问题出在哪里？检讨下来，执政为民的方向没问题，大小决策不敢说百分百正确，但无不是为了人民的利益。不过，常有这样的情形，政府在为人民做好事，人民却不领情，甚至怨气冲天。给居民安装防盗门时的一波三折，是时任海曙区委副书记、区长施孝国亲历的。那时，宁波市正进行老旧小区改造，未经改造的老小区成了盗窃案件的重灾区。因窃贼的作案手段多为撬门溜锁，于是区政府决定给每户居民补贴100元，一律安装防盗门。为了降低成本，区里决定集中采购防盗门，统一由各个派出所上门安装。这样既节省成本，又为居民省去了买门和找人安装的麻烦。可政府的这一片好心被群众误解为"集中采购、统一安装，就是公安局、派出所为了多拿回扣，从中发财"，因此，"他们买的门肯定质量不好"。另外，对要不要安装防盗门，各栋楼、各楼层的居民意见也不一致。眼看这件为民服务的实事快要办不下去，只得改变方法，让各家自己决定是否安装防盗门，有意者各家自己采购安装，然后拿发票到居委会报销100元。明明是好心办好事，为什么反而办出一肚子怨气？事后反思，问题就出在"服务"二字上。你给居民补贴装防盗门，是为民服务，可做法却不像服务而更像是居高临下的"施舍"，政府的架子没有放下来。

举一反三，我们有多少本该得民心的事，因为处理不当或工作人员态度不佳等而办成了失民心的事？

有人也许会说："工作人员态度不好，你可以举报啊，甚至可以打市长热线啊！"但那个时候的许多热线电话是聋子的耳朵——摆设。施孝国说："光我们市区，各种各样的热线电话号码就有200多个，除了110、114、119、120、122，其他的号码你又能说出来多少？更可笑的是，在这 200 多个号码中，能真正拨通的又有几个？即使拨通了，能真正帮助你解决问题的又有几个？我们有些部门就是这样日复一日、一本正经地做着有头无尾的事，欺骗别人也欺骗自己。"

群众与政府部门信息不对称，与服务企业也信息不对称。一方面是群众需要某项服务却找不到提供服务的单位或个人；另一方面是提供服务的企业或个人找不到服务对象，弄得满街都是"牛皮癣"小广告，电线杆上一层盖一层。

要让老百姓有享受服务的获得感，并且从中找回主人翁的感觉，首先要解决信息不对称的问题，让提供服务者与被服务者实现对接，那就应该建一个方便对接的平台。

经过反复的考察、讨论，集众家之长，避他人之短，大家最后达成了共识：要建一个连接服务单位（包括政府部门和企业）与被服务者之间的平台，让群众通过这个平台可以便捷地获得所需信息和服务；这个平台的性质以事业单位为好，24 小时全天候、免费为群众和企业牵线搭桥；开办和运转经费由政府承担，首次拨款 58 万元，招聘 10 个人，租用 4 条电话线，办公地址设在海曙大厦；平台服务宗旨："便民利民，有求必应"……

关于这个平台的呼号，也就是电话号码，应该像 110 一样能让人一下就记住，事实上这个平台就是生活上的 110。大家七嘴八舌，有人提议用 81890，用宁波话来念，就是"拨一拨就灵"，既好记，又寓意深刻，给百姓以希望，给平台以鞭策。好！区长在办公会上拍了板，就这么定了：81890！

"便民利民，有求必应"，对 81890 的这一服务宗旨，有两种意见针锋相对。一种说："有求必应，你是菩萨吗？"另一种意见说："菩萨做不到的，共产党应该做到。对老百姓的求助，就得件件有回应，不应推诿，不能说'不'。"那 81890 的领导是什么态度？不准说"不"是时任海曙区区长助理许义平的意见，胡道林说得更深刻："我们这个党是为人民服务的党，政府是为人民服务的政府，人民政府就应该是活菩萨。现在老百姓有困难来求助，你连'应'都不敢应，以后你有困难了，你怎么找得到他们？"

胡道林是个黑脸汉子，一名从基层摸爬滚打干出来的干部。他上任时，平台的设施建设已经开始，见服务台修得很高，外面的人难以看到里面的人，"停！"他发话了，"修这么高的台子，一下就把自己和群众隔开了，你高高在上，还怎么服务？为人民服务，首先要放下架子，要谦卑，要诚恳。"服务台高度降低了，木头台子也被拆掉了，代之以玻璃围栏，里外通透。

2001年8月18日，星期六，81890"开张"了。成立大会还没有结束，就接到了第一个求助电话，求助人丁先生说，他家住在西门口，家门口的马路上有两个窨井盖，其中一个被车轮压碎，因没有及时换井盖，碎片和杂物把下水管道堵死了，造成楼下和马路上粪水横流，臭气熏天。他先后找了"小市政"（区城管局）和"大市政"（市城管局），他们互相推诿，已经四天过去了，还没有人来管。昨天看新闻，说81890今天成立，承诺"便民利民，有求必应"，于是他试着打了这个电话。

81890内部分为接线部和执行部。顾名思义，接线部负责接电话，每个接线员桌上有两部电话，黑色的是接听的，白色的是外拨的，执行部负责处理接线员一时没法处理的问题。

因窨井盖被碾碎而引起的这个问题，把初来乍到的接线员一下子给难住了，她赶紧向执行部的严洪海讨教。严洪海说："告诉他，今天是周末，找不到人，星期一再给他答复。"这个答复引来对方一阵臭骂："我就知道，政府又在作秀，就会搞形式主义，什么'拨一拨就灵'，根本靠不住！"

严洪海把情况报告给胡道林，成立大会一开完胡道林就跑回来，对大家说："群众骂街我们要理解，设身处地想一想，8月份大热天，家周围臭气熏天，谁能不生气？该给群众办的事你不给办，还不该挨骂吗？"他交代："星期一一定要给求助人一个答复。"星期一一上班，严洪海就分别给"小市政"和"大市政"打电话，结果和丁先生经历了同样的"踢皮球"遭遇，便请示胡道林。胡道林教了他两招：第一，填写移交单，拿去让他们领导签字，不是说不该你管吗？那就请签字确认；第二，移交单不能交给办公室，交了很可能就到不了领导手里，也不能交给分管的副职，必须交给一把手。在"小市政"很顺利，一把手爽快签了字，看来确实不该他们管。到"大市政"，严洪海怎么也见不到一把手，只好死等，等到快下班时，终于"逮"住了刚开完会的一把手。对方一看移交单就说："这事是该我们做的。"问："多长时间能解决？"答："三天之内。"那好，请签字吧！

81890 履行承诺，在周一答复了求助人丁先生，这让丁先生感到意外。更让他感到意外的是，"大市政"第二天下午就派人把管道疏通好，换上了新井盖。电话回访时，丁先生代表全楼居民感谢 81890，还说要走到哪宣传到哪。

第一块硬骨头被啃下来，全中心人员都备受鼓舞，称赞"还是胡主任有办法"。胡道林主持开会，说："这不是因为我有办法，而是 81890 有办法。"他引导大家讨论："这件事究竟说明了什么？"一番各抒己见之后，胡道林总结了三点：

第一，对这件事互相推诿的人并非两家单位的领导，而是办事人员。相反，领导知情后都签了字，"大市政"的领导作出了三日内解决的承诺。这正应了一句老话："阎王好找，小鬼难缠。"官僚主义有"官"的问题，也有"僚"的问题。从这件事可以看出，官与僚之间也有信息不畅通的问题。所以，不要轻易骂领导，对具体问题要具体分析。

第二，"大市政"属市政府管，81890 是海曙区的，他们的领导为什么对我们的移交单这么重视呢？首先说明这位领导是有责任心的，其次说明群众监督是有威慑力的。

第三，我们的岗位很重要，在为群众排忧解难中发挥着别人难以替代的作用。现在社会上诚信广泛缺失，甚至出现了某种程度的信用危机，我们 81890 要成为老百姓心中诚信的标志，要不断积累经验，真正做到"便民利民，有求必应"。

见81890真的"拨一拨就灵"，日求助电话量从十位数迅速上升到百位数再到千位数。求助内容几乎无所不包，从开锁、安纱窗、水电维修到捅马蜂窝、捉蛇，从请保姆、请律师到找对象、寻找失踪人员，等等，约有180种。

牵住"三只手"，服务无止境

81890的工作人员不是公务员，工资也不算高，但应聘的人不少，一个岗位有近百人竞聘，最后被招聘的都是非常优秀的人才。中心制定了严格的《工作条例》。比如：

——电话铃声响两下，必须拿起话筒，说："您好！某某号为您服务"；

——工作人员必须会说三种话：普通话、宁波话、英语（简单会话）；

——说话语音要柔和（胡道林解释："就是要微笑着说话，让求助人听了你美妙的声音后心情愉悦，交流一次就终生难忘。这就是回头率。"为此，接线员都在桌位面前摆一面镜子，练习如何微笑着说话）。

…………

还有十几个"不准"，第一个就是"不准对求助人说'不'"。

接线员的工作枯燥且烦琐，接到求助电话后，一般分三类情况进行处理。一是事务类，转给执行部。二是生活类，先要帮助找到服务单位，然后问求助人："是您直接与他们联系，还是要我们帮您联系？"若对方选择帮助联系，接线员联系好后要告诉求助人："价格面议。不满意可以向我们反映。"隔一段时间后还要电话回访，看问题是否解决，满意与否。三是咨询类，因为求助者只问事、不办事，处理起来似乎比较轻松，其实不然。因为问的问题五花八门，中心的资料库里虽然储存了数十万条信息，但仍然不够用，需要千方百计地搜索寻找，才能给对方答复。接线部费苏华是81890的第二批员工，来工作之前认为接个电话还不简单嘛。上岗后才知道，求助者问的问题，很多都没有现成答案，得靠自己用那台白色电话到处去咨询。按第一批员工传授的经验，每解答一个新问题，她就要像编词典一样，用一个"词条"把搜集到的相关信息储存到知识库中，仅她编写并储存的"词条"已有 4.6 万多条。其中有一个"词条"叫"弹棉花"，词条下面几乎把全宁波弹棉花的小店"一网打尽"，接到有弹棉花需求的电话，就可以在电脑上点开这个"词条"，挑选与求助者距离较近的店铺信息给予答复。

总之，三类问题，没有一类是省心的。然而，就是在不停地为求助人费心劳神的过程中，求助中心的员工们感受到了为人民服务的崇高和光荣。81890 不是政府机关，却在为政府堵漏补缺，帮政府树立亲民的形象；不是企业，却在为企业开拓市场，帮助企业成长壮大；不是社会组织，却为社会组织提供了一个发挥作用的平台。那 81890 究竟是个啥？政府、企业、社会组织，啥也不是，但它能牵住"三只手"，不断开拓为人民服务的领域，一次一次地让人民享受到主人翁的感觉。

所谓"三只手"，第一只是政府这只"有形的手"。办证办卡、福利申领等是政府部门办理的，供水、供电、供气等许多公共服务与政府部门直接相关，因此，这只"有形的手"如果消极怠工，玩忽职守，"主人"与"公仆"的关系就会颠倒。海曙区人民政府办公室副主任陈蕾是 81890 第三任主任，她接受采访时说："我们不是纪委，但我们的监督严格地说是群众的监督，可以倒逼政府部门转变作风，改进工作。不可否认，一开始政府部门有人烦我们，嫌我们太较真，太啰唆。但几乎所有的社会问题如越级信访、群访等都是漠视群众利益而引发的，这个道理不难懂。现在，宁波的各级政府部门对 81890 都非常适应了，因为我们提供的一手信息对他们改进工作起到了很大的促进作用，群众对他们的满意度也随之提高了，所以政府内部对 81890 是越来越欢迎。"

第二只手是"无形的手"，就是服务类的企业。社区服务包罗万象，政府不可能也没有能力全部包下来，绝大多数服务主要得靠企业提供。在 81890 成立之初，宁波的家政服务业还很薄弱，很不规范，大多是靠散发小广告揽生意的个体户或小组合，往往会漫天要价，黄瓜打锣——一锤子买卖。而少数的几家家政企业，也不太注意服务的规范化和标准化，收费也比较随意。在81890成立之前，胡道林就意识到一个问题，就是群众求助后，看你能不能找到帮他们的人。所以，在筹备阶段就搞了个81890企业服务中心，把10个人全部放出去找加盟企业，可惜热脸贴了冷屁股。企业认为，81890可能又是一个代表政府的"婆婆"，而企业多一个"婆婆"就多一道"紧箍咒"，就可能多被收一次费。胡道林于是起草了一个合同文本草案，让大家拿着再去找企业。见合同草案第一条就写着"81890为加盟企业提供的信息是免费的，不收一分钱"，企业一下就来了精神。对加盟企业的义务，合同草案明确"加盟企业必须承诺服务价格、服务质量、服务态度""如果被有效投诉三次，即解除合作关系"。正式成立前有两三家社区服务公司签了加盟合同。没想到81890一成立，这几家企业的生意就火得难以招架，其他企业一看，赶紧加盟吧！这一波就签了90余家家政公司。巾帼家政服务公司是海曙区妇联给下岗女工办的一家小公司，之前年利润50万元，加盟81890后，半年利润就达300万元。加盟企业中有两家不按规矩来，接到三次投诉后，被踢出去了。

看得见的好处引来更多家政公司，一年多就发展到约500家。原来那些靠小广告揽活的"散兵游勇"渐渐没了生意。原来，宁波做水电修理的有一支很大的"游击队"，其"首领"柯显玉，人称"柯大侠"，是个走南闯北、见过世面的人物。看到正规家政企业纷纷加盟81890，起初他颇不以为然："我就不信，他们就能把生意都包了？"等到散发的小广告都打水漂后，这位自负的"首领"才恍然大悟，居民能在81890上找到正规的服务，谁还会找你这种飘忽不定的"散兵游勇"？于是他主动找到81890，请求加盟。企业证件呢？没有。加盟的都必须是正规企业，对不起，您不能加盟。"柯大侠"赶紧回去注册了一家名叫同乐家政服务社的企业。手续办齐了，81890同意他加盟，但要试用一个月，其间没有投诉才能正式签约。试用期间，他亲自出马，活干得漂亮，收费还比别人低。81890回访用户，清一色的"满意"，这才与他的企业正式签约，他也从一个"游击队首领"变成了企业负责人。

81890 对家政企业的贡献绝非仅是帮助其扩大了市场，而且在于成立了行业协会，制定了服务标准，规范了整个家政市场。从全国范围看，家政服务行业协会、家政服务标准都率先诞生在宁波，这个标准经深圳一家权威机构通过国际质量管理体系认证后，又经商务部推行至全国。办成这两件大事的主要人物就是 81890 的创始人胡道林。宁波市家政服务协会成立后，他被推选为首任主席。有了协会，有了标准，81890 对加盟企业的门槛就变高了，企业必须按标准服务，还得按规定为员工和第三方买保险。这样，在家政服务过程中偶尔出现人员伤亡、财产损失等意外情况，保险公司就会按合同出面理赔，从而最大限度地保障企业和雇主的利益。而在此之前，有时出一个稍微大点的事故，就可能让一家小公司因巨额赔偿而倒闭。

服务标准是规范家政服务市场的"法条"。海曙区商务局有关负责人说："家政市场特别是保姆和老人护理，过去是没有标准的，所以投诉非常多，发生纠纷后，只要不是违法和严重违反公德良知，就没有标准裁决。同时，因为搞家政服务的基本都是农村来的大妈大嫂，文化程度较低，所以又很难找到懂服务标准和按标准服务的人。于是在中国家政协会的帮助下，宁波又率先开办了家政从业人员培训班，制定了《家政从业人员资格等级标准》和《家政企业等级评定标准》，前者俗称'给保姆评星级'。这是宁波 81890 的创举。"

所谓"给保姆评星级"，是将家政从业人员分为两大类：家政员和家政师。家政员由低到高共四个星级，家政师由低到高分三个等级。

家政服务企业也有等级，由高到低分一到三级。

这样一来，家政从业人员学习、升级的热情和家政企业争先创优的积极性就极大地激发出来了。以往干这一行的多是农村妇女，城市下岗职工要干也是偷偷摸摸的，生怕被人发现了"没面子"，自从开始"评星级"之后，不少大学生也来参加培训并加入这一行。宁波阳光家政服务公司的经理李素文就是大学毕业生，她手下的家政师中有不少也是大学毕业生。巾帼家政的 60 多名保姆经培训后掌握了医学按摩的本领，身价提高了，一下就被抢聘一空。家政从此吃香了，不再是一个被人小瞧的行业了。

81890所牵的第三只手是志愿者队伍"温暖的手"。要为人民提供全方位的服务，光"有形""无形"这两只手不够，还必须有志愿者。海曙区委宣传部副部长、区文明办主任齐海峰说："81890对宁波志愿者队伍的规范化和志愿者活动的经常化建设发挥了巨大作用，功不可没。"过去，志愿者活动没有规划，旱涝不均，比如到养老院去给老人洗脚，遇上学雷锋日等特殊时段，往往上午来一批人，下午又来一批人，晚上还来一批人，一天洗三次脚，洗得老人都受不了。而在平时，老人想洗脚却没有人来帮助，这就是问题。为此，81890也效仿让企业加盟的运作方式，与志愿者组织取得联系，把需求与志愿服务对接起来。同时，对志愿者队伍进行专业化、品牌化、制度化建设，宁波银行还给进行"三化"建设的志愿者队伍提供了50万元以下的无担保贷款。齐海峰认为，81890对志愿者队伍的一大贡献是解决了志愿服务活动中的保险问题。志愿服务和企业服务虽然一个免费、一个收费，但都有可能出现人身伤害和财产受损的情况，这就涉及如何理赔的问题。过去志愿者队伍活动一天，每个人交5元钱给保险公司办理保险，但这样很不方便。发现这个问题后，胡道林就跑去太平洋保险公司谈判，用整体打包的方式来代替每人每天5元的保险费，最高赔付金为100万元。为此，又专门成立81890志愿者服务中心，志愿者团队组织的活动要在中心注册，要发公告，志愿者到活动现场要签到，这些都是保险理赔的必备条件。整体打包买保险，解除了志愿者服务的后顾之忧，参加者更踊跃，组织者也更方便了。

2021年，81890满20岁了。当初有人认为它很可能像某些政府部门的热线电话一样，不久就会销声匿迹，但是它不但没有式微，而且显示出经久不衰的公信力和越来越旺盛的生命力。这是为什么？采访中与齐海峰、陈蕾等人一起探讨时，我们共同感到：为人民服务的根本宗旨是81890的生命线，它是党的意志与人民的愿望相结合、相交融而奏出的和谐乐曲，是创建文明城市的一个重要舞台。81890始终坚持践行根本宗旨，并适应时代的发展不断拓宽加深服务内容，以"有求必应""一拨就灵"的精湛服务赢得了市民的信任，81890"铁粉"越来越多，已经成为政府形象的代表和城市文明的象征。

宁波已经连续六届被评为全国文明城市，其中有 81890 的一份功劳，因为它一头连着文明的政府，一头连着文明的市民。

第四篇

▼

"小气候"的阴与晴

人的命运和生活质量，首先是由"大气候"决定的，比如改革开放前，你想办私企不仅找不到门，而且可能进牢门，这就是"形势比人强"的道理所在。但在"大气候"好的情况下，"小气候"的阴与晴则是影响人的心情的主要外因。所谓"不怕县官，就怕现管"，上学遇到一个好老师，工作遇到一个好上司，打工遇到一个好老板，那就是很大的幸福。虽然"大气候"决定"小气候"，但二者不能画等号，就像大范围的天气预报不能代替局部地区的预报一样。同理，创建文明城市，既要营造城市的"文明大气候"，也要营造一个一个单位或乡村的局部文明"小气候"。虽然一两个单位和乡村的"小气候"不好，可能对整个城市的"大气候"影响有限，但没有一个一个好的"小气候"，何谈好的"大气候"？

在文明城市创建活动中，浙江一直把基层的文明创建作为重头戏，早在2002年就印发了《浙江省文明单位建设管理办法》和《浙江省文明村镇创建管理办法》，2010年经修订再次印发。这两个管理办法可以说涵盖了全部的基层，前者包括党政机关、人民团体以及具有法人资格、独立核算的企业、事业单位，后者包括所有乡村。本篇不能面面俱到，只关注打工者、在乡农民和外来创业者等所在的"小气候"。

　　浙江的民营经济发达，民企吸收了大量的就业人口，故民企中"文明小气候"的创建是文明城市建设中一个很重要的部分，因为民企的员工大多是外地人，所以民企老板的形象会被认为是城市的形象，会直接影响所在城市甚至整个浙江的"大气候"。所以，浙江对民企的精神文明建设极为重视。2012年，浙江省委宣传部、统战部和省工商联出台了《关于推进民营企业文化建设的指导意见》，出席省工商联第十次会员代表大会的非公经济人士发出了《加强民企文化建设倡议书》，不少城市与民企签订了文明城市、文明单位创建责任书。

　　不少浙江民企在思想道德建设上取得了全国瞩目的成绩。如杭州余杭的华立集团在助学上堪称模范，由其牵头的浙江绿色共享教育基金会三年里拿出4000余万元资助4000余名学生，被评为"全国文明单位"。温州被称为民企的发祥地，其民营企业数量占全市企业的99%以上，民营企业就业人数占总就业人数的94%以上，民企成为温州思想道德建设的重要组成部分。从2009年开始，温州市文明办和中国人民大学伦理学与道德建设研究中心联合，在温州图书馆连续多年举办"德行天下"温州民企思想道德教育大讲坛，为民企创建文明单位起到了重要作用。我认为，一家民企是否文明，劳资关系很能说明问题，所以理所当然是我采访的重点。

　　采访前，我看了一些相关书籍和资料，其中有个公司老板关爱负伤员工的故事让我印象深刻：来自江苏泗阳的余兵是一位装配钳工，在温州浙江恒丰泰减速机制造有限公司上班。2005年3月31日下午，他因违规操作而被车吊机架撞到腹部，当即昏死过去。公司老板叶胜康得报后，跟着救护车到了医院。余兵被初步诊断为多脏器损伤，腹内大出血，必须立即手术。做手术要交费，叶胜康交了；要家属签字，因家属在千里之外，他代签了。手术后余兵虽然暂时保住了性命，但肠瘘随时可能让他有生命危险，温州当地医院对此无能为力。全国治疗肠瘘的权威是原南京军区总医院的黎介寿院士。叶胜康毫不犹豫地包了一辆救护车，请了有经验的医护人员，派人带着钱把余兵送到了原南京军区总医院。黎介寿院士见过一些丢下员工不管的老板，极端恶劣的甚至有贿赂医务人员以求对员工放弃治疗的，因为死亡赔偿金是一次性的，是有数的，而治疗和养伤可能是个无底洞。而这个老板却恰恰相反，派来的陪同人员提着沉甸甸的现金而来，说："叶总交代，救人第一，不惜代价，要多少钱都会马上打过来。"老院士被感动了，亲自给余兵做手术。手术很成功，余兵恢复得也不错，医院建议他回家疗养。叶胜康知道后，给医院打电话说："余兵家在苏北农村，条件艰苦，回家疗养，万一出事不好办。请医院破例让他再多住一段时间。"医院还是第一次见到这样关心员工的老板，破例让余兵多住了10天。出院时，叶胜康专程赶来医院，告诉余兵，回家养病期间，每月工资照发，什么时候完全康复了，随时欢迎他回去上班。前前后后，叶胜康为余兵仅医疗费就花了100多万元，有人说他傻了，亏了，他却笑而不语。自这件事后，员工们和他更亲了，把他当自家人。余兵经过近两年的疗养，恢复了健康，又回来上班了。

类似的故事还有很多，诚然一滴水也能映出太阳的光辉，但是对劳资关系的考察，不能只看一两个感人的故事，还要看平时员工在企业里的待遇、地位和前程，毕竟人不能生活在奇迹中，生活常态更关键。因此，我跑了几家民企，本篇将重点给读者展陈"全国文明单位"德力西集团的情况。

除了当老板和在民企就业外，浙江的农民大多在本村的各类经济组织里也有工作，包括村办企业、生产合作社等。这类经济组织特别是生产合作社虽然大都是以本村村民为主成立的，企业的领导人大多是现任或原任村干部所兼，但性质与过去的生产队已完全不同了，村民在企业中一般有两个身份，一个身份是股东，以承包地入股或以现金入股，年底按股权分红；另一个身份是职工，在经济组织里工作，领取工资。因此，他们不同于一般的民企打工者，与企业领导的关系也不是老板与打工者的关系。

尽管如此，就像遇到一个好老板让打工者感觉幸福一样，有一个好的致富带头人也让村民感觉幸福。比如，鼎鼎大名的横店影视城创始人徐文荣，就是村民致富的带头人。他把横店从一个穷山沟带成浙中第一个亿元镇。1990年搞股份制和股份合作制改革，不少国企都变成了私人股份占大头的股份制企业，甚至全部卖给了私人。当时横店集团的资产早就超过了 10 亿元，有人劝徐文荣趁产权改革之机把横店集团也变成股份制企业，并且承诺至少让他占 10% 的股份，也就是说他轻而易举就能成为亿万富翁。可他说："我要那么多钱干什么啊？我办企业不是为了自己发大财。要是为了自己，我去当私人老板，少说赚个上千万也是有的吧。但是，我办企业的目的是帮助大家都富起来，让横店的老百姓都过上好日子。再说，我拿 10%，我的副手呢？下面子集团的老总呢？还有企业的骨干呢？我们的员工呢？他们又拿多少？我凭什么拿这 10% 呢？我不要，我不当这个亿万富翁。"那横店集团的性质是什么呢？他创造性地提出，是属于全体员工共有的社团经济。横店的社团经济独树一帜，成为一种新的发展模式。

在浙江，不乏村干部的先进典型。泰顺县罗阳镇三联村村委会主任毛显云就是其中一个。他带领 1000 多名乡亲走出山沟，到温州去种菜，这些人通过种菜致富了，纷纷在温州、苍南、平阳、泰顺等地买了房。可在乡亲们沉浸在致富的喜悦中时，毛显云却被诊断患了胰腺癌。为治病，他把温州的房子卖了 75 万元，在杭州手术后，身上插着 U 形管，挂着两个引流袋，他带着剩下的 10 余万元，回到三联村养病。万万没想到，他这么一个被医生说活不过三个月的病号，在村委会换届时还是被村民们选为村委会主任。上任后，他把准备继续治疗的 10 多万元也用在村里的建设上，带着两个鼓鼓囊囊的引流袋与大家一起奋斗，经三年努力，村里路通了，路灯亮了，经济合作社成立了，文化广场和居家养老服务站也建起来了，产业兴旺，村庄美丽，村民高兴。他到杭州医院一查，胰腺癌居然痊愈了，从此引流袋也与他告别了。有村民说："这是因为他一心为乡亲，所以菩萨在保佑他。"

农村的"小气候"固然与村干部关系极大，但比干部更靠得住的是好制度。本篇将重点介绍"全国文明村"宁波市鄞州区下应街道湾底村的情况，让大家感受一下村庄里的"小气候"。

12

此心安处是吾乡

看一个地方怎么样，流入人口的数量是一个重要参考指标。借用现在的一个时髦说法，老百姓是在用脚投票。据全国第七次人口普查的数据：2020年，浙江省外流入人口1600多万人，占全部常住人口的25%；外来人口中大专以上学历的有近150万，约占9%；居住半年到一年的占21%，居住5年以上的占38%。那么多人往浙江跑，住在浙江，仅仅是因为有钱赚吗？

温州乐清的柳市镇面积才92平方公里，但境内高速公路进出口就有3个。进出口多，说明车流量大；车流量大，说明经济发达。不错，柳市镇是中国民企的发祥地之一，又被称作"中国电器之都"，拥有"中国百强名镇""中国小康建设十佳镇"等荣誉称号，有大小民企近万家，其中有正泰和德力西两个赫赫有名的电气集团。2020年，全镇生产总值达338.5亿元，工业总产值667亿元，财政收入近48亿元。镇党委委员林巍用"3个15"来介绍柳市："一年开出15亿元工资；纳15亿元的税；让15万人享受幸福感。没有出现大的劳资纠纷。"

在经济上，说柳市镇是"全国百强""全国十佳"，不会有异议，但要说柳市镇是"全国文明村镇"，恐怕就有人持怀疑态度了。按照老观念，民企就是私企，就是私人资本的企业，似乎很难把资本与文明画等号。但柳市镇确实是第三届"全国文明村镇"，镇上的民企也不乏各级文明单位。花开千朵，单表一枝，这里重点说说 2020 年获第六届"全国文明单位"荣誉称号的德力西。

打工仔·全国人大代表·党委副书记

不知大家是否还记得周振波，就是在第十二届全国人民代表大会上被记者追着采访的那位农民工代表。他一上会，就提了一个有关农民工的建议。 2013 年 3 月 6 日是上海代表团的开放日，周振波以"关爱农民工，让农民工更好地融入城市发展"为题发言："我只有初中文化，在世界大都会上海没有任何背景，从最基层的变压器加油、烘干工做起，班组长、工段长、车间主任，一步一个台阶，在平凡的岗位上默默工作，赢得了诸多荣誉……"

周振波是个幸运儿。他没有任何个人背景，却有一个企业大背景。可以说，如果没有这个企业大背景，即使他能"在平凡的岗位上默默工作"，也不一定会这么幸运。全国农民工千千万，又有几个能像他这样当选全国人大代表？屈指可数吧。所谓"男怕入错行，女怕嫁错郎"，说他幸运，是因为他入对了行，他所在的企业是名列全国民企 500 强之一的德力西集团，董事局主席是温州人胡成中。德力西有三大总部（温州、杭州、上海）和五大生产基地，员工两万余人，周振波是德力西集团（上海）高中低压输变配电气制造基地的一名车间主任。

这一年的全国"两会"上有一件有趣的事儿，德力西的董事局主席胡成中是全国政协委员，他的员工周振波是全国人大代表。两个人都很活跃，胡成中的提案和周振波的建议都是维护民众权益特别是农民工权益的。劳、资代表想到一块儿，同唱一个调。

周振波 1976 年出生于河北省广平县。广平县曾经是国家级贫困县，周振波幼年丧母，他们家是贫困县里的贫困户。他初中毕业后参军，退伍后在家务农。他的一名战友在上海青浦区的德力西制造基地打工，觉得工资待遇和工作环境都不错，2004 年，便动员他也来德力西工作。周振波跑来一看招工简章就蒙了，人家要求高中以上文凭，而他只上过初中；年龄要求 25 岁以下，他已经 28 岁了。但他不想就这么蔫着回去，就请战友去找生产部经理为他求情，表示一定要努力学习和工作，保证达到公司要求。生产部经理看他是退伍兵，又来自贫困县，公司有照顾退伍兵和贫困地区农民工的相关规定，便答应让他先干三个月试试。

这一试，试出了一个符合公司要求的好工人。他不仅上班时间勤学苦干，中午休息时间和晚上下班之后，也苦练装配本领。凡是领导交办的任务，他都能圆满完成。三个月试用期还没到，市场部经理就正式录用他了，并且对推荐他来的那位战友说："你还有像周振波这样的战友吗？请多多推荐，有多少我要多少。"

说周振波幸运，是因为在他被招聘的前一年，德力西启动了一个"党员人才工程"，其宗旨为："以人为本，人才为贵，人人成才，壮党强企。"第一次听说"党员人才工程"吧？简单地说，就是党员要成为人才，要在人才中发展党员。这是一个党建问题，是德力西集团党委作出的决定，得到了德力西董事局的大力支持。"党员人才工程"中，培养发展新党员的工作被称为"双培工程"，就是对发展对象既要进行党的理论知识的培训和思想政治品质的考察，又要进行业务技术培训，以确保发展对象入党后就是"党员人才"。2005 年，"双培"计划正式启动，周振波幸运地被列入其中。党组织选派一名老党员和一名技术骨干分别与他结成思想和业务帮学对子，负责培养他。虽然文凭不高，但周振波能吃苦，肯钻研，思想水平和技术水平都提高得很快，从普通工人、班组长、工段长，一步步成长为车间主任。他的模范作用还体现在本职工作之外：每天都提前来打扫卫生，宿舍、厕所的卫生也几乎被他承包了；水龙头等公用设备坏了，他也会不声不响地自己买零件来修好；无偿献血他总是第一个报名……2007年，他光荣入党，不久当选为变压器制造公司党支部书记；2008年，被评为全国优秀农民工，获准落户上海；2013年，当选全国人大代表。现在，他已经是上海德力西的党委副书记。

经过"双培"工程，德力西集团每年有30名左右像周振波这样的优秀农民工加入党组织。在他们当中，有3人先后获全国或省级荣誉称号，60余人走上各级管理岗位。2021年，德力西电气有限公司制造部经理徐卫华，作为浙江的唯一代表，出席了中华全国总工会第七届女职工委员会第三次会议。全国和浙江省五一劳动奖章获得者吴品华，就是在德力西从一名女学徒成长为"专利王"，后又担任了电气有限公司卓越制造部总经理。

企业的"企"，人在是"企"，人去为"止"

德力西集团的党委书记、工会主席陈建春温文尔雅，一派学者气质。他是从空军某航校转业的军官，曾先后担任乐清市委宣传部副部长、组织部副部长。他告诉我，德力西集团党委虽然是民企党委，但领导、管理的党员共有1200余名，集团党委下辖温州、杭州、上海3个总部党委，共36个支部。与国企党委有很大不同的民企党委，如何行使自己的职能呢？陈建春说："民企党委政治上的责任是要保证企业的高层跟党走，基层听党指挥。而要做到这一点，就要与民企的董事会、管理层一起把企业办好。企业好了，老板才好，职工才好。德力西的各级党组织主要是做人的工作，包括领导和指导共青团、工会和妇联的工作。德力西的党组织是董事局主席胡成中主动争取建立起来的。德力西1993年就成立了党、团支部，后来随着企业发展，党员多了，又成立了党委。德力西党委对企业的生产经营虽然没有领导权，但始终是参与管理的。这就是德力西的开明和高明之处。"

与温州的许多民企一样，德力西最初也是从家庭作坊发展起来的。胡成中

13 岁就跟着父亲在外做裁缝，同时跑点小买卖。1984 年，他与人合伙办了家求精开关厂，其实也就是个家庭作坊。在当时假冒伪劣产品充斥市场的大环境下，胡成中坚持以质量为生命，高薪请来工程师，借款开办实验室，取得了原机械工业部颁发的全国工业品生产许可证。几年下来，求精开关厂在竞争中一枝独秀，树立了"要质量，找求精"的口碑，后扩大规模，分为两家厂。1990 年，两位合伙人各自再创业，让小小乐清柳市镇出了两家全国民企 500 强的电气企业，一家是正泰集团，一家是德力西集团。

说起来，德力西这个名字可不是随便取的。当时胡成中与人研究企业名称，考虑到经商也好，办厂也好，必须以德为先，在商业竞争中，最后往往是以智小胜，而以德大胜，这是他从父亲那里学来的，也是自己办厂的切身体会，所以，他觉得企业名字里面一定要有一个"德"字。胡成中又觉得，企业不能关着门在国内比，而要和世界上最大的电气制造商西门子比。名字上要显出我们的志气，必须有个"西"字。但总不能叫德西吧？两字中间还得有个字，于是加了一个"力量"的"力"，"德力西"的名字就是这么来的。要与西门子比一比，可谓壮志凌云，但胡成中非常清醒：要完成这个宏伟的目标，如果像开小作坊那样，靠家族、靠亲戚是不行的，仅靠乡亲也是不行的，必须不拘一格选天下英才。而自己不仅选不过来，还会因为各方面的限制选错，所以必须有"贵人"帮助把关。这个"贵人"就是共产党的组织。这个认识，他是在实践中逐渐加深的。

胡成中的母亲包兰妹是在 20 世纪 50 年代入党的老党员，他对共产党员的第一印象是从母亲身上得到的。母亲出身贫苦，从小就当纺织女工。从他稍稍懂事开始，就觉得母亲说话办事与别人不同，她凡事不是首先考虑自己和小家庭，而是集体和大家庭，即使在"文化大革命"中，父亲被抓进班房，她也挨批斗，自身难保了，还想着给吃不饱肚子的"五保户"和多子女家庭以力所能及的帮助。长大后，他才明白，那是因为共产党员胸怀宽广，一般人心里装着自己和家人，而共产党员心里装着人民。办企业后，他对钱与人的关系又有了比较深刻的理解。经商办企业，无人不想赚钱。有人赚了，有人却赔了；有人虽然一时赚了，却身败名裂，无法立足。他从中悟出一句"胡氏语录"：

> 企业的"企"，上面是"人"，下面是"止"，人在是"企"，人去为"止"。没有人，企业就终止了。

随着企业的规模越来越大，他越来越深刻地感到：办企业，看起来是在经营物与钱，实质上是在培养人。在对人的培养、选拔、管理方面，再厉害的个人都无法与党组织比。基于这一认识，1993 年德力西成立了党支部，1996 年成立了党总支，1999 年成立了党委。据集团党委书记陈建春介绍，党委与董事局组成联合中心组一起学习党的理论，集团的许多重大决策特别是关于人事方面的决策往往都是董事局与党委联席会议作出的。对党委提出的建议，总裁班子和董事局几乎没有不采纳的。比如，党委召开统战座谈会时，参会者反映集团用人往往重视提拔管理人才，而对技术线的人才使用多、提拔少。党委在做专题调查后，向集团提出建议。建议立即被采纳，一批一线技术岗位上的人才得到重视，其中一位毕业于西安交通大学、在质检岗位作出了较大贡献的员工，被破格从 10 级直晋至 3 级，进入高级管理岗位。

打工者为啥与企业一条心

德力西 70% 以上的一线员工是外地人，如果这些打工者抱着干一天活拿一天工资的心态，企业是没有前途的。如何让这些外地员工与企业一条心，真把他乡当故乡，是关乎企业生死存亡的大问题，必须拿出实实在在拴心留人的硬措施。在这个问题上，集团党委和董事局逐渐形成了一整套计划、规定和办法。

想要一个人留下来，并且把潜能发挥出来，首先必须让他觉得在这里有干头、有前途。除了引进高级人才外，德力西还下功夫把打工者培养成才，前面已经讲到了"党员人才"工程，现在再来说说公司的职业技能培训工程。职业技能是打工者的立身之本，没有技术，或者技术不精，就难以晋级加薪，甚至可能被淘汰。要想有前途，就得努力学技术，技能提高了，就可以成为高级技工，这可是稀缺人才。德力西给每一个打工者以学习提高的机会，经培训合格上岗后，再立足岗位，继续跟着师傅学习提高。因为民企的内部竞争比国企激烈得多，不少老专家和老师傅一般都有一个担忧：教会徒弟，饿死师傅，自己砸了自己的饭碗。针对这个问题，党委和董事局决定由工会出面举行师徒结拜仪式，集团对导师给予表彰和奖励。德力西杭州基地还专门举行隆重的拜师仪式，挑选了19位导师与46名徒弟现场结对。被选为导师的人，由集团各中心颁发聘书，当然连带着相应的责任和待遇。德力西现有700余名有高级职称的专家，他们都有带徒弟的责任。

师傅带徒弟把普通培训向前深化了一步，被比喻为培养"研究生"。高级工程师周诞康原在遵义一家电器厂工作，到德力西后带出了一批优秀的徒弟，其中有16人成为基层厂长或技术骨干。他说："我已经60多岁了，培养年轻人就是为了让他们来接班。师傅带徒弟是中国的老传统，师傅不能自以为是，不能留一手，要与时俱进，与徒弟互相学习，一起切磋……"他以高风亮节和诲人不倦的精神，成为德力西名师的榜样。

公司还实施新人助跑计划和新人训练营培训项目，给每一名新员工都配一名导师。导师对新人要全面负责，囊括思想品德、专业技术、企业文化建设等各个方面。人力资源部门定期与导师和新人进行沟通，最低目标是要保证在一年时间内，让新人成为德力西的合格员工。

在德力西，各个岗位的员工都有师傅带，只要肯吃苦，肯钻研，就可以改变命运。从普通打工妹成为高级技工的李杨，就是一个传遍德力西的励志典型。她是安徽省定远县人，高中毕业后跟随父亲做生意，不料生意失败，家里连买柴米油盐的钱也拿不出来了，弟弟上大学也还要用钱，所以她瞒着父亲外出打工，后辗转来到德力西，当了一名装配工。经简单培训后，她上岗了，跟着师傅搞装配。后来，师傅发现这个徒弟不同凡响，心灵手巧，一点就通，一教就会，第一天就装配了 200 多件，超过了师傅。这个人才引起了领导的重视。三个多月后，她被调到德力西与日本一家株式会社的合资厂任巡检员。在那里，她发现某小型断路器半成品的合格率较低，原因在断路器的设计上，未规定明确的双金角度的调整数据，装配工只能凭感觉装配，检验员只能凭经验检验。她指出一名装配工双金角度掌握不好，却被怼了回来："设计图纸上没规定，你说我不合格，有何根据？"好！她经过反复观察和试验，终于找到了一个最佳角度，建议设计部门在断路器壳体内加上一个固定刻度标志，这样就可解决问题。领导非常重视她的建议，经论证后予以采纳，改进到设计中。从此，这道工序的合格率上升到 96%。公司给李杨发了奖状和奖金，号召员工向她学习。

2003 年，全国机械工业优秀 QC（质量控制）成果报告会在大连举行。德力西推荐李杨去作《提高 CDBLE-63 半成品一次性合格率》的成果报告。报告得到一致好评，被评为全国机械工业优秀 QC 成果一等奖。后来她又获得"全国机械工业操作能手""浙江省三八红旗手"等荣誉称号。在通过乐清市职业技能鉴定中心的考核后，集团破格将她从初级工晋升为高级工。按常规，一个初级工要晋升到高级技工，一般需要 10 年，中间还有个中级技工的坎，而李杨进厂仅 4 年时间，就成为高级技工，这在德力西还是第一次。只要她继续努力，还可以争取评上技师、高级技师，成为工人中的高层次人才。一年后，李杨又加入中国共产党，被纳入"党员人才"工程的培养计划。

2013 年 1 月，李杨作为骨干被调到德力西电气芜湖公司从事质量管理工作，2015 年担任芜湖公司运营卓越部、工艺部经理兼工会主席，负责精益生产。她通过优秀项目评比和奖励合理化建议等手段，收集到 6000 多条可实施的合理化建议，引进了一系列信息化管理软件，引导职工开展改善经营和生产的上百项大小改革，提高了生产效率和产品质量，节约资金数百万元。2017 年，她被评为安徽省劳动模范。

不论是否有文凭，不论是白领还是蓝领，德力西都给员工指出了一条大有奔头的路，就看你是否努力奋斗了。据统计，德力西中层以上管理者中，非温州籍的占 60% 以上。一个湖北员工 1997 年大学毕业后就来到柳市德力西，与李杨一样从车间的装配工干起，领导发现其文字功底不错，又有管理才能，便让他从事管理工作，现在已成为公司的行政副总监。

有一个被称为"德力西的黄埔军校"的青年人才培训机构——德青社，每期培训 30—40 人。学员平均年龄 28 岁左右，必须是在德力西工作多年积累了一定经验的优秀员工；培训内容包括国际化视野、战略思维和领导能力、综合素质提升等；培训目的是为企业储备和输送新生代的领导人才，如研发工程师林川在德青社结业后不久，就被提拔为德力西电气研发部经理。

不是每个人都适合做管理工作，也没有那么多管理岗位，大多数员工还得在生产一线。德力西让你在一线也能出人头地，也能有大好前途。定期举行的技能运动会是对职工立足岗位成才的成果检阅，也是职工职级晋升的一条金色通道。2003 年 12 月，《中共中央、国务院关于进一步加强人才工作的决定》发布，要求"建立以能力和业绩为导向、科学的社会化的人才评价机制""建立以公开、平等、竞争、择优为导向，有利于人才脱颖而出、充分施展才能的选人用人机制"。集团党委与董事局理论学习联合中心组立即开展学习、讨论，并确定了德力西的人才建设方针，启动了人才培养计划，并决定举办职业技能运动会。

开职业技能运动会，其实就是公开、公正进行技能比赛。德力西准备于 2004 年 7 月举行首届职业技能运动会，集团成立了组委会，由党委、工会、人力资源中心以及不同行当的技术专家组成了指导评审委员会。可一到具体操作环节，发现一个问题：德力西是生产低压电器的，要比的话当然要在本行当内比。比赛的项目设置、试卷命题、考评标准、考核过程、争议裁决以及成绩的公布，必须有一个统一的标准。这个标准在哪里？德力西一级一级往上找，一直找到全国机械工业协会和劳动保障部，都没有！那怎么办？没有标准，就自己编写。于是，集团成立了一个由 18 名专家组成的教材编写委员会和审核委员会。编写委员会按照国家职业分类与职业技能标准，历时 5 个月，编写出 120 万字的教材，填补了国内低压电器装配行业培训教材的空白。集团的专业技能竞赛，便以此教材为依据。

2004 年 7 月 22 日，德力西集团首届职业技能运动会预赛如期举行。预赛历时 20 天，13 支代表队的 277 名选手取得 10 个大项的决赛资格。决赛产生了 10 名"知识型员工"、20 名"技能标兵"、90 名"操作能手"，所有进入决赛的选手，全部都通过了乐清市职业技能鉴定中心的认定，其中 16 人被评为高级技工、24 人被评为中级技工、237 人被评为初级技工。从工人升为技工是蓝领职业的一大飞跃，而高级技工是最高等级，其工资高于一般工程技术人员。谁说在一线当工人没出息，看看这参加决赛的 277 人吧！

参加决赛的选手是在预赛中层层选拔出来的，在后期被淘汰的选手中，也有不少经鉴定后得到晋升的。一次职业技能运动会，就是一次技能大练兵，就是一次升级的好机会。因此，一线工人报名参赛特别踊跃，有的生产线或小组全员报名。2006 年 10 月，全国高技能人才工作会议暨第八届中华技能大赛和全国技术能手表彰大会上，德力西集团获"国家技能人才培育突出贡献奖"。

德力西的产品质量随着员工技能的提高而水涨船高，遨游太空的"神舟""嫦娥"等航天器，也用上了德力西的产品。2020 年 9 月 16 日下午，北斗卫星导航系统工程总设计师杨长风特地到德力西集团上海总部考察，与胡成中等对相关事宜展开深入探讨。

"顾客是企业的上帝，员工是老板的上帝"

员工的待遇与技能、贡献挂钩，技能越强，贡献越大，收入就越高。这是吃大锅饭的单位无法比拟的优势。要让能者多劳，还要让能者多得，才能留得住能者，才能产生越来越多的能者。但是，激励能者只是凝聚人心的一个方面，除此之外，还必须有普遍的关爱。大多数员工虽很普通，没有特别的才能，没有突出的贡献，但他们是合格的员工，日复一日、年复一年地在车间岗位上生产合格的产品，他们对企业的感觉更具普遍性。他们要是没有幸福感，企业就可能会出现离职潮、招工难。陈建春书记说："从别的单位来德力西上班的人，来了就不想走。因为德力西对员工负责任，员工在这里有幸福感。"

德力西有一项勤恳服务奖，其实就是年资奖。在德力西工作满5年就可以得奖，然后按每5年一个层级往上加，10年、15年、20年……资历越老，奖金越高。颁奖典礼每年举行一次，由党委、董事局、工会的领导给获奖者献花、发奖金。陈建春说："2020年给年资30年的员工另奖一条价值不菲的定制金项链，金坠子上刻着获奖者姓名和他对企业的贡献。"颁奖时，台下掌声雷动，台上的获奖者热泪盈眶。

"跳槽"是改革开放后出现在职场上的一个流行词，在职场打拼的年轻人不"跳槽"的很少，而在德力西，居然有工作了30年的员工，这可以说是相当难得了。能让人留在德力西，把家安在德力西，不是错把他乡当故乡，而是明知此处是他乡，却把此处当故乡。他们在公司附近买房或租房，已婚的把老婆孩子接来，未婚的在这里结婚生子，把自己的小日子与德力西绑在一起了。

曾经，民企拖欠打工者的工资，成了一大社会问题，即使在政府的强力干预下，此类事也难以杜绝。而陈建春书记告诉我："德力西不但从不欠薪，还有奖金，而且你可能想象不到，与大多数民企的员工工资是'老板说了算'的情况不同，德力西员工的工资是由'集体协商制度'决定的。"打工者是靠工资养活自己和全家的，工资是他们的"经济命脉"。在德力西每个高层管理者的办公桌上，都摆着一块用水晶玻璃做的箴言牌，上面写着四行金字，其中两句为"你的权力是带领团队严格执行规则，你的权力不能凌驾于规则之上"。这句箴言是胡成中与大家一起反复斟酌后写下的，"我的用意，就是要强调：在德力西，制度第一，董事长第二；制度就是企业的'宪法'，在制度面前人人平等"。早在2000年4月，德力西就建立了工资集体协商制度。工资每年协商一次，由员工代表、董事会代表和工会代表一起协商，按照国家有关法律法规、企业生产经营的情况，确定各类别各层级员工的工资，以保证员工的工资能够与企业利润增长基本同步，工资外的其他待遇也在协商之列，包括劳动时间、住房、交通、体检、疗休养、培训等。第一次实行这一制度时，很多人还以为是董事局在作秀，没想到协商会上，员工代表和工会代表提出的 23 个问题全部得到解决，大家从此才深信不疑。如员工每年进行一次体检，工龄 10 年以上的每年可以带薪疗休养一次，就是工资协商制度的产物。仅从工资协商制度就可以体会到，德力西不是把员工当作赚钱的机器，而是当主人来看待。胡成中说："我深知，顾客是企业的上帝，员工是老板的上帝。要办好企业，必须善待员工，以德治企。"

胡成中在所著《创富传家》一书中说："德力西建立的人事管理制度、劳动合同制度、薪酬制度等 100 多项制度，以制度文化形成'法治'而非人治的格局。公司实行了医疗保险、养老保险等'五险一金'的全员参保，解除了员工的后顾之忧。还建造了工程师宿舍、专家楼、职工食堂、职工娱乐和健身场所，确保员工干得舒心、过得开心。"陈建春书记说，他这段话是没有水分的。

一般来说，相对于老板，员工处弱势；相对于男性，女性处弱势，故女员工可说是弱势中的弱势。对女员工是否尊重，是否能让她们得到应有的照顾，是一家企业是否文明、是否有凝聚力的一个显著标志。德力西集团的女员工不仅与男员工同工同酬，而且能享受"女员工成长加油站"的系列培训，内容包括职业技能、女性修养、婚姻家庭、兴趣特长等方面。据统计，全公司女性管理者占比达三分之一，比例最高的是芜湖公司生产二部，高达 80%，其中有一名 28 岁的组长叫李云，曾带领全班组女工在全国"安康杯"技能竞赛中获得优胜荣誉。

在德力西，有一条特别的生产线，线上的员工全部是准妈妈。公司里年轻女工越来越多，以前她们从怀孕后到请产假之前，大多仍在生产线上工作。一名孕妇与其他人一起工作，用同一个标准考勤，显然有诸多不便，而且不够人性化，所以党委、工会、妇联与董事局开会决定，把准妈妈集中到一条生产线上，对她们实行弹性管理，迟到、早退不扣分，生产指标也不作硬性要求，而工资不减。在工作场所专门配有医生，有情况可随时就医；在上下班的班车上，设孕妇专座；在职工食堂，孕妇可以不排队；给每个孕妇建立健康档案，临产前一段时间，由妇联干部和医生提醒做好准备，为之请产假，并协助联系生产医院。对住集体宿舍的怀孕女工，主动为她们租房或安排好临时住处，让从老家来照顾她们的亲人先安顿下来，让她们生产后一出院就有人照顾她们和宝宝。产后，准妈妈变成了新妈妈，产假结束后上班，正是婴儿哺乳期，德力西专门为新妈妈准备了育婴哺乳室。哺乳室里装有空调，走进去一看，储物柜、换洗台、冰箱、饮水机等一应俱全，在一个个独立的哺乳间里，摆放着沙发，还有婴儿床以及有关哺乳期育儿的卫生知识手册。党委的一名工作人员告诉我，哺乳室开始比较狭窄简陋，有新妈妈不得不露天在树下哺乳，党委、工会、妇联发现这个问题后马上做出反应，公司很快专门在一楼腾出房间，改建成新的哺乳室，还安排一位兼职医生为母婴提供服务。这是许多国企也没有做到的事。乐清市总工会女职工委员会主任卢建玲对此赞誉有加，认为德力西为民营企业如何保护妇女儿童权益提供了一个典型范例。

工资协商、准妈妈生产线、哺乳育婴室……这一切，都在维护员工的尊严。人的尊严是高于物质待遇的精神需求，是拴心留人不可或缺的条件。德力西让员工活得有尊严，这是员工来了就不想走的主要原因。

13

“人民第一”我家乡

　　宁波的一个村党委书记吴祖楣提出了一个大口号：“人民第一”。了解了他提出这个口号的背景后，你不仅不会觉得他小人物说大话，而且会对他肃然起敬。正是在“人民第一”的原则下，以他为书记的村党委带领大家，把昔日一个破烂村建成为一个全国闻名的现代化新农村，一个“全国文明村”。

　　到湾底村采访，纯属心血来潮。那天上午在别处采访完之后，陪同我的宁波鄞州区文明办的同志带我到一家村里开的土菜馆吃午餐。一路上未见农村的影子，汽车驶入天工路，有人说：“到湾底村了，土菜馆就在他们村里。”这是农村吗？我咋觉得不像呢？他说：“湾底村被人称为‘都市里的村庄，城市中的花园’，是新型农村。”只见鲜花夹道，两旁绿树成荫，灌木成墙，绿化带后隐约可见成片的园林。一座高耸的石牌坊映入眼帘，中间的匾额上写着“西江古村”四个金色大字。下车步行，穿过牌坊，见一面照壁，中间是一块巨石，上书“西江东流”四字。当地人所说的西江，就是我们脚下的一条小河，河水清澈见底，缓缓流动。河畔有百十间徽派古建筑，从路标上看，有鄞州非遗陈列馆、宁波服装博物馆，有古戏台、净土寺、定心庵……去往土菜馆的路上，穿过室内过道，见有人在休闲屋里下棋，有人从客舍中进出，有孩子在老屋天井里玩老游戏：滚铜钱、打弹子、抽陀螺……我慢吞吞地边走边看边想边问："这西江古村虽然是徽派建筑，但不像皖南的西递、宏村那样原始，似乎不是原装吧？""对！"区文明办一名同志告诉我，西江古村的房屋是在新农村建设中，用从旧房上拆下来的材料异地重建的。湾底村有八个自然村，这些房子有西江自然村的，也有其他自然村的，还有外村外乡的。"这个保留乡愁的主意是谁出的？""村党委书记吴祖楣，今年75岁了。"我听了，一心想着：这个老书记怎么就这么有文化素养呢？陪同者却对我说："你也许想不到，他只读过三年半小学。"这下，我下定决心要采访他。

因为是临时动议，只能把计划内的采访完成之后再安排。两天后，我如约到湾底村。村里有上百块石雕，上面刻着醒目的文字。如天工路上，有一组五个手指头造型的雕塑，从大拇指到小拇指，依次写着"勤劳""自强不息""幸福都是奋斗出来的""心坚手勤""俭朴"。再如，一座由条石组成的造型如倒立台阶的警世碑上，从上往下分别写着"金本位要不得""坚忍不拔""谦让"。最吸引我的是一个汉白玉石雕，像一本翻开的书页，右书"人民第一"，左书"创业万岁"，落款为"中共湾底村党委"。

我想了半天，想不起"人民第一"语出何典。到村"两委"办公处见到老书记吴祖楣后，我才知道，这原来是他自己的"发明"！用网络语言说，我差点惊掉了下巴。"人民第一"，这么"大"的一句话，或者说论断、口号，竟然出自一个村党委书记之口，似乎有点身份错位，但仔细想想，所谓实践出真知，这句"人民第一"，应该是他在实践中认识和感悟到的吧！

听吴祖楣解说"人民第一"

吴祖楣一口宁波土话，却一身洋气。这一天，他里面穿 T 恤衫，外面套夹克衫，下身穿牛仔裤，脚上穿双皮鞋，看似平常，其实很有档次。他出门戴墨镜，戴透气遮阳帽，骑一辆年轻人喜欢的山地自行车。他平时抽烟斗，但当我的面没抽，只是拿着烟斗把玩几下就放下了。他喝茶不多，却爱喝咖啡，不是那种速溶咖啡，而是现磨现煮的那种。最让人惊奇的是他的发型，头发花白了，发型却像年轻人一样新潮，请教了一下内行，方知那叫"朋克"。他慈祥和蔼，对人总是面带微笑；他很会算账，心算比珠算要快。这是一个 75 岁的人吗？是一个只上过三年半小学的人吗？你也许不相信，可他就神气十足地在你面前。采访前所看的相关资料中提到，在村民的心目中，他是全村的主心骨，是一个无私无畏、聪明过人的带领大家共同致富的领路人，同时他又是一个"戆大"。"戆大"在宁波方言中是"可爱的大傻瓜"的意思。

我的采访就从"人民第一"开始。他告诉我，改革开放 40 多年，他先当了三年生产大队队长，其他时间当党组织的书记。从他 1975 年当生产小队的副队长开始，一共提了三个口号，第一个叫"穷则思变"，第二个叫"创业万岁"，第三个叫"人民第一"。在现在的湾底村，第一个口号早已经过时了，还剩下两个，但他把次序调整了一下，把"人民第一"放在前，把"创业万岁"放在后……"'人民第一'抽象一点说，就是把人民的利益放在第一位；具体一点说，就是在利益分配上，先考虑人民，而不能先考虑自己和少数人。在湾底村，一人富不算富，少数人富也不算富，全村富才算富"。

湾底村是否真的做到了"人民第一"？根据我的经验，这从弱势群体身上一下就可以看出来。农村的弱势群体一是老，二是小。

先看老人。吴隆元老人 1944 年出生，快 80 岁了。现在他和老伴都靠吃劳保、拿分红生活，两人一年加起来有近 10 万元的收入。他自己算了算，一天平均近 300 元，在农村，这些钱是花不完的。每个人的劳保都是村里统一给办理的，几乎没有差别，差别在分红上。湾底村的分红很有特色。2011年村集体经济合作社进行股份制改造，村集体占股48%、村社员占股52%。每年村集体经济产生的利润按此比例进行分红。2017年以来每年人均分红2万元左右。全村年人均可支配收入是7万元，老年人略低于平均收入。

吴隆元与吴祖楣是同代人，都是放牛娃出身，不是给地主放牛，而是给生产队放牛。人民公社时期，孩子不满16岁一般不能当劳动力使用，如果不上中学，那就给生产队放牛，因为能上中学的是凤毛麟角，所以大多数孩子都当过放牛娃。满16岁后，放牛娃就可作为劳动力了，从半劳力晋升为全劳力。每年年景不同，一个全劳力一年的收入为100～300元，但这是账上的收入而不是现金，除去一家的口粮钱和杂七杂八的费用，到手的现金就少得可怜了，子女多的或因病没能出全勤的，不仅拿不到一分钱，还会倒欠生产队，成为所谓"超支户"。现在，吴隆元老两口年近八旬，年收入近10万元，这么纵向一比，感到有天壤之别。

再从横向比，全村人均收入7万元，一般村干部的年收入不到10万元，老年人退休后啥也不干，收入也接近5万元，这还有啥不满足的？城里退休职工的收入与咱差不多，但开支要比咱大，村民想一想，还是挺有幸福感的。

说罢老，再说小。如今的小孩子不缺吃、不缺穿，最让人操心的是教育问题。一般来说，农村的教育条件要落后于城市，但湾底村给倒过来了。村里办的天宫幼儿园外观如一座城堡，占地近2500平方米，建筑面积3000多平方米，有420多个床位，现代化的教学设施一应俱全，即使是下雨天也可进行室内游戏、体育活动。20余名教师都是从幼儿师范院校毕业的，师资不错。幼儿园不仅招收从本村的孩子，还招收从外地来湾底村的务工者的孩子。早在2008年10月，天宫幼儿园就被评为三级一类幼儿园。这个等级，在宁波市内幼儿园中也是不多的。

村里还有一家占地超88亩，建筑面积达5万多平方米，设施齐全、师资雄厚的蓝青小学。所以，在湾底村，村民的房子就是与优质幼儿园和优质小学近在咫尺的"学区房"。

新农村建设建出"高档"社区

说起湾底村的房子，是吴祖楣和村"两委"践行"人民第一"理念的又一个经典杰作。现在，湾底村人均住房面积 70 平方米，村民住宅分两种，一是低层公寓，二是联排别墅。住什么房，是各户根据自己的喜好和经济收入所选择的。所谓"无房不成家"，房在哪里，家就在哪里。无论城乡，房子都是一个家庭的重要财产和生活质量的标志之一，甚至是身份象征。看到如今湾底村漂亮气派的住房、美丽整齐的街道、宽敞平整的马路，你一定想象不出老湾底村的模样。

湾底村东西宽约 1.4 公里，南北长约 1.5 公里，农户 400 多，人口 1000 余，人均耕地一亩多一点点。8 个自然村中，最大的里许家 91 户，最小的小张家 24 户，没有一个能成为中心。之所以叫湾底村，是因为所属自然村中有两个村名带"湾底"（前湾底、后湾底）的，也算是按少数服从多数吧。各自然村之间的道路原为羊肠小道，晴天能骑自行车，雨天只能"赤脚走在田埂上"。过去的湾底村有个别名叫"烂湾底"，又因人民公社时期被改名为"五一大队"，又被称为"烂五一"，当时流传"有女不嫁'烂五一'"的民谚。吴祖楣在为村办企业跑供销时，客户要他留下地址和门牌号，说有机会来看他。他无奈地说："地址我只能说在湾底村，底下的小自然村不要说没有门牌号，即使有也没用，如果没有熟人带，你连村子都找不到。"

进入 21 世纪，湾底村的集体资产已经相当雄厚，达到亿元级，村里的天工实业股份有限公司等企业源源不断地为村里创利，但村里落后的基础设施严重制约着企业的发展；同时，自然村多、农家屋形态各异、村道不能通车的现状，严重影响村民的生活质量，连通水、排污、厨房和厕所改造等基础建设也不好开展。不少农民买了车，却开不到自己家门口。因此，村"两委"想着通过新农村建设，把上述问题一劳永逸地解决，总投资 1.8 亿元，建设一个崭新的湾底村，让村民住上比城里人更宽敞、更美丽的房子。想法很好，也符合党的政策，但他们没有拍脑袋做决策，而是从上海找来一家专业设计公司帮忙设计。按初步设计蓝图，用 10 年时间完成湾底的新农村建设，土地集中经营，按比例合理发展一产、二产和三产，拆掉八个自然村，集中建设居民住房……

这里就不叙述整个计划的制定、通过和被批准的过程了，直接说房子的事儿。湾底村真是好运气，新村建设的宏伟计划正好与时任浙江省委书记习近平同志提出的"千村示范、万村整治"工程不谋而合。2003 年 9 月 24 日下午，在宁波考察的习近平同志来到湾底村。当时新村建设才初见雏形，习近平同志在吴祖楣等人的陪同下，沿着新建的村道边走边看，还特意去看了为村民建设的新房。习近平同志强调，村庄整治一定要与发展经济结合起来，与治理保护农村生态环境结合起来，走出一条以城带乡、以工促农、城乡一体化发展的新路子。习近平同志的指示，让吴祖楣和湾底村"两委"其他干部感觉就像下了一场及时雨，是对他们的新村建设规划的最大支持。于是，一个由 37 人组成，村党委书记吴祖楣担任主任委员的湾底村新村建设委员会成立了，统一指挥拆旧建新的工程。

拆掉分散的旧房，集中建设现代化的新房，在住房上等于跨越了一个时代，填平了一条鸿沟，岂不妙哉！但是湾底人世世代代在各个自然村里生活惯了，"金窝银窝不如自家草窝"，而且搬新家之后，猪不能养了，鸡不能养了，房前屋后不能种菜了，有人担心会降低生活水平。所以，要说服村民拆房搬家，光用嘴巴说道理是不行的，必须拿出具体办法来，让老百姓感到"不吃亏，有赚头"才行。原来 8 个自然村的房屋总建筑面积约 6 万平方米，人均不到 60 平方米，新村计划建设 8 万平方米以上，保证人均 70 平方米，所以在住房面积上，一点不吃亏，还有得赚。至于房屋质量，那就更不用说了。新房好，旧房也不是白拆，而是村里作价收购，等于是旧房换新房。那就看作价合理不合理，面积测算得准不准了。吴祖楣请来了房地产评估公司的专业人员，对旧房进行面积测算、估价，还请了村里的四五个老人当顾问，因为他们很清楚每栋房子的年岁，而房屋估价与房龄有关。最后，旧房平均按每平方米 505 元作价。

一方面对旧房进行测算、估价，另一方面进行新村建设。新村建设委员会为新村取名为"天宫庄园"，用 A、B、C 来分区，对新房编号、面积核对、配套设施等各个方面都考虑得非常周全。接下来的问题是如何置换新房，《下应镇湾底村房屋拆迁补偿安置实施细则》共 27 条，回答了村民关心的各种问题，可操作性很强，照办即可。原则上，村民的新房面积要比旧房面积平均增加 10% 左右。有两种楼盘供村民挑选，一种是低层公寓，定价每平方米 500 元；另一种是联排别墅，定价每平方米 1100 元。这不是"白菜价"吗？亏本不亏本？吴祖楣一笑，说："肯定是亏本。但什么叫'人民第一'？我们当时想的是，在老百姓身上，一定要舍得花钱，让农村人也能过上城里人的生活。"

村民一般选择两套房子，一套给儿女，一套给自己。这样，两代人既可以住在两处、吃在一处，也可以各住各的、各吃各的，自由选择。

旧房平均按每平方米 505 元作价，而低层公寓新房每平方米才卖 500 元，等于每平方米旧房还赚了 5 元钱。而且在计算旧房面积时，室外的杂物房、猪圈甚至厕所都折算了面积。这明显是对农户私心的一种迁就，但对每个人的私心都照顾到了，就成了公心，关键是要公正、公平，一视同仁。

现在，湾底村的天宫庄园已经成为宁波市里一个"高档"社区。说它"高档"，并非是指房价高，而是指居住环境好。房子与房子之间、小区与小区之间的绿化面积大，各小区四门大开，被花园围绕；道路通畅，公共服务设施齐全。大会堂尤其受欢迎，在里面可以开大会，可以开展娱乐活动，还可以办酒席。村民办红白喜事，过去在家里办，客人多了坐不下，就在外面搭凉棚，桌椅板凳、碗筷碟勺，都要向邻居借，虽很热闹，但没档次。后来到酒店里去办，档次上去了，但花钱太多。村里修了大会堂后，厨房、锅碗瓢勺、桌椅板凳全部配套，你要图省事，报一个人均标准和席面数量，有关人员就可以给你办妥；如果想自办，可以自采食材、自请厨师，无偿使用大会堂的设备。两种形式，都能让你把喜事办得既喜气，又省钱，还方便。

假使你是湾底村的村民，将做何感想？

"创业万岁",可创业到底为了谁?

说到这里,势必要问吴祖楣:"你是怎么想起要提出'人民第一'的口号的?"

"那是在 1992 年。"他缓缓讲起距今已近 20 年的故事:

20 世纪 90 年代初,乡镇企业因过了"疯长期"而进入重新洗牌的阶段,很多小、散企业因为没有拳头产品而濒临倒闭,曾经赚钱的工厂成为食之无味、弃之可惜的鸡肋。乡镇企业陷入困境的原因很多,其中一个是产权问题,因为是集体所有,很多便染上了吃"大锅饭"的毛病,所以当时的政策是可以卖给私人。鄞县(现鄞州区)的很多乡镇企业都卖掉了。吴祖楣说:"当时下应镇的领导明确告诉我,希望我来当买主。"于是,一个十分严峻的问题摆在他面前:一是湾底村的集体企业卖还是不卖?二是如果卖,自己买还是不买?

吴祖楣思考着这个问题,一夜没有合眼。

"如果要卖,我是最有资格买的。"怎么讲?因为当地最赚钱的两家企业就是由吴祖楣担任总经理的。其中的天工工具有限公司,是一家专门生产美式手工工具的企业,产品全部出口美欧,销路有保证,基本上是稳赚不赔的。而且,他为村办企业付出得最多,既是总经理,又是采购员、推销员。吴祖楣出门跑业务,记忆中就没有买到过有座位的火车票,在车上都是站在两节车厢的连接处或挤在车厢的过道中。他随身带着一个搪瓷大茶缸,既是饭碗又是茶杯,白开水就干粮就算一餐饭。远的不说,就说一次到河南开封的一家企业去催欠款。他住在最便宜的地下室里,跑去找企业负责人,开始对方还见一见,只是一句"没钱"就把他打发了,后来连门也不让进,电话也不接。没办法,他只好在上下班的时候到厂门口去堵。这样缠了快一个月,因长期住地下室,胳膊、腿都得了关节炎,欠的钱呢?一分也没要着,但好赖拉回了一台机器,要回了部分产品……村办企业,不是谁想办就能办的,更不是谁想赚钱就能赚的。经过这些年的摸爬滚打,他可以说是轻车熟路了,换一个人,至少暂时还真不行。

他纵然可以找到一百条理由来把村办企业买下，但两句反问就足以让这一百条理由归零。他问自己："你活着究竟是为什么？当初你出来为大家办事，难道就是为了自己当老板吗？"

他第一次出来为公家做事是1975年，当时30多岁了，是个老共青团员，被五一生产大队任命为西江生产队副队长。生产队长相当于今天的村民小组长，是最基层的"芝麻绿豆官"。他这个副队长分管生产，虽然啥也算不上，但他决心带着社员改变贫穷面貌，至少应该让大家填饱肚子。为表达决心，经反复琢磨，他想到了毛主席说的四个字——"穷则思变"。于是他拿着一支绑着乱麻的棍子当大笔，蘸上石灰水，在净土寺的墙上写了"穷则思变"四个大字。"好！"穷哥们一片叫好声，"祖楣，你就带着大伙干！"

副队长是个苦差事，每天天不亮就得起床派工，张三干啥，李四干啥，都得搞明白，还要检查工作进度和质量。这只是例行工作，最重要的是要做好规划，既能通过上级检查，又要结合实际，计划好这块地种啥，那块地种啥，种几茬，选什么种，施什么肥，总而言之，方方面面都得操心。他就认准一条：人活着要争口气。自从他当副队长后，西江生产队粮食单产当年就从全大队垫底跃居第一。那时尽管"唯生产力论"受到猛批，但粮食生产也是"死任务"，吴祖楣大搞科学种田，特别是在良种的选择上有一套，所以被公社几个老领导看中了，让他放手干。因为粮食产量提高了，社员分的粮食也多一点了，加上吴祖楣带着大家悄悄搞副业，西江村老百姓的日子比别的生产队要好过一些。副业包括种菜、种瓜、养猪、养蜂等，社员常天不亮就挑一担蔬菜赶十几里路进城，迅速卖完再赶回来上工，很多社员的肩膀都磨破了……

党的十一届三中全会，送来了改革开放的春风。1979年，吴祖楣被批准入党，很快又被提为生产大队队长。公社党委领导找他谈话说，之所以积极推荐他入党，是看他办事公道，又有能力，群众信得过，希望他入党后能够带领大家改变落后面貌，尽快把"烂五一"的帽子给摘掉。按照当年分工习惯，支书抓村办企业，大队长抓农业。吴祖楣没有让公社党委失望，当年就交出了一份亮眼的成绩单：村里粮食总产量环比增加80%以上。这中间，又遇到推行"分田到户"的家庭联产承包责任制。吴祖楣当然不反对这项政策，但他没有把田一分了之，而是在执行中充分体现了他的创造性。由于当时已经有了一些队办企业，有不少农民其实已经脱离农业，在企业上班，这部分人不想要责任田，因为田一旦分给自己，就要承担交公粮的任务，要交农业税，自己又不会种田。而一部分种田能手觉得只种自己那份责任田不过瘾，并且分田后你一块我一块的，不适合机械化作业，只能回到小农经济。如果简单地一分了之，必然会造成粮食减产。他在广泛征求大家的意见后，采取了先按户分田再向种田能手集中的办法。怎么集中呢？由大队干部牵线，种田能手与不愿意种田的农户签订协议，后者把自己的责任田交给种田能手耕种，前者向后者支付一定租金（或口粮）。这个办法后来全国很多地方都在用。种田能手让粮食产量进一步提高，到1982年，五一大队的粮食产量跃居下应公社第一。鄞县在这里召开了农业生产现场会，吴祖楣着实给下应公社和五一大队露了脸。"烂五一"的帽子虽然还没有完全甩掉，但从此逐渐被人淡忘了。1982年底，开始撤（公）社建乡（镇）试点。吴祖楣也从大队长改任村党支部书记，主要负责抓村办企业。

　　湾底村净土寺的墙上，吴祖楣当年写的"穷则思变"四个字还清晰可见。他看着这条标语，回想此后八年的经历，又开始思考一个问题：由穷变富，靠什么才能变呢？光靠农业还不行，湾底村人均那么点地，靠科学种田，可以解决全村人的温饱，但致不了富。要致富，就得创业，包括办各种企业，于是又提出了一个口号："创业万岁。"他带着大家创业，村办企业最多时有十几家。村办企业的收入大大超过了种田的收入，村民的日子过得越来越红火。"烂五一""烂湾底"的帽子被抛到九霄云外了。然而，乡镇企业的"疯长期"过后，盲目发展、野蛮增长的弊端彻底暴露出来。村里的企业到1992年还剩六家，其中真正赚钱的只有他兼任总经理的两家，其余四家都已从顶峰下坡，只余微利或仅能保本。

　　"如果我把自己兼任总经理的两家买下来，其他四家肯定没人买，那就可能倒闭，倒闭后工人到哪儿去？不要说他们不会种田，就是会，责任田也已经租给种田能手了。我是党员，是书记，我不能丢下他们不管。做人有为名的，有为利的，我为什么呢？就是为争一口气。当年我写下'穷则思变'，后来提出'创业万岁'，想的就是带着大家改变村里的落后面貌，带着大家致富。现在看来，光有这两句还不够，'穷则思变'，是为自己变，还是为大家变？'创业万岁'，是为自己创，还是为大家创？因此，还有必要再提一个口号。我想了很久，当时没有提出来，后来想到'人民第一'。我们现在讲'不忘初心，牢记使命'，带着大家致富，就是我的初心。我们科学种田、办厂，包括今天做旅游，都是为了湾底村的老百姓，这就是'人民第一'。"

他记得很清楚，湾底村办的第一家企业是办在定心庵的锉刀厂。办锉刀厂的第一功臣是老书记陈宝根，是他找到了门道，打通了关系，才办起了这个厂；而生产锉刀的第一功臣是许乾坤，一个与他一起光屁股玩大的老伙计，是他一锤一锤地敲，一刀一刀地锉，连一根头发丝的误差也不放过，才生产出合格的锉刀；还有那个跟男人一起抢着大锤干活的毛桂香……一个个活生生的人影出现在他的眼前，清晰可见。

在湾底村党支部研究村办企业要不要卖的会议上，平时不抽烟的人也抽起了烟，可见大家的心里多不平静。半天也没有人发言，好不容易有人发言了，却似乎话中有话："鄞县、下应镇的许多村办企业都卖给私人了，上头的意思是我们湾底也要卖，听说是想要吴书记买。我看，如果真要卖的话，吴书记是最有资格买的。与其卖给外村人，不如吴书记买下合适。"啥意思？既像是鼓励吴祖楣来买，又像是在试探他的口风。他这一说，就有人附和，但大多数人仍然闷头抽烟不发言。吴祖楣心里比谁都明白，今天发了言的和没有发言的，其实都不赞成把企业卖了，他所以一直没表态，就是想听听大家的意见。见满屋浓烟笼罩，大家抽的烟比说的话多，吴祖楣终于亮明了态度："阿拉湾底的企业属于集体，不属于我吴祖楣。"但大家似乎没有反应过来，会场仍然一片沉寂。吴祖楣接着说："我的意思是，要干还是大家一起干，永远走集体致富的路。大家一起出主意、想办法，把集体企业越办越好。"这会儿，大家都听明白了，会场响起热烈的掌声。湾底村开支委会从来都没人鼓掌，这是破天荒第一次。

掌声说明大家都赞成集体企业不卖给私人，但集体企业要生存发展，领导班子就不能有私心，吴祖楣对此有切身体会。湾底过去被人说成"烂五一""烂湾底"，落后的原因很多，但其中一个最主要的原因是，党支部和大队（村）干部一人一条心。往往公心就一条，而私心是各种各样的，所以必须用"人民第一"的观念来统一干部的思想。他提议村"两委""约法三章"："第一是遵纪守法，第二是勤学苦干，第三是先公后私。"要求党员干部必须做到"三个吃亏得起"："气力吃亏得起——多做实干；闲话吃亏得起——宽容大度；钞票吃亏得起——先公后私。"好！支委会全票通过。

吴祖楣说："从这件事后，我有了个外号，叫'戆大'。"

村办企业要办好，除了要严格遵守"约法三章"，还得实行现代化的管理方式。经吴祖楣提议，村里同意，六家村办企业合组为天工实业股份有限公司，进行股份制改造，分集体股、企业股和职工股。集体股占28.71%，企业股占31.58%，职工股占39.71%。集体股属于全体村民，红利主要用于村政建设、发放福利、反哺农业。企业股由企业的经营者持有，用于企业发展和职工福利。职工股全体村民都可以买，认购自愿，退股自由。这般操作下来，村民既是股东，又是职工；既鼓励了能人，又兼顾了公平。

"湾底模式"靠什么诱人

在"人民第一"的理念指导下，湾底村创造出一、二、三产业平衡发展，物质文明、精神文明建设和谐共进的"湾底模式"。第一产业主要是观光农业，由村农业开发服务中心经营，主要种植各种水果以及蔬菜、花卉、苗木等。种植基地做到了"季季有果，月月有花，天天可摘"，平均每亩收入达万元以上。不能及时销售的鲜果，送自家果酒厂酿酒。第二产业以天工巨星工具有限公司为龙头，下辖各类工具生产及喷漆、包装等分厂，产品全部销往国外。第三产业包括天宫城堡、西江古村等旅游服务项目。

湾底村产业的发展当然很吸引人，但最吸引人的还是"人民第一"的宗旨。不说别的，村里有不少项目都是承包经营的，但承包者中没有一个是村干部或干部的家属、亲戚。吴祖楣说："如果你交给七大姑八大姨去做，要不了几年八成就会垮掉……我们自己没有私心，才能把湾底的事情办好。"职工有双休日和节假日，干部却是"全年无休"，吴祖楣的一句话成了大家的口头禅："干部，干部，就是干出来的嘛。"

湾底村，你说它是桃花源，它与时俱进，畅行四海；你说它是乌托邦，它不是幻想，是客观存在。它就是它，一个秉承"人民第一"理念的中国村庄。按钱钟书先生的"围城"理论，被围在城里的人想出来，城外的人想进去。而在湾底村，本村人不愿走，外面的人又想进来。2009年，农学硕士胡君欢在一次招聘会上听说宁波市鄞州区湾底村想要一个植保方面的人才。村里找人才？新鲜！正好她学的是植保，宁波离老家舟山也不远，看看去！

谁知这一看就不想走了，待遇高还在其次，关键是大有用武之地。从治好了侵害桑果的白果病开始，她接连在核心期刊发表科研论文，并有论文获中国食品工业协会科学技术奖一等奖等。她在湾底村演绎着自己的传奇故事，成长为农业发展中心经理。与她相仿，天工巨星工具有限公司的总经理也是外来的。他们在湾底入了党，成了家，当了企业领导，成为湾底村外来人员学习的榜样。

外面的人想进来，本村在外工作的人也愿意回来。顾雁冰是湾底村原村委会主任的儿子，大学毕业后，在宁波市开了一家小公司，年利润数十万元，一家三口的小日子过得有滋有味。吴祖楣有一次带队外出考察，特意把他带上了，说："我们这代人已经老了，知识结构和敏锐程度都跟不上趟了，村里需要年轻人。"一路参观学习，吴祖楣总要问他有什么看法和设想，明显有意在培养他。如此几次后，顾雁冰被吴祖楣这位前辈感动了：他这么大的年纪还在为湾底操心，我们晚辈岂能置身事外？于是他盘掉公司，回到村里，当了吴祖楣的助理。

投入工作后，他才真正明白什么叫"人民第一"。且不说别的，他的手机必须24小时开机，因为吴祖楣找他是不分昼夜的。"5＋2""白加黑"，全年无休，半夜三更被叫起来都是常事。村"两委"干部大多身兼数职，但只拿一份工资。顾雁冰后来被选为村委委员，工作更忙了，但也只拿一份工资，一年不到10万元。论经济收入，只有当小老板时的几分之一，但他不后悔，因为一能学到很多东西；二是体会到了为家乡人民服务的快乐。2018年，他被选送到中组部和农业部合办的农村年轻干部培训班学习……老一代的"戆大"还没有走，新一代的"戆大"已经来了。

吴祖楣每天清晨5点起床，洗漱、早餐后，6点骑着他的山地自行车到村里转悠，尤其爱到边边角角的地方去看看，7点准时到会议室组织干部集体学习、研究当日工作，大致各占半个小时，8点干部到各自的岗位去工作。7点至8点集体学习、开会，这是吴祖楣当年当支部书记时定下的规矩，至今已坚持了近40年。为啥要天天学习？就为了用中央和省、市的要求统一思想，就为了坚持"人民第一"的理念。

在回答我"怎样才能把'人民第一'的理念传下去"的问题时，他说："主要是靠制度传，从村党委、村委会、村民代表大会到村规民约，用这一整套制度来保证'人民第一'的理念得以实现。"说着，有人来通知他去开会，他说："今天村民代表大会要讨论一项重大投资，我必须参加……"

他去开会了，我仔细数了数湾底村获得的荣誉奖牌，发现所获国家级荣誉共18个，省级荣誉31个。陪同的同志告诉我，吴书记最看重的是两个：一个是中央精神文明建设指导委员会颁发的"全国文明村镇"奖牌，一个是中共中央授予的"全国先进基层党组织"。在村"两委"办公处，有一副楹联格外醒目：

心在人民原不论大事小事
利归天下何必争多得少得

14

这片天空有我的星座

　　俗话说:"近处怕鬼,远处怕人"。当你来到一个新的地方,面对陌生的土地、陌生的风情、陌生的人,除了什么都好奇之外,是否还有几分胆怯?怕被人骗,怕人排外,怕得不到尊重,怕找不到饭碗……如果你到浙江,也许这个"怕"字很快就会消失。

浙江人礼遇外地人是有传统的。历史上浙江经济、文化的发展与北人南迁有极大关系,特别是公元 4 世纪初的晋室南渡与 12 世纪的宋室南渡这两次大移民,带来了北方先进的技术和文化,促进了浙江的繁荣。按照历史地理学家谭其骧先生的说法,南渡之人开始还有观望之心,想着伺机北归,但住上一段时间后,就融入当地,无北归之意了。如与王羲之在山阴兰亭修禊的谢安等 41 人即是。对浙江发展有功的外来人,浙江人民都不吝赞美,且建祠修庙以祀。杭州对白居易、苏轼、范仲淹的纪念自不必说,在县城和乡镇,也有不少纪念、祭祀北人的建筑。如临海有郑广文祠和广文街、戚继光祠和继光街。郑为唐代河南荥荥县人,在临海兴办教育;戚据说为明代山东蓬莱人,抗击倭寇,保卫了临海。临海人民不忘这一文一武两位先人的恩情，建祠纪念、香火不绝。

看一下浙江 30 多年的人口数据，也许可以从中看到当代浙江人对外地人的态度。根据全国人口普查数据，1990 年，浙江常住人口约 4145 万；2010 年约 5443 万；2021 年约 6540 万，头 20 年增加 1300 万，后 11 年增加约 1000 万。而这 30 多年人口出生率是下降的，多出来的人是从哪里来的？一是长寿因素，死亡率降低了；二是外来人口成为新浙江人的多了，这是大头。浙江的方言很难懂，可浙江一点也不排外，在杭州、宁波、温州、义乌等许多地方，几多南腔北调人？像乐清的柳林镇、义乌的新城区，甚至外地人多于本地人。有一次我在宁波鄞州区与文明办的工作人员座谈，听文明办副主任祝建平说话带安徽口音，一问，他果然是安徽人。他说："今天在座的五个人，四个都是外省的。"

每年有数以十万计的外地人落户浙江，在这片天空，找到了自己的星座，真有点 "乐不思蜀" 的味道了。

绍兴的维吾尔族新市民

"最美绍兴人" "浙江好人"，金发碧眼的维吾尔族大嫂汗祖热·买买提做梦也没有想到会有这样的荣誉。现在她是绍兴的大名人，不仅生意做得风生水起，而且还主持两个公益机构——阿凡提工作室和石榴籽基金会。阿凡提工作室是一个民事矛盾调解机构，除了调解在绍兴的维吾尔族同胞的内部矛盾外，还主要调解维汉两族同胞之间的矛盾；石榴籽基金会主要资助遇到困难的人，之所以用石榴籽命名，汗祖热说："是因为习近平总书记说了，要我们像爱护自己的眼睛一样爱护民族团结，要像石榴籽一样紧紧抱在一起。我在绍兴 20 年了，感到总书记说的非常符合我的成长经历，我要带头按总书记说的去做。"

2001 年，维吾尔族姑娘汗祖热·买买提跟着朋友，懵懵懂懂地来到了绍兴县柯桥镇（现绍兴市柯桥区）。哇！这是一个与新疆完全不一样的地方啊！柯桥有 "东方威尼斯" 之称，是典型的江南水乡，与她的家乡气候干旱的南疆迥异，对比鲜明。这里又是文化之乡、名人之乡，有众多伟人的遗迹和名人的故居。但是，你千万别和她说范蠡，说勾践，说鲁迅，说秋瑾，因为别看她21岁了，但只有小学文凭，汉语还说不流利。就这点文化水平，竟然敢跑到离家这么远的绍兴来闯，胆子也忒肥了吧！其实，她心里也没底，只是听老乡说绍兴这地方不错，生意好做，就跟着来了。

她刚来的时候，柯桥镇外很多地方还是农田，但是镇外的布料批发市场已经全球闻名，每天进出市场的人像新疆烘干房里的葡萄串似的，一嘟噜一嘟噜的，数也数不清。她每天都跑进去看，那布料可真是多呀！质地各种各样，颜色有浓有淡，花色各异，争奇斗艳，叫人目不暇接，眼花缭乱。来这里进货的有许多是外商，尤其以俄罗斯人、印度人、阿拉伯人居多。市场里的一些老板见到这个漂亮的维吾尔族姑娘，以为她是客户，无不热情地向她打招呼并介绍自己的货品，可惜她对汉语似懂非懂，只会对着人傻笑。没多久，大家也就知道她不是客商了，不过见了她还是会礼貌地打招呼。她在市场闲逛，看能不能找点事做。几个维吾尔族老乡，生意都不大，雇不起工人。但市场里贴了不少招工广告，有人想雇她当推销员，开的工资也不低，可惜她汉语说得结结巴巴，只好作罢。工作没谈成，但与几个老板认识了，他们都很友好，还给了她一些帮助。总不能老是这么转悠吧？身上的钱就快花光了，就靠老乡管吃住。总不能就这么回去吧？又该怎么坚持下去呢？晚上，她望着夜空满天的星斗，想着，在绍兴的这片天空，可否有自己的星座？

时任柯亭社区的党委书记王玲娣是汗祖热来绍兴后真正认识的第一个汉族人，就像亲大姐一样，主动帮她办了临时居住证，还叮嘱她有困难可直接到社区找她。看汗祖热似乎还没有找到工作，王玲娣不放心，特地来关心，果不其然。王玲娣鼓励汗祖热留下来，说："绍兴人不排外，有包容四海的胸怀，而且正在大发展，不信没有你就业的地方。但是，你要下决心学汉语，起码能够用汉语与人沟通。"怎么学呢？"一是看书，按照拼音读；二是多练，要敢于用汉语与人交流，不能害羞，说错了不要紧，改正就是了。"从此，汗祖热每天对着电脑学汉语，同时大胆与人交流。

有一天，她照例在市场里转悠，发现一位老板在与俄罗斯商人谈生意，因为相互不懂对方语言，一边说一边比画，急得满头大汗。汗祖热的家乡有俄罗斯人，她从小与俄罗斯的小孩们一起玩，所以懂一些俄语。这时，她凑上前去，当起了翻译，只是她汉语说得还不流利，借助手势和纸笔才让老板基本明白了意思。由于有她当翻译，生意很快谈成，老板高兴坏了，给了她一笔不菲的报酬，说以后有俄罗斯人来，就请她去当翻译。

这件事成了布料市场的一大新闻，原来那个在市场上转悠的维吾尔族女孩懂俄语！于是不少老板都请她当俄语翻译。不久，人们发现这姑娘不仅懂俄语，而且能说几句阿塞拜疆语、阿拉伯语等，简直是一个语言天才！维吾尔族人有做生意的传统，经常接触从上述国家来的商人。"加上像阿拉伯语、阿塞拜疆语与维吾尔语有不少相似之处，我学起来就比汉族人容易。总之，我的外语是从野路子上学来的，没有经过学校训练，肯定不标准，但用来谈生意是可以的。"她一下成了香饽饽，整个布料市场无人不知有这么个美女翻译，有时候要请到她还需排队。她的汉语也在当翻译的过程中也变得流利起来，虽然新疆口音还很重，但让人听懂已经完全没问题了。

汗祖热所在社区有个文艺骨干叫潘建娣，能歌善舞，主动邀请汗祖热参加社区的文艺活动，她于是又多了一个身份——新疆舞教师。汗祖热开始活跃起来，成了社区最受欢迎的人，祖辈父辈的人把她当孩子，同辈人把她当姐妹，孩子喊她"祖拉阿姨"（祖拉是其乳名）。王玲娣更是经常找她谈心，给予鼓励，现在又来问她："是准备就一直当翻译，还是有新的打算？"汗祖热觉得王书记真是神了，她哪儿痒痒，王书记马上就给挠上了，贼准。原来在当翻译的过程中，汗祖热渐渐对布料生意熟悉起来了，萌生了自己当老板的想法，但是又觉得本钱不够，当地路子还不熟，所以没下定决心。王书记一听，说："想当老板好啊！本钱不够，我可以帮你牵线贷点款，先从小的做起，租摊位和办工商、税务、银行相关的各种手续，社区都可以帮你，带你一起去跑。"汗祖热激动得把王玲娣抱了起来。汗祖热果真当上了老板,而且逐渐成了在绍兴的维吾尔族人中的大老板。她在绍兴买了房,安了家,落了户。

落户在绍兴柯桥区柯亭社区的维吾尔族居民只有三户,汗祖热一家是其中之一。她说:"我能落户,王玲娣书记可是帮了大忙。"外地人在绍兴落户是有条件的:要么有投资,可她是空手来的;要么是专家,可她只有小学文化;要么对本地建设作出了重大贡献,可她修了哪座桥,铺了哪条路?没听说。她凭啥能落户?王书记自有她的道理:汗祖热虽然只上过小学,但能翻译几国语言,布料城的很多商户都信赖她,这算不算人才?她为促进民族团结做了许多工作,这算不算重大贡献?如果算,她就符合落户条件。汗祖热一家就这样成了绍兴人。她问儿子:"你是新疆人,还是绍兴人?"儿子说:"我是绍兴人。"她说:"你爸妈是新疆来的。"儿子说:"你们是新疆人,我是绍兴人。"她告诉儿子:"不管是新疆人,还是绍兴人,都是中国人,都是一家人。"

汗祖热空手出新疆,在绍兴这片天空,找到了自己的星座,家和业兴,其乐融融,日子过得让人欣羡。突然有一天,她找到王玲娣说:"王书记!我要入党,不知怎么才能入,你要帮我。"

王玲娣问:"你为什么要入党?"

汗祖热说:"因为共产党员是好人。"

"你是怎么知道的?"

"我发现,我来绍兴后,帮助我的大都是党员,包括社区的和市场的。"

王玲娣明白了,肯定了她入党的愿望,同时告诉她:"不能简单地把党员理解为好人。如果真想入党,你要学习《党章》和有关党的理论知识,要写入党申请书。社区上党课的时候,你可以列席旁听。"

因为党员潘建娣经常与汗祖热一起参加文艺活动,王玲娣指定她重点帮助汗祖热学习党的知识和理论,提高觉悟,把她作为入党积极分子来培养。在培养期间,王玲娣和潘建娣启发她要多为人民作贡献。当时,在绍兴柯桥的维吾尔族人有 3000 多,仅柯亭社区就有 1300 多人。总的来说,维吾尔族同胞之间,维吾尔族和汉族同胞之间都处得不错，但也难免有一些小的摩擦与矛盾。调解这些矛盾，如果都由政府部门出面，有时是不合适的，效果也不见得好，而如果由有一定威信的维吾尔族人出面，效果就会好得多。汗祖热觉得自己的人缘还不错，于是有意成立一个工作室，专门调解维吾尔族和汉族同胞之间的矛盾，以促进民族团结。她的想法得到社区和街道党委的大力支持，本来王玲娣建议工作室就用汗祖热的名字命名，但她觉得还是用"阿凡提"命名更好，因为"阿凡提"在维吾尔语里是智慧的意思，她要用智慧来调解矛盾，促进民族团结。现任柯亭社区党总支书记平红娟告诉我："这个工作室在化解矛盾上发挥了不可替代的作用。特别是 2018 年以来，社区 1300 余名维吾尔族人，无一起犯罪记录，而且还出现了一个见义勇为先进人物肉斯太木·艾力。这是综合治理的结果，但其中也有阿凡提工作室的一份功劳。"

汗祖热按党员的标准要求自己，除办好阿凡提工作室之外，又设立了一个石榴籽基金会，用来帮助社区里的困难户。她在接受采访时说："开始就我一个人捐款，后来很多人都来捐。我设了一个规定，一个人最多捐 5000 元，你捐得太多，受助的人可能会不好意思。因为捐款人和受助人都在一个社区，大家可能认识。"在第一批受助对象中，就有两个汉族人。一个是 80 多岁的孤寡老人吴炳仁，汗祖热定期给他送钱、食物和衣物，定期去给他打扫卫生、洗衣服、洗被子。另一个是小朋友小吴，他的父亲因病去世，患有精神疾病的母亲离家出走，他只能住到并不富裕的叔叔家。石榴籽基金会资助他生活费，逢年过节必去慰问，冬送冬衣，夏送夏装，汗祖热还经常请他来自己家里吃饭，让自己的儿子陪他一起玩。每次见到她，小吴都会撒娇说："祖拉妈妈，抱抱！"汗祖热自豪地说："我儿子叫他哥哥，他叫我儿子弟弟，真是亲如一家人了。"

2019 年 11 月，汗祖热成为中共预备党员，2020 年 11 月顺利转正。她的入党介绍人，一个是王玲娣，一个是潘建娣。汗祖热说："我们每周至少见一次，否则就想得慌。"

我们边谈边在柯亭社区散步。运河边上，一座座石拱桥和石码头让人想起古代"东方威尼斯"的风貌。运河水缓缓流淌，对岸不远处就是世界最大的布料商城，汗祖热的摊位就在里面。与对岸的繁忙景象相反，此岸绿树成荫，花枝夹道，鸟儿在树上鸣唱，松鼠在林间跳跃。拐进一个弯道，见一小湖，湖上七分碧水、三分莲荷。湖畔有亭，我们坐在亭子里，微风徐来，看荷叶摇曳，品荷香幽微。耳边不时传来爽朗的笑声，只见不远处有老人在下棋、打牌，笑声是围观者发出来的。我想，能生活在这个社区的人真是让人羡慕。

到了中午，汗祖热要请我们吃清真餐。她说："柯桥有五家维吾尔餐厅，都很正宗，我带你们去我最喜欢的一家。"到餐厅落座，发现食客主要是维吾尔族人，也有不少汉族人。服务员看样子都是从新疆来的大叔大婶，汉语并不流利。好在菜单上都有照片，汉族客人看照片点菜就可以了。汗祖热点的菜品比较丰盛，但我只记得烤羊肉串和手抓羊肉，因为我一直在用心观察用餐的人，试图推测他们是干什么的。邻桌四个维吾尔族小伙子，点的菜多，吃得很猛，大概都是来这儿务工的，今天是相约出来解馋的吧！两位老者，蓄着大胡子，悠闲地品着手抓羊肉，大概是来绍兴看儿孙或旅游的吧？……在这里，维汉两族群众一起用餐，互相点头致意，非常友好、和谐。临走时，我问头戴维吾尔族花帽的中年老板："生意好吗？"经汗祖热翻译后，他高兴地说："亚克西！亚克西！（很棒）"

义乌的马来西亚"洋雷锋"

汗祖热·买买提在绍兴找到了自己的星座，马来西亚人郭集福则在义乌找到了自己的星座。

2000 年，26 岁的马来西亚小伙子郭集福稀里糊涂地跟着别人来到了义乌。为什么是稀里糊涂呢？因为在马来西亚时，他压根儿就不知道中国还有义乌这个地方。听说这里有便宜商品，价格比广州还低，就想来倒腾。他是马来西亚第三代华人，高中毕业后就自己闯荡，做印刷生意，厂里有两台德国进口的印刷机,当时在马来西亚牛得不得了。当地一个报社老板经常跑中国海南岛,郭集福很羡慕他。"但当时马来西亚许多华人家里还挂孙中山的照片,根本不知道现在的中国是个什么样。我这人有点冒险精神,没有跟家人商量,就跟着别人坐飞机到了广州,然后坐了20多小时的火车到了义乌。"

义乌琳琅满目的小商品让郭集福惊呆了。乖乖!品种多,又便宜。他看了一下,缝纫机用的针,马来西亚没有,从国外进口一根就要几元马币(当时1马币约等于2元人民币),而在义乌买一筒几十根针才几元钱。在马来西亚要20马币一袋的茶叶,在义乌才卖两三元人民币……还有很多稀奇新鲜的商品,也都很便宜。因为他在马来西亚时印刷过儿童看的报纸,所以特别关注儿童读物,跑到新华书店去联系,店员听说他是东南亚来的,非常热情,推荐各种儿童读物……

接下来,郭集福靠当"倒爷"赚取了"第一桶金",同时通过每天看央视新闻学会了普通话。他算是找到了一个致富的门道。但如此两三年后,他觉得这么来回跑不是一个办法,于是决定到义乌定居创业。

2004年,郭集福在义乌注册成立了俊福贸易有限公司,主要做珠宝生意。他从巴西采购优质的天然水晶,引进了国外先进的加工技术,生产水晶手链、水晶摆件等,同时兼营黄金、宝石、钻石。他的成功创业带动了义乌天然水晶行业的发展。在经营珠宝生意的同时,他积极促进义乌与马来西亚等东南亚国家的经贸交流与合作,在马来西亚、泰国举办的"一带一路"中国与马、泰工商界对话论坛、义乌—马来西亚贸易投资沙龙、义乌—马来西亚商品对接会等活动中,都有他的贡献。2019年,义乌市贸易促进会和义乌市国际商会联合成立马来西亚采购商服务中心和驻马来西亚联络处,郭集福被委任为负责人。

一个普普通通的马来西亚高中毕业生,跑到义乌发了财,饮水思源,他说:"首先要感恩义乌市委、市政府,给我们创造了这么好的创业环境,更要感谢义乌人海纳百川的胸怀,义乌人、新义乌人、外国人一起在义乌这片沃土上共同发展。我在义乌致富了,也要为义乌发展作贡献。"回想刚到义乌时,他一个人也不认识，但义乌没有一个人坑蒙他，生意之所以做得顺风顺水，就因为遇到的大多是好人。"帮助过我的人太多了，我无法一个一个地去回报，但我可以学雷锋，回报社会。"

他担任了义乌世界商人之家旭日公益俱乐部 CEO。这个公益组织有 100 余名成员，分别来自马来西亚、新加坡、约旦等数十个国家和地区。他说："最近五年，我每周都做公益，包括参与助贫、助学、助老、无偿献血、文化传播等。"由郭集福和旭日公益俱乐部发起的"7·15 义乌世界商人献血日"活动，打造出一个跨国界、跨行业的无偿献血团队，并带动社会各界人士无偿献血。他因此获得"全国无偿献血促进奖"之特别奖（唯一国际友人）。如今，"7·15 义乌世界商人献血日"已经成为义乌最具地方特色的公益品牌之一。2017 年，旭日公益俱乐部"结对帮扶，关爱困难儿童成长"活动，联合爱心企业帮扶贫困家庭的儿童。2020 年，旭日公益俱乐部获得了金华市、义乌市两级政府颁发的慈善奖。

郭集福被人称为"洋雷锋"，他却说："我不能跟雷锋比，也不喜欢这个'洋'字。我虽然是马来西亚籍，但我一直以自己生活在中国而自豪，我在义乌置了业、买了房，把老婆也接过来了，用的车也换成了'红旗'牌，义乌人也从来没有把我当外国人。"不错，他是"义乌慈善代言人"，是建设美丽义乌促进会副会长兼外商分会会长，先后获义乌市"十佳诚信外商"、义乌市"助人为乐道德模范"（唯一国际友人）、浙江省"西湖友谊奖"、浙江省"最美环保人"等10 多项荣誉。他说："2016 年后，我把大部分时间都用于做公益，足迹遍布义乌。身为海外华人，是义乌成就了我，我本当尽力回馈义乌，没料到各种荣誉随之而来，特别是还获得了'西湖友谊奖'。荣誉越多，责任越大，我会把公益事业一直坚持下去，回馈社会。"

第五篇

心中的**香格里拉**

人是社会人。每个人心中都有自己的香格里拉，都希望置身于一个理想的社会。

老子的理想社会是"鸡犬之声相闻，民至老死，不相往来"的"小国寡民"式生活；陶渊明的理想社会是"不知有汉，无论魏晋"而怡然自乐的桃花源；孔子心中的理想社会是"天下为公"、世界"大同"。今天创建文明城市，人们当然也希望创建出一个自己心目中的理想社会，生活在自己的香格里拉之中。

理想的社会首先应该是一个诚信的社会。"人而无信，不知其可也"。

必须承认，在诚信社会的建设上，浙江的某些地方特别是温州是曾经走过一段弯路的。不知读者是否还记得焚烧温州劣质皮鞋的那把大火？

改革开放还不到 10 年，温州皮鞋生产厂家已超过 2000 家，年产皮鞋近 4 亿双。然而"皮鞋之都"的名号刚刚打出，耻辱便跟着来了。1987 年 8 月 8 日，5000 余双温州劣质皮鞋被拉到杭州市中心武林广场曝光，在省内外众多媒体的镜头下被付之一炬。这一把火，烧醒了温州商界，也表明了浙江省对本省的假冒伪劣产品绝不护短的零容忍态度。

这把火被温州人称为"耻辱之火"。同时，8 月 8 日被温州定为"诚信日"。

其实，温州人讲诚信是有传统的，一直崇尚"商行天下，善行天下，道行天下"，现实中也不乏诚信典型。比如，文成县西坑畲族镇梧溪村村民富林愚，一位右腿残疾只能扶杖而行的老人，历时 12 年，靠在瑞安城里看厕所，终于还清了 40 位债主的 7.6 万元借款。因他是残疾人，很多借钱给他的人其实没准备要他还，可他说："不管我有多苦多难，省吃俭用也要把该还的钱尽力还掉，借钱给我的人都是好心人，我不能让好心人心寒。"再如，被誉为"诚信老爹"的苍南县渔民吴乃宜，子债父偿的故事感动了无数人。在一场台风中因渔船沉没，他的四个儿子三死一伤，留下 88 万元的债务。他把保险赔偿金全部用于还债，还不够怎么办？靠织渔网和捡废品，他一点一点地积攒，一分一分地省。当他把儿子的债务全部还清时，自己却不幸得了尿毒症。得知他生病后，大家纷纷捐款为其治病，但是，他果断放弃了治疗，并让海难中唯一幸存的二儿子代他发表声明："儿子欠的钱我已经全部还清了，现在走就没有什么遗憾，感谢好心人为我捐款治病，我决定将所有捐款退还给捐款人。"他走了，好些温州人都哭了。

劣质皮鞋风波是市场经济转型初期出现的一股逆流，并不能代表温州人，但是这股逆流轻易地毁掉了温州的声誉。毁誉容易建誉难。为让温州皮鞋的质量重新得到消费者认可，温州人奋斗了近 12 年。1999 年 12 月 15 日，那场"耻辱之火"燃烧过的地方——杭州，又迎来了一场"雪耻之火"。这天下午，在杭州市郊的中村，2000 双假冒温州品牌的皮鞋被化为灰烬。这些皮鞋是温州奥康集团为维护自己的品牌，在全国各地打假打出来的。

皮鞋如此，其他商品更是如此。两年后的 2001 年 10 月，温州被国家质量监督检验检疫总局授予"全国质量兴市先进市"荣誉称号，标志着温州在产品质量上彻底打了场翻身仗。如今，温州市已经连续三届（2014 年、2017 年、2020 年）荣获"全国文明城市"称号。

在创建文明城市过程中，浙江的很多城市都有"道德银行"，其中一项重要考察内容是一个人的诚信记录。守信者会在许多方面享受优惠，而失信者将受到许多限制。"道德银行"是城市信用体系的一个组成部分。

义乌与温州一样都是民营经济发达的地方，所不同的是，温州的制造业发达，开工厂的多，而义乌大多是小商品市场的商户。义乌的小商品市场从最初的数百个水泥板上的露天摊位，发展到今天已有七八万个商位，全球有名。商品齐全、价格合理、发货快捷等都是其名扬海内外的原因，但最根本的原因应该是诚信。追求利益是商人的本能，义乌人重财，更重义，本着"以德兴商、以信兴业、诚信为本"的价值观和经营观，不唯利是图，更不会为逐利而丧义，而是重视建立交易双方共赢互利的关系。

抖音带货直播网红、"创艺厨具"的女老板刘萍娟，20多年如一日坚持以质取胜，诚信经营，良好信誉赢得了东南亚、中东等地区的众多客户，"创艺厨具"等多个品牌在75个国家和地区成功注册，在海外顺利开设多家分店。2018年，刘萍娟召集一批优秀企业主共同创立了义乌市国际品牌联盟，作出"假一赔十"的承诺。某外商委托她完成一个代加工业务，利润达120余万元，但当她发现他们提供的样品材料不符合卫生健康标准后，便断然拒绝。新冠肺炎疫情期间，面对原材料价格上涨，她信守承诺，倒贴10多万元为外商供货，赢得客户赞誉。2014年，她的公司先后被评为重合同守信用单位、诚信纳税单位、消费者信得过单位，还获得中央文明办"中国梦授权单位"荣誉。国际商贸城的领导称"她是义乌数十万诚实守信市场经营户的典型代表"。

抓诚信建设，要树典型，更要立规矩。为提升商户的诚信意识，义乌建立起一整套管理商品市场的运行制度，包括信用监管实施方案、信用评价标准及评分细则、信息征集制度、经营者信用评价结果反馈和公示制度、"信用商位"评选管理办法、经营者不良行为警示制度，等等。

义乌信用办副主任刘敏霞告诉我说："诚信是精神文明建设的一个重要方面，而信用是商业的命脉。对此，我们一直不敢有丝毫松懈。从1990年开始，就尝试给商户打分评级。2017年12月，国家发改委和中国人民银行确定首批12个社会信用体系建设示范城市，浙江的杭州、温州和义乌名列其中。借这股东风，我们总结以往经验，搞出来一套义乌评级标准。企业从A到E，五个等级；商户从极好到极差六个等级。对违法商户，一经发现，立即逐出市场。"

　　义乌市质监局小商品城分局副局长何冠群补充说："从第一代市场到第五代市场，我们一直在探索如何提高商户的诚信意识和市场的美誉度。1990 年开始给商户评信用等级，现在共分六个等级，即 AAA、AA、A、B、C、D；同时给信用好的商户授星，这是包括信用在内的综合评价，最高五星、最低一星。商户的信用等级以及星级都挂在门面上，存储在网络系统中，人们只要在电子展示屏上用手指头一点，即可一目了然。"

　　在义乌国际商贸城，我按他说的尝试了一下。果然，不仅可以查到每个商户的信用等级和其他相关信息，而且共产党员摊主会公开亮明身份。我简单检索了一下，党员摊主的信用等级全部在 A 级以上，多为 AA 级和 AAA 级。商城集团征信部的傅国兴说："新客户一般是从搜索所需商品开始，假如经营这一商品的有几十家商户，质量、价位都差不多，客户肯定会选信用等级高的。"

　　评级授星的制度虽好，但是要公道。所以，关键还在于谁来评，怎么评。何冠群说："工商、税务等各部门都是联网的，各方面的数据汇总到评级系统，由系统自动生成等级层次，不是由人来打分评级。当然，并非没有人的因素。因为，商户有没有被举报、有没有退货、在监管部门有没有不良记录，这些在互联网系统里都会有记录，但光看这些还不够，商城集团的征信业务部每天还会巡查、抽查，查到问题会马上处理，也会将相关信息输入评级系统。总之，人为干扰、影响公正的因素较小。"

　　评级、授星、树典型，种种措施保证了商户诚信经营。

　　对一个城市的感觉与对一个人的感觉其实是一样的。如果用温度计来打比方的话，诚实守信可视为"冷"与"暖"的交点或者分界线，交点以下是负数，以上是正数。缺少诚信的社会和人，让人感到不寒而栗；在这个交点之上是友爱互助，让人感到温暖舒适。浙江的"中国好人"多，全国道德模范多，两者占总人口的比例明显高于全国平均水平。这从一个侧面反映了浙江的文明风尚和道德生态。谁都愿意往好人多的地方去，因为遇到困难有人帮，突发灾难一起扛，处处让人感到温暖。下面，我们就一起去浙江的城市体验一下吧。

15

360°的志愿者服务

如果问"志愿者在哪里？"有人的回答可能是："在媒体上，在节假日。"在某些地方、某些时候，这的确是一种普遍现象。而在遍地都是志愿者的浙江，老百姓的回答是："在你需要的地方，在你需要的时候。"

一个普通人住院后，有没有亲友之外的人来看望，看似人缘问题，其实是一个人的奉献精神的映照。76岁的王厚忠是宁波市鄞州区天欣家园的居民，一位社区志愿者。他因病住院的九天中，20多名街坊邻居自发前来探望，白天有人陪聊，晚上有人陪床。王厚忠只是一个退休工人，咋就有这么高的"待遇"呢？因为几乎每一个邻居都得到过他的帮助。谁家的管道堵了，谁家的电动车坏了，谁家的电扇不转了……此类七零八碎的事，只要说一声，他都随叫随到，人称"全能技工王师傅"。

每个来探望他的人都可以讲出感人的故事。72岁的居民钟正芳的妻子生病期间，王师傅天天都来帮忙，还给钟正芳塞钱。现在王师傅住院了，钟正芳天天都骑电动车到医院照顾，让王师傅的老伴回家休息。晚上，就由年轻人来陪床了，其中一个是楼先生。十几年前，从外地来宁波的楼先生租住在王师傅的隔壁，得到他不少帮助。那是个老旧小区，遭拆迁，房主们要搬到过渡房去住，租房住的楼先生就得另觅住处，却一时未找到合适的出租房。王师傅得知有位邻居要卖房，便建议他买下，楼先生很想买，但还差四万元钱，王师傅二话不说就借给了他……楼先生说："这样一来，我们就一直当邻居。当初我为生计打拼，儿子没人管，王师傅就帮我管起来了，一直管到小学毕业。现在我儿子已经参加工作，听说王师傅病了，赶到医院送了慰问金。"

王师傅住院的故事，又一次证实了"好人有好报"的民谚。

从"好人有好报"说起

已经卧床28年的"木头人"郭爱珍不止一次梦见自己站起来了，可醒来后发现那不过是一场没法实现的梦。她患的是强直性脊柱炎等多种疾病，手术风险极大，而且费用高昂，对于一个靠主劳力打工维持全家生活的农村家庭来说，住院做手术无异于上天摘星星。21岁生完孩子后不久，郭爱珍就病倒了。长期卧床使她变得格外烦躁，她时常发火，之后又会失声痛哭，感叹生不如死。

所幸她嫁了一个好老公。她丈夫叫钱益品，虽然是一个打工者，收入有限，但对长年卧床的妻子始终不离不弃。每天出门前，他都要给她喂饭，中午还得骑电动车赶回来给她喂饭和搞卫生。因此，他打工的选择余地就很小，常常只能打短工。钱益品的高尚品德经媒体报道后引起强烈反响，他入选了杭州市临安区"最美人物"，被评为杭州市道德模范。不少人对钱益品伸出了援手，但还是解决不了妻子卧床不起的问题。

2020年5月，临安区新开了一家民营的城南医院，开业之前，城南医院有限公司董事长张媚婷来到临安区委宣传部和文明办，提出不搞开业典礼了，把原准备用于搞典礼的钱拿来做公益活动。临安区文明办愿意大力支持，那做一个什么项目呢？大家一起商议，认为医院做公益，要有医院的特色，体现"医者仁心"。当时，临安区的劳动模范、道德模范和"最美人物"共有 50 名，能否给他们献一份爱心？张媚婷说："对！就是要让好人有好报。"双方商定这个公益活动叫"特别的爱献给最美的你"，围绕"为最美人物提供最好的服务"这个目标，推出了三项服务：免费体检、结对送医和健康管家，连续十年。

免费体检用的是目前国内外最新一代的肠胃镜、核磁共振等高端设备，体检报告是城南医院和省、市结对医院的专家出具的，以求对疾病早发现、早预防、早治疗。临安区抗台"十八勇士"是第七届"最美杭州人"，因为他们长年在野外抢险救灾、应急救援，多少都落下了一些病根。经过核磁共振检查，多人发现膝部陈伤隐疾，并采取了早防早治的措施。上述三项服务，"最美人物"可自己享受，也可转赠家人。钱益品把自己那一份转赠给了久病的妻子。

张媚婷决定做这项公益时，并不知道还有郭爱珍这样一位病人，也没有想到道德模范钱益品会把自己的一份"福利"转让给妻子，更让她始料不及的是，郭爱珍不愿意接受。她卧床 28 年了，也曾经去过不少医院，看过不少专家，吃了不少药，结果是家财耗尽、病痛依旧。所以，后期她甚至拒绝社会的爱心善款，觉得这些钱就不应该浪费在自己身上。她对医院派来的与之结对的"私人医生"说："你们就不要为我操心了，没有希望的。如果我死了，我要把眼角膜、肾脏、心脏等器官全部捐出来。""私人医生"在院内汇报这一情况后，张媚婷和医护人员都非常感动。郭爱珍都病成这样子了，还想着死后捐献器官、回报社会，那就更应该想办法为她治病。然而，不论她这个病能不能治好，医院都必须承担相当大的一笔开支，这是一个不小的负担。但是，张媚婷没有犹豫，说："我们承诺的事就一定要做到。"张媚婷向多位国家级和省级专家求助，得到的意见是："不是不可以治，但手术大，有较大风险。"这让她欣喜不已：只要有一线希望，也要为郭爱珍争取。于是，郭爱珍被接到了医院，作为重点医治对象。但一家不大的民营医院，光靠自身的力量是不够的，张媚婷先后邀请省内外多名专家前来会诊。见到这么多著名专家来给自己治病，郭爱珍被彻底感动了，已经熄灭的希望之光又重新燃起。她欣然接受做大手术，并积极配合治疗。

最后，这位卧床28年的"木头人"终于重新站起来，迈出了第一步！城南医院承担了她在医保外的所有自费开支，并额外资助她五万元营养费。

采访中，我在一家工厂的传达室里间见到了郭爱珍。她怎么会住到这里呢？原来钱益品夫妇的事情经媒体宣传后，这家公司的老板也想帮助这个家庭，考虑到她丈夫钱益品又要打工又要照顾她，便决定让钱益品来公司当门卫，带着妻子住在传达室，这样就免得他两头跑了。郭爱珍见有客人来访，特地站起来让我们看，说："没有那么多好心人，我也站不起来。"说到这里，钱益品更是感慨不已，说："现在的世道真是太好了。医院免费给做手术，还给营养费，这么好的事都让我碰到了。杭州市、临安区，那么多人在关心我们，还有志愿者要来照顾我老婆，我谢绝了，好心人已经为我们做了许多，我不应该再麻烦别人了。"等身体恢复得好点后，郭爱珍还要接着做腿部手术，但愿她一切顺利。

"烟头奶奶"和"宁波妈妈"

为帮助一个强直性脊柱炎患者，牵动了多少志愿者？他们之中，有民企老板，有医生护士，有无数相识不相识的人。在浙江，平均每四个人中就有一名注册志愿者，可以说遍地都是志愿者，各行各业都有志愿者。

如果要给志愿者分类，一般可分为：普通型志愿者，即能担负一般工作的志愿者；专业型志愿者，即具有某方面专长的志愿者，如前面为郭爱珍做手术的，就有医疗专业的志愿者。如果从志愿服务的时间长度上划分，又可分为：任务型志愿者，即为完成某一项任务、保障某一个行动提供志愿服务，是有时间限度的，大多带有突击性质；事业型志愿者，即一辈子志愿做一件事情，或者为帮助对象提供终身服务，是没有时间限度的，是终身的。

每当出现突发事件和有突击任务的时候，都会有很多志愿者参与，留下很多感人的事迹。但突发事件毕竟是偶然的，突击任务倒是比较常见。在完成突击任务的过程中，志愿者往往能起到政府和其他机构无法替代的作用。比如针对地面上的烟头问题，即使有执法人员监督，有环卫工人清扫，但一个城市大了，人多了，总会有顾不到或顾不及的地方。对此，志愿者有办法。宁波市鄞州区的"烟头奶奶"志愿者服务队就是专门对付烟头的，见到有人乱丢烟头，志愿者就会上前劝导，并且当面把烟头捡起来。队长高云香说："我们没有执法权，就靠劝导和感化。我老太太帮你捡烟头，你还好意思吗？"这支志愿者服务队的平均年龄约 54 岁，开始只有几个人，逐渐发展到近百人。服务队头四年共捡烟头四万余个，但数字一年比一年少，2020 年以后就很少捡到了。"烟头奶奶"面临"失业"，却带出了宁波的"随手志愿"活动，即："看到垃圾随手捡，共享单车随手扶，老弱病残随手帮，最美瞬间随手拍，不文明行为随时劝"。

"烟头奶奶"与其他任务型志愿者一样，任务完成即志愿行动结束，而事业型志愿者则是生命不息，志愿行动不止。"宁波妈妈"张亚芬不仅自己把帮助他人当事业，还带动一家三代都来做志愿者。她做志愿者已经 35 年了。1985 年，她在鄞州东吴镇的供电所工作。有一天，大雨将至，不知谁家晒在水泥地上的稻谷没人管，她见状赶紧把稻谷收了起来。稻谷的主人赶到时，雨已下起来了，得知稻谷已由张亚芬帮助收好，激动得千恩万谢，几天后又给她送来自家种的西瓜致谢。她从中领会到一个简单的道理，你做一件好事，也许只是举手之劳，过后就忘，但对被帮助的人可能是极其重要的。从此，她成为一名助人为乐的志愿者。助老、助残、支教……2008 年，她得知本区有一户母女三人的贫困家庭，母亲生病后日子更难，便驱车 30 公里赶去，许诺每月资助 1000 元，并支付那位母亲的医疗费。那位母亲病愈后，张亚芬帮助她摆了一个馄饨摊，使其有了生活来源。在她的资助下，这家的两个儿女，现在女儿上大学，儿子上初中。除了在本地，云南、贵州、黑龙江都有她资助的学生，"宁波妈妈"就是那些外省孩子喊出来的。张亚芬后来开了一个"宁波妈妈张亚芬"的微博，并设立了一个同名基金会，专门用来资助贫困学生。张亚芬这个榜样带动了自己的婆婆和女儿。婆婆徐慧国 76 岁了，每天上午去医院指导不会使用自助机自主挂号和不会手机支付的患者，下午到区行政服务中心开展助农义卖，晚上督促街坊垃圾分类。女儿林茂华成立了"小蜜蜂"义工团，群里聚集了1000余人，每年从事公益活动百余场。张亚芬所在单位也有越来越多的人加入志愿者队伍，大家把"宁波妈妈"当成了单位品牌，一起支教助学。

我见到"宁波妈妈"时，她正在鄞州区新时代文明实践中心介绍他们团队在塘溪镇开展的文明实践活动，主要是做三件事：代言、带货、帮困。她50多岁了，有点瘦削，说话轻声细语的，但看似柔弱的她却在志愿者行动中显示出巨大的力量。她先后获得全国三八红旗手、全国五一巾帼标兵、浙江省道德模范等荣誉，她的家庭也被评为"全国文明家庭"，但她最满意的还是"宁波妈妈"这个称呼。她说："今天'宁波妈妈'团队与塘溪镇文明实践所正式签约入驻，我们将扎根农村，为乡村振兴贡献我们的热情和力量。"

志愿者，城市的"温度计"

城市因有志愿者而温暖，志愿者是城市的"温度计"，而对城市温度最敏感的往往不是本地人，而是外地人。因为如果没有人接待，外地人一脚踏进一个陌生的城市，多少会有一种无助感。丽水市莲都区小荷公益协会爷爷奶奶分队队长陈爱萍对我说："我们这个分队的志愿者都是老头老太，最大的有80岁，也做不了什么大事了，无非就是给外来旅游者提供一点小服务。如指指路，告诉旅客公共厕所在哪里、公交在哪里换乘，再有就是提供免费凉白开，给突发疾病的旅客提供帮助，给需要的游客临时看管一下小孩，等等，总之全是小事。事情虽小，但得到帮助的人会感谢你，会给这座城市加分，有的甚至会终生难忘。"比如，有位旅客在景区突然晕倒了，陈爱萍赶去一看，判断她是中暑了，立即叫人把她抬到爱心小木屋，一边给她降温，一边打120，等救护车来到时，这位旅客已经好多了。旅客的家人问陈爱萍："怎么这么内行？"另一位志愿者告诉他："她在市人民医院工作了几十年，退休前是主任护师。"

除了来去匆匆的旅客，外来务工人员对城市温度的感受更深。每年放暑假，他们的子女一般都会来到爸妈身边，被称为"小候鸟"。对"小候鸟"的态度直接反映了一座城市的温度。在浙江，我见到了一个个专门服务"小候鸟"的志愿者组织。

海宁市的长安镇厂子林立，外来务工人员很多。每到暑假，一只只"小候鸟"飞来，父母既高兴又发愁。高兴的是孩子来到了身边，发愁的是自己要上班，孩子一个人在家或是带到厂里都不安全。长安镇最大的志愿者组织叫"范大姐"社会工作室，专门做关怀弱势群体的公益，有注册志愿者1600多人，未注册而不时参与活动的有3000余人，组织者是范叶华。工作室为"小候鸟"们办了"快乐学堂"。场地租借、空调安装、课堂桌椅等方面的硬件问题都是大家一起努力解决的，安保、教学、医护等工作均由专业志愿者担当。从2016年开始，每年免费招收5—11岁的"小候鸟"入学，每班30人，视情况增加班次，一般100人左右。"快乐课堂"里不仅有绘画、音乐、舞蹈、手工、书法、跆拳道、道德教育、文明礼仪等课程，还有免费观影、外出研学等。学堂管一顿午饭，每人15元的标准，但只收家长10元钱，剩下5元由学堂补贴。文明礼仪课中有一节是"弯腰一秒做公益"，是带着"小候鸟"们一起捡垃圾，学会分类投放垃圾，以改变随手乱扔垃圾的坏习惯，有时还让孩子邀请有空的家长一起参加。看到孩子在"快乐学堂"生活规律又安全，既玩得开心，又学到了东西，家长们也会抽空来当志愿者。"快乐学堂"被全国工会评为爱心托管班、获海宁市公益创投大奖一等奖等，所得奖金全部充入了"快乐学堂"账户。快人快语的"范大姐"告诉我："我们的资金主要来自爱心单位和爱心人士的捐款，奖金也是资金来源之一。"

另有一种"小候鸟"虽然跟在父母身边，但因为父母的工作流动性大，"大候鸟"工作一忙，就顾不上"小候鸟"了。2011年夏季的一天，杭州市临安电闪雷鸣，雷电造成断电，国网临安市供电有限公司的青年工人董宝仁完成抢修任务回来，向团委书记董俊波汇报说，他在一间农民的出租房里见到一个女孩坐在小板凳上，用纸箱当桌子在写作业，他们家的电线是违章私拉的，很不规范，很危险。他觉得在临安不应该出现这样的情况，对这些外来务工人员不能光想着抓违章罚款，应该为他们做点什么。董俊波听了觉得很有道理，不说别的企业，光是自己公司就有将近三分之一的外来临时工，应该为他们提供些服务。董俊波找来几名共青团员商量，决定由公司共青团组织发起"电亮书桌"志愿行动，对住在周围农村出租房的外来务工者的孩子提供帮助，为他们拉上规范的电线，安装安全插座，加强漏电保护；给每个孩子送一张带两层书架的双斗书桌、一个护眼台灯和一套文具和笔记本；开展爱心陪读，组织志愿者与"小候鸟"结对子，定期去辅导；所需经费则靠公司内部捐献和社会募捐。

团员潘燕子与来自湖北的孩子王浩结对至今七年了。当年王浩读二年级，非常腼腆，见到生人就害怕，成绩一般，还有个妹妹才四五岁。潘燕子把兄妹俩当作亲弟妹来辅导和爱护，王浩慢慢开朗活泼起来，成绩也越来越好。现在王浩马上就要升初三了，老师说他"成绩好，热爱公益活动"。董俊波对我说："他有时也会来参加我们公司组织的公益活动，已经一点也不见外了。"潘燕子说："我们每年都要拍一张合影，开始他的头才到我的腰际，现在眼看就要高过我了。七年来，看着他一年年长大，心里有说不出的高兴。"

虔诚，是因为能从中得到快乐

浙江的志愿者中，很多人对做公益有着比宗教信徒还要虔诚的执着。

我们在序章已经见过的杭州市 28 路公交车驾驶员孔胜东，也是大名鼎鼎的志愿者。1986 年，他 22 岁，有天晚上骑自行车出去办事，途中发现车没气了，想找个修车的地方打气。可白天到处都有的修车铺，晚上硬是没找到，无奈之下他只好推着车回家。此事给他留下深刻印象，想着如果有人夜间修车该多好啊！这年的 3 月 5 日"学雷锋日"，共青团浙江省委号召"振团威，树新风，为社会风气根本好转作贡献"。他参与了学雷锋活动，周六晚上 19—22 时，在中山北路与屏风街的交叉路口摆起摊义务修理自行车。

修一次容易，坚持下来难。但孔胜东坚持了下来，所打的"招牌"从"共青团员义务修车"到"共产党员义务修车"，再到"杭州公交孔胜东志愿者服务队"，至 2021 年，这又脏又累的活儿他已干了 35 年，他也从 22 岁的青年变成 57 岁的中老年了。35 年来，不论酷暑严寒，不管刮风下雨，包括春节长假期间，只要是周六，你准能在老地方见到他。2020 年 1 月 25 日是农历大年初一，恰好是周六，他可以不去了吧？不！既然承诺逢周六必去，就必须雷打不动。他照常穿着志愿者服装骑着三轮车去了，摆开了修车摊。因修车的时间长了，许多骑行者都认识他，见到他来了，劝他说："孔师傅！现在有新冠肺炎疫情，很危险，你不来，也没人怪你呀！"他说："我戴着口罩哩，没事。"自新冠肺炎疫情出现以来，他一直戴着口罩修车。因为"严控"，有两周没法出门，后来他还特地补了两个晚上。其实，这种情况，他在 2003 年 4 月就经历过一次，那时有"非典"，他戴着口罩照样摆修车摊。两位大爷推着车来修，其中一位说："他说你不会来，我说你会来，你果然来了。"

在与他交谈时，我问他遇到过一些什么困难。他说："说没遇到困难是假的，但主要困难不是下雨下雪、天冷天热，也不是脏和累，而是处理个人与公益之间的矛盾。"他说了六件事，件件都非常感人，且说两件：2014 年 12 月 4 日，他妻子做了个大手术，两天后是周六，在医院里陪护妻子的他，还去不去老地方摆摊呢？见躺在病床上的妻子特别需要他照顾，他着实经历了一番思想斗争，最后还是决定去。妻子理解他，说："你应该去。"女儿也说："爸爸放心去，我来照顾妈。"

其实他能够坚持 35 年，除了要处理好做公益与照顾家庭之间的矛盾外，还要排除各种风言风语的干扰。远的不说，就说近的，因为现在的杭州几乎家家都有了私家车，街上又有了共享单车，有人就觉得：买自行车的人都没有了，还修什么车？不明显是做样子，赚彩头吗？甚至还有人说："孔胜东这个人不正常。"听了这种话，他心里也不舒服，为坚定自己的信念，他特地去参观了浙江省革命烈士纪念馆。他说："这些风言风语都是瞎说。现在虽然有了共享单车，但骑自家自行车的人还不少，主要是一些老年人，我修理的有好多是老'凤凰'、老'永久'。同时不少年轻人买了健身用的山地车，有小孩的又家家都买儿童自行车，这些车都需要有人修理。但是因为修自行车又脏又累，利润太低，过去常见的修车铺现在很难找到了。我做这件事就是为人民服务，纯属自愿。党和政府已经给我很多荣誉，我用不着争什么彩头。""投我以桃，报之以李"，孔胜东长年累月在那里摆摊为大家服务，也经常有人给他端茶送水，夏天有人给他打扇、送西瓜，下雨天有人给他撑伞……在他的带动下，公交公司的志愿者队伍达200多人，由他担任总队长，修车点上也增加了六个徒弟。领导看他快退休了，希望他培养好接班人。徒弟问他："您当志愿者35年如一日，是什么让您这样虔诚？"他说："帮助别人，是人生最大的快乐。当志愿者是一种奉献，同时也是一种享受。"

在杭州市，还有一个和孔胜东一样虔诚的志愿者。他叫倪吾全，是临安区潜川镇的退休教师，80出头了。80多岁还能做什么志愿服务？理论宣讲！怎么宣讲呢？开设"扁担课堂"。他用一根扁担，挑着八块板报、一面铜锣，翻山越岭，走村串户，找个地方，板报一架，铜锣一敲，吸引人来，然后开讲。乍一听，我怎么就觉得他有点像堂吉诃德？在信息如此发达的今天，还用这么原始的方法搞宣讲，是否有点与时代脱节？但无论如何，我也得去会会他。临安区过去是临安县，山区很多。现在临安的很多地方都通了高速公路，但临安到潜川镇还没高速，潜川镇再往各村虽然有公路，但路面较窄，很多地方还很险峻。我在潜川镇附近的牧亭村见到了倪吾全老师。老人瘦瘦的，但精神矍铄，腿脚轻便，看他住着三层别墅，还有小院，我开玩笑说："你住得可真阔气呀！"他笑着说："沾共产党的光，托改革开放的福嘛！"进屋后落座、泡茶后，我就单刀直入，直奔主题，问："现在信息这么发达，家家都有电视机，人人都有手机，足不出户就能知天下事，还需要你去宣讲吗？"他说："很有必要。""为什么？"

"第一，信息发达了，获取信息的手段多了，但是不能因此而放弃宣讲工作。你知道偏远农村的群众平时看电视都看些啥吗？主要是看电视剧、戏剧节目，年轻人还看点农业科技节目，很少甚至完全不看时政类的节目，如果不去宣讲，他们就有可能落后于形势甚至被坏人煽动和利用。"

"第二，中央电视台和省、市、区的电视台都有配合学习的时事政策宣讲节目，但是宣讲的人多为专家、教授、研究员，宣讲稿都是'阳春白雪'版本，基层群众特别是农民不一定听得懂，这就需要有人来'翻译'，要有一个适合给群众宣讲的'下里巴人'版本。"

"第三，贴近性是传播学上的一个重要规律。同一个道理，熟人讲出来和生人讲出来，可信度是不一样的，我与潜川镇的农民是多年的熟人，我用方言与他们交流，年纪大一点的我还能叫出他们的姓名，他们也一口一个'倪老师'，很亲热，所以我讲的他们容易听进去。此外，要贴近群众，还得用群众看得见，特别是身边的事例来宣讲，这也是我的优势。"

我被他说服了。他绝非一个不合时宜的堂吉诃德，而是一个紧贴实际、扎根群众的"传道者"。其实，理论宣讲志愿者是挺多的，主要是两类人，一是专家教授，二是领导干部，包括在职和退休的，他们宣讲的阵地基本都在当地的新时代文明实践中心（市区）和农村文化礼堂，像倪吾全这样开设"扁担课堂"的人还真没见过。他是怎么当上宣讲志愿者的呢？又是怎么想起开设"扁担课堂"的呢？

这还得从他退休前说起。在杭州市临安紫水乡紫水中学当教师时，他经常遇到山区孩子辍学的问题。有一个初二学生突然辍学了，倪老师一了解，原来是到几十里外的一个绸机厂当了挡车工。他立即连夜赶到十多里外位于深山冷坞的学生家中，劝说家长"不能为了眼前的蝇头小利而耽误孩子前程"，总算把家长说服了。第二天天还没亮，他便拉着孩子父亲一起坐车赶到学生打工处，把他带回学校。当时，山区经济条件差，如果再遇到点特殊情况，不少孩子就辍学了，倪吾全总是一家一家地劝说，执教期间，共让240多个辍学学生重返校园。他家也在山区，又是单职工，收入本来就不高，尽管如此，1992年他还把自己的1000多元积蓄捐给了希望工程。

倪吾全退休前先后在好几所学校任教，还担任过成人文化技术学校校长。说起来，他也算是一个老先进了，在师范学校学习时就入了团、当了班长，改革开放后，他入了党，1997 年获浙江省第十届春蚕奖。他深感要改变山区的落后面貌，光搞经济建设是不够的，还要提高农民的政治觉悟和科学文化素养。2002 年退休时，他决定发挥自己讲了一辈子课的特长，当一名宣讲志愿者，为农民服务。怎么宣讲呢？你不能随便找农民开会吧。思考再三，他觉得可以借鉴在乡村做小生意的办法，像敲锣卖糖一样吸引人来听讲。于是他买来木料，请木匠做了八块展板，每两块一组，用合页连接，可开合自如。八块展板约 20 公斤，一条扁担就可挑着走。展板上贴的宣传内容，由他自己编辑并用毛笔抄写，根据需要随时更换。

那时，临安山区农民增收的主要手段是养猪和养羊，倪吾全便挑着扁担，拉上一位高级兽医师一起进山去做科普宣讲。这一炮打得很响，农民听了后纷纷报名参加畜牧培训班。随着做科普的人变多，他的宣讲转为以时事政策为主，因为他发现，有些人生活水平提高了，思想觉悟却不见提高，这是因为忽视了政治学习。对中央大政方针，倪吾全都会先认真学习领会，然后摘录要点、写好提纲，再挑着展板出发。从"三个代表"重要思想、科学发展观到习近平新时代中国特色社会主义思想，倪吾全一讲讲了 18 年，潜川镇 16 个村，他每年都要跑到跑遍，有的村还会去两三次。马山村比较偏远，去的话要翻山越岭，上去 20 公里，下来 20 公里，最高一座山海拔 800 米。每次去，他凌晨四点就得出发，天黑之后才能回来。有一次在山上迎面碰到一只狼，他赶紧停住脚步，好在狼与他对视了一会儿，自己走了。去宣讲的路上，他没有被野兽毒蛇伤害过，但被马蜂蜇过，脑袋肿得像个笆篓，着实把家人吓得不轻，但刚刚消肿，他就又挑着扁担上路了。

"扁担课堂"究竟有多大作用？不止一个人问过他这个问题。他说："你要把农民思想变化的功劳都算在'扁担课堂'头上，那就不实事求是，但要说'扁担课堂'一点作用也没有，那也不实事求是。应该说作用有那么一点。"他举了个例子：他进某村宣讲"千村示范、万村整治"工程时，听一个农民抱怨"共产党拆房"。倪老师一调查，原来是在整治村容村貌时，这个农民违章建的一间柴火房被拆掉了。这位老兄是一个低保户、扶贫对象，政府和村里资助他修了带室内卫生间的两层新楼房。受了这么大的恩惠他不说，拆了他一间违章房就骂街，还说这么出格的话，确实不应该。倪吾全联想到，现在有些人一边享受着党和政府的政策红利，一边又牢骚满腹，"端起碗来吃肉，放下筷子骂娘"，于是决定抛下原来准备好的宣讲稿，专门讲一讲怎么看待今天的日子。他针对上述错误思想，从新中国成立之初潜川镇的情况讲起，一直讲到现在。房子，从土坯房、篱笆房变成砖瓦房再到楼房、别墅；道路，从羊肠小道变成石子路、水泥路；吃的，从吃不饱到吃得饱再到想吃啥吃啥，从只有过年有肉吃到天天有肉吃；穿的，从破衣烂衫到名牌衣裳……各家各户算算账，看看共产党对你好不好！这么一算账，底下一片叫好声。那个瞎说的低保户受到大家批评后，检讨说："是我太自私了，一间破房子让我昏了头，再也不胡说八道了。"倪老师临走时，他主动帮忙挑担子，说："我也要当宣讲员，宣传共产党的好。"

倪老师的年纪渐渐大了，潜川镇党委、政府决定给他配徒弟，让他带一个宣讲团队。2017年12月27日晚，在潜川镇上沃村文化走亲活动现场，举行了"倪老师宣讲队"成立和授旗仪式。宣讲队队长由倪吾全担任，队员共40余名，有退休干部、职工，有村里的老党员，也有年轻党员和共青团员。

有人问倪吾全："你这么辛苦，上面给你多少钱？"他严肃地说："我不要钱，也没人给我钱。我不怕辛苦，是因为我在宣讲中感受到了快乐。"

16

施善于人，完善自己

做慈善和做志愿者在很多情况下是一码事，特别是在对弱势群体的关爱上。但是，两者又是有区别的：第一，慈善行动以帮助、救助弱势群体为唯一目的，而志愿者行动的任务远远超出了这一范围；第二，空手做得了志愿者，但做不了慈善，做慈善必须有善款、善物作基础，款、物或由个人捐赠，或靠社会募集。浙江是志愿者之乡，也是慈善之乡。在浙江，慈善已成为城市文明程度的刻度之一。

"维慈与善、维桑与梓"

公元前476年，越王勾践会见楚国使者申包胥，大言自诩曰："越国之中，疾者吾问之；死者吾葬之。老其老，慈其幼，长其孤，问其病。"这虽然有自我吹嘘之嫌，却是关于浙江慈善的最早记载，从当时勾践正卧薪尝胆、准备伐吴复仇的大背景来看，应该说大抵是可信的。在汉唐时期，已有明确记载。慈善史研究者认为，南宋时期是浙江慈善活动的第一个高潮；民国初期是第二个高潮；改革开放以后是第三个高潮。

浙江各地都留有不少慈善文物古迹，也有不少历史悠久的慈善风俗。比如，在清末至民国初期，湖州南浔那些做丝绸生意的富商，大都留下了做慈善的美誉；旧上海商界鼎鼎大名的"宁波帮"中，不少也是著名的慈善家，宁波市内的灵桥就是他们捐建的。

富商巨贾做慈善固然可敬，平民做慈善就更让人尊重。诸如施粥棚、施茶亭之类的慈善场所，几乎遍布浙江各个城市，大多是由寻常人经营的。在温州鹿城区五马街道华盖山广场，有一个温州的道德地标——红日亭。1972年夏，五六位爱心老人不忍行人舀河水生饮，便在华盖山脚下的小方亭里免费烧伏茶赠饮，小亭名曰"红日亭"，就此开创了温州城里一段延续半个世纪的善行传奇。红日亭从夏送伏茶到冬施热粥，再到根据时令赠送传统特色小吃，爱心人群也日渐增扩，自愿到红日亭捐钱送物且不留名的市民更是络绎不绝，几乎每天都有物资或爱心款送到红日亭。"一个亭温暖一座城"，如今"红日亭精神"已蔚然成风：温州市区已有大大小小几百个伏茶点，乐善好施的义务烧茶人更是不计其数。

宁波鄞州区，现存的慈善文物古迹有130余处，多为桥、亭、井、堰以及祠堂、庙宇、学堂和慈善家故居，大多为清代以来建筑。如首南街道傅家村西九曲河上的慈善桥就颇有特色。这座建于民国6年（1917年）的桥立有两座桥碑："慈善可风"碑和"和衷共济"碑。前者上刻《建造慈善桥慈善团序》，记叙了从成立慈善团到建造慈善桥的经过，以及发起人、董事、监工的姓名。后者上刻助银之慈善团体名而无个人姓名，收入共120多笔，用大字写"总共收洋柒千捌百捌十捌元另（零）一分"；各项开支也列得比较清楚，用大字写"总共付洋柒千捌百捌十捌元另（零）一分"。从这座桥的碑文可以看出集资做慈善在鄞州是有传统的了。

《鄞县通志·政教志》说："甬（宁波简称）俗好义，振古称之，地方救济之事仰市井而成。"南宋时四明（主体在今鄞州区）即有"义郡"之称，抚恤鳏寡孤独、兴办学堂、赈灾济难等各种慈善组织已相当发达。此风延续不断，至今长盛不衰，形成了具有宁波特色的慈善文化，即"维慈与善、维桑与梓"。前一句发端于儒家的"仁义""恻隐"之说和"老吾老，以及人之老；幼吾幼，以及人之幼"的道德理想，后一句则体现了对家乡和对乡亲的热爱之情和责任意识。当然，现在宁波的慈善事业已远超桑梓的范围，遍及全国，甚至走出国门了。

很多人以为做慈善的即便不是大富翁，起码也是有钱人。其实不然。善事有大小，善心无高低。只要有善心，一分钱也可以做微慈善，千万个微慈善加起来就能办成大善事。宁波人集资办慈善的传统源远流长，今天愈加发扬光大。

一个来自青海叫罗南英的白血病患者到宁波就医，医疗费不够。《宁波晚报》将此消息一登，没几日市民就自发捐赠医疗费 20 万元。

"支教奶奶"周秀芳，在天一广场挂牌公布需要资助的贵州贫困学生名单，征求一对一帮扶，结果被爱心"秒杀"，去晚了的人愣是没轮上；鄞州区慈善总会副秘书长、区慈善义工分会副会长周良忠告诉我："结对资助贵州贞丰县沙坪镇中心小学贫困学生活动中，我抢了四个指标，回来后瞬间被抢，幸亏我给自己留了一个指标，否则就没我的份了。"

在捐款人家里，瑶族女儿惊呆了

2017 年 10 月，宁波迎来了一位远方的客人。她从湖南省怀化市溆浦县来，名叫梁金华，瑶族女儿，时任溆浦县北斗溪镇党委书记，虽然才 36 岁，但已经扎根乡村工作了 16 年，也算是个农村工作的老手了。她所在的北斗溪镇人口不到两万，地处雪峰山北麓延伸地的溆浦县本来就偏僻，北斗溪镇可谓偏僻中的偏僻，镇里山连山，不见边，原地转一圈，一圈都是山。这里的地名很多都以"坪""溪""江""湾""桥"结尾，顾名思义，北斗溪镇水系发达，这片山区又被水分割成一片片不规则的"叶子"。山水养育了这里的汉、瑶各族人民，但也给对外交往造成了巨大的麻烦。"要想富，先修路"，梁金华当镇党委书记时，带领乡亲们修了 200 多公里的进村公路，加上沪昆高铁路过北斗溪镇，在这里设了车站，这就让北斗溪镇的山民"一步登天"，一下坐上了高铁。梁金华有一个埋在心里许久的心愿，就是要到宁波当面感谢那些支持北斗溪镇办学的好心人，无奈过去交通太闭塞，来回路上就得好几天，她请不了这么长时间的假。现在好了，高铁七个小时就可到宁波了。

梁金华首先要看的人是傅萃老师。她为北斗溪镇捐资 20 万元，建了一所希望小学。傅萃老师听"支教奶奶"周秀芳讲，北斗溪镇孩子们没有像样的学校，她就考虑捐建希望小学，最终如愿以偿。但由于身体原因，傅萃老师一直没有去北斗溪镇看一眼。梁金华心想，能够一个人捐建一所希望小学，傅萃老师家里一定比较有钱，说不定是个富豪家庭哩！

然而，当她走进傅老师家里时，眼前的情形完全颠覆了她此前的想象。这是一套陈旧不堪的公寓房，还是父辈给她留下的。家里没有一件像样的家具，桌椅都是"古董"级的，一看就已经"超期服役"了。为招待远方来客，傅老师去厨房洗水果，梁金华跟了进去，发现食物竟然还不如北斗溪镇的农民家丰富。傅老师一家生活太清苦了！聊天中，梁金华才知道，傅老师退休前是幼儿园教师，丈夫是邮局的基层职员，两口子的工资都不高，还要赡养老一代、培育下一代。梁金华想象不出，傅老师捐出的巨款，是如何一点一点抠出来的！梁金华这位镇党委书记长期在农村基层摸爬滚打，什么样的苦没见过、没吃过？她带着村民修进村公路时，带头打石子、挑担子，手上打出泡，肩上磨掉皮，咬咬牙坚持下来，从没哭过鼻子，可眼前的情景却打开了她泪水的闸门，怎么也关不住。"怎么啦？你不高兴？"傅老师以长辈的口吻关切地问，梁金华突然拉着她的手，眼泪汪汪地说："傅老师！我要把您捐的 20 万退还给您。看到您的生活这样节俭，我不忍心要您的钱。"傅老师笑了，温柔而坚定地说："那不行。"梁金华还想说什么，傅老师制止了她，说："我是捐给孩子们的，你没有权力退回来，孩子们比我更需要这笔钱。"此时，梁金华觉得感谢的话已经说不出口了，只有含泪表态说："您放心，我们一定把这笔钱用在孩子们身上。"

梁金华就这样开始了她在宁波的感恩之旅。她是抱着虚心学习的态度来的，没承想这是一次触及灵魂的洗礼之旅。从傅苹老师身上，她明白了宁波人捐赠给北斗溪镇的不仅是一笔笔善款，更是一颗颗善心。而受助者包括自己在内，恰恰是对善心的理解不够，往往只计算着收到了多少善款，能够办多少事，却没有想过善款是怎么来的。梁金华决定回去后要好好地给干部群众讲一讲宁波人的善心和善行，讲一讲捐款的人不一定就是有钱人，也有生活不富裕甚至是有困难的人。他们为什么会捐善款？不是钱多得没地方花了，而是要向需要帮助的人献一份爱心，"维慈与善，维桑与梓"，北斗溪镇虽远离宁波1300多公里，但宁波人是把咱当桑梓、当乡亲来看待的……

"支教奶奶"的 30 所希望小学

梁金华最先认识的宁波人是"支教奶奶"周秀芳。那是 2015 年 3 月，鄞州区这位退休的小学教师周秀芳已经 68 岁了，听说湖南溆浦县九溪乡桐林小学需要老师支教，便与朋友一起坐了 20 多小时的车来到了溆浦。从溆浦县城到九溪乡桐林小学还有 50 多公里，当时只有一条泥土路，数不清一路上翻了多少座山，拐了多少道弯，很多路段一边是峭壁，一边是悬崖，让人不敢往下看。周秀芳本来就有恐高症和高血压，加上山路颠簸，坐在副驾驶座上的她一路两眼紧闭，一手牢牢抓住前面的扶手，一手死死抠住座椅。接她到桐林村的村支书何国仕到达后发现，周老师把坐垫抠进去几个深深的凹印。

"桐林小学到了！"可这哪像个学校啊！一栋破旧的木板房，梁柱老朽了，用几根竹竿支撑着，不通水，不通电，没有窗户，屋顶上的瓦已不全，不堪遮雨了。17 个孩子，从学前班到三年级混编在一起，围着三个火盆在嬉闹。一阵风吹来，烟雾乱窜，火星直冒，呛得孩子们咳嗽不已。学校只有一位老师，当天因病不在，孩子们没人管，乐得自在。

此前，周老师曾经在贵州支教，虽然当地的条件也很差，但也没有差到这个程度。学校没有住处，村干部只好把他们安排到一个农户家里借住。周秀芳并没有与溆浦县签合同，完全可以以没有校舍、无法开展教学为由离开，但是，这般艰苦的环境反而坚定了她留下来的决心。她说："见到这些孩子们，我就不忍离去。"第二天她就给孩子们上课了。她先做了一个调查："爸爸妈妈都在村子里的同学请举手。"结果只举起一只小手。父母外出打工了，这些孩子几乎都是"留守儿童"。这更让她不忍离去。周老师有丰富的教学经验，课讲得好，孩子们都听得入迷了。很快，消息就传遍了九溪片区的 11 所小学，大家都知道桐林来了个"周奶奶"，纷纷邀请她去讲示范课。所以，全乡所有小学她都去讲了课。她不仅课讲得好，而且在关爱学生上做出了榜样。见到哪个孩子没有文具和笔记本，她就买了送给他们。送得多了，她的工资卡也空了，最少的时候，卡上只剩下三块六毛钱。她的捉襟见肘，还因为她与儿子、儿媳结对资助了包括 12 名孤儿在内的 16 名贫困学生，三年里光支教开支就超过了 10 万元。

在溆浦支教，周秀芳要做的事很多。她要培养老师，教他们教学方法，帮他们外出进修；她要为孩子募集校服、文具、图书和体育器材；而最大的一件事，是必须把希望小学建起来。没有正儿八经的学校，即使支教老师来了，也不好开展教学啊！建一所希望小学需要数十万元，她显然没有这个财力，但宁波有通过众筹办慈善的光荣传统，她决定试一试这个方法。她不过是一个小学退休教师，手上没有什么钱财和物质资源，却有一个最大的资源：历年来她教过的学生足有 3000 人以上，很多人一直与她保持着密切联系，其中不少现在已经是事业有成了。于是，她把桐林小学的一组照片发在朋友圈，希望学生们看到后能伸出援手。

很快，朋友圈就炸开了锅，她昔日的学生们纷纷表示要献爱心。其中有个叫张刚的，现任上海一家公司董事长，首先给她回信说："周老师，看到孩子们在这么差的环境里学习，心里很不是滋味。把旧房拆了，新学校我来建。"他首先捐款 35 万元，其他同学跟进，一次就筹资 180 余万元，可建 6 所希望小学。

很快，帮助北斗溪孩子的慈善行动从周老师的朋友圈散发开来，宁波人先后共捐资 2000 万元，除可建 20 所希望小学外，还有一部分用于资助困难学生和购买现代化的教学设施。这些善款绝大多数来自普通人。

他们的捐款已经或正在变成一所所希望小学。由周秀芳老师的学生张刚捐建的桐林弘盛希望小学，是北斗溪镇第一所希望小学。为保证房屋质量，周老师就住在工地旁的工棚里，每天都在工地上监工。新建成的学校在樟树和枫树林的环绕之中，砖混结构的校舍非常坚固，教室内窗明几净，室外，篮球场、乒乓球台、组合滑梯等体育设施齐全。如果没有"支教奶奶"，就没有桐林小学的新校舍，也没有谢银花这位老师。28 岁的谢银花本不想再教书了，她是在周秀芳的劝说下才留下的。她亲眼见着周老师不顾古稀高龄，一面为孩子们上课，一面多方求援，募集来资金后，把一个破烂不堪的桐林小学变成了现在的模样，仅仅从感恩的角度来说，也应该把书教好。现在，谢银花一个人包揽了孩子们的全部课程，还要为他们做一顿午饭，的确非常辛苦，但是她感到自豪，"支教奶奶"就是她的榜样。

梁金华这次来宁波，最主要的是要感谢"支教奶奶"周秀芳以及和她一样的慈善宁波人。说起周老师的恩情，她几天几夜也说不完。由周老师牵线，宁波人已经为北斗溪镇捐了 20 所希望小学；同样由她牵线，宁波与溆浦的小学结对，宁波派老师去短期支援，溆浦派老师来宁波作短期培训交流；两地的经济联系也与她有关。这是大的方面，小的方面就数不过来了，且不说别的，溆浦老师们用的笔记本电脑就是周老师"化缘"化来的……就在梁金华来宁波期间，周老师也没有时间陪她到处转转，因为她正在干一件大事——成立以"支教奶奶周秀芳"命名的爱心工作室和爱心基金会。鄞州区人民教育基金会划拨 250 万元作为她爱心基金会的启动资金，区教育部门和 25 所学校、幼儿园将通过爱心捐赠和义卖等得来的 23 万元善款注入这一爱心池。梁金华沉浸在"慈城"宁波、"义郡"鄞州的爱心海洋里，每天甚至每时每刻都被善心义举所感染，一个个爱心故事屡屡让这位纯朴的瑶族女儿热泪盈眶。

就在她离开宁波不久，"支教奶奶周秀芳"爱心工作室和爱心基金会正式揭牌成立了。紧接着，一场"为'支教奶奶'和50个山区孩子圆梦"的慈善众筹项目拉开了帷幕。

说周秀芳老师的这个慈善众筹项目，是为修建溆浦县北斗溪镇红花小学筹款。红花村没有学校，上学的孩子们每天天不亮就要往借读的学校赶，最近的要走三公里，最远的要走五公里，路上要翻一到两座山。此前，周老师的注意力集中在已有学校的条件改善上，从宁波筹款建立的20所希望小学，都是在原址或原址附近建设的。就在她认为自己在北斗溪镇的使命即将完成的时候，她收到红花村孩子们写来的信。孩子们盼望红花村也有一所希望小学，能让他们就近上学。收到信后，周老师马不停蹄，特地到红花村去了一趟，看到的情况比孩子们信上说的还要严重。她与镇、村干部交流，发现县、镇、村三级已经筹集了50万元的建校经费，但由于红花村太偏僻以及建材、运输和劳动力价格普遍上涨等原因，还需50万元才够。为什么事先不告诉周老师呢？因为他们觉得周老师已经为北斗溪镇筹资建了20所希望小学，这最后一所希望小学，实在是不好意思再麻烦她老人家了。干部不好开口的事，天真的孩子们写信告诉她了。

2018年5月28日中午11时，为红花小学筹资这一项目在宁波的善园网上正式上线，很快就有人响应。

项目账户上几乎每分钟都能收到几笔捐款，有1000元的，有几十元的，甚至有1元或不足1元的。也许因为怕工作人员统计麻烦，很多单位或"朋友圈"采取了"一起捐"的方式。如"虫妈妈"朋友圈的50人捐了2400元。还有如乐源幼儿园兰亭部、四眼碶小学也"一起捐"了数千元，这些钱有的可能是小朋友少吃一根冰棒省下来的零花钱。周老师的朋友圈好友也"一起捐"了2.7万元。

经过76小时、5600余人的爱心接力，所筹善款超过了50万元，本次众筹活动画上圆满句号。这预示着"支教奶奶"周秀芳组织筹资的第21所希望小学可以开建了。

周老师一直称自己是一名"爱心搬运工",通过这次成功众筹,她再一次把宁波人的爱心搬到了北斗溪镇,在红花村转化为一座新的希望小学。她说:"我年纪大了,走不动了。这也许是我能够帮到的最后一所学校了,但我希望这种众筹方式能够继续下去,每一个人都献出一点爱,就能帮助更多的山区孩子。"宁波人的慈善众筹在继续,"支教奶奶"周秀芳也并未就此停步。至今,由她组织捐建的希望小学已达 30 所。

2021 年除夕夜,全国道德模范、宁波"支教奶奶"周秀芳在中央电视台春晚的舞台上向全国人民拜年。从 2020 年开始,她有了一个新的身份——"周秀芳一起行善"联盟负责人。该联盟由宁波市鄞州区文明办、区教育局,宁波善园基金会与周秀芳爱心工作室共同发起,首批成员单位 33 个,越来越多的机构正参与到支教活动中来。

大爱无言,让慈善顺其自然

在宁波众多的慈善团体和慈善人物中,有一个特殊的存在——"顺其自然"。20 年来,他或她始终隐姓埋名,默默地为慈善事业捐款,总数已经超过 1900 万元。他或她也许是一个人,也可能是一个彼此互不相识的团队。直到今天,人们还不知道"顺其自然"究竟是谁,却已经对其十分熟悉,因为这已经成为宁波慈善的一张名片,代表着一种施善于人、完善自己的慈善精神。下面是宁波慈善总会的一名工作人员以第一人称写的《"顺其自然"》,因是亲身经历,写得生动准确,情真意切,无须我再来讲述,特摘录如下:

从事慈善工作以来,我见证了诸多宁波人仗义疏财、书写精彩的慈善故事。其中有一位最熟悉的陌生人——"顺其自然",常带给我新的感悟。这个名字背后不仅仅是一个人、一个故事,也是一段慈善史、一份无疆的大爱。

20多年来，一只从不失约的候鸟每年冬季都会来访。自1999年起，一位神秘的匿名捐款人每年年底都会以"顺其自然"或以这四字拆解而成的化名向市慈善总会捐款，至2019年已经累计捐款1155万元。

由于在市慈善总会工作，我是最早一批接触到"顺其自然"的人之一。1999年年底，刚成立不久的宁波市慈善总会首次举办"慈善一日捐"活动，号召全市各机关、企事业单位和广大市民捐出一天的收入或节约一天的支出，献给慈善事业。

12月6号，一封挂号信和一张取款通知单悄然而至，信里写道："从媒体上看到慈善一日捐，引发了更多的好心人对慈善事业的奉献。我作为群体中的一员，特献上一份微薄的心意，寄人民币伍万元去帮助更需要的人们。拜托！祝善事奉行！——顺其自然。"

我们十分震惊！五万元在当时是一笔难以想象的巨款，很多企业捐款也只有五万元左右。这是哪位好心人？我们马上去核实，见寄来的信封上地址是"江东1号"，我立即察觉"有问题"：宁波有江东北路、江东南路，但没有江东路，应该是一个假地址。谨慎起见，我们还是和媒体一起去踩点，结果这个地址确实不存在。

我们以为这次匿名大额捐款只是一幕精彩的电影华章，不想这竟是一部长演不衰的"连续剧"。第二年，他（或她，因不知性别，后面均用"他"）又给了我们更大的惊喜——捐来了20万，地址是"鄞县大道8号"，依旧是一个不存在的地址。在第二封信里，"顺其自然"写道："这次希望通过贵会是否可以将这笔捐款指定给山区建造一所学校，特寄上人民币贰拾万元，来代表我想做的事。"信的末尾留下两句话："坏事不做，好事不说。"

因为他提出了善款的具体用途，我们很慎重，2000年12月7日，在《宁波日报》头版上发消息邀请"顺其自然"来当面商量建校事宜，但他没有现身。遵从他给山区建校的意愿，我们自然而然地想到了四明山革命老区。最后决定把善款用在余姚市梁弄镇，一是用于原万家岙小学异地重建，以解决蒲塘、大岭顶等山村的孩子的上学困难问题；二是为横坎头村报贤小学新建一座"仁慈教学楼"。我们把选址经过、启动仪式、破土以及耗资开支情况全部在媒体上公布，希望"顺其自然"能够看到我们交出了"成绩单"。

但是，我们没有收到他的反馈，不知道他是否满意。到第三年的年底了，"顺其自然"还会不会来？大家都翘首以盼，就好像在等情人的一封书信一样。"他来信了！"恰在开饭时间，我们正往外走，身形高大的副会长童明学老爷子一把将信抢去，大家都围过来看。只见信中写道："慈善一日捐又到来了……谨此捐上人民币壹拾伍万元，这笔捐款是否可以指定作为学生的助学金，作为我的微薄之力，谢谢！祝慈善事业发扬光大！ ——顺其自然。"

2002 年，"顺其自然"寄来了第四封信："又是一年一度'一日捐'活动，你们高尚的事业，为需要帮助的人而忙碌奔波，同时也感谢你们为关心慈善之士传递爱的种子，现寄人民币壹拾捌万元整，可否作为助学金。谢谢！愿爱心无限！ ——顺其自然。"

这是他最后一次写信给慈善总会……此后，他每年只是寄来汇款凭证。我们便遵照其第三、第四封信的意愿，将其捐款一直用于助学，并每年将"顺其自然"捐赠善款的用途，通过媒体公布于众。据我们了解，"顺其自然"除了向宁波市慈善总会捐款，还向各类社会公益事业捐款，20 多年来各类公益捐款累计 1900 万元。

这 20 多年里，我印象最深、最有感触的有两个时间点，都是在慈善事业大起大落、令人担心的时候，"顺其自然"都坚定地陪伴着我们，说明慈善于他而言是一种出于本心的信仰。一是 2008 年，因为金融危机，许多企业甚至一些在慈善总会建立了基金的捐赠者也被迫停止捐款。金融危机对"顺其自然"会造成多大影响？我们之前给他"画"过像，认为他应该是从商的。现在我们都暗暗为这位不露面的老朋友担心。可这一年，他居然捐了 53 万元，比往年还多……二是 2011 年的郭美美事件，对慈善界的公信力和信誉造成不小冲击，很多地方慈善捐款明显下降，但"顺其自然"仍一如既往地捐款，坚持着自己的信仰，也坚持着对我们的信任。这份沉甸甸的信任、支持，对我们来说弥足珍贵，我们倍加珍惜。

"顺其自然"匿名做慈善是一种高尚境界，而作为慈善总会的工作人员，总觉得弄清他的身份是一种责任，以让无名英雄扬名，受到社会尊敬。所以，首次收到其汇款后，我们总会的副秘书长朱耀中和几名记者一起来到江东百丈路邮政支局，"顺其自然"就是从这里汇钱的。据支局工作人员回忆："来的是一位 30 多岁的女士，想要汇款 5 万元到海曙区西河街，我们好意劝她，到西河街去打车也就十几元，而汇款却要支付 250 元手续费，不如直接过去。那位女士却坚持要汇款。她填写的汇款单上，收款人一栏写的是'宁波市慈善总会'，汇款人一栏写的是'顺其自然'。我们这才恍然大悟，原来这是一位匿名捐款人。"

"顺其自然"似乎就是这位女士了，但有趣的是，在之后的年头里，被人目睹来汇款的"顺其自然"有男有女，形象各异。而且，由于后来邮局规定汇款达到 1 万元必须用真名，"顺其自然"汇款时就化整为零，把钱折分成多张"9999 元＋余额"的汇单。这般不怕麻烦，就是为了匿名。到 2001 年，宁波市慈善总会项秉炎会长说："我们不再寻找了，也顺其自然吧！我们要做的是把他交给我们的事做好。他是位奉献爱心而坚决不肯让人知道的人，他的博大胸怀与那充满善与美的心灵，我们要传播出去，使得这个城市的精神更纯粹，心灵更高尚。"

其实，用现代科技手段找到"顺其自然"并非难事。我们选择不去找了，反而感觉与他更近了，对慈善的理解更深了。选择不去探寻，才是对他最大的尊重……

2002 年前后，全国各地如新疆、四川等，都来函说收到"顺其自然"的捐款，慈善的候鸟飞向了天南地北，这位神秘人士影响越来越大，可以说是"出圈"了。

2003 年，宁波网《对话》栏目举行了一次网络直播，就慈善事业发展与网友们进行交流，专门为"顺其自然"提供了特定联系方式和论坛登录专用密码。虽然"顺其自然"依旧没有现身，但他的影响力和知名度大幅提升。也是从这年开始，"顺其自然"被当作是宁波的一种文化、一种精神、一张名片。

2006 年夏秋之交，我们连续接到湖南、江西和本省的五个市、县的慈善总会或红十字会的求助电话，要求寻找匿名捐款人"风调雨顺"。原来在台风"碧利斯""格美"和"桑美"过后，湘、赣、浙三省五个重灾区分别收到了来自宁波"风调雨顺"的个人捐款，合计 21 万元。根据汇款人写给受捐单位的信件，我们发现书信的措辞和笔迹与"顺其自然"非常相似！汇款邮局经办人员也证实，"风调雨顺"其人，也经常以"顺其自然"名义汇款……

现在，我们也可以说找到了"顺其自然"。"顺其自然"就是我们做慈善的本心。

宁波电视台曾经拍摄过纪录片《寻找"顺其自然"》，随着不断的寻找，不断有新的"顺其自然"出现在大家的视野中，一个"顺其自然"变成了一群"顺其自然"……涌现了一批以"顺其自然"名义捐款的匿名人士。宁海有位退休老师捐款一万，不想留名字，大家一再追问，他说，那就叫他"顺其自然"，回去后又让儿子捐了一万，也留名"顺其自然"；宁波有位企业家让员工代为捐款，发票上署名是"顺其自然"；有农民到镇海慈善总会捐了 1000 元，说是妻子让他捐的，问起名字，说叫他"顺其自然"。之后，宁波所属各市（区）慈善总会常有人以"顺其自然"的名义捐款。

爱如星星之火，不断传递蔓延。在"顺其自然"捐助过的学生中，很多人也成了献身慈善事业的爱心人士。到宁波大学读书的重庆籍寒门学子杨超，曾收到"顺其自然"的助学金。毕业后，他也尽自己所能帮助别人，资助贫困学生，参加许多公益活动。在大凉山支教时，彝族小学生收到了爱心人士寄来的礼物，杨超就给孩子们讲述"顺其自然"资助他的故事，其实，他不也是"顺其自然"吗？

在央视《寻找"顺其自然"》节目中有这么一段情景，记者请报贤小学的孩子们画出他们心目中的"顺其自然"。有一位小朋友把他画成一只蜗牛，写着："你是一只蜗牛，虽然离我们很远很远，但你背着爱的小屋，慢慢地向我们爬来。"尽管他们没有见到"顺其自然"这个人，但这个名字在孩子们心中撒下了慈善的种子。报贤小学原校长张永照说："孩子们以后回报社会，有了这样一个榜样人物，这个意义是最大的。"

宁波市慈善总会珍藏着许多颁给"顺其自然"的奖杯、奖状，其中更不乏2005年"爱心中国——中国最具影响力的100位慈善人物特别奖"、2007年第三届全国十大社会公益之星集体奖、第九届中华慈善奖"最具爱心慈善楷模"等重量级奖项，每一次颁奖典礼，他都没有露面，而由我们代领……

"顺其自然"，是宁波慈善的气度，也是宁波这座爱心之城、最具幸福感城市、全国文明城市宝贵的精神财富……宁波慈善事业最引以为骄傲的是，个人捐赠特别是隐名捐赠数量，始终名列浙江省甚至全国前列。据20年来的不完全统计，直接到宁波慈善机构隐名捐款的爱心人士达3600人次，捐款总额4000多万元。

"顺其自然"不仅仅是慈善的一个符号，更是传递了一种慈善理念。大音希声，大爱无言，让慈善顺其自然。

在本书即将收笔时，媒体上又传出"顺其自然"的新闻，2021年11月19日，宁波市慈善总会会长收到了一封挂号信，寄信人地址仍然是并不存在的中山路1号，里面装着107张汇款单，总共105万元，汇款人分别为"顺其"或"自然"。这是"顺其自然"连续第23年向宁波市慈善总会捐款，累计金额已达

1363 万元。

另据报道，2021 年 11 月 25 日，河南省慈善总会的工作人员告诉记者，这年河南发生暴雨灾害后，7 月 25 日他们收到了一封挂号信，寄信人为"风调雨顺"，发信地址为并不存在的宁波市中山路 1 号，里面有 6 张汇款单，计 5 万元，汇款时间为 7 月 23 日，汇款单上的附言写着："暴雨过后，寄上微款，助人所需。"这与此前以"顺其自然"名义捐款的做法完全一样，地址也是并不存在的中山路 1 号，经工作人员进行笔迹对比，发现此"风调雨顺"即为彼"顺其自然"！

17

"我以我血荐轩辕"

肯出力就可以做一般志愿者，肯出钱就可以做慈善，而只有肯出血才能做义务献血志愿者。无偿献血者之高尚，在于用自己的鲜血，换回了一个个鲜活的生命。用老百姓的通俗说法，就是"救人一命"。许多从鬼门关上逃回来的人，血管里流着献血者的血液。

古有"救人一命，胜造七级浮屠"之说，意思是说，即使你修七级佛塔来礼佛，也不如救人一命功德无量。无偿献血者就是功德无量之人。毫无疑问，对一座城市来说，无偿献血者的数量是其文明程度的一把标尺。

天有不测风云，遇有重大自然灾害或突发事故时，往往会有大批伤员需要抢救，血库的存量是远远不够的。这时，伤员的救星就不只是医生了，还要看有多少人伸出无偿献血的胳膊。2011年温州7·23动车追尾事故令人痛心疾首，但事故发生后市民为抢救伤员而昼夜排队无偿献血的场面，至今仍令人震撼，因无偿献血的志愿者太多，很多人排了一整夜队才轮上。

其实，需要紧急献血的情况并不一定是在重大灾害和事故之后，有时可能会突然出现。

为救侗族产妇，她辗转千里

"急呀！兄弟姐妹们，我内弟的媳妇大出血，急需 Rh 阴性 AB 型血。患者现在还处于昏迷状态。"

2007 年 9 月 14 日晚上，中国美术学院的女生毛陈冰打开一个名叫"一家人 A 群"的 QQ 群，见到上述这条来自贵州省黎平县的求救信息。这是一个由稀有血型者组成的 QQ 群，群里求救者所需的是一种非常罕见的血型——Rh 阴性血，俗称"熊猫血"，本来就非常少见，而其中的 AB 型就少之又少了。算求救者走运，毛陈冰的血型正好与患者对得上。但求助者用了一个令人生疑的昵称，叫"死海的生活"。"是假信息，还是有人恶作剧？"但这种怀疑一闪而过，她马上在群里留言："我是 Rh 阴性 AB 型血。"

"你能帮助我们吗？如果你真的能来，她就有希望了。""死海的生活"说。

"没有如果，我一定会来的。"毛陈冰肯定地说。

毛陈冰是温州市平阳县人，这位 20 岁的女孩在上大学前，足迹就没有离开过温州，到杭州来上大学是她走过最远的旅程。现在，她决定到遥远的贵州黎平县去献血，踏上陌生的路途。该怎么走？需多少钱？她赶紧查地图、上网，发现最快的走法是到上海去坐飞往贵阳的飞机，再坐长途大巴前往黎平。初步预算来回路费至少需 1000 元左右，可她手中无钱，怎么办？赶紧向两位室友借。室友虽然怕她上当受骗，但看她态度坚决，凑给她 1000 元……

次日，她走出贵阳机场时，已经是晚上 9 点多钟了，几经周折，11 点才在派出所与前来接她的病人家属见上面。此前，她已通过 QQ 弄清了病人名叫杨昌花，是侗族人，因宫外孕造成大出血。毛陈冰提出连夜赶往黎平，可因为路途曲折险阻，夜晚没有班车，只得坐 16 日 8 点的头班车。又经过十多个小时的颠簸，她终于赶到了病人所在的医院，顾不得休息，要求马上献血。医生说杨昌花失血很多，需要补充 300 毫升左右。

病人等着输血，但黎平县中心血库主任唐静看到毛陈冰后却犹豫了。眼前这个女孩身板太单薄了，身高才 155 厘米，一称体重，才 44 公斤（不够 45 公斤的标准），而且经过两天旅途劳顿，她脸色苍白，已经非常疲劳。唐静因而不忍心抽她的血。还有一点唐静是不知道的，就是在不到一个月前的 8 月 19 日，毛陈冰刚刚献了 200 毫升血。面对医生的犹豫，毛陈冰坚定地伸出了右胳膊。唐静说："要不就少抽一点。"毛陈冰却说："从抢救病人的需要出发，为了保险，抽 400 毫升吧。"鲜红的血液从她的血管中流出，在输出还不到 200 毫升时，唐静发现毛陈冰的脸色更加苍白，浑身冒汗，立即停止了采血，让她休息。虽然毛陈冰感到双手发麻，全身都难受，但想到病人需要补充 300 毫升血液，便要求唐静继续采血。唐静拒绝了，想扶她起来休息，谁知刚站起来，毛陈冰就倒下，休克了！这下所有在场的人都吓坏了，好在她是因疲劳过度而造成的暂时昏厥，休息一会儿就缓过来了。为救病人，她豁出去了，要唐主任继续采血。

唐静含着眼泪把针头再次扎进她的血管。只见毛陈冰静静地躺着，仿佛睡着了一样，她的血液静悄悄地流进采血袋里，唐静紧紧地盯着血袋，在心里默默地数着 10，20，30，40，当快到 50 毫升时，她果断地拔掉了针头。两次加起来，共 240 多毫升，虽然没有达到理想的 300 毫升，但救命已经够了……

浙江大学生毛陈冰的血液流进了侗族病人杨昌花的血管里，杨昌花的病情明显好转。她丈夫说："我老婆输上小毛的救命血之后，40℃的高烧退下去了。我们要给她钱，她坚决不要，说：'我来不是为了钱，要为了钱，我就不来了。'"他们不知道的是，毛陈冰来回的路费都是向同学借的。

因为要赶回学校上课，毛陈冰 17 日凌晨就踏上了回杭州的路程。这一天，正好是她母亲陈玉燕的生日。在归途中，她给在平阳的母亲打电话说："妈妈！祝你生日快乐！女儿有个最大的礼物送给你。"妈妈好奇地问："什么最大的礼物呀？"她说："我去贵州救人了，给一名侗族病人献了血……"妈妈难免为她担心，"不过，妈妈为你感到自豪，这确实是一个最大的礼物。"要说起来，女儿能够辗转千里、奋不顾身地献血救人，与妈妈一直教育她"人活着就要多做善事"密不可分。毛陈冰 15 岁的时候，阿姨陈玲玲因产后大出血生命垂危，最后在瑞安找到了血型相配的血液，才保住一命。从这件事后，她就立志，长大后也要献血救人。

杨昌花很快就康复出院了。她丈夫总觉得欠救命恩人一份情，想找人写一封表扬信来感谢毛陈冰。其实，已经有当地记者目睹了毛陈冰献血的过程，但她坚决不同意报道，记者们只得尊重她的意愿。黎平县委宣传部一名干事当时答应了毛陈冰不在媒体报道，但事后越想越觉得不是滋味：浙江大学生不远千里、昼夜兼程赶来献血救人，毛陈冰的谦虚是高尚的品格，而我们作为受益的一方，如果没有感恩的举动就显得忘恩负义了！这个念头折磨得他食不甘味，寝不安席，于是他想出了一个办法：何不用"毛丽"的化名来宣传她的事迹！说干就干。哪知在信息时代，这个化名很快就被人识破了，故事的真实主人公毛陈冰浮出了水面。网友们不淡定了，纷纷给她点赞，不吝颂扬。

已有 2500 多年历史的侗族大歌，被列入世界非物质文化遗产代表作目录，是一种多声部、无伴奏、无指挥的天籁之声，主要歌颂人与自然的和谐之美和人间之爱。杨昌花和姐妹们把毛陈冰不远千里献血救人的事迹，编成了大歌《美丽的心灵》，歌词大意为：

> 美丽善良的毛陈冰小妹，是你不辞辛劳，千里驰援，献血救了我……
> 大恩大德，无以为报。只有编作歌和戏，教育子孙后代……

时任黎平县副县长代表全县人民专程到杭州给毛陈冰献花，表示感谢。一位企业家看到毛陈冰的事迹后，把自己设立的"美丽心灵"基金的首笔善款捐给了她，但毛陈冰分文未取，转手就捐给了黎平的侗族同胞。

毛陈冰千里献血救侗族同胞的事迹被评为当年的"浙江省十大新闻"之一，她也获得了"感动温州十大人物"、"浙江省三八红旗手"、浙江省道德模范、全国道德模范（助人为乐）等荣誉称号。还有导演以她的故事为蓝本，拍出了电影《千里之外》。毛陈冰面对本不想得到的众多荣誉，对妈妈说："我都不知该怎么办了。我只是帮助了一个人而已，没什么特别的。现在这么多人来关注我，我很不习惯。"其实，她可不只帮了一个人，在平阳老家，母亲在她的房间里发现了三本献血证。

"老大"与"红色力量"献血队

毛陈冰的故事之所以感人，不仅因为她献的是珍贵的"熊猫血"，还因她是只身一人辗转千里去献血，去救一位侗族同胞，三个因素凑一块，就有了荡气回肠的传奇色彩。在临床用血中，用在绝大多数病人身上的都是普通血型的血；在无偿献血志愿者队伍中，大多数人献的也是普通血型的血。然而，城市的临床用血就是靠这些无偿献血者来维持的。在采访时，我留意了一下浙江各个城市临床用血的自给率，现在几乎都达到了100%，如丽水市实现完全自给的时间是2011年，而最先达到100%的是宁波市，时间为2001年。

每个城市都有无偿献血志愿者团队，我采访了两个人数在560人以上的团队。一个是丽水市莲都区沈姐无偿献血造血干细胞志愿者协会，成立于21世纪初，会长沈香娟，团队累计献血280万毫升，"沈姐"自己献了90多次，成员中最多的献了200余次。另一个是宁波鄞州红色力量慈善义工大队（简称"红色力量"），成立于2004年，成员近2200名，下辖15支分队，总队长郑世明，全总队献血约32吨，成员中献血3.5万毫升以上的有200多人，1万毫升以上的有900多人，其中总队长郑世明献了15万毫升，相当于30多个成年人的血量总和。因为他是献血"冠军"，又是总队长，故被称为"老大"。这些无偿献血团队的成员，是为城市提供临床用血的主力军，又都是普普通通的市民。

郑世明是宁波市海曙区古林镇西洋港村人，出生于1959年，初中文化，1978年4月入伍，次年5月加入中国共产党，退伍后先后当过农民和建筑工人，

2001 年开始经营一家小型地板厂。自 1997 年 1 月,《宁波市公民义务献血条例》（以下简称《献血条例》）生效，他便开始无偿献血了。

在宁波鄞州红色力量慈善义工大队的办公地点，我见到了郑世明。这个组织着近 2200 名无偿献血者的总队长 60 多岁了，长得有点像古代的武士，头秃顶了，两眼略微鼓起，显得孔武有力，真有点威风凛凛的样子，但是说起话来却一口轻言慢语的宁波普通话。

他参加无偿献血，当然与学习国家的《献血法》和市里的《献血条例》有关，但更直接的动因是感恩。20 世纪 80 年代，他 75 岁的奶奶突然被诊断为血小板减少症。这个病很危险，也没有什么特效药，最好的办法是给她输入健康血液。可偏不凑巧，身边亲属中没有一个符合给她献血的要求。在大家万般无奈之时，一个符合条件的无偿献血者出现了。他献的两袋血输进奶奶体内后，奶奶很快康复，又健康生活了 20 年，95 岁才走。然而，那个救了奶奶性命的无偿献血者却没有留下姓名，血站也遵照他的意愿为他保密，郑家要感谢这位恩人，却怎么也找不到主儿。在学了《献血法》和《献血条例》之后，郑世明突然想通了：我虽然不能找到救奶奶的恩人当面感谢，但我可以加入无偿献血的队伍，用自己的血来感恩社会。于是，他开始了无偿献血，从一次 200 毫升到一次 400 毫升，从等采血车来村里到主动去血站献，从一年两次到一年十多次。

开始他只是献全血。2000 年的一天，宁波市中心血站站长给他来电话，希望他尝试献成分血。当时，他虽然还不懂什么叫成分血，但接到电话就答应下来，骑着摩托车就去了。去了才知道，献成分血就是把输出的健康人的全血通过血液分离机，分离出一种成分（如血小板、粒细胞等）留下来，而将其余的血给献血者输回去。"献全血不用机器，一个护士就抽了，而献成分血要用机器，要两个人操作，当时看到输液架上挂了好几个吊瓶，我还是有点紧张。站长说：'没事的，今天先献一人份血小板试一试。一般不出三天，你的血小板就会重归正常。'献完后，也没有感觉到难受，就是觉得献成分血比较耗时，献一次要一两个小时。这次献血小板，让我又想起了那个捐血小板救我奶奶的无名恩人。"

郑世明参加无偿献血本是因为感恩，但随着相关知识的增加，他又多了一种责任感。他了解到，宁波市中心血站成立于1986年，成立后的头几年，本地血液自供率不到5%，95%来自外地有偿献血者，所以，宁波不仅面临无血可用的窘境，而且面临极大的用血风险，因输血而传染疾病的案例屡屡出现。要从源头上保证血液质量，就得推行健康人无偿献血制度。在1997年《献血条例》施行后，当年全市临床用血自给率就上升到42%，1999年达75%。在这份自给率里，有郑世明的一份贡献。但这还不够，他觉得自己有责任当一名无偿献血的宣传者，动员更多的人来无偿献血，这是保证民族健康的大事。

然而，民间素有"一滴血，三碗饭"之说，民众普遍认为献血会伤身体，而且很多人把无偿献血与卖血混为一谈，说什么"只要还有一口饭吃，绝不会去卖血"。殊不知无偿献血是不拿报酬的，是帮助他人的高尚行为，也是对自己将来可能用血的一种储备，就像买了优先用血的保险一样。所以，每次到血站献血后，郑世明都会带许多无偿献血的宣传资料回来，发给周围的人。其实，要让大家相信献血不影响健康，最好的办法是以身说法。在家里，他每次献血后，都让妻子张国芬给他称体重，看他的饭量，看他的精神状态。妻子发现他献血后并没有什么变化，原来想他被抽掉了400毫升血，体重也该降400克左右吧，可他的体重却没有降，为啥？失去的那点重量，喝点水吃点东西就补回来了。慢慢地，对丈夫无偿献血，张国芬从不理解到理解，进而跟着他去血站看，又从看一看转变为参加献血。从2000年开始，张国芬也成为一名无偿献血志愿者（到2018年献血量已经达1万毫升）。他儿子郑成从上大学开始就参加无偿献血，至2018年已献血1.4万毫升，两次获得"全国无偿献血奉献金奖"。一家人都无偿献血的行动，又带动了"亲戚圈"，妹夫、小姨子、大舅子、侄女和侄女婿、外甥等，5户10余人都经常献血。

对家人的成功宣传，给了郑世明继续做好无偿献血宣传工作的勇气和信心。对于自己厂里的工人，他用了个"笨办法"来做宣传：献了血后就回去与工人一起工作，背着沉重的地板比赛爬楼，看谁爬得快，结果他一点也不比别人慢，在同龄人中算第一，只比年轻小伙慢一点点。"你们不是担心献血影响身体吗？看看我怎么样啊！"这么示范过几次，厂里的十几名工人除一名身体不合格外，其余也都成了无偿献血者。

宣传工作有一个规律，就是离得越近的事情受众越关心，消息来源离自己越近、自己越熟悉，受众越容易接受。郑世明是西洋港村人，自然想把村民也动员起来。他经常去村里散发无偿献血的宣传资料，还在村里的大广播里宣传无偿献血。他常对乡亲们说的一段话是："我就算不珍惜自己，但会害老婆孩子和亲戚，让他们跟我一起去献血吗？"乡亲们知道他的为人，晓得他不会说假话，不过，为了保险，许多人选择了再看一看，献一次两次血没有问题，献十次八次是不是就有问题了呢？虽然村民们观望的时间有点长，但终于还是看明白了。

2004年7月，郑世明突然接到市里血站站长的求援电话，说全市临时出现血源紧张，希望能动员一些人去献血，以解燃眉之急。那时，还没有成立无偿献血志愿者组织，咋办呢？情急之中，郑世明跑到村里的广播室，在大喇叭里做起了紧急献血动员，很快就有20多位村民来找他报名参加。他把这支队伍带到血站，全部体检合格，一次就无偿献血6000多毫升。

这件事给郑世明两点启示：一是宣传无偿献血要有耐心，不能急于求成，只要功夫下到了，效果就会出现；二是成立无偿献血志愿者组织已经很迫切了。以后遇到类似的情况，总不能都像今天这样在大喇叭里喊人吧！

2004年，浙江省召开无偿献血志愿者表彰大会。在宁波市获得表彰的志愿者中，陈贤德、励红良、杨永元是郑世明在无偿献血过程中结识的朋友。陈贤德也是一名退伍军人，比郑世明小三岁，虽然无偿献血的数量不如郑世明多，但开始献血的时间比他早四年。那是1994年的一天，刚刚下班坐上公交车回家的他，在车上转播的广播节目中，突然听到一段插播的求援信息：有位病人需要输血，而市血库告急，期盼热心市民听到广播后能尽快赶赴市献血中心献血。陈贤德几乎是不假思索地做出了去献血救人的决定，因与患者血型相符，他一下就献了800毫升全血，从此走上了无偿献血之路。

杨永元与陈贤德同年，和郑世明一样，他也是《献血条例》出台后开始献血的，也是怀着一颗感恩的心参与进来的。他九岁时，父亲得了急病，做手术要输血，"借"了一个人的 800 毫升血才保住了性命。所谓"借"，实际是花钱买，因为当时都是有偿献血。尽管是有偿的，但他仍然心存感恩之念："要不，我们家就剩孤儿寡母，多亏他的血，父亲又活了 30 年。"所以，《献血条例》一公布，他就成为第一批志愿者。

现在，这几位宁波的先进代表常在一起开会、学习、讨论，都感到自己还做得不够，特别是与"浙江省无偿献血状元"任国栋创造的 18 万毫升的献血记录相比，差距还很大。他们也都感到个人的力量太渺小了，宁波市的临床用血自给率虽然 2001 年就达到 100%，但遇到紧急情况还是有一时供不应求的问题，尤其是不便长久保存的血小板等成分血，屡屡需要紧急求助，如果没有一个无偿献血志愿者组织，献血者如一盘散沙，遇到紧急情况就难以集合起来，靠血站一个人一个人地找，就可能会误事。郑世明建议在宁波市成立一个无偿献血志愿者组织。几个人一拍即合，于是由他们发起的宁波市鄞州区无偿献血志愿者服务队很快成立了，郑世明担任队长，陈、励二位为副队长。

对此，最欢迎的是血站。过去，找人献血，特别是紧急献血，血站要一个人一个人地找，有时还不一定能找到，或者人找到了，他却在外地。现在，只要给队长一个电话，告诉他要什么血型、要多少毫升，队长就会亲自带人过来，十分稳妥。

服务队开始只有几十个人，但随着影响力增大，队员迅速增加，不到五年时间，增加到近 600 人了，范围也超出了鄞州区，几乎遍布宁波全市，而且还有上海等地的队员。队伍扩大了，靠三个队长指挥就有点力不从心了，迫切需要规范化管理。2009 年 12 月，在市、区有关部门的支持下，服务队更名为"宁波市鄞州区'红色力量'志愿者服务总队"，俗称"宁波'红色力量'献血总队"，后来又更为现名。在更名的同时，服务总队还设计制作了队徽、队旗和队服，通过了组织条例和各项制度，规定：新队员加入时，必须宣誓；老队员每隔两年要重温入队誓词：

> 我志愿成为一名光荣的无偿献血志愿者。我承诺：尽己所能，不计报酬，帮助他人，服务社会，践行志愿精神，传播先进文化，关爱生命，救助病友，为推动无偿献血事业发展贡献力量。

"红色力量"自打成立，便成为宁波市最大的一支无偿献血队伍，他们和其他无偿献血组织一起，保障了宁波市临床用血100％的自给率，宁波从此无血荒。2013年10月1日，郑世明带队在上海血液中心献血，突然接到宁波市中心血站的电话，因紧急情况，急需10名O型血的志愿者去献血。郑世明接到电话后，仅用10分钟左右，就将10位献血人员一一通知到位，并指定了此次献血活动的负责人。血站领导觉得这不可思议，他却觉得很正常，说："这就是成立献血组织的好处。谁是什么血型，什么时候献了多少，都有统计，多看几遍，就记到脑子里头了。"

宁波市中心血站副站长刘奕宇对"红色力量"赞不绝口，尤其是对他们及时献成分血保障临床供应的行为赞誉有加。他说："'红色力量'对临床用血起到了很强的保障作用。过去，他们一个月组织一次，现在一个月组织两次，来一次就三四十个人，甚至更多。'红色力量'队员是固定的无偿献血者，血液安全，如果有紧急情况出现，一个电话，马上就有人过来。献一次血不难，长期坚持献血就很不容易。能组织一个长期献血队，并且队伍这样庞大，那就更不容易……"

解放军原113医院是用血量较大的医院，输血科主任张三明说起"红色力量"来，感激不尽。他说："医院里什么时候要用血是不知道的。凡是要用血，都比较紧急。我给'老大'（郑世明）一个电话，他总会通知几个人来。他们中，有的来自鄞州区的古林、东钱湖，有的来自慈溪市、奉化区；有的刚下班，有的是请假来；有的自己开车来，有的是挤公交车过来；有时候是大热天，有时候刮风下雨……一呼即应，随叫随到，我真的很感动。"

"红色力量"在保证宁波市临床用血的前提下，从 2006 年开始，由郑世明带领去上海献血，理由是上海的大医院接诊全国的患者，不少宁波人有了大病也爱往上海跑，去上海献血其实也是帮助自己。头一年，他只带去 7 个人，后来报名参加的人越来越多，发展到现在 3 辆大巴都坐不下。从一年一次，又发展到一年十余次，定期去献全血和血小板。据上海市血液中心的统计，到 2021 年，他们共有 3600 人（次）献血小板 6000 人份。上海市每两年表彰一次无偿献血团队并给无偿献血先进个人颁发白玉兰奖。迄今为止，"红色力量"是唯一被表彰的外地团队，团队中有 200 多人获白玉兰奖。2016 年的时候，为纪念"红色力量"到沪献血 10 周年，表达上海人民的感谢之情，上海市血液中心向领队郑世明赠送了象征沪甬两地血脉相连的版画和扇面上题有"红色力量十年有约"藏头诗的大折扇（"扇"与"善"同音）。诗曰：

> 红日破晓耀浦江，色泽东钱映苍茫。
>
> 力聚众人连沪甬，量惠布衣送安康。
>
> 十载行善汇贤良，年深月久定志向。
>
> 有缘千里同捐血，约开新叶万年长。

有意思的是，上海血液中心的好几个工作人员也成了"红色力量"的队员。其中一位说：

> 这是一群值得我尊敬的英雄，他们炽热的心肠，他们无私的奉献，不仅感动了病患和家属，也感动了医务人员和了解他们事迹的人。作为一名上海的志愿者，我也深受感染，有幸加入"红色力量"这个温暖的大家庭。
>
> 亲情、友情、爱情，是拉近人与人距离的重要纽带。沉香救母，刘关张桃园结义，罗密欧与朱丽叶，一个个经典被诗人和小说家写成文字而流

芳百世。郑世明队长和他的队员们用自己的热血帮助了那么多素不相识的人，而未曾要过一分一厘的回报。他们的故事也像这些经典一样感人。他们是时代的英雄，是真情意、真大爱。

无偿献血，岂止是救人一命

无偿献血，无比崇高，崇高在救人性命且不要回报。无偿献血者，不少人初次参加献血是为了报恩。中国有"滴水之恩当涌泉相报"的传统美德，郑世明的奶奶当年用了 800 毫升血，而他已经献了 15 万毫升！

报恩是一种美德，一种幸福。然而，还有一些无偿献血者，他们的家人和亲戚中没有人接受过临床用血，不存在向献血者个人感恩的问题。我在采访中强烈地感受到，对于"红色力量"以及其他无偿献血志愿者组织的成员来说，他们的精神境界已经超越了报恩的层次，无偿献血，岂止在救人一命！

参加像"红色力量"这样的民间组织，既没有利可得，也没有势可借，却要献出鲜血，纯粹是无私奉献。《文中子·礼乐篇》说："以势交者，势倾则绝；以利交者，利穷则散。""红色力量"的壮大显然不是靠利和势。但凭什么参加的人越来越多？而且队员的职业中工、农、商、学、医生、律师、警察、公务员全部都有；队员中很多是父子、母女、婆媳、翁婿、师生、夫妻、兄弟、姐妹等。如此一群年龄各异、性别不同的"散兵游勇"，像郑世明这样的领导者，是凭什么把他们凝聚起来的？

"我佩服郑世明的人格魅力。"不止一个人这样说。他的魅力何在？是他献血最多吗？是他年纪最大吗？是他全家都献血吗？是的，但这只是他人格魅力的一小部分。大家都喊他"老大"，还有更深的原因。郑世明是个小企业主，有管理企业的经验，但是，他说："管理无偿献血组织和管理企业完全不同，没有人给你发号施令的权力，也没有谁给你下拨行政经费，你不给他发钞票，还要通知他献血，只能靠一个"诚"字。诚心诚意地把他们当兄弟姐妹来关心爱护，作为大哥，就要有大哥的样子，让大家感受到大家庭的温暖。"队员谁结婚了，谁生孩子了，只要不瞒着他，他一定会去道贺；谁生病了，他一定会去慰问。在宁波本地献血，他要给每个人都献上一束鲜花。如到上海去献血，有250公里的车程，报名、租车、接送队员，这都是他的事，光是电话就要打几百个；因要清晨出发，许多人来不及用早餐，他为他们准备早点，以及路上要喝的水、吃的零食；怕大家长途坐车寂寞，他还要准备好在车上放映的娱乐片；如要在上海住宿，他还得联系宾馆。办这些琐事，劳神费力不说，他还得自掏腰包，一年要贴进去10多万元。

"我以我血荐轩辕"，当年鲁迅用这句诗表达了自己为祖国和人民甘愿献身的志向。如今，把这句诗用在郑世明等无偿献血志愿者身上也很贴切。

从宁波的郑世明，我想到丽水的沈姐无偿献血造血干细胞志愿者协会的会长沈香姞。她不过是一名裁缝，凭一个共产党员的人格魅力，硬是拉起了一个五六百人的志愿者组织，其中约一半是外来务工人员。沈香姞于1968年出生在莲都区岩前街道一个偏僻的小山村，海拔680米，要进城必须先步行两小时，再坐一个半小时的车。她第一次无偿献血是在1994年，献完血之后，血站给了她一瓶牛奶。"我从小到大都没有喝过牛奶，舍不得喝，拿回来给孩子喝了。"生活条件这么差，为什么要无偿献血？"就想帮助需要的人。我爸曾是地下党员，他一直教育我：'共产党员为人民服务，就是要先人后己，尽力帮助他人，必要时要不惜牺牲自己。'那时候，我边做裁缝，边带孩子，晚上还要上夜大。夜大同学中，开始只有我一人无偿献血，听我宣传后，有25人参加进来。还有一些是来找我补衣服的人，因为我坚持免费为人补衣，找我的人就特别多，我就向他们宣传无偿献血。有的人常说自己钱太少，想帮助别人也无能为力，我就告诉他，不需要出钱，参加无偿献血就是帮助他人，给社会作贡献。可能是受到了感动，他们中很多人都成了无偿献血志愿者。"她辛勤劳动，又有经营头脑，在市里先后买了两套房。其中一套是她一家的住房，也是沈姐无偿献血造血干细胞志愿者协会的办公室；另外一套无偿用来做公益。有一个得到她帮助的人，为了服管她，每人都把她的办公室打扫得干干净净。沈香娟对他说："你真要感谢我，也不必来打扫卫生，就参加无偿献血吧！"就这样，又多了一名志愿者。有人说她是"傻子"，她说："'傻子'有'傻子'的快乐！"她和她的会员们奉献着，又快乐着，不仅无偿献血，还参加其他志愿活动。

她这位"傻子"的朋友圈越来越大。有位会员的女儿说："你是我妈的精神支柱，她天天都要看你的朋友圈。"有位杭州女游客在遂昌得了急病，是沈香娟派人献血救了她一命。痊愈后，她丈夫特地来协会送锦旗，见到沈香娟时惊讶地说："没想到你这么瘦小。"不错，她身高才1.55米，体重45公斤，才刚够献血标准。之所以能创出"沈姐"这个在丽水响当当的志愿者招牌，靠的是她做"傻子"的人格魅力。"不要说我有什么魅力，我只是在按共产党员的要求做人做事。"这位丈夫感动了，表示回杭州后也要参加无偿献血。

说到这里，想到"红色力量"和"沈姐"两大无偿献血志愿者组织，正副头儿都是共产党员。这难道是偶然的吗？

在无偿献血的队伍里，甚至有从卖血变为无偿献血志愿者的人。忻汉伟是宁波东钱湖镇人，是个孤儿，十几岁就出外谋生，在社会上也曾沾染一些不良习惯。1993年他参加了一次义务献血，从中知道还可以卖血，于是只要没钱了，就去卖一次，一次能得到几百上千元。国家1998年完全停止有偿献血，他不能卖血了，偶尔也参加无偿献血。在宁波市的一次无偿献血者联谊活动中，他认识了郑世明，被郑世明和其他志愿者的高尚情操所折服，在"红色力量"成立后，他很快就加入了，多次跟着"老大"去上海献全血和血小板。跟着高尚的人做高尚的事，他觉得自己也高尚起来了，之前染上的不良习气逐渐烟消云散。有一天，他听说"红色力量"正在为一个叫朱方杰的病人举行义卖活动，因劳累而在病中的他戴着黑色的颈套，骑着电动车，送去自己养殖场的家禽参加义卖。"自己的病还没好，却跑这么远来关心别人，你累不累呀！"他却说："我没有感觉累，只有一种幸福感。"

　　"红色力量"的队员说过不少类似的话。人称"天使般的幸运儿"曹幼君，在为一位患白血病的男孩捐献造血干细胞后，写了一篇短文——《我会幸福》。文章中她说："原来被需要，也是一种幸福。"副总队长励红良夫妇结伴无偿献血已超 10 万毫升。2015 年，他们的儿子励祎高中毕业，满 18 岁了。给儿子举办一个什么样的成人礼呢？夫妻俩左思右想，决定在儿子高考后让他参加一次无偿献血作为他的成人礼。他们的想法得到队友卓亚娟的响应，她女儿卓奕与励祎是同班同学。两位家长的想法又得到班主任老师的支持，时间就选在 6 月 14 日，第 12 个世界献血日上午，全班同学一起参加宣誓，志愿献血。这个特殊的成人礼在宁波万达广场的献血屋前如期举行，励祎、卓奕等 10 多位同学当场无偿献血。励红良夫妇谈到为什么这么做时说："在孩子跨入成年人的门槛时，让他体会一下奉献的幸福，这对他的一生都很重要。"

　　郑世明、沈香娟和他们的队员、会员们习惯把无偿献血说成是职业。如郑世明说："我有两个事业，一个是地板厂，一个是'红色力量'。""沈姐"说："裁缝是我的职业，志愿者也是我的职业。"我想，当一个人把行善助人当作职业时，就站在了道德的高地之上，就是一个高尚的人。高尚的人越多，这个城市就越文明。

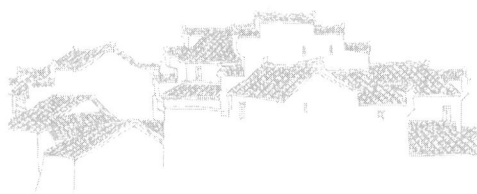

第六篇

让**文明**扎根在**风俗**中

风俗，是指相沿积久而形成的风气、习俗。

风俗存在于民间，其力量是非常强大的。《荀子·强国》强调："入境，观其风俗。"它不是法律，也没有"法庭"，却主宰着民间舆论，行使着道德审判的"职能"。说它是风，因为它像风一样无孔不入，只要进入风力所及的范围，你就得遵从它的"规矩"，让顺之者"香"，让逆之者"臭"。说它是俗，因为它有很强的地域性和土根性，所谓"十里不同风，百里不同俗"，超出其范围，就是另一套"规矩"了。风俗的内容与时代密切相关，同一个地方，不同的时代，风俗是有区别的。即使像春节、端午、中秋这样的传统节日，其中的民俗内容也会随着时代而变化。

宋代苏辙说："风俗既正，中人以下，皆自勉以为善；风俗一败，则中人以上，皆自弃以为恶。"无论思想和行为，我们谁也离不开风俗的约束，而风俗有淳风良俗，也有浊风恶俗，前者让我们受益，后者让我们受害。从特定意义上说，创建文明城市，就是要让淳风良俗发扬光大，扫除浊风恶俗。

浙江的古代风俗充满了吴越风情，其蛇、鸟崇拜和"文身断发"的形象与中原习俗迥异。越人将蛇作为图腾来崇拜是不争的事实，有出土文物和确切的文字记载。《汉书·地理志》记载：越族"文身断发，以避蛟龙之害"。"文身"

其实是给自己加一层保护色；"断发（剪短发）"则是为了劳作方便。颜师古在注解上述引文时，沿引了应劭的说法：越人"常在水中，故断其发，文其身，以象龙子，故不见伤害也"。古越的文字书体以"鸟虫书"最为盛行，即有意将某些笔画附上鸟或虫的形状，也是蛇（虫）、鸟崇拜的一种反映。

尽管古越风俗大多已不复存在，但其明显有别于中原地区的特殊性却被保持下来，直至今日，浙江风俗依然有其鲜明的地域特色。如在岁时习俗上，浙江看似与全国大同小异，但细节差别十分明显，其中之一是爱国主义主题非常突出。

同时，因谋生的产业与中原不同，生产习俗也就不同。又因气候、物产和口味的不同，浙江的饮食风俗与外省也区别较大。杭州菜、宁波菜、绍兴菜和温州（瓯）菜，各具特色，争奇斗艳，让人尝一口就知道其菜系。婚姻嫁娶和丧葬的风俗各地有异。我们今天在浙江的民俗博物馆里可以看到精美绝伦、美轮美奂的"千工床"和"万工轿"。它们无疑是高档工艺品，却不是摆着供人欣赏的，而是实用物件，"千工床"是婚床，"万工轿"是给新娘坐的。流行在杭嘉湖平原的所谓"千工床，万工轿，十里红嫁妆"之说，就是大户人家嫁女的真实写照。

家风在风俗中占有极其重要的地位。岁时习俗、生产生活礼俗等是公共的，而家风家教却是个体的，是否遵守公共习俗要受社会监督，而家风家教大多数在私人领域。为什么生活在同一个地方、同一片天空下的人品行乃至命运的差别会很大？一个重要原因在于家风家教不同也。

浙江的历史上有重视家风家教的好传统，出了许多著名的世家大族。如吴越王钱镠的钱氏家族，从五代十国以来，代代都有杰出人物，直到现当代，出了中国科学界的"三钱"（钱学森、钱伟长、钱三强）、国学泰斗钱穆等，民族精英一下难以数清。钱氏宗族兴旺，得益于据说是钱镠留下的《钱氏家训》。再如，温州龙湾英桥的王氏家族明代时在住地（今温州市龙湾区永中街道）修建了一座民间城防堡垒——永昌堡，抵御了倭寇的侵犯，建功乡梓，作为军事、文化遗址保留至今。与永昌堡历史一样悠久的是英桥王氏八世祖王澈为官退休回乡后所写的《王氏族约》。《王氏族约》包括 10 个方面，共 12000 字。每年农历正月十二，全族要在古堡听司仪朗诵族约。尤其值得关注的是，族约对子孙当官的要求和犯错后的处罚措施：犯贪污受贿罪被撤职降职的，要被开除"族籍"。明清以来，王氏一族有 50 人做官，不但没有出过一个贪官，而且都留下了廉洁的好名声，特别是在明代，出了被朝廷誉为"铁御史"的王诤和清廉典范王继明。可见，好的家风、家训、族约不仅可以正家族，而且能够影响一片乡土，使乡风淳、民风清。

2021 年 7 月，中宣部、中央文明办等联合印发了《关于进一步加强家庭家教家风建设的实施意见》，浙江省委随即发出了认真学习贯彻上述《意见》的通知。要求围绕立德树人根本任务进行家庭教育，"升华爱国爱家的家国情怀、建设相亲相爱的家庭关系、弘扬向上向善的家庭美德、体现共建共享的家庭追求"。

18

一本《论语》和一座城市

2005年9月，时任浙江省委书记习近平同志到衢州考察时指出，衢州历史悠久，是南孔圣地，孔子文化值得很好挖掘，大力弘扬，这一"子"要重重地落下去。一年后，他又在给儒学文化论坛的贺信中指出："衢州素有'东南阙里、南孔圣地'之美誉，是孔氏南宗文化的重要发源地，在浙江的历史文脉传承中具有独特优势。对于这一珍贵历史文化遗产一定要倍加珍惜、发扬光大……"衢州市落实上述指示，在创建活动中发挥南孔文化的独特优势，促进了城市的全面发展，顺利跻身"全国文明城市"行列。

你知道衢州在哪里吗？知道衢州有什么特产吗？

在30年前，除了浙江人，外地人如果不是学地理的，就很可能会被问倒。这不是说笑，而是有"文字依据"的。1992年，当时的衢州市委主要领导带队到深圳举办招商会，在所住宾馆，见大堂路径指示牌上写着"衡州招商会用餐处"。湖南衡阳古称衡州，但没有听说他们改回古名啊！弄了半天，原来是宾馆工作人员错把"衢州"写成"衡州"。宾馆搞错了尚可理解，让人哭笑不得的是，当地媒体的新闻稿也错写成"浙江省衡州市"。

这从一个侧面说明衢州的知名度不高,连很多媒体人都不知道有这个地方。但衢州是一座历史文化名城,至今已有1800余年的城市史,它本该有较高的知名度,现状如此,令人百感交集。

衢州的位置有点偏,在浙江西部金衢盆地西部腹地,与闽、赣、皖接壤,是一个鸡鸣四省的地方。衢州"居浙右之上游,控鄱阳之肘腋,掣闽、粤之喉吭,通宣、歙之声势",顾祖禹《读史方舆纪要》中的这四句话,点明了它的战略地位。衢州是所谓的"四省通衢,五路总头",历来被视为兵家必争之地。自古有"铁打之城"的美誉。因其城墙城门之坚固,冷兵器时代往往稳如泰山。清康熙十三年(1674年),耿精忠与吴三桂一起谋反,派兵进攻衢州,把城外洗劫一空,而城池岿然不动,三年中屡攻不克,只得撤走。

衢州的知名度下降,客观上与1985年才从金华地区分离出来,成为地级市的时间不长有关,但主要的原因还是没有找到主打的城市品牌。从特产上说,最有名的是"三头一掌",即兔头、鸭头、鱼头和鸭掌,还有龙游发糕、开化龙顶茶等,但这些都只能算是地方名牌,在全国还没有多大名气。再说旅游,作为钱江源头的千年古城,衢州城就是一座旅游宝库。至于城墙之外,自然环境更加优美,群山环抱,山青水绿,仙霞飘逸,如诗如画;春来茶叶滴翠,秋天柑橘泛红。物华天宝,加上宗教和民间的种种传说,给山水中糅进了不少神秘的元素,好玩的地方就更多了。特别是被称为道教七十二福地之一的烂柯山,是世界公认的"围棋仙地",不仅中外围棋泰斗们无不来此顶礼膜拜,而且古今名人留下了无数美丽的诗篇,在哲学史上也有一定地位。但也许因为围棋运动比较小众,以至于普通民众不知衢州还有个烂柯山,更不知"烂柯"乃围棋的别称……

难道衢州就没有打得响的品牌了吗?

把孔子的第75代嫡长孙"请"回来

在以经济建设为中心的时代，唱主角的当然是经济，但是经济从来就不是孤立的，如果只是就经济抓经济，肯定抓不上去，即使抓上去了，也不一定是健康的经济。2004年，时任浙江省委书记习近平同志指出："必须推动物质文明与精神文明协调发展。物质文明的发展会对精神文明的发展提出更高的要求，同时精神文明的发展又会成为物质文明建设的动力……"现代经济的一个重要特点是它的开放性，关起门来是发展不起来的，尤其是经济欠发达地区，离不开招商引资，没有外来的资金、技术、人才，遑论发展？问题是靠什么来吸引外来投资？得有一块吸引人的"磁铁"。这块"磁铁"如果是物质的，物质用完了"磁"性也就没了，只有精神性质的"磁铁"才会有长久的吸引力。

对衢州来说，这块"磁铁"就是南孔文化。祭祀孔子的文庙遍布全国，但孔子的家庙只有两座。第一座在他的老家山东曲阜，第二座就在衢州！为什么到了衢州？说起来还有一段孔氏后人不负家国的历史。

北宋靖康二年（1127年），金灭北宋，金人掳宋徽宗、宋钦宗父子和皇后、嫔妃以及皇族、近臣数万人押往东北，侥幸脱险的康王赵构在逃难途中称帝，改元建炎，史称南宋。建炎二年（1128年）十一月，赵构在扬州举行首次祭天大典，孔子的第48代嫡长孙、衍圣公孔端友与从父孔传奉诏陪祭。孔端友返回曲阜不久，济南知府刘豫降金，曲阜岌岌可危，他在从父孔传的支持下，让弟孔端操留守阙里孔庙，自己带着传家宝孔子和亓官夫人楷木像、唐吴道子所绘孔子佩剑图和"至圣文宣王庙祀朱印"等，率近支族属南下扬州扈跸。此后，一直跟随宋高宗到达临安。建炎三年，宋高宗感念孔端友护驾之忠心，赐家衢州。这就是衢州孔氏南宗家庙和南孔文化的来历。

现存的孔氏南宗家庙是明正德十五年（1520年）新建的，距今已有500多年历史，见证了国家特别是衢州的兴衰。新中国成立后，原址又先后成为建设成就展览馆、收租院泥塑展示馆等，"文化大革命"中遭到前所未有的破坏，是

"批林批孔"的大会场。20世纪80年代，老百姓常说："孔庙是空的。"的确如此，当时庙中大成殿里，只有孔子、孔鲤、孔伋祖孙三代的塑像，其余都是与孔夫子毫不相干的展品。1985年，浙江省文物局和衢州市人民政府为抢救文化遗产，实现"七五"期间市市都有博物馆的目标，决定陆续拨款修缮孔氏南宗家庙建筑以作为衢州市历史博物馆。这对抢救孔庙建筑起了关键作用，但目的却是借壳办历史博物馆，醉翁之意不在夫子也。事实上，修缮后的孔庙分四个展室，仅设在思鲁阁的第二展室展出了与孔氏南宗家庙有关的内容。1989年底，孔氏南宗家庙被列为浙江省重点文物保护单位。

1992年，也就是衢州在深圳开招商会被宾馆和当地媒体误为"衡州"后，衢州才幡然醒悟：把孔氏南宗家庙当作城市历史博物馆来经营，错了！每个城市都有自己的历史博物馆，而孔子家庙全国才两座，而且，南孔是孔子的嫡长孙一脉，是谓大宗，谱系非常清楚。中国祭孔，台湾有人无庙（指孔子的第77代孙、历史上最后一个衍圣公、"大成至圣先师奉祀官"孔德成在台，但台湾无家庙），曲阜有庙无人（没有被官方授予世袭职务的人），而衢州呢？也暂时有庙无人。人在哪里？经查资料和各处调查，得知最后一位承袭"大成至圣先师南宗奉祀官"的是孔祥楷，是孔子的第75代嫡长孙，1938年出生于衢州，1944年虚7岁时袭职。新中国成立后，他一直在衢州上学，后考入西安建筑工程学院，毕业后被分配到河北省矿业企业工作，一干就是20多年，其间他入了党，成为高级工程师。后历任河北金厂峪金矿矿长、沈阳黄金学院院长。1992年，衢州市委、市政府决定通过省委与有关单位协商，把孔祥楷调回故乡衢州，负责弘扬南孔文化的工作。对于家乡的盛情邀请，孔祥楷深为感动，欣然应允。

1993年，孔祥楷调回衢州，2000年起任衢州市孔氏南宗家庙管委会主任至2021年9月28日逝世。孔祥楷到任后，策划了首届中国孔庙保护协会年会，征集文物，对家庙重新规划布展，基本恢复了历史原貌。1996年11月20日，国务院宣布孔氏南宗家庙为全国重点文物保护单位。

原来《论语》离我们这么近

在儒家传统中，祭祀是头等大事。"国之大事，在祀与戎。"这句出自《左传》的话，一直被后世遵从。祭祀，包括祭天祭地祭祖先，自汉武帝"罢黜百家，独尊儒术"之后，祭孔逐渐成为一种国家法定典礼，除元代外，几乎每年孔子生日这天，从朝廷、家庙到各地的文庙和学校，都要进行祭奠。要弘扬南孔文化，在孔氏南宗家庙恢复祭孔，无疑是当务之急。2002 年，孔氏南宗家庙修葺工程竣工，准备在 2004 年 9 月 28 日，孔子诞辰 2555 周年时举行祭祀大典。但是，究竟应该怎样祭祀孔子？台湾和曲阜的祭孔大典是复古，奏古乐、穿古衣、行古礼。孔祥楷请示市委、市政府："谁在祭祀孔子？"答曰："当然是我们。"孔祥楷说："既然是我们而不是古人，那就不必穿古人的衣服、奏古乐和行古礼了。"原来衢州想着复制曲阜的模式，又觉得没有新意，现在孔祥楷这句话，可谓一语点醒梦中人。

南孔是孔氏大宗，而在第六代衍圣公孔洙让爵之后，南孔族人就都成了庶民，没了贵族的身份，他们与民间读书人一样，除少数科举中第当了官之外，大多靠教书来养家糊口。这在某种意义上说，其实是对孔子精神的一种回归，孔子就是一位教师，而不是高高在上的什么王公。孔夫子是中国人民的孔夫子，是大家的孔夫子，而不是仅仅供专家学者研究的孔夫子。孔氏南宗家庙的祭孔大典定位为"当代人祭孔子"。2002 年 12 月 29 日晚，时任浙江省委书记习近平同志来孔氏南宗家庙考察，听取了有关孔氏南宗情况和家庙修葺工程、筹备祭祀大典的工作汇报，对"当代人祭孔子"的思路给予充分肯定。

孔祥楷在一次答记者问时，专门解释了什么是"当代人祭孔子"。"当代人祭孔子"，在参祭人员上就应该平民化，祭孔不能只是少数人的活动，而应该让孔子回到民间，让工农群众、学校师生等普通民众成为参祭的主体；祭孔穿什么衣服？如果穿古代人的衣服，那究竟是哪个朝代的？孔祥楷想，汉代人穿汉服祭孔，唐代人穿唐服祭孔，我们也应该穿当代人的正装祭孔；在祭品上，如果再用古代血淋淋的"三牲"就很不合适,所以我们用五谷(稻、黍、稷、麦、菽)和文房四宝;在祭祀音乐上,不应过分追求用古乐器奏古乐谱,而应该有现代感……

照此思路,新中国历史上第一次在衢州的祭孔大典于 2004 年 9 月 28 日如期举行。

祭祀大典的头天晚上,有一场 90 分钟的晚会,演出话剧《大宗南渡》、合唱《东南阙里》。祭祀大典分礼启、祭礼、颂礼、礼成四个部分。礼成环节由全体参祭人员合唱《大同颂》,把祭祀大典推向高潮。《大同颂》的歌词选自《礼记·礼运》篇,由孔祥楷谱曲,词曰:

> 大道之行也,天下为公。选贤与能,讲信修睦。故人不独亲其亲,不独子其子,使老有所终,壮有所用,幼有所长,矜寡孤独废疾者,皆有所养,男有分,女有归。货恶其弃于地也,不必藏于己;力恶其不出于身也,不必为己。是故谋闭而不兴,盗窃乱贼而不作,故外户而不闭,是谓大同。

一首《大同颂》,一下子把孔子与今天老百姓的距离拉近了。什么叫世界大同?原来如此,"外户而不闭",就是大同世界。这不就与现在建设和谐社区、美丽乡村的目的一样吗?

这一被称为"南宗版"的祭祀典礼,也得到了海内外儒家学者的认同和称赞。参加了 2004 年衢州首次祭祀大典的美国哥伦比亚大学中国哲学博士、葛底斯堡学院终身教授司马黛兰和美国中宾夕法尼亚社区学院教授程德祥夫妇来信说:"在祭孔改革这个大课题前,你们的行动最有权威性、影响力和示范性……你们废止了华丽的服饰和舞蹈,废止了牛羊祭品,废止了古乐旧器的喧嚣……是个了不起的创造!你们删去了孔子牌位上的'神'字,堪称大手笔。孔子是人,不是神,现在是还孔子以人本位的时候了。"

经过几年实践,有南孔特色的祭祀规制形成了:按孔子诞辰,每五年一个周期，逢五逢十是社会公祭，其余四年中，两年为祭祀大典暨孔子文化节，两年为学祭。

参加 2016 年纪念孔子 2567 年诞辰学祭的主体是衢州特殊学校的师生。这些第一次参加祭孔的聋哑学生，一边比画着手语一边咿咿呀呀地背诵《论语》语录，特别可爱。他们把表达自己对《论语》中某一句话的理解的绘画和手工作品，交给家庙管委会，委托工作人员转赠给美国的聋哑儿童。与会的美国友人约翰·罗福对孩子们用手语表达《论语》的内容印象深刻，认为这"充分体现了孔子的有教无类思想"。

每年祭孔大典的主题，都与现实贴得很紧，如"凡人善举，共筑和谐""幸福家庭，和睦邻里"等。祭孔活动与文明城市创建就这样同框了。

祭祀之外，衢州结合文明城市创建开展全民特别是中小学生学《论语》的活动。小学生主要的学习形式是听故事、讲故事，背诵《论语》中的某一句话，先由老师讲解这句话的意思和其中的故事，再让学生结合实际，讲现实生活中的故事，并定期举行讲故事比赛；在初中生中开展学《论语》演讲比赛，围绕孔子的一句话，大家各抒己见；因高中生理解能力较强，所以定期举行相关主题辩论赛。无论是哪种比赛，来参加的都不只是学生本人，学生亲友、老师等也都来当"啦啦队"，就像过节一样。此外，还有普及《论语》知识的校园剧、合唱节演出以及少儿经典诵读班等。

就是在背诵《论语》的过程中，在听《论语》故事和南孔人物故事时，人们发现南孔文化具有丰富的内涵，是一个文明的宝库。《衢州日报》原资深编辑、《孔氏南宗谱》的编纂主持人庄月江对我说："孔氏南宗的许多人物故事，就是践行《论语》教导的示范，是用行动甚至用生命对《论语》进行诠释。弘扬南孔文化成为推动衢州文明城市创建的一张风帆。"

爱国主义是南孔文化中一个鲜明的符号。孔子第 48 代嫡长孙孔端友在金国铁骑占领曲阜之前，毅然带着传家宝和近支族人随宋高宗南迁，誓不当亡国奴，被赐居衢州，行使衍圣公之职权。因为真正的衍圣公到了南宋，占领了北方的金国统治者又封孔端操之子孔璠（49代）为衍圣公。蒙古统治者也在其占领区封孔元用（51代）为衍圣公。一时间，中国的大地上出现了三个衍圣公。元朝统一中国后，元世祖忽必烈也发现了其中的问题，于是派人调查，查明"孔氏子孙在衢州者，乃其宗子"（《明一统志》）。至元十九年（1282年）秋，诏命在衢州的第六代衍圣公、孔子的53代宗子孔洙（时年50岁）入觐，令其载爵回曲阜奉祀。孔洙借口母亲年迈，且先祖庙、墓在衢州，要求让爵于在曲阜的族弟孔治。元世祖赞曰："宁违荣而不违道，真圣人后也"，于是授孔洙为国子监祭酒兼提举浙东道学校事（不能世袭），并予护持林庙玺书。孔氏大宗从此失去了衍圣公的爵位。归衢州前，孔洙在元大都看望了监狱中的文天祥。孔洙字源鲁、思鲁，可见他多么思念自己故乡鲁地之曲阜，但让他载爵归鲁时，却婉拒了，让爵的原因虽未明说，但从他看望文天祥的行为便一目了然。他在南宋袭封衍圣公，历任衢州、吉州、平江、信州通判，入元，居家不仕。另外一位叔父孔万龄，从大儒许衡，名声很大，在宋为将仕郎、袁州分宜县令，元至元十三年（1276），授其原职，他坚辞不赴任。叔父孔应祥，宋仕从政郎，刑工部架阁，入元不仕。

南宗孔氏诸贤以平民教育为己任，干起了孔子的老本行。第48代孙孔端任创设东阳南岑孔山书院，第50代孙孔梃创设磐安樟溪杏坛书院等，此外还在福建、江苏、湖北等地创设书院。直到明武宗正德元年（1506年）在衢的孔子第59代孙孔彦被封为五经博士，允世袭，才有了一份不多的官俸。在世袭15代后，至民国废除爵位，改为"大成至圣先师南宗奉祀官"（曲阜为"大成至圣先师奉祀官"）。

孔子说："志士仁人，无求生以害仁，有杀身以成仁。"1942年和1944年，日本侵略军曾两次占领衢州。在衢孔氏南宗族人对这句话可谓做到了以身示范。1942年日军第一次侵衢时，曾经担任县学教谕的孔昭瑞被掳，不屈被杀；日军攻下衢州时，听说孔宪荚曾留学日本，便想拉他出来维持局面，孔宪荚听到风声，在日军到来之前投水自尽。不屈遇难的还有孔庆祉与儿子孔繁篪、孔繁埧，孔宪荧之女孔庆荃等人。另外，1944年，南宗奉祀官孔繁豪为保护传家宝——孔子和夫人的楷木像而死于避难地。

一座文明之风荡漾的城市

毋庸讳言，刚开始举南孔文化的旗，是想打开城市的知名度，但是随着祭孔大典和《论语》普及活动的深入，大家发现所谓"文化搭台，经济唱戏"的格局未免太局促、太短视了。在现代条件下，城市的核心竞争力越来越向软实力倾斜，因为软实力是城市的核，能辐射带动其他工作，而核的外延是无边无际、包罗万象的。对衢州来说，从历史深度看，以南孔儒家文化为核心的传统文化是衢州的根和魂，是衢州最大的软实力。于是，从2018年5月开始，市委、市政府决定把继承和发扬南孔文化与创建文明城市有机结合起来。

今天，人们不难发现孔子的许多论述与社会主义核心价值观和创建文明城市的要求是一致的，完全可以古为今用。比如，《论语》中"性相近也，习相远也""有教无类"以及"以德求位"等观点，与我们今天所追求的平等非常相似；关于"文质彬彬，然后君子"的系列论述，对于今天的文明建设仍有启发意义；至于"人而无信，不知其可也"，则与今天的诚信要求毫无二致……社会主义核心价值观的12项要求，几乎每项都可在《论语》中找到对应或相近的论述。

当然，在创建文明城市的工作中，如果处处到《论语》中找根据，那就未免迂腐可笑，成了"寻章摘句老雕虫"了。《论语》说："不学礼，无以立。"《左传》说："夫礼，天之经也，地之义也，民之行也。"衢州要继承弘扬南孔文化，就准备从这个"礼"字入手。这个挈总纲之礼，既是包罗万象的，又是十分具体的。至少包括四个大的方面：

对自然有礼，对自然有敬畏之心，遵循自然规律，保护自然生态……推进生态文明建设。

对社会有礼，人与人之间，对他人、对客商、对游客、对所有人都有礼，包括社会公德、职业道德、家庭美德、个人品德、为官政德……

对历史有礼，把传统文化特别是有衢州特色的南孔文化、围棋文化、古城文化挖掘好，传承好，发扬好。

对未来有礼，把握未来发展趋势，顺应时代需求……对衢州这座城市的未来负责。

这四个方面，最难做到的是对社会有礼。衢州市先从八个看得见的文明行为上抓起，打造文明城市形象，即：

一座车让人的城市；

一座烟头不落地的城市；

一座自觉排队的城市；

一座使用公筷公勺的城市；

一座行作揖礼的城市；

一座不随地吐痰的城市；

一座没有牛皮癣的城市；

一座拆墙透绿的城市。

衢州市创建办的毛霖介绍说：上述八项中，对行作揖礼，开始有人颇有微词，认为是"复古倒退"，可一场新冠肺炎疫情，又让大家觉得这是"有先见之明"。其实哪有什么先见之明，不过一是为了在礼节上体现南孔文化，中国人行中国礼，以区别于他处；二是觉得行拱手礼比握手礼卫生，可避免许多疾病传染。对于其他各项，文明办委托浙江广播电视总台和一家律师事务所作为第三方进行调查，结果是非常鼓舞人心的。以车让人为例，他们在四个路口隐蔽拍摄了一整天，只发现一辆不礼让斑马线的车，挂的还是外地车牌。

　　不过，我最怀疑的是公筷公勺的使用情况，在饭店、食堂使用尚可监督，在家里要做到可不容易。2021 年 5 月 14 日晚饭时，我悄悄来到柯城区上洋村，先去村民吴根水家，还没有开饭，但女主人已经把菜上齐了，碗筷摆好，一家三代五口人，每个座位上都摆了两双筷子，黑、白各一双。女主人告诉我，白的是公筷，黑的是自己用的。再进第二家，主人叫吴美珠，也是一家五口，老两口、女儿、女婿和外孙正在吃饭，也在用公筷公勺。我问女主人："习惯吗？"她说："开始不习惯，也是逼出来的。定了村规民约，家里也有监督员。"她指着外孙说："你不用公筷，他就不答应。不用公筷给他夹菜，他嫌你脏。"小家伙说："就是呀！得讲卫生。"

　　他们都是农民，平时自由散漫惯了，在这件事上怎么就能这么自觉呢？ 58 岁的村支书黄岳华说："使用公筷公勺衢州市有规定，但农村里要执行还得要靠村规民约来帮忙，这是村民眼里的'小宪法'。去年疫情出现后，在外面做生意的人回来了，请客吃饭的多了，有人随地吐痰、乱扔烟头，不少村民反映，必须制止不文明行为，在村规民约中加上使用公筷公勺、不准随地吐痰、不准乱扔烟头等新的规定。也有人反对，说：'市里已经有规定了，还搞什么村规民约？'但村民代表大会讨论后决定还是要有村规民约，并要由巾帼有礼团来监督考核。"他让人把妇联主任罗春莲叫来，这个风风火火的中年妇女领导着村里的巾帼有礼团。她说："全村 10 个网格，每个网格都有巾帼有礼团的成员。采取线上打卡、线下抽查的方法，要求每家每顿饭都要用手机拍照，把使用公筷公勺的情况发在微信群里，巾帼有礼团成员随机进门抽查。另一个办法就是让小孩监督。对做得好的，一周一兑奖，第一周是牙膏，第二周是毛巾……做得不好的要批评和帮助。这样坚持下来，大家就形成了新的好习惯。"听她一说，我明白了。

　　离开上洋村后，我半开玩笑地问："公筷公勺也与南孔文化有关系吗？"毛霖说："孔子没有说要使用公筷公勺，但说过'食不言，寝不语''席不正，不坐''乡人饮酒，杖者出，斯出矣'，这些都是吃饭的礼仪，对我们纠正饭桌上的不文明行为是有指导意义的。"

衢州市提出要让南孔文化弥漫在空气中、浸透到灵魂中、体现在日常生活中，努力做到人人讲文明，处处见文明。我想，最难做到的其实是在家中的文明，就像上面所看到的在家里使用公筷公勺的习惯。不少人往往是人前有礼，人后无礼，家中悖礼。因此，家风家教是社会文明中的重要组成。

衢州学院的吴锡标教授是研究南孔文化的专家。他认为南孔文化中一个宝贵财富是独具特色的孔氏家训："识艰难，劳筋骨，知物理，通事务，达人情"。孔洙让爵后，孔氏南宗"识艰难，劳筋骨"，当了两百多年的平民。他们过着耕读生活，与一般读书人一样参加科举考试，自第 48 代孙到第 72 代孙，考上进士或考中举人的过百人。这都是靠自身本事考上的，体现了孔氏南宗自强不息的精神。在金华永康的孔氏南宗后人没有人当官，但把修身养性与种庄稼结合起来，留下了躬耕修身的美誉。

在浙江，衢州是一个人口小市，但评上"中国好人""浙江好人"的人数却在省内名列前茅。这得益于共产党员的模范带头作用，也得益于南孔文化孕育出来的崇德向善的民风。优秀共产党员的家风家教与孔氏南宗的家风家训其实是相通的。且看两位党员的家风家教：

第一位是老英雄胡兆富。 2018 年 3 月，95 岁的胡兆富因脑部的枪伤复发，又跌伤了腿脚，住进医院。在法院系统工作的外孙来看他，喜滋滋地拿出三等功奖章和优秀共产党员证书请外公看。谁知外公却说："你可不要有了一点荣誉就翘尾巴，要说立功，我立的功比你多得多。"外孙特别好奇，反复问他究竟立过什么功。他说："我特等功、一等功都立过，但你不要问了，我只是希望你的工作能做到更出色。"外孙心中有了一个谜：外公真的立过这么大的功吗？问外婆、母亲和其他亲人，竟一概不知。刚好在这个月，国家退役军人事务部成立了，不久常山县退役军人事务局也挂牌办公。他们在对退役军人进行数据录入时，突然发现平时不声不响的县人民医院退休医生胡兆富竟然是一个大英雄。在抗日战争和解放战争中，他参加过孟良崮战役、淮海战役、渡江战役、解放舟山战役等大小战役、战斗 46 次，先后立特等功 2 次、一等功 7 次、二等功 8 次、三等功 5 次，荣膺"三级战斗英雄"和"华东三级人民英雄"的称号。军功章一下从箱子底下翻出来，那么一大堆，连他老伴也被吓了一跳："他藏了 60 多年，我一点不知道。"

胡兆富在部队里是卫生员，身上有四处大的伤疤，每一处都是过鬼门关的记录。有两次最危险，一次是在山东平邑香山口的反"扫荡"战斗中，日寇子弹击中他头部，打落一颗牙齿，从后颈部穿出去，留下一个血窟窿；另一次是在战地救护中，他的头部和胸部被炮弹碎片击中，头皮被掀掉，头骨也被子弹击穿，但浑身是血的他只顾抢救伤员，直到因失血过多而晕倒。那次他一共救出 11 名伤员。除了抢救伤员，他还指挥过战斗。在解放洛阳战役中，见指挥员全部伤亡，他勇敢地站出来，带领战士们完成了战斗任务。他立的两个特等功，其中一个就是在这次战斗中。新中国成立后，他到军医大学学习，毕业后成为驻衢州空军某部一名军医。1958 年，党号召军队干部支援地方建设，他转业到地方，先在兰溪铝厂当医生，后到常山县担任血防站站长。常山的血吸虫病消灭后，他拿到了转业后的第一本荣誉证书。县里要给他安排领导职务，他却要求当一线医生，从此县人民医院来了一个胡大夫，一直干到退休。

家人问他："为什么要把军功章深藏箱底？"他说：

第一，打了这么多年的仗，我还能活下来，我够满足了。经历过战争的人，在战场上浴血奋战过的人，对生命的理解，对人生意义的理解，肯定与一般的人不一样。我从来没有把自己当成英雄。那些比我英勇的，功劳比我大的，已经牺牲了的战友，像一面镜子。只要拿他们照一照，我的那些战功和荣誉不值一提。

第二，不讲功劳，对我和家庭都有好处。把自己当普通一兵，就不会骄傲自满，脱离群众。对孩子们来说，免得他们背上功臣后代的包袱，不求上进。他们不知道我是功臣，就会和其他老百姓的孩子一样，自己的前程靠自己努力。

在此之前，在常山没人知道胡兆富立过战功，但不少人知道他对晚辈的家教很严，要求他们任何时候都要听党的话，要像雷锋那样为人民服务、助人为乐，遇到吃苦的事、危险的事要往前站，但在评功评奖评级时要往后靠。这与孔氏家训的五句话是一致的。遵照他的教导，他的两个女儿都是白衣天使，工作兢兢业业、尽心尽力；儿子在云南因见义勇为而英勇牺牲，孙辈都在基层工作。要不是退役军人事务局搞普查，他的后代也许只有在他逝世后清理遗物时，才能发现他的秘密。

第二位是 79 岁的共产党员贵海良，曾经担任柯城区航埠镇新山村支书 20 余年，一心为公，从不占集体一分钱的便宜，没有给两子一女留下什么家产，只传下十个字的家训："廉洁、诚信、忠孝、勤俭、奉献"。大儿子贵建忠成年后一直跟随父亲在印刷厂工作，"记得某年的一个晚上，有一个很大的单子，父亲答应了第二天印刷好，于是我们连夜赶工，一直干到半夜一两点，最终这单生意成功交付。"二儿子贵建国说："以前我在外头做生意的时候，父亲经常教育我，做人、做生意要诚实守信，做出好口碑，大家就会主动来找你。后来，事实证明，父亲说得太对了。"2005 年，贵建国回到村里担任村支书，廉洁自律，带头为公益事业捐款，赢得村民的支持与信任。相比言传，贵海良更重身教。他岳母 90 多岁了，老人家身体不舒服时，贵海良总是不厌其烦地带她去衢州市人民医院看病。他妻子叶冬英说："老贵做出榜样，子女和孙辈也很孝顺。"贵海良对自己很"抠门"，皮带断了，用铁丝连起来继续用，但对他人、对村庄、对社会却很慷慨，总是带头捐款。在中国共产党成立 100 周年之际，他将自己 35 年积攒起来的 40 万元全部捐赠出来，倡议成立"领头雁教育基金"。新山村妇女主任方文英说："老贵的家庭在当地很有声望，是当地人看齐的榜样，影响了越来越多的家庭。"

一个模范文明家庭，让一个地方的人看齐；千万个模范文明家庭，就会像燎原的星星之火。这不就是《诗序》所说的"先王以是经夫妇、成孝敬、厚人伦、美教化、移风俗"么！

"须知我种桃，可以化风俗。"参加衢州孔氏南宗家庙祭祀大典和衢州国际孔子文化节的嘉宾，一人可以得到一本《论语》。2018 年，在首届长三角文博会上的衢州展馆，孔子第 76 代嫡长孙孔令立给每位观展游客赠送了一份孔氏南宗家庙特制的线装袖珍版《论语》。这不是一般的礼品，是衢州的一张"城市名片"，是一份"可以化风俗"的精神食粮。

曾子曰："慎终追远，民德归厚矣。"在衢州"让南孔文化重重落地"的时候，当文明之风在衢州荡漾开来的时候，全国文明城市的称号就飘然而至了。在 2018—2020 年创建周期中，衢州以测评总成绩第四顺利当选"全国文明城市"。衢州是什么地方？"南孔圣地，东南阙里"。衢州人身上，比别人多一本"衢州市民有礼护照"。"护照"的封二上印着社会主义核心价值观，首页上印着"一座车让人的城市……"等八个城市特色；第 2—3 页是市民公约 20 条；接下来是《衢州市文明行为促进条例》中"八大亮点"的漫画图解……

19

"最美家风＋"，加出个朗朗乾坤

习近平总书记强调指出："不论时代发生多大变化，不论生活格局发生多大变化，我们都要重视家庭建设，注重家庭、注重家教、注重家风……使千千万万个家庭成为国家发展、民族进步、社会和谐的重要基点。"

在文明城市的创建活动中，浙江各地都非常重视家庭、家教、家风的建设，积累了丰富的经验。有在村文化礼堂里集中展示村民家风家训的，还有如温州平阳县的千年古村鸣山则让家训上墙，让村里30多个姓氏独特的祖训家规"走出"族谱，以彩绘山水画及古体文字等具有"古味"的形式呈现在自家外墙上，形成了独具韵味的家训墙。本章讲述的是湖州市南浔区以最美家风为抓手促进文明城市建设的故事。

南浔镇只是南浔区的一个镇，但南浔区的名气没有南浔镇大。一说南浔，我脑子里立马就跳出那个名宅名苑扎堆的江南水乡小镇，想起那里的名人故居和门楼上精美的砖雕，想起与小镇有关的故事。

南浔吸引我，有多重原因。早在战国时期，它是楚国春申君的封地，我乃楚人，自然而然有了一种亲和感。它还是现当代著名诗人和报告文学大家徐迟的故乡。记得 20 世纪 80 年代初，第一次在北京见面时徐老前辈告诉我，他是湖州南浔人。我去过湖州多次，却不知这位前辈的故里就在南浔，惭愧之余，下决心一定要去看看。谁知去了一次后，又有了第二次、第三次、第四次。

好家风，旺一族，惠一方

南浔，素有"湖丝之源""文化之邦""诗书之乡""园林之地"的美称，的确是一个让人去了还想去的地方。我第一次去的时候，古镇的旅游业尚未兴起，名人故居还没有整理开放，找熟人带着，在东大街上走了走，坐船在顿塘晃了晃，就已经为傍河而建又用石桥相连的百间楼鲜明的江南建筑风格所吸引，对刘镛、张静江等名人的故居充满了好奇，想着有机会一定要进去探个究竟。

随着文化旅游事业的发展，南浔的历史真面目被逐渐揭开，尤其是它的文化价值愈来愈显得珍贵。以往人们介绍南浔的时候，往往强调它的经济地位和富有。辑里湖丝一直是皇家织造的指定原料，可见其珍贵。晚清上海口岸开放后，南浔丝商把辑里湖丝运到上海出口，涌现了俗称"四象八牛七十二条黄金狗"的百余家丝商巨贾。现存的辑里湖丝馆、丝业会馆以及富商故居，如位居"四象"之首的刘镛的私家园林小莲庄、号称"江南第一宅"的张石铭旧宅、刘镛第三子刘梯青所建之俗称"红房子"的刘氏梯号等，记录下了南浔往日的辉煌，让人仿佛看到了顿塘河中丝船辐辏的繁忙情景，听到了银圆撞击发出的清脆"当当"声。

然而，南浔不只是一个商业的南浔，而且是一个文化的南浔，是名副其实的中国历史文化名镇。在古镇上，蕴含在各类建筑特别是名人故居中的文化，足够建筑学者写论文的，光是被列入全国重点文物保护单位的就有小莲庄、张石铭旧居和嘉业藏书楼等。这且不去说，只说南浔出的文化人可真是多。历史上南浔就有"九里三阁老，十里两尚书"之说，宋、明、清三代共出进士 40 多名，近现代的名人就更多了。

财富与文化不能画等号，有钱人与文化人更不可同日而语，但是非物质文化也是要有物质基础的。在南浔的"四象八牛"身上，可以比较明显地看到经济与文化的统一。"四象"之首的刘镛培养子孙学文化，其子刘景藻是光绪甲午科进士及第，其孙刘承干创建了嘉业堂藏书楼。"四象"之一的张家，出来两个大名人，一个是毁家纾难资助孙中山的"民国奇人"张静江，另一个是甲午举人张石铭，参加过"公车上书"，是西泠印社的主要出资人和著名文物鉴赏家、藏书家，而且"一门三代四藏家"。"四象"之一的庞家以"文商并重"著称，其中庞莱臣被誉为"民国第一大收藏家"。"四象"之一的顾家，由顾乾麟于1939年所设立的叔蘋奖学金是我国私人创办的历史悠久、设置学校十分广泛的奖学金。"八牛"之一的金家，出了"民国北方画坛领袖"金城，成为艺术世家。"八牛"之一的陈家后辈几乎全是学有成就的知识分子。"八牛"之一的蒋氏也是一个"散尽千金为藏书"的藏书世家……

我第四次去南浔，是去采访创建文明城市的情况。当文明办的同志向我谈起"四象八牛"时，我一开始觉得他们跑题了。南浔昔日的那些富商巨贾们，大多做到了儒商结合，他们诚信经营、乐善好施，对今天仍然有启迪意义，但总觉得与一般民众的生活仍有距离。不过，听着听着，他们给我一个大惊喜：在创建文明城市的过程中，他们找到了一个古今之间的天然契合点，这个点就是家风、家训文化。

纵观南浔近现代名人贤达，主要包括政治、经济、文化、教育、科技这五个方面的杰出人物，他们都有一个共同的特点，就是其所在家族无不有良好的家风、家训，可以说他们是在好的家风、家训熏陶中成长起来的，是由包括家风、家训在内的优秀文化雕塑成器的。事实证明，坚守好家风，不仅能旺一个家族，而且能惠及一片社区和整个乡村。

南浔的历史宅邸一般为传统的多进式建筑，每一进之间用砖墙隔开，墙上有门，门框一般用木头或砖头做，最好的是用石头，门上有门楼，门楼上有砖雕,俗称砖雕门楼。不少人家都把家训刻在砖雕门楼上,如张静江的旧居上刻着"世守西铭""有容乃大",庞莱臣家的门楼上刻着"世泽遗安""厚德载福",等等。

以家风、家训为突破口,促进文明城市建设,实为一着妙棋。学习习近平总书记关于加强社风、家风建设的有关论述,缅怀南浔先贤的事迹,区委、区政府顿感抓到了社会风气建设的"牛鼻子",找到了把文明建设抓实抓具体的突破口,站位自然就高了,正如《浔商家风故事》一书前言所言:

> "家是最小国,国是千万家"。中华上下五千年,家国从来两相依。人皆有家,家必有训。家风正,则民风淳;民风正,则社稷兴。历览先贤,皆谨遵修身、齐家、治国之训。
>
> 重乡贤、倡家风,是留住乡愁的重要纽带,也是新时代坚守文化自信的表现。家风、家训作为传承中华文明的微观载体,以一种无言的教育,潜移默化、润物无声地影响着人们的心灵,对涵养社会主义核心价值观具有直接作用。
>
> …………
>
> 南浔家风家训,或载于族谱,或传于言行;或铭刻匾联,或泼墨字画。昭显于厅堂,垂范于乡邻。静默中浸润心灵,流转间启迪言行。古今一契,皆因文以载道,文以化人。

南浔乡贤家风故事被挖掘出来了,南浔古镇东大街38号的金氏("八牛"之一)承德堂被辟为南浔家风传承馆,南浔乡贤的家风家训在这里集中展示了出来……

国有国法，家有家规

简单地说，家风、家训是一个家族理想的寄托和共同的行为规范，家风、家训好的家族往往人才济济，连绵不绝。先看看"四象"之首的刘家，其家风、家训中有"乐善好施"和"读书积德"等内容。刘家在南浔兴旺的第一代刘镛除了积极出资赈灾救灾之外，还拿出数万银圆，借贷生息用以购买大米接济穷人，名曰"爱米"，按现在的话说，就是设立了一个"爱米"基金。他规定，这个钱，子孙只能往里增而不能挪用。过60大寿时，后辈亲朋要大摆宴席，他坚决推辞，转而把贺寿的钱拿出来修了一座桥。孙子刘承干满月时，按例当摆满月酒，刘镛说服家人、亲戚取消了酒宴，把为此准备的一笔钱捐出去用于赈灾。为什么要这样？他把乐善好施当作疗疾良药，说："吾岁散数千金以与人，非求福也，盖以疗吾之疾也。天地之道，蓄极必泄，吾不待其泄而先自泄也，庶以惩。夫肤革充盈者之自知其疾，而早药之也。"由他建立和躬行的家风、家训传了下来，四个儿子无不乐善好施。其子刘锦藻在南浔设义仓，办私家小学专供穷人孩子免费读书，出资成立圩工局修筑堤坝，南浔的孤儿院、老人院、育婴堂等慈善机构，刘家捐资占大头。再看"读书积德"，刘氏从第二代开始，都饱读诗书。刘锦藻与南通张謇同榜进士及第，一生经商、从政之余，还精于文献研究，著有《清朝续文献通考》400卷，在中国文献学上占有重要地位。刘锦藻之子刘承干，人称"傻公子"，遵循刘氏家风家训，一心读书、买书、藏书，建起了嘉业堂藏书楼。1951年，他将嘉业堂藏书楼的藏书全部无偿捐献给浙江图书馆。刘家的第四代以后没有富商巨贾，但"读书积德"的家风延续下来，造就了一个学术型、艺术型的大家族，物理学家、化学家、各类工程专家、教授层出不穷。直到现在，刘氏后人每年均会从世界各地回到南浔小莲庄聚会，重温家训。

"四象八牛"的家风、家训各有各的精彩。但有人会问："富豪人家的家风、家训与普通老百姓似乎隔得有点远，能讲点普通人家的家风、家训故事吗？"

　　南浔这类故事也有的是。就以写《哥德巴赫猜想》的徐迟家为例。徐家的家训只有四个字："教思无穷。"徐迟的父亲徐一冰1906年从日本留学归来后，与朋友一起在上海创办了中国体操学校，自任校长兼训育。因办学成绩显著，国民政府颁给他一等文虎章和七等嘉禾章，授匾"教思无穷"（即其家训）。1915年初，徐一冰回到南浔，"毁家兴学"，卖掉自家宅子办了一家贫儿院。他张贴布告说："……创办这个贫儿院是一冰夫妇真正良心上要做的事业，这种用不着的东西变卖几个铜钿，家养教养贫儿，岂不是好事么。"家产卖掉之后，他们一家就住到了贫儿院里，主要精力放在经营贫儿院上，同时兼顾在上海的体操学校。也许因为操劳过度，1922年徐一冰病故，留下妻子陶莲雅和两儿三女租三间破屋栖身，当时长子徐迟才八岁。困顿如此，没有精神寄托的人会因贫穷而沦落，而有精神寄托的人会更加发奋努力。徐夫人严守徐家"教思无穷"的家训，想方设法让五个孩子读书。艰难困苦，玉汝于成，徐家五个孩子，后来个个都成了大器。

　　上述都是历史人物，有新人新事吗？有的。荻港村的"一元茶馆"主人潘平福就是其中一个。老潘76岁了，每天凌晨四点就起来忙碌。改革开放前，他一碗茶才卖几分钱，后来茶叶价格涨了几十上百倍，但他涨到一碗一元后就再不往上涨了。明显亏本呀！他就用理发收入来弥补，一面卖茶，一面当理发师。问他为啥不涨价，他说："父亲生前交给了我手艺，也把家训传给了我，'诚实经营，善待乡亲'的家训，我不能违背。"

　　菱湖镇六堡里村村民姚玉林88岁了，早年在外承包工程赚了一些钱。他遵循"以善为先"的家训，40多年来默默捐助给村里的钱物多达300余万元，大半辈子赚的钱几乎全部捐给了村里有需要的老人，而老两口却住在10平方米的老旧小屋里。他没为孩子留钱，却把"以善为先"的家风传给了他们。他的四个孩子在父亲的感染下，平时积极参与志愿活动，捐钱捐物，做着好事。女儿姚红英说："虽然我们心疼父亲，但是愿意永远以他为榜样，不忘'以善为先'的家训。"在姚玉林的带动下，越来越多的人加入捐助家乡建设的队伍。同村的吴信江是老人的"忘年交",受老人影响,已经为家乡捐助了400万元。

讲乡贤的家风故事是为了见贤思齐。菱湖镇竹墩村的乡贤馆成了村民们最爱去的地方。竹墩村历史上有沈、朱、吴、姚四大家族,都很出色,尤以沈氏一族为"耕读传家"的望族,出的名人也最多,历来有"沈氏旺竹墩"之说。据《沈氏家谱》记载,其家训为:"渊德懿行,以让第一。"过去,竹墩村有沈氏祠堂,族谱、家训、族规和祖先中的杰出人物事迹,都摆在祠堂里。后来,祠堂被拆除,地基变成了桑田。昔日的家规和历史名人只存在于老人们的唠叨中,年轻人对这些"陈芝麻烂谷子"似乎没那么感兴趣。自开展文明城市、文明乡村建设以来,特别是南浔区开展"最美家风+"活动以来,村民们才发现,原来自己的祖先是如此优秀,留下的家风、家训和族规是这般美好。

这么好的历史文化传统得想办法保存下来,一代一代传下去。那就把祠堂重新修起来吧!但如果沈氏修一座祠堂,同村的朱、吴、姚三姓也有光荣历史,是不是也要修祠堂?一个村修几座祠堂,明显是资源浪费,效果也未必就好。在村党支部的领导下,村民大会上大家一致同意,修建一座乡贤馆,把沈、朱、吴、姚四大家族的族谱、家风、家训和乡贤(名人)都放在里头,变成大家的共同财富。

老族谱上的家训虽然仍有现实意义,但时过境迁,所以需要增加新的内容。因此,沈、朱、吴、姚四姓在新修家谱时,公议出新的家训。新修《沈氏家谱》的家训为:"孝悌忠信,礼义廉耻;慈善为本,和睦相处;勤劳朴实,勤俭持家;重文兴教,与邻为善;敬宗睦族,行善积德。"

在竹墩村先贤馆里,古代乡贤的家风、家训故事按"忠、孝、悌、善、德、信、勤、俭"分类展出。村民沈卫琴看了先贤的故事后,深有感触,说:"他们都是本村人,是我们的老祖宗,虽然都是过去的事,但看了感到很亲切,对今人、对后人都有教育意义。"

族谱中的家训只能算是族规,每个家庭的家风、家训对家庭成员的影响更直接,约束更具体。但是除了历史上一些世家大户的后人,一般人家基本没有成文的家风、家训。而光靠口传身教的家风、家训又很容易失传。在"最美家风＋"活动中，南浔区14万个家庭都立下了本家的新家训。南浔镇息塘村村民沈根娜说："过去我们家也有不成文的为人处世的规矩，比如不骗人、不偷窃、不欺负残障人士等，这次我们慎重召开了家庭会议，形成了书面的家风、家训，以便于全家遵循。"

不过，开始时也有对家风、家训不以为然的人，息塘村的张老汉就是一个。他觉得家风家训与小老百姓没有关系。村支书周美凤介绍说："张老汉脾气倔强，对儿子辈稍有不满意就训斥，甚至开骂，时间长了，后辈受不了，他在家里就成了孤家寡人，家人都不爱搭理他。看到别人家立家风、家训后都家庭和睦，很快他也坐不住了……"他主动找到周美凤，希望周书记帮他召集家庭会议。在家庭会议上他向后辈检讨了自己脾气不好的毛病，认了错，后辈们也检讨了对他尊重不够的问题，最后他提议把"和睦相处"立为家训，得到一致赞同。自此，他与家人的关系改善了。周美凤说："事后我问他怎么样，他笑了，连说几个'好了''好了'！"

在"最美家风＋"活动中，老百姓更加感受到了家风、家训的巨大力量。老年人是弱势群体，特别是在农村。因此，孝心成为"最美家风＋"活动中的主题词之一，很多家庭把"有孝心""尽孝道"写进家训之中。双林镇向阳村村民汤山青家的家训中写上了"父慈子孝，尊老爱幼"的内容。立家训时，70多岁的汤山青老爷子还硬朗得很，能吃能喝能干活。家里有这样一个老爷子，煞是令人羡慕。可老天似乎是为了考验他的子孙是否真按家训办事，2020年，年近八旬的老爷子先后中风两次，命是保住了，生活却不能自理了。照顾这样一个病人是一件非常麻烦的事，除了要不怕累、不嫌烦，还要不怕脏。老爷子有福气，老伴、两个儿子和儿媳一点也不嫌弃他，每天定时给他按摩、做理疗，洗头洗脚、送药喂饭，悉心照料，只要天晴，就推他出门透气散心。出嫁了的女儿也会抽空回来照顾他。全家人真正践行了"父慈子孝，尊老爱幼"的家训。远嫁而来的孙媳妇张梦感慨夫家的好家风，也主动加入照顾爷爷的行列。张梦说："生活在这样的家庭里，每天耳濡目染，我们一定会把孝道传递下去。"汤山青两个儿子的房子并排挨着，原来中间有一堵墙，为了坐轮椅的老爷子来回方便，两兄弟在墙上开了一扇门。老爷子虽然不说话，但从这扇门上感受到了儿子的孝顺和兄弟间的融洽。自打改革开放后，汤家每年过年都会拍一张全家福，一开始几个人，到今年有 15 人了，坐在轮椅上的汤山青排在最中间。他老伴孙玲芳说："这张全家福不仅挂在我们家里，也要挂到村文化礼堂里，让它见证我们家的好家风。"

最美家风出墙来，芝兰之气满城乡

《孔子家语》说："与善人居，如入芝兰之室，久而不闻其香，即与之化矣。"毫无疑问，家风好的家庭就如芝兰之室。

"'最美家风＋'，就是要让最美家风走出芝兰之室，让芝兰之气弥散开来；千万户'最美家风'汇集，芝兰之气就会充满城乡。"湖州市文明办的江建斌如是说。据他介绍，南浔区采取"党委统一领导，宣传部门牵头，多部门联动"的工作机制，推动"最美家风＋"工作，包括"最美家风带乡风""最美家风领企风""最美家风扬校风""最美家风促政风"等。

"最美家风＋"，最美家风是基础，好比是原细胞，"＋"好比是细胞分裂繁殖。

在双林镇向阳村，家家门口都有一块铭牌，上面刻着本家的家风、家训。各家的家风、家训还同时展示在村文化礼堂里，保存在村档案室里，村党总支书记杨祥春说："我们希望 100 年后，子孙后代都能铭记祖辈的家风、家训。"

把家风、家训亮出来，把家风故事晒出来，是一种自我监督，也便于邻里监督。村里每半年都会由妇联组织一次最美家风评选，分别评出三星级、四星级、五星级家庭，汤山青家庭就是最美家风五星级家庭。全村 140 多户人家，评出了 16 个星级家庭。他们的事迹在文化礼堂滚动宣传，每个家庭还享受一项名为"最美家风信用贷"的信贷优惠，即只要评上了最美家风星级家庭，不要信贷抵押物就能贷款。这样就把无形的道德资产转化成了有形的信贷抵押物。到 2020 年底，"最美家风信用贷"已在南浔区 218 个行政村开展授信，授信农户 8000 多户，授信金额超过 10.5 亿元，向近 5000 农户发放了贷款，贷款金额近 7 亿元。不是有人要讲实惠吗？这就是最大的实惠。如此这般操作，最美家风的正能量得到进一步释放，好家风对好民风的引领作用更大了。向阳村的汤山青家就带动了一大片，隔壁邻居钱海江家也成为最美家风星级家庭：儿媳妇精心照顾生病的公公，在公公去世后又一心服侍由于老伴去世而心情抑郁的婆婆，引导她走出阴霾。

基层干部是对"最美家风＋"活动感触最深的群体之一。千金镇商墓村飞速发展的四年，正是"最美家风＋"建设深入开展的四年，由此凝聚的正能量让村民们心往一处想，劲往一处使，让这个原本落后的村庄发展成了省级旅游示范村。村支书钱永安说："为发展生态旅游，我们要建占地 5.5 万平方米的海棠公园、千亩生态水产养殖区，还有湿地公园景观示范带等，多个项目同时启动，让村干部一下子忙不过来。在我们捉襟见肘的时候，68 名村民主动组建了几个小分队，分头认领项目，帮助我们督促进度，协调解决项目推进中的难题，使问题迎刃而解。这在'最美家风＋'活动开展之前，是不可想象的。"

与村干部一样，企业家和企业主管们也看到了"最美家风＋"带出来的好企风。久盛地板有限公司行政总监邵海龙认为家风家训事关企业发展："走进车间，最显眼的位置都贴着新当选优秀员工的家训。这样可以让身边人影响身边人，通过道德素养的提升来促进产品质量的提升，为企业可持续发展提供人文基础。"优秀的家风家训，对企业管理者也是一种鞭策，督促企业要善待员工。来自安徽的余慧来在久盛公司工作已有 10 年，决定在南浔买房落户，很大程度上是因为企业的"家"文化。"公司每月都会为职工过集体生日。每到寒暑假，还会组织员工子女参观车间，让孩子体会父母的辛苦，从而学会感恩。"余慧来坦言，这不仅让员工感到温暖，还对公司的发展充满信心。如今，在久盛工作

10 年以上的老员工有 200 多名，占总数的 23%，成为企业稳健发展的最大财富。

"最美家风＋"首先要"＋"在干部身上，促进政风的清廉。全区 1800 余名机关党员干部在工作岗位牌、"五亮"展示栏中亮出家规家训，接受群众监督。各级党组织将党员弘扬好家风情况纳入"党性体检"范畴，作为评先评优、选拔任用的重要依据。有党员因家风问题被评为"党性亚健康"，接受党组织整改帮扶。在村民委员会换届选举中，有个"问家风"环节，家风有问题的自荐人须主动退出竞选。

南浔实验小学有 3000 余名学生，针对孩子们的特点，在"最美家风＋"活动中，每个班级打造自己的"一字班风"，如"善""勤""俭"，等等。五（8）班的"一字班风"是"礼"。班主任金峰说："我们的目的是希望孩子们用礼来约束和塑造自己，成为彬彬有礼、举止合度的君子。"二（8）班的"一字班风"是"和"，班主任李青青让孩子们用"和"字组词，于是响起一片稚嫩的声音："世界和平""社会和谐""家庭和睦""和气生财""待人和善""说话和气""态度和蔼"……开展"一字班风"活动后，家长们普遍反映"孩子变了"。五（8）班学生陈一涵开始跟着妈妈做公益，她说："我从中感受到了能帮助别人是件开心的事。"过去碰到父母吵架，孩子或者是哭，或者是躲，现在是劝："家庭要和睦"。孩子一劝，父母羞愧了，自然就和解了。

"最美家风＋"，加出个朗朗乾坤。五年来，南浔全区各类矛盾纠纷调处率 98%，区级及以上民主法治村实现了全覆盖；累计入选市级及以上道德模范、最美人物等 90 位、劳动模范 70 位；被评为省文明区，为湖州市入选全国文明城市作出了贡献。

20

风淳俗厚好还乡

在现代技术条件下，搬一座山、架一座桥甚至造一座岛都不算困难，而化风革俗却是一件难上加难的事。好风俗培育起来很困难，坏风俗却很容易形成。在坏风俗面前，人们往往是明知它不好，却又无可奈何，最后不得不随波逐流。

我们欣喜地看到，在红白喜事上化风革俗这件难办的事，浙江在创建文明城市的活动中办成了，丧事简办、婚事新办已蔚然成风。

不知从何时开始，办红白喜事的奢侈攀比之风盛行，办一次，不花个几十万元就没面子，以至于有"娶不起""死不起"之说。在浙江，这股风在温州尤为厉害。2016年9月，温州被中宣部、中央文明办确定为全国移风易俗试点城市，浙江省也指定台州温岭市等19个县（市、区）为婚俗改革试点单位。

打一场红白喜事上的纠风战

办红白喜事，以前有"浙江攀比看温州，温州奢华看乐清"的说法。长久以来，乐清民间红白喜事大操大办之风盛行，上百万元的"天价葬礼"见怪不怪，普通百姓苦在心里却有苦难言。乐清市柳市镇很富，可许多年轻人却感到连婚也结不起。为啥？镇党委宣传委员林巍告诉我："不知从何时起，婚礼不到五星级酒店去办，就显得没有面子。接亲、迎亲的队伍越来越长，车辆越来越豪华，几十辆豪车首尾相连是司空见惯的。普通品牌的汽车不敢"忝列其中"，否则会被人侧目。婚宴标准一般是每桌5000元。一场婚礼下来，少说三五十万元就没了。因为豪华婚礼的生意好，柳市镇三年内就按五星级标准建起了三家酒店……

"办婚事形成了一个产业链，办丧事也有一个产业链。年轻人是'婚结不起'，老人家是'死不起'。过去谁家老人走了，家人和亲戚送殡就行了。现在不行，得请殡葬服务公司，大多数情况其实是不请自到，上门服务，从搭棚到送殡一条龙，价格自然不菲。搭棚干什么？吃流水席。认识不认识的都来吃喝，一天到晚都在吃喝，还要发烟，这个太厉害了，一场葬礼下来，花上百万元的都有，其中光流水席就能吃掉50万元，一个小康之家就被吃空了……"

在台州，紧挨温州的温岭市从2000年1月1日起格外出名，因为温岭的石塘镇是中国大陆新世纪第一缕阳光的照射地，该镇以石建筑著名，有"东方的巴黎圣母院"之称。2017年，温岭市的人均生产总值就超过了1.2万美元，算是比较富裕的地方了。人一富就免不了生"富贵病"，红白喜事上的奢侈攀比之风就是"富贵病"之一。在办红白喜事上，温岭是台州的风向标。温岭大溪镇党委委员、宣传委员徐卓琪告诉我："我见过的最豪华的一场婚礼，不是我们镇里的，1万元一桌的酒席摆了100多桌，给客人每人发一条中华烟，外加一个1000元的红包……其他人没有这么夸张，但也是非常吓人的。婚事要办三场酒：第一场在婚礼前一晚，叫'暖房夜'；第二场是正场，在婚礼当天；第三场在婚礼第二天的中午，叫'落厨房'。酒席一桌光菜钱就在 5000 元以上，野生大黄鱼、大龙虾是必须要上的；白酒分茅台、五粮液、梦之蓝三档，不能低于梦之蓝，一张桌子上摆两瓶，旁边放一箱；香烟，'暖房夜'来宾送礼金或份子钱时主人回赠 1 条，开席时，每人又发 2 包，正场宴席上，女方给每人发 2 包，'落厨房'那天每桌放 2 包，全部都是软中华，而且是最贵的那种，当地 90 多元钱一包。客人当然不是白吃，亲戚送红包一般 2 万元以上，一般客人的份子钱一般为 2088 元或 3088 元。钱必须是新钞票，所以婚礼前就要到银行去预约取款。办一场婚礼，至少也得 50 万元左右。不是收了礼金和份子钱吗？这可是要还的，收多少还多少，还可能因行情上涨而多还。至于办丧事，与温州那边差不多，很多人感叹'死不起'。"

在风俗面前，人的力量往往显得渺小，对红白喜事上互相攀比、铺张浪费的陋习恶俗，可谓怨声载道，却又无人敢出头抵制。如果你不按风俗的"规矩"办，就会受到指责，让你躲不开、逃不掉。有的年轻人在外地工作，找了外地媳妇，在外地领了证、结了婚，婚礼也办过了，老家这头该可以免了吧？不行！在老家还得再办一次，否则就叫"不懂事"。份子钱也是一个不小的负担，有个在外地工作的温州小伙子，就因为怕这个"甜蜜的负担"，不敢轻易回家。"回去一趟，应付各种人情，至少两三万元没了。"

即使在封建社会，也有反对厚葬的仁人志士。就说温州本地赫赫有名的历史人物刘伯温。他是浙南人最崇拜的"地方神祇"，民俗中的祭太公，祭的就是他。他的墓在其故里——文成县南田吴阳村（原属青田县）。据史载，在他病重时，儿子们为他设计了一张陵寝的草图，草图上的墓道两旁有石人石马，坟墓要用石板加盖。刘基一看，一把将草图撕了，严肃地说："墓字上草下土，你用石板盖住，如何长草？人不能靠造石墓、立石碑来流芳百世，还是以木为床，以草为伴为好。"他死后，儿子们遵照其遗言将他薄葬。他是正二品官，但墓的规制与他应该享受的葬制待遇反差甚大，就是一个长草的土包，明显有违封建之礼。重建其故居时，专家们在原址进行了考古发掘，出土文物只有一副石磨、一个石臼和一个石马槽。

但是，刘基"违礼"的好榜样被千万个"合礼"的坏榜样淹没了。现代人在红白喜事上的这种陋习恶俗与创建文明城市的要求背道而驰，而要革除，靠个人的力量恐怕是不行的，必须组织出面。但组织也不敢随便与风俗对着干，要得到大多数群众的拥护才行。那就先摸清民意。乐清市相关职能部门组织了网上和线下民意调查，参与人数两万多，收回有效问卷1.4万份。市委书记也带队到村、社区开展实地调研。调查表明，95%以上的群众对红白喜事上的豪华奢侈之风深恶痛绝，希望党和政府出面进行纠正。2017年6月，乐清市召开全市丧葬礼俗整治6000人动员大会，市委书记作动员讲话，提出以铁的决心、铁的举措、铁的纪律打好移风易俗这场人民大会战。接着又在新一届村"两委"班子上岗培训和全市村级群团组织负责人集中轮训中，把移风易俗作为一项重要培训内容。此后又相继召开全市创建全国县级文明城市暨移风易俗工作推进会以及殡葬综合改革试点工作会议。在全市开展移风易俗的大讨论，充分利用报纸、广播、电视、网络、新媒体、文化墙、文化礼堂等各种载体，全面宣传。党员干部共签订移风易俗承诺书7万余份。

在大造舆论的同时，乐清市出台了操办丧事的规定，主要内容被概括为"五个不超"和"五个禁止"。

"五个不超"：丧事殡期不超过3天，特殊情况经审批后不超过5天（包括亡故和出殡当天）；摆放的花圈、花篮、花匾总数不超过2对（4个）；出殡鼓乐队规模不超过13人；火化时，往返殡仪馆的车辆和出殡（送殡）车辆不超过5辆；丧事活动期间，平时用餐不超过5桌（每桌限10人），酒席总数不超过20桌（每桌限10人）。

"五个禁止"：禁止在广场、道路、学校、住宅小区等公共场所搭建灵堂、灵棚，摆放花圈、花篮，念经做道场或唱诗班唱诗等；禁止施放（悬挂）白气球、租用非法改装的花车（鼓乐车）、使用电子花圈车（电子屏幕车）、进行赌博或为赌博提供条件；禁止火化、出殡、回山沿路燃放烟花爆竹、烧撒纸钱、播放哀乐、吹号奏乐，以及禁止在家守灵期间、祭扫活动中燃放烟花爆竹；禁止使用超标准的花圈、花篮、花匾以及封建迷信丧葬用品；禁止新建、翻新、修复私坟和骨灰装棺再葬。

台州温岭也出台了相关规定，并专门成立了婚丧礼俗规范整治领导小组。温岭市委宣传部副部长、文明办主任龚平告诉我：规定的核心内容简单说就是办红白喜事必须做到"一十百千万"。"一"，就是婚丧事只办一场酒席；"十""百"，即丧事一次不超过 10 桌、100 人，婚事不得超过 20 桌、200 人，双方合办不超过 40 桌、400 人，不发香烟；"千"，自办酒席单桌菜品成本不超过 1000 元；"万"，婚庆礼仪花费不超过 3 万元，婚车不超过 6 辆，订婚彩礼不超过 10 万元，不随礼，不收礼。

温州各地虽没有规定不准随礼、收礼，但也有限制随礼不得超过 300 元或 500 元。

党员带头是关键，乡贤示范是榜样

晚饭后，我们在温岭市区的锦屏公园里边走边谈。说起温岭办红白喜事的"一十百千万"规定，比温州还要严，如办丧事温州各地规定不超过 20 桌，温岭规定不超过 10 桌。凭我的经验，纸上写的是不算数的，只有真正执行了才算数。虽规定这么严，但能落实吗？龚平说："那就要靠做工作了。谁家要办婚、丧事，我们基层文明办提前就知道了，先由村或街道做工作，做不通由镇（乡）里去做工作，还做不通，就由我们做工作。在市文明办，由我带头去做工作。"他举了两个例子：

> 第一个是一位老板，又是党员、政协委员，儿子要结婚。对"一十百千万"的规定，他很痛快地答应遵守，但"关键是我的亲家不干，觉得儿女的婚姻大事，太冷清了不行。又不是没有钱"。他来找我要规定，说是要送给他亲

家。我就跟他去做工作，他对亲家说："我是党员，要是不执行规定，组织上就要处分我……"我跟他们讲："这不是有没有钱的问题，而是要革旧俗立新风，做到致富不炫富，希望你们两家带个头。"最后，两家按规定办了。这位老板对我说："这一下，至少为我省了20万元。"

第二个是一位40多岁的女党员，丈夫因病去世了。因为是英年早逝，亲属都很悲痛，想把葬礼办得风光一点。女党员承担了很大压力，通过我们去做说服工作，她与亲属们统一了思想，不办酒席，不收礼，一家人把他安安静静地送走了。因此，市文明办给她颁发文明风尚奖，奖金5000元。

大溪镇是温岭办红白喜事的风向标。我特地去镇上开了一个座谈会。过去听人说，有的人结婚几年后才攒够钱办婚礼，我还将信将疑。到大溪开座谈会时，见到了方山村村民谢菊香，她58岁了，看上去老实本分。她亲口告诉我，大女儿办婚礼时，她外孙都八岁了。为啥拖这么久？办不起！她丈夫是个采石工，得了硅肺病，丧失了劳动力。过去办一场酒席至少要几十万元，钱只能一点一点地攒，攒了10年才基本攒够，实在不能再拖下去了，才把女儿出嫁的酒给办了。小女儿去年出嫁，因为有了新规定，就没有什么压力，花了不到三万元就把事办了，所以她非常拥护办红白喜事的新规矩。

对新规矩有点抵触的是新富阶层。为把红白喜事上的奢靡之风纠正过来，大溪镇开了一次镇人民代表大会特别会议，作出了相关决议；接着又召开了乡贤联谊会，发出倡议书。同时由镇党委、镇政府组成了一个联合工作组来督促落实。谢利华是镇婚丧礼俗整治办公室的工作人员，其一位同学打电话跟他说："你们怎么不早一年推出？去年我弟弟办婚礼，亏了25万元。"谢利华坐公交车上下班，车上听乘客议论说："办喜事的新规定好是好，但多半实行不了。"徐卓琪认为："要把办婚丧事的新规矩落实，党员带头是关键，乡贤示范很重要。"

参加座谈会的陈斌既是党员，又是镇乡贤联谊会的秘书长，经营着一家集团公司。2020年，他母亲不幸去世，丧事怎么办？兄弟姊妹四个，除了他，都不愿丧事简办，理由是"母亲把我们四个拉扯大不容易，我们不能让她老人家这么无声无息地走，这样人家会骂我们不孝"。陈斌找到徐卓琪问怎么办，徐卓琪决定和他一起去做其他三人的思想工作。她说："陈总原来是东岸村的党支部副书记，现在是乡贤会的秘书长，你们要维护他的威信。"陈斌说："我是党员，一定要起带头作用。"谈到老人走了后怎样才算尽孝的问题，陈斌说："妈妈知道，我能有今天，靠的是党的好政策，生前一直叮嘱我们要听党的话。现在，她老人家走了，我们听党的话就是对她老人家尽孝。不然，妈妈就会不高兴，妈妈不高兴，那叫尽什么孝。"说着说着，大家思想都通了，最后严格按照新规办。这件事影响不小，村民说："人家陈总那么有钱，母亲死了，丧事从简，我们还有啥说的。"从此，东岸村办红白喜事没有一家违规的。

参加座谈会的赵利连 63 岁了，是双凌村的老支书、上届村委会主任。他说："去年我 83 岁的老母亲去世，三个兄弟姊妹问我怎么办，我说：'拉去火葬。'第二天，我就把母亲拉去火葬了，用自己的车把骨灰拉回来，放到了公墓。没办酒，没动用灵车，没有洋鼓洋号吹吹打打。同辈人骂我：'太不像话，没钱我们给你出。'我跟他们说：'别跟我说钱。去年光是村里分红，一人就是两万五，我家三代人就分了 20 万，不缺办丧事的钱。从 1974 年当团支书开始，我一直是村（大队）干部，母亲一直支持我，教育我要为大家办事，要起好的带头作用。现在我们家四个党员，党要移风易俗，我们能不带头吗？'"

2017 年乐清市柳市镇第一代民营企业家、市第一任低压电器协会会长郑某去世，光亲戚就来了 200 人，明显要突破丧事简办的规定。市移风易俗工作专班及时赶往郑家，与镇里干部一起做工作，最后郑家完全按市里的规定，做到了丧事简办。这件事影响很大，连郑会长的丧事都严格按新规办，其他人还能"牛"过他吗？

北宋时期在杭州西湖孤山隐逸的林逋在《省心录》上写道："风不难化也，自上及下而风行；俗不难革也，自迩及远而俗变。"移风易俗工作千难万难，党员带头了就不难。温州、台州各区县都要求党员带头，并且在承诺书上签字。

办婚丧事的节俭新风尚开始形成。温州市文成县玉壶镇九南村有一位1958年入党的老党员胡绍局，生前他再三叮嘱子女，自己的丧事要简办，把省下来的钱捐给村里作为修路资金，为村里起个好头，也算为改变丧葬陋习尽了最后一点力。他逝世后，后辈按他的要求办了，把省下的三万元钱捐给了村里。为表彰胡绍局及其家人，镇党委书记王荣华专程给他们家送了一面"移风易俗之星"的锦旗。胡家长子胡志远接过锦旗后，说："丧事从简、把省下的钱捐给村里是父亲的遗愿。我们按他的遗愿办了，父亲在九泉之下一定会感到高兴。"村委会主任胡世富说："老党员胡绍局带了头，给全村树立了移风易俗的样板，我们村干部的工作也好做多了。"

堵上陋习的门，打开文明的门

要办成任何事，奖惩必须并行不悖。对办红白喜事的违规行为，不能开罚单，因为没有法律依据，在劝诫的同时，主要靠组织（非党员靠村民或居民委员会）处理。温岭市大溪镇2019年处理了两起违规事件。前瓦屿村的一个老板办婚礼，违反了只办一场酒席的规定，"暖房夜"多办了一场，镇移风易俗联合工作组和村"两委"赶去纠正，让他既然有钱违规办酒席，那就拿点钱出来给村里做公益。他捐给村里8000元，并保证次日的正席按规定办。另一起在殿下村，是违反了丧事办酒席不得超过10桌的规定，办了20桌，最后捐给村里1万元。与那些按规定办红白喜事把省下来的钱捐给村里的人相比，谁光荣，谁不太光彩，群众一目了然，而且这还会影响村里给他的年终分红。温州、台州的许多村集体经济实力都比较雄厚，分红是村民的一个重要收入来源。分红是根据村民各方面的表现分等级的，等级由村民大会评议，如果在办红白喜事上违了规，就会被降等，损失的是真金白银。移风易俗的软指标就这么变成了硬指标。

乐清市从2017年7月1日至2021年8月，累计纠正违规办丧319例，查处党员干部违规办丧116例、问责监管不力的相关责任人730人次，以优良的党风政风促农村好乡风。群众办丧费用从平均 40 余万元锐减至现在的 3 万元左右，每年可节约社会资金约 20 亿元。

婚事、丧事都是非办不可的事，为彻底告别旧的陋习，在关上陋习之门的同时，还要开启文明之门。这"不准"干，那"不准"做，应该怎么做？比如，婚礼过去是在五星级酒店办，现在规定菜品人均不准超过 100 元，这个标准，五星级是去不了了，那就在家办。但家里摆不下 20 桌酒席，又不准占用公共场地搭棚子，那这婚礼还办不办？当然要办。到哪里办？去村文化礼堂办。文化礼堂还可以免费为你提供全套婚礼服务，一点不亚于婚庆公司。不少文化礼堂设有家宴中心，配有厨房，有现成的锅碗瓢盆、桌椅板凳，开 20 桌宴席一点问题都没有。如果你图省事，与家宴中心按规定标准，订一个菜单，包你准时开席；如果你愿意自己准备食材、自己请厨师，也行，这里的设备供免费使用。晚上的娱乐活动，根据你的需要，村里的演出队可免费唱越剧；不想看戏，要看电影，也行，礼堂管理员会安排放映；想开派对，一样可以安排。有趣的是，农村家宴中心出现后，有酒店主动放低身段，推出了 3000 元以下的婚宴套餐。

比个人办婚礼更节约更省事的是参加集体婚礼，但因为受传统习俗的影响，集体婚礼在温州、台州不大时兴。2019 年 6 月 17 日，在乐清市柳市镇的生态园，11 对新人在 1 对金婚夫妇和 1 对白金婚夫妇的陪伴下，举办了"相约柳市，爱在柳缘"的集体婚礼。柳市镇的主要领导当证婚人，参加者有新人的父母、亲朋以及热心群众数百人，热闹非凡。最温馨、最让人难忘的环节，是两对老年夫妇为新人送祝福和传授"恩爱秘典"。金婚伉俪郑祥华、陈景连有 54 年婚龄，陈景连说："夫妻之间要学会欣赏对方，我家老郑是个退伍兵，很有上进心，退休后还考老年大学……"白金婚夫妇胡桂华、黄碎兰婚龄 71 年了，黄奶奶说："夫妻在一起，难免会有磕磕碰碰，在发生矛盾的时候要能够互相体谅，夫妻才能长久。"这是柳市镇的第一场集体婚礼，来看热闹的人特别多。谁知看了之后，还没结婚的青年和家有待婚子女的家长，心里都痒痒的，也想参加或让子女参加集体婚礼。"这样好，既省钱，又热闹。"有人当场表态，要赶下一场。

说罢婚事新办，再说丧事简办。

为刹住厚葬歪风，温州各县（市、区）都出台了相关规定。浙江省首个生态回归园落户鹿城区后，引起连锁反应。文成县人民政府发布了《关于推行节地生态安葬的实施意见》，倡导和鼓励建设节地生态安葬设施，实行节地生态安葬。对骨灰入葬骨灰楼、堂、塔、墙、廊等骨灰存放设施的，给予1000元奖补；对实行树葬、花葬、草坪葬的，给予3000元奖补；对实行海葬、骨灰撒散葬等不保留骨灰方式的，给予5000~8000元奖补……至2021年4月，文成已实行树葬28例，海葬10例，骨灰墙安葬600多例。

2021年3月29日，文成县福寿山陵园举行"礼赞生命，回归自然"首届集体节地生态安葬活动，温州市和文成县有关领导出席并发表讲话。20位逝者的骨灰被装在可降解的环保骨灰盒里，在哀乐声中，在亲人、朋友和领导共200余人的注视下，深埋到绿树之下。没有燃放烟花爆竹，没有烧香烛纸钱，也没有立墓碑，逝者安静地回归大地、融入自然。

同日，温州市的一场海葬在平阳海域举行。在音乐的伴奏下，在纷纷花雨中，船上109个可降解环保骨灰盒被放入海中，沉入海底。来自乐清市的李娇是来送妹妹李娜的。李娜在一次意外事故中不幸去世，李娇考虑到妹妹非常热爱公益，乐于助人，说服父母捐献了妹妹的眼角膜以及尚能供移植的肾脏和脾脏，又因妹妹崇拜大海，常将大海比作人类的母亲，她又说服父母，让妹妹投入大海的怀抱。在海葬现场，她含着眼泪接受采访，说："妹妹生前助人为乐，把她的器官捐献给需要的人，是为了让她的奉献精神死而不已，让她的生命以另一种形式延续，海葬符合她'不给国家和他人添麻烦'的意愿。活着的人不用去找坟墓或墓碑，面对大海，就可以祭祀她。"

2018年8月至2019年7月底，温州在开展移风易俗改革攻坚年行动中，全市共引导婚事新办、丧事简办8.3万起，节省社会资金62亿元。

温州还出现了全国首例全家五口人集体签署遗体捐献协议的大好事。户主吴永安是一位企业主，他从丧葬改革想到遗体捐献，觉得捐献遗体是人生的最后一件善事，很有意义。家人觉得他的想法太"前卫"，他就反复召开家庭会，讲述他概括的十八字人生观："（钱）生不带来，死不带去；（人）活有意义，死不占地。"他认为，人生就像一瓶矿泉水，水喝完了，还留着瓶子干什么？送给需要的人不是很好吗？最后全家都被他说服了，原先最反对的妻子陈锦红改变想法后说："我觉得他说得很对。人死了，如果还能给社会带来一丁点作用，何乐而不为？"就这样，吴永安一家五口都与红十字会签订了遗体捐献协议，除陈锦红因身体原因不适合外，其余四人还签了器官捐献协议。女儿吴云说："其实，我们一家只是做了一件很小的好事，和那些见义勇为的勇士和为国捐躯的烈士相比，自己只是拿出了一些用不着了的'东西'。"

从厚葬到薄葬，再到树葬、海葬，再到捐献遗体，这是一个多大的跨越！婚丧事上的陋习终于被文明之风所代替。办事的人轻松了，不办事的人也从礼金、份子钱这些"甜蜜的负担"中解放了。"风淳俗厚好还乡"，那个为此不敢回家的温州小伙子笑了。

第七篇

虚功实做的浙江风格

凡是文明城市，其物质文明建设和精神文明建设无不是同步发展、相互促进的。但总有人觉得物质文明是实的，而精神文明是虚的，所以抓经济建设实功实做，抓精神文明建设虚功虚做。结果呢？你虚与委蛇做虚功，它就开虚花，结虚果。

不少人觉得浙江人会办事，再虚的事都能给你办实了。在精神文明建设上，他们又是怎么把虚事办实的呢？

与经济建设相比，精神文明建设是形而上的，的确有点虚。怎么看待这个虚呢？习近平同志在浙江主政时曾经指出，"虚功一定要实做"。

这是发表在 2004 年 12 月 30 日《浙江日报》"之江新语"专栏上的一篇短论，文曰：

　　虚与实是相比较而言的。比较之下，在两个文明建设中，物质文明建设实一点，精神文明建设虚一点；在提高人们素质的工作上，科学文化素质方面要实一点，思想道德素质方面要虚一点。实的比较好把握，虚的相对难以把握。有的同志在工作中往往喜欢抓实的，不喜欢抓虚的。虚与实的工作，好比人体的大脑和心脏，你说哪个重要，哪个不重要；哪个需要，哪个不需要？大脑和心脏都重要、都需要，缺一不可。所以，干工作必须虚实结合，尤其是虚功一定要实做。精神文明建设特别是思想道德建设一定要通过看得见、摸得着的方式，创造实实在在的载体，寓教于乐，入耳入脑，深入人心，潜移默化。道理要说清楚讲明白，但任何道理要深入人心，都不能光靠说教，要有一个好的载体，通过积极探索和创造更多更加贴近实际、贴近群众、贴近生活的有效载体，使精神文明建设活动开展得有声有色、富有实效。

虚功实做的载体，其实就是一件件提升文明素质的实事（或项目），包括对旧的不文明行为、习俗的纠正和新的文明规范的建立。虚功实做，就是有的放矢，理论联系实际，破除或纠正一件件不文明之事、之行、之规，创建全社会文明之新风尚，不断提升人的文明素养、社会的文明程度。

浙江人的虚功实做，是有历史文化渊源的。

孔子说："君子喻于义，小人喻于利。"

孟子见梁惠王。王曰："叟，不远千里而来，亦将有以利吾国乎？"孟子对曰："王！何必言利？亦有仁义而已矣。"

尽管有不少学者反复强调，不能以上述言论来曲解孔孟的义利观，说他们并不排斥利，不过是主张先义后利，利服从义而已。但是，在南宋时期，当以薛季宣、陈傅良、叶适为代表的浙江永嘉事功学派出现后，宋儒的代表人物、程朱理学的掌门人朱熹却如临大敌，气急败坏地说："浙学（指永嘉、永康之学）却专是功利……若功利，则学者习之，便可见效，此意甚可忧。"可见在朱熹这里，义、利成了两个完全对立的概念。虽然朱熹被尊为儒家"正统"继承人，但浙学的代表人物对他的批判却懒得理会，永嘉、永康之学在浙江得到传播、传承。明清之际的黄宗羲说得最明白："永嘉之学，教人就事上理会，步步着实，言之必使可行，足以开物成务。"这种"事功"的传统成为浙江人的办事风格之一。改革开放以来，浙江从资源小省成为经济大省的成功实践，使他们对"事功"的文化传统更加自信。

那么，他们究竟是如何把虚功做实的呢？放开来说，也得有十条八条的，但我琢磨了一下，觉得最能体现浙江风格的有四个方面：实实在在地建阵地；实实在在地筹资金；实实在在地抓队伍；实实在在地按规律办。搞精神文明建设，此四者，缺一不可。

21

打阵地战，要有阵地依托

文明城市创建的内容虽然包罗万象，但其本质是精神和文化的建设，说到底是要让各种文明元素深入人的潜意识。文化的进步发展恰如开疆拓土，是要有阵地依托的。浙江因为舍得在阵地建设上下功夫，所以文明城市的创建活动能稳扎稳打、一步一个脚印向前迈进。

从非物质文化遗产的传承说起

保护和传承非物质文化遗产，是文明城市创建活动的题中应有之义。老祖宗留下来的东西不要了、失传了，"不肖子孙"何谈文明？

如今，不知还有多少人记得皮影戏？这是中国民间古老的传统艺术，靠艺人操纵一种用兽皮或纸板做成的人物剪影来讲述故事，表演时还会配上打击乐器或弦乐等。在没有电影电视的年代，皮影戏可是十分受欢迎的民间娱乐活动之一，现在它又成了正儿八经的非物质文化遗产，寄托着人们一种悠远绵长的乡愁。

皮影戏是南宋时传到浙江的，海宁的长安镇成为它在浙江的大本营。因长安镇是大运河上的重要码头和物资集散地，皮影戏以此地为据点而四散开来。新中国成立后，1955年成立的浙江省皮影剧团，就从长安镇陆泽村挑选了沈家父子三人去当演员。他们是沈金松、沈祖泉和沈祖良。后来他们从省剧团回乡，创办陆泽村皮影剧团，演出范围遍及嘉兴地区，直到20世纪70年代末因故停演。这一停，就停了近40年。

人也罢，物也罢，往往在失去后才体会到其珍贵。皮影戏也是如此。过去，海宁农村逢年过节或者办红白喜事，会请个皮影剧团来唱几出戏，既热闹，又花不了几个钱，观众还可以从中学到一些历史知识。可如今皮影戏已经难觅踪影，而摩登的演出团体一来一般家庭请不起，二来"穿得太少吓死人、喇叭太大吵死人"，于是村民们尤其是一些老年人怀念起皮影戏来。

"皮影戏是我们陆泽村的'特产'，怎么能说不要就不要了呢？"2015年，陆泽村党总支书记沈仿祥顺应群众要求，想把村皮影剧团恢复起来。可当年的沈金松父子三人中唯一在世的小儿子沈祖良，也已经70多岁了。他在哪里？他2002年就被桐乡的乌镇"借"去演皮影戏，且把儿子也带去了！乌镇是全国著名的水乡古镇，网红打卡点，后来又成为世界互联网大会的永久会址，够时髦的了，可小小的皮影戏在那里也大受游客欢迎，沈祖良在乌镇一演就演了十几年。这充分说明皮影戏在今天仍然是有生命力的。

既然早就知道沈祖良父子在乌镇演皮影戏，为什么不早点把他们请回来？说来惭愧，要传承一项非物质文化遗产，除了找到传承人，还得要有场所，有阵地。皮影戏的生命在于演出，而要演出就要有场所，过去在农村演出，都在打谷场，找几张方桌搭一个戏台，一块白色幕布一挂，就能凑合演了，现在还这样能行吗？必须得有舞台，得有观众的座位。同时，皮影戏虽然不像别的舞台剧要有很多行头，但必须得有好的皮影。现在网上卖的皮影，主要是给爱好者收藏和玩儿的，不太适合专业演出，专业一点的皮影一时难以找到定做的地方，必须从西安买来特制的驴皮，再自己动手制作。比如，一出《火焰山》就需要几十个形象各异的皮影，制作时长要两个多月，没有几万块钱搞不出来。好在村里 75 岁的老人沈祖仁会制作皮影，可解决这一难题。

陆泽村党总支决定一边成立皮影戏剧团，一边进行场地建设，在村文化礼堂专门设一个皮影戏剧场。剧团不久就成立起来，共 11 人，平均年龄 60 岁，这更说明了抢救皮影戏这一非物质文化遗产的紧迫性。第一场演出在陆泽村七里亭农庄的小礼堂举行，100 多个座位座无虚席，连过道里都站满了观众，老的少的，普遍叫好。村文化礼堂竣工后，就在专门的皮影戏院演出，周围十里八乡的老百姓都跑来观看，剧团也经常应邀去其他村镇演出，越来越红火了。

陆泽村的文化礼堂充满了皮影文化的元素，墙上展示着皮影文化的历史，定期演出皮影戏。皮影戏从而成了陆泽村和长安镇的文化品牌。皮影制作师沈祖仁颇有感慨地说："文化礼堂的修建是皮影戏重获新生的关键，多亏了村里提供演出场地和资金支持。"

沈祖仁说得对，陆泽村皮影戏重生的经验表明：非物质文化遗产的恢复和传承要有阵地依托。

在台州市黄岩区宁溪镇桥亭村里，有两项浙江省非物质文化遗产，即"二月二灯会"和"作铜锣"，都诞生于南宋，至今有 800 多年历史了。

"二月二灯会"主要包括走马灯的展示和舞龙等民俗节目。过去每到农历二月二，矗立在村口的两根大木上就会缠绕两条大龙，道路两旁分列八仙过海、牛、马、虎、豹、大象以及家畜、家禽形态的走马灯，加上舞龙等表演，热闹非凡。"作铜锣"又叫"祝同乐"，并非只是打铜锣，而是一种大型民乐合奏的表演形式，有打击乐、丝弦乐、吹奏乐，有固定的传统曲目，也有新创的作品。

真正把抢救和传承这两个"非遗"项目摆到桌面上，是在 2017 年桥亭村文化礼堂建起来之后。文化礼堂理事长陈慧萍召开"非遗"抢救会议，提出要利用文化礼堂这个阵地，趁村里曾经参与"二月二灯会"走马灯制作和表演过"作铜锣"的老人还健在，把这两个项目恢复起来，争取 2018 年的二月二能够表演。她的提议得到全体村民的拥护。年近 90 的王俊从等老人积极参与，上山砍竹，下山劈篾，指导捆扎各种走马灯；"作铜锣"需要的各种乐器由村里出资买回来，由师傅带领抓紧排练。紧紧张张忙活了四个月，2018年的农历二月初二，两个"非遗"项目都如期推出，虽然还不够成熟，但当天夜里走马灯一亮，"作铜锣"一响，不仅把全村的人都吸引来了，还引来了很多村外来客。灯会要进行一周，初四这天最热闹，各种民俗表演齐上阵。陈慧萍虽然62岁了，仍然负责舞龙珠，因为热爱，所以并不觉得累。她认为是文化礼堂救活了这两个"非遗"项目，使好长时间默默无闻的桥亭村又远近闻名了，知名度引来了游客，带来了生意，更重要的是让村民们的心更齐了。村里有一条老龙灯，过去临时找地方放着，长久不用，渐渐地损坏了，现在摆在文化礼堂里展示，村民看到一点损伤，就会自动把它补好……

为什么没人担心越剧消亡？

相比桥亭村的"二月二灯会"和"作铜锣"这两个流行范围比较小的非物质文化遗产，越剧可是大文化遗产，是全国第二大剧种和流传最广的地方剧种之一。

绍兴嵊州市是越剧的发祥地，现在，一个越剧小镇已基本成形，小镇里已建成的文旅项目有古戏楼、越剧风情街、女子越剧发祥地施家岙以及经典剧场、越剧博物馆、大师工坊等。浙江对越剧传承的重视，可见一斑。时任嵊州市文明办主任孙赛英介绍说："越剧的传承是要有阵地依托的。我们正在创建国家级越剧文化生态保护区，保护区是一个大阵地。具体工作有'十个一'。"

◎ 一个越剧团，市里有专业的，村村都有业余的。

◎ 一所越剧学校。嵊州市越剧学校校长钱江南说："学校建成于1962年，越剧泰斗袁雪芬是这所学校的创始人，袁雪芬、徐玉兰、王文娟等名家都曾经来此义务教学。现在的校舍是乡贤宋卫平捐资新修的。每年毕业生约 100 名，不等毕业就被抢聘一空。学校为中小学老师办越剧艺术进修班，为期一周，每期 60 人，每次网上报名，都是'秒杀'……"

◎ 一个越剧博物馆，就在越剧小镇上，是全国少有的戏剧主题博物馆。

◎ 一个越剧小镇。现已成为国际戏曲联盟论坛永久会址，浙江省中小学生研学实践教育基地等。

◎ 一个越剧节。每年 3 月下旬举办。2021 年 3 月 26 至 29 日，举办了"弘越传世"——纪念越剧诞辰 115 周年暨第 20 届嵊州·中国民间越剧节。

◎ 每年一次越剧戏迷大会，有专门从全国各地甚至从海外赶来参加的。除了名票演出外，还有若干个舞台供戏迷粉墨登场。表演现场喝彩声此起彼伏，盛况不输越剧节。

◎ 一个越剧戏迷网。2020 年举办网上演唱会，在线观众有 37 万人。

◎ 一批"爱越小站"，作为票友活动的场所。嵊州市文广旅游局副局长朱秋燕介绍说，全国已有 150 多个"爱越小站"，包括清华大学、南开大学等著名学府在内。浙江大学的"爱越小站"组成学生业余越剧团，曾连续三天演《五女拜寿》，场场爆满。

◎ 一批"越剧角"，嵊州市越剧要进中小学课堂，对越剧的兴趣从娃娃抓起。

◎ 一个越剧文化产业，包括越剧音像制品、书籍、戏剧服装、文创产品、游戏开发，以及越剧研、学、游，等等。

孙赛英说："这'十个一'都是传承越剧文化的载体。越剧之所以有生命力，因其词曲优美、雅俗共赏，为人民喜闻乐见，而且其他诗词、流行歌词也都可以用越歌越调演唱出来，所以能及时地配合中心工作。比如，由越剧名演员演唱的《公筷公勺》《烟消气清美家园》《志愿之花朵朵开》《文明旅游绿色行》等在抖音上发布后，很快就在群众中传唱开来，这也是越剧一大优势。以一位道德模范为原型创作的新编越剧《核桃树之恋》晋京演出，受到广泛好评。"

浙江为啥场馆多？

抢救和传承"非遗"项目要有阵地依托。其实，仔细想想，创建文明城市的各项工作，哪一项不得有阵地依托？有人不同意这一说法，说："学习理论随时随地都可以，没有必要依托阵地吧？""不对！"浙江不止一个城市的文明办主任告诉我："理论学习也是需要阵地的，讲师备课得有起码的资料保障，宣讲、听课、讨论都得有个地方，没有阵地依托，靠'打游击'的办法来学习，是学不好的。"

浙江率先意识到了精神文明创建中阵地建设的重要性，并且有计划地开展阵地建设。不可否认，某些地区经济起飞了，可思想文化阵地却部分失守了。特别是在农村，学习革命理论、科学文化的人少了，赌博、打麻将的人多了；积极争取入党入团的人少了，没有组织生活的闲散人多了。长此以往，后果不堪设想。究其原因，很可能是当地只顾埋头抓经济，而忽视了思想文化工作。思想文化阵地，你不去占领，一些歪理邪说就会去占领。发动群众、依靠群众是党的传家宝，而基层的思想文化阵地是最基本的阵地。所以，早在2013年，浙江就在全省正式启动农村文化礼堂的建设。省委、省政府连续十几年把农村文化礼堂建设列为十大实事之一，明确指出：农村文化礼堂是振兴乡村文化、弘扬社会主义核心价值观的新阵地，是农村的"文化地标，精神家园"。至2021年底，全省已经建成农村文化礼堂19900多家。

农村文化礼堂是浙江的发明。实践证明，文化礼堂是农村传播科学理论的大本营、巩固党的执政基础的桥头堡、凝聚人心的工作站和乡村振兴的保障部，是创建文明乡村的阵地依托。2018年，总结五年来的经验，浙江开始试验将思想文化阵地上下贯通、连为整体，率先在海宁、诸暨和遂昌三个市、县启动了建设新时代文明实践中心试点工作。在阵地建设上，创建出新时代文明实践的四级阵地链，即：实践中心（县、市）——实践所（乡、镇）——文化礼堂（村）、社区文化家园——实践点（田间地头、示范农户、企业车间等）。

　　海宁市新时代文明实践中心位于阆声路鹃湖公园，似乎就是公园的一部分，中心建筑面积 6200 平方米，馆里有市民会客厅、放映厅、道德馆、静安智慧书房、大讲堂、志愿者之家、文明交通学院和运动健身馆。市民会客厅是领导与群众交流的场所，可供市委、市政府以及各部门的领导答市民问，也可举行小型报告会和讨论会；放映厅可放映各类数字电影和电视片，也可为参观者专门放映介绍本地的纪录片；道德馆其实是道德模范事迹陈列馆，上榜的对象是荣获各级道德模范荣誉称号的人物；静安智慧书房是海宁市图书馆的一个分馆，因为海宁籍国学大师王国维字静安，故以其字为书房名，在这里，居民可以借书，也可以看书；大讲堂是举行大型报告会的地方，有数百个座位；志愿者之家是志愿者交流的地方；文明交通学院是一个小型的交通规则模拟训练场；运动健身馆里有各类运动器械和乒乓球、羽毛球场。总之，在里头可学习、可娱乐、可健身，还可以喝茶、喝咖啡。

　　诸暨市、遂昌县的新时代文明实践中心与海宁市大同小异，各有特色，但三个功能是完全一致的，一是学习功能，包括小型图书馆、阅览室和大、小讲堂在内；二是志愿者队伍的指挥、集散功能；三是文化传承的功能，包括本地非物质文化遗产的传承在内。诸暨市新时代文明实践中心同时还是社会组织党群中心、志愿者服务中心和社会组织服务中心，可见其更注重社会组织和志愿者组织的引领。遂昌县的新时代文明实践中心则更侧重于本地耕读文化、孝慈文化的传承和新思想、新知识的传播。

　　2018 年 7 月 6 日，习总书记主持召开中央全面深化改革委员会第三次会议，审议通过了《关于建设新时代文明实践中心试点工作的指导意见》。9 月，中共中央办公厅发文，确定 50 个县（市、区）作为全国试点县（市、区），其中浙江就有 7 个，占 14%。

　　毫无疑问，浙江不仅是农村文化礼堂的发明者，而且是县（市、区）建设新时代文明实践中心的先行者。这是浙江人强烈的阵地意识使然。

　　从县（市、区）新时代文明实践中心到村文化礼堂的阵地体系是文明城市创建活动的主阵地，但光有按行政关系线式联系的主阵地是远远不够的，还必须有与之相配合的各种其他阵地，组成一个网状的阵地体系，创建活动才能得心应手，如鱼得水。浙江人的阵地意识不仅体现在主阵地的构建上，还体现在热衷于建场馆上，在他们眼中，一个场馆就是一个坚固的阵地，就是网状阵地中的一员。

浙江的场馆多到一时难以计数。

先说图书馆。2018年国家文旅部公布的第六批国家一级公共图书馆，全国共969个，其中浙江81个，约占8.4%，居全国第二。

图书馆的数量和质量，是本地区文化发展程度的标志，图书借阅数是检验多少人在读书的一个硬指标，甚至可以说是反映社会风气的一个风向标。固然不能以读书多少来判断一个人的文明素质如何，但一个没有读书氛围的城市不可能成为文明城市。在浙江采访，我不止一次地为市、县级图书馆的规模和质量而感到震撼。宁波市鄞州区图书馆占地面积5.8万平方米，建筑面积2.8万平方米，馆藏图书267万册，持证读者70万，年到馆读者300万人次，馆内设有阅读座位3000个，提供150台电脑供读者使用。2018年，鄞州区图书馆就被中国图书馆学会命名为全民阅读示范基地。看到在里面坐着或站着看书的人，有白发苍苍的老者，有风华正茂的年轻人，还有戴着红领巾的小学生，在寂静无声中，我对这座城市突然产生了一种莫名的敬畏。宁波连续六届被评为全国文明城市，你能说与图书馆里这一景象没有关系吗？从浙江省图书馆开始，各大图书馆都开设若干个分馆，辐射到社区和村一级。此外在公园等人流量较大的场所还设有图书服务亭。在丽水的一个公园，我请人演示了一下，图书服务亭就像社区的快递柜，用手机扫一下二维码就可打开，用电子借书App就可以借书、还书了。你在杭州或其他城市的图书馆借的书，都可以在这里还，当然，借书不如还书方便，柜子中没有的书，就得预约登记。

再说博物馆。上了《浙江省博物馆（纪念馆）名录》的博物馆有300多个，还有多少没有上名录的博物馆？谁也说不清，仅宁波市鄞州区就有10多个没有上名录的，大多数是一些看似稀奇古怪其实非常专业的博物馆，如紫林坊艺术馆、朱金漆木雕博物馆、雪菜博物馆、熨斗博物馆等。可千万不要小看没有级别的小博物馆，如绍兴的周恩来纪念馆，金华的严济慈、艾青、黄宾虹等名人的纪念馆，在名录中都被列为"未定级"，但都是爱国主义教育的好课堂。还有不少如湖州安吉的竹子博物馆等，是全国罕见的甚至是唯一的专业博物馆，可以让人在长知识、长见识的同时，油然而生爱国热情。

除了传统的图书馆、博物馆之外，进入新世纪后，特别是在开展文明城市创建活动中，浙江各地普遍建起了具有鲜明时代特色的好人馆、道德馆，部分地区还建起了名人馆、清廉馆，等等。

好人馆、道德馆是本地被评为各级好人和道德模范人物的事迹陈列馆，于文明城市的创建活动中诞生并直接为创建活动服务。过去我们也表彰先进，但往往是开罢表彰会，在媒体上集中宣传之后，就慢慢冷却了，要等到纪念日等特殊的日子，人们才会重新记起他们。现在，把他们的大照片和事迹简介挂在好人馆或道德馆的墙上，同时还展示到大马路两旁的宣传灯箱中，让榜样天天见。不仅如此，还要隔一段时间就出书，让他们既入"庙堂"，又进史册。

名人馆是本地历史名人的"大聚会"场所，通过展示历代名人对民族、对人民的杰出贡献来讲述本地历史，如绍兴名人馆就聚集了从远古时期的舜、禹到现代的鲁迅、周恩来等，共150位名人以及178名两院院士和其他著名人士。名人馆与名人故居一起构成名人文化网，成为爱国主义教育基地。据《浙江省名人故居名录》，全省保留完好的名人故居共有240多处。浙江是院士之乡，绍兴是将院士放在了名人馆里，宁波则是建了一座院士公园，为宁波籍院士每人塑一尊与本人等高的铜像，现在已经有100尊左右了，数字仍在不断增加。在院士公园走一趟，不用解说，不同年龄的人都会产生感动之情。今天还牵着妈妈的手来仰望塑像的孩子，多少年后，他们的塑像会不会也被立在这里呢？

浙江籍著名科学家故居或纪念馆，是科学家精神培育基地的主要组成部分。钱学森故居、竺可桢故居和纪念馆、苏步青故居和苏步青励志教育馆、屠呦呦旧居、谈家桢生命科学教育馆、严济慈故居和严济慈陈列馆是首批科学家精神培育基地。

有人说浙江人建馆有"瘾"，我采访后对此说深以为然。金华建了一个据说是全国地级市唯一的垃圾分类艺术馆，就是为了培育垃圾分类新风尚。衢州在明代出了一个针灸大师杨继洲，当地就为他建了一个杨继洲针灸博物馆。全国改革先锋、原义乌县委书记谢高华逝世后，他的家乡衢州市衢江区就建了一个改革担当精神传承馆，以展示谢高华勇于担当又一尘不染的光辉一生。

还有清廉馆，主要展示本地的清廉人物和清廉文化，像绍兴清廉馆还设有宣誓厅，党员、干部参观结束后，可以在这里举行廉洁宣誓仪式。杭州市拱墅区上塘街道的瓜山未来社区有一个青年清廉馆。一个小小社区有必要建一个清廉馆吗？未来社区的居民以90后、00后为主，几乎都是青年，鉴于这些年青年干部在廉洁上摔跟头的不少，因此廉政教育要关口前移。在区纪监委、区团委和街道的共同努力下，这个青年清廉馆建起来了。既然是为青年建的馆，这个馆自然充满年轻元素，参观者可以像玩剧本杀一样，来一次面对各种诱惑的沉浸式体验，从而牢记在廉洁问题上"底线不能破、黄线不能踩、高压线不能碰、红线不能闯"的信条。

说浙江人建馆有"瘾"，官方和民间都一样。以各类博物馆为例，上了《浙江省博物馆名录》的非国有博物馆就有113个，蔚为大观，虽然还"未定级"，但并不影响其价值。如宁海县江南民间艺术馆、环球海洋古船博物馆、东方艺术造型博物馆，奉化的湖广抗战名人纪念馆，慈溪上林湖越窑青瓷博物馆，都有很高的艺术、文化和历史价值，是进行爱国主义教育和文化传承的好地方。

建馆奇人徐文荣和横店红军长征博览城

一说到爱国主义教育基地和党史教育基地，人们首先想到的是如井冈山、延安等革命圣地和如嘉兴南湖、贵州遵义等重大历史事件的发生地，再就是各种记录历史的场馆和名人故居了。浙江是红船启航的地方，但与江西、湖南、福建、江苏、安徽等省份相比，浙江的红色资源在数量上并不占优。有些地方甚至可以说是红色资源缺乏县（市），如金华的东阳市，过去说得上来的只有金佛庄烈士陵园和邵飘萍、严济慈的纪念馆。金佛庄烈士虽然是浙江最早的中共党员之一，在北伐战争中屡建奇功，但因为 1926 年就牺牲于南京雨花台，所以鲜为人知。邵飘萍是新闻出版家、革命志士，1926 年被军阀张作霖杀害，不学新闻史的人不太知道他。严济慈是中科院院士、我国现代物理研究工作的创始人之一，中国光学研究和光学仪器研究的奠基人之一，但科学界之外的人也大多不了解他。

然而，按照邻县义乌"无中生有"的创业思路，东阳的红色资源也从缺乏变为丰富。这一变化与一个人物有关，就是横店集团创始人徐文荣。他可以说是一位建馆奇人，除了横店影视城，他还因为认识了三个名人，建起了三大建筑群，其中两个成了爱国主义教育基地。

第一大建筑群是"广州街"。 1995 年，为迎接香港回归祖国，著名导演谢晋要拍摄重大历史题材电影《鸦片战争》，却苦于找不到理想的外景基地。也许算是机缘巧合，谢晋被时任浙江省电影总公司总经理、东阳市委宣传部原部长赵和平拉到横店看旅游城。旅游城虽然给他留下了深刻印象，但与拟拍摄的《鸦片战争》电影的外景完全不搭界。在谢晋愁眉不展的时候，徐文荣夸下海口："我可以为你修建外景基地！"赵和平请谢晋认真考虑，谢晋却以为徐文荣在说酒话。不料谢晋刚回到上海，徐文荣就派人追了过来，与他商讨签订建设外景基地的合同事宜。一看徐文荣来真的，1996 年 1 月谢晋就与横店集团正式签了约。电影中的"广州街"其实不是一条街，正式名为"19 世纪南粤广州城市街景"。外景基地里有大小建筑 160 余座，包括官府、民宅、银楼、酒肆、茶楼、商店、当铺、赌场等，其中"十三夷馆"是西方列强驻广州的领事馆和商务处，每一座的建筑风格都不同。在相关部门的支持下，1996 年 8 月 8 日，"19 世纪南粤广州城市街景"建成开业仪式和电影《鸦片战争》开机仪式在横店同时举行。

《鸦片战争》成为一部爱国主义经典大片，拍摄外景地横店"广州街"也成为爱国主义教育基地。现在，即使在广州、在虎门也找不到当年的街景了，要看只能到横店来。以往拍电影搭建的是背景模型，怎么省钱怎么来，因为电影拍完后这些就成了"垃圾"，徐文荣却用真材实料来建，并且整旧如旧，这就让电影背景成了永久建筑，更成了一个热门的旅游项目，"广州街"又成为全国禁毒教育基地。如此一举三得，正是徐文荣和许多浙江人的高明之处。

第二个建筑是"秦王宫"，是徐文荣认识著名导演陈凯歌后，为拍摄电影《荆轲刺秦王》而建设的，这里就不说了。

最值得一说的是第三个建筑群——横店红军长征博览城。这一次，他不是因为认识了著名导演，而是认识了一个著名记者、《经济日报》原常务副总编辑罗开富。罗开富是第一个全程徒步重走长征路的记者，采访到了许多独家长征逸闻，搜集了许多长征文物。徐文荣之前就与罗开富相熟，对他徒步重走长征路的行为非常佩服。2004 年，距长征胜利 70 周年还有两年多时间，罗开富想筹建一个长征纪念馆，但没有找到具备条件的地方。说者无意，听者有心，徐文荣当即表示："北京不能建，干脆就到横店来建。"会后，徐文荣聘请罗开富为顾问，请来一流设计师，在横店租地 9000 余亩（其中山地占 98%），投资 3.5 亿元，在办好各种手续后，由 50 多个施工单位同时开建。中央红军长征走了 368 天，罗开富重走长征路用了 368 天，横店红军长征博览城建成也用了 368 天。红军长征历经 11 个省，博览城把沿线重要战斗和重大事件浓缩在一条数十公里的参观路线上，以瑞金红色根据地为起点，依次为突破封锁线、湘江战役、突破乌江、遵义会议、四渡赤水、彝海结盟、飞夺泸定桥、过雪山草地……直到吴起镇会师。每一个点都基本做到了情景重现，如飞夺泸定桥就仿建了铁索桥，遵义会议这个点就仿建了柏公馆，吴起镇会师就仿建了吴起镇的城门，地形地貌的复制加上现代声光电技术的运用，让观众如临其境。开园时，罗开富亲自当导游，前来参观者不绝于道。

在筹建这个博览城时，设计师曾经问徐文荣："这么大的投资，你考虑过如何收回成本吗？"徐说："这个问题你不要担心，尽管放手设计，务求逼真，别管成本。我根本就没有考虑过收回成本的问题，就是想把长征精神展示出来，激励干部群众、子孙后代。"博览城在纪念长征胜利70周年前开园后，他又在毗邻地带建起了一个国防科技园，包括坦克馆、飞机馆、太空馆和公共安全馆。如此这般，两个园一历史、一现实，连起来就比较完整地展现了我军从小到大、从弱到强的历史，展现了我国在国防和军队建设上的伟大成就。两个园加上其他一些辅助设施，就具备了开展军训的条件，成了研学基地。现在，基地共有100名军事教员，98%是退伍军人。

研学基地副总经理张晓晓告诉我："在基地培训最短一天，最长七天（学生军训另计），根据时间长短安排培训内容。一天的内容是'五个一'：走一趟'长征路'、唱一首红军歌、吃一顿'红军饭'、看一场长征题材的电影、听一场红军故事会。"

研学基地首席总教官谭爱萍是湖北人，退伍前在大西北陆军某旅服役，下士班长，是坦克特级驾驶员，曾荣立三等功一次，退伍后见横店红军长征博览城招聘军事教官，便来应聘。录用两年后，他从教员升为总教官。据他说，基地对教员的要求，完全照搬军队"四会教练员"标准，达不到的就淘汰。他带着我全流程参观了一遍，我始终处于震撼之中，长征路上的战斗模拟得非常逼真，让人看得提心吊胆，恨不得冲上去帮红军一把；国防科技园内的展品竟然绝大多数是实物，坦克、飞机、导弹，一代接一代，相当齐全，还有一个神舟返回舱实物。问他们怎么会如此神通，答曰："没有神通，因军队非常支持我们进行爱国主义教育和国防教育，就捐给我们了。"

徐文荣建红军长征博览城和国防科技园纯粹是为了教化，没有考虑收回成本的事。但这么大一个摊子，数百人靠它就业，如果一直贴下去，那将是一个无底洞。张晓晓说："我们是公益单位，但也不能没有经济核算。每年基地的运营维护成本高达千万元，光靠横店集团的补贴肯定不能持续。为此，我们也拓展了很多与市场相贴合的项目，推出国防教育、体验学习、能力拓展等一系列课程，其收入反哺基地的维护与运营，以此形成良性循环。"

简单翻了翻游客或学员的留言，无不对红军长征博览城和研学基地赞扬有加。有一条是学生的家长发来的电子版留言，说："孩子在你们那里培训七天后，回来变了一个人，不睡懒觉了，自己叠被子了，吃饭不挑食了，对父母也和气了……"有一条是浙江理工大学一位带队来军训的老师的留言："对学校把军训点选在这里，同学们开始是表示怀疑的，但越往后越感到学到了东西，越往后对教员的感情越深……不少同学表示，要找机会重返基地，来看教员。"

现在，横店红军长征博览城和国防科技园已经是国家国防教育示范基地、全国青少年爱国主义教育示范基地、全国青少年国防教育活动实践基地，一年培训数十万人，却没有要国家投资一分钱。

从建馆奇人徐文荣到100多个上了《浙江省博物馆名录》的非国有博物馆和更多没有上名录的博物馆，可以看出两条腿走路是浙江在创建文明城市过程中进行阵地建设的一大特色。

22

关爱群众，手中要有"一把米"

在文明城市创建活动中，浙江流传着一句通俗的金句："关爱群众，手中要有一把米。"各级文明办抓文明实践都能"就事上理会"，不忌讳谈经费保障。

有人也许会不以为然，觉得抓文明就不该谈金钱。他们这是把义、利对立起来了，而浙江人信奉的是义利统一，早在宋代，浙江人叶适就提出了"崇义以养利"。仔细想想，白手可以做好事，如扶老携幼等，但白手没法组织公益活动。新时代文明实践活动，没有经费保障，想必难以长期运转。

率先全国注册新时代文明实践基金会

新时代文明实践中心如今已遍布全国，不算什么新鲜事了，但新时代文明实践基金会却不是什么人都敢想敢干的。浙江台州的临海市可能是全国"第一个吃螃蟹"的地方。

历史上，临海是台州府的治所，是明代嘉靖年间抗倭的主战场之一。我去临海，主要是想采访他们传承爱国主义精神的事迹。没想到，市文明办主任无意中的一句话让我增加了一个采访主题。他说："建新时代文明实践中心，我们也许不是全国第一家，但新时代文明实践基金会，我们肯定是全国前列的。"临海市委宣传部副部长单益波接着向我详细介绍了基金会设立的前前后后：

2018 年底，市委让我兼任市文明办主任。干这项工作，要有人、有场地、有钱、有思路。我就围绕这四个方面来筹划。别的先不说，单说钱。没有钱，创建活动就难以开展，就无法运转。过去，每次搞活动都要做预算、打报告、申请财政经费，十分不便。有些活动如支持志愿者创新，打报告也不大容易说清楚，因而更难通过。找财政要不到钱，就得去化缘，而党政部门去化缘是不合适的。市里的新时代文明实践中心建起来之后，很多活动是常态化的，如"周周正能量"等，可以说一年到头活动不断，如果靠打报告要钱，将是相当烦琐的。所以我想，要保障文明实践活动可持续化、常态化，能不能成立一个专门支持文明实践活动的基金会呢？如果建立一个基金会，将每年的利息收入作为活动经费，就用不着次次打报告向财政要钱了，不仅省了很多麻烦，而且有利于规划开展经常性的创建活动。咨询后得知，现在各种各样的基金会虽然不少，但全国还没有文明实践基金会。过去没有，我们为啥就不能带头试一试？我简单算了算，文明实践中心的经常性活动开支，一年大约要 100 万。我找到临海农商银行行长陈波和董事长王晔玮，告诉他们我想搞一个基金，希望得到他们的支持。他们问我："你要几十万？"我说："你能给几十万？"他们说："50 万。"一年 50 万的利息就得有 1000 万的本金。我说："你们干脆给我凑个整数，100 万怎么样？"他们说："2000 万我们说了不算，要开董事会研究。"他们真的为这件事开了董事会，决定出资 2000 万设立临海市新时代文明实践基金会。有了他们的支持，我就向市委、市政府正式报告，得到大力支持。

市里主要领导同志认为，这是新时代文明实践活动上的一个创新之举，一定要把这件好事办好。但这个基金会是属于政府的，政府不出点本金说不过去吧！于是决定财政出资 200 万元，加上银行的 2000 万元，本金共 2200 万元……基金会于 2019 年 6 月完成登记手续，开始运转。

临海市新时代文明实践基金会虽然是以慈善名义登记的，但不是救助性质的，而是引领社会风尚的，其业务范围明确：专项资助志愿者团队、个人新时代文明实践项目创新；褒奖新时代文明实践中涌现的时代新人、模范集体；实施《临海市新时代文明实践志愿者礼遇办法》；组织开展新时代文明实践创新项目的教育培训、现场考察、学术交流；用于临海市新时代文明实践中心项目建设。

有基金会和没有基金会，情况是大不一样的。很多过去不好办的事现在办成了。比如理论宣讲志愿者过去相当分散，因为没有经费，很难组成一个团队，现在基金会出资八万元，注册成立理论宣讲社团，宣讲队伍组织起来了，团队发展壮大了。宣讲团打造直播间、录音棚，建起了宣讲新思想的基地，"见贤思齐·新时代青年说"等主题宣讲活动蓬勃开展。基金会支持举办创新项目大赛，宣讲团的"趣宣讲·志追梦——青年宣讲志愿服务"等 32 个新项目获得了资助。

基金会的一笔重要开支是资助"周周正能量"的评选。这是临海市评先创优的一个金牌节目，就是每周评出本周内发生的一件感人的事，给其中的先进人物或集体颁奖。这个活动在当地影响力很大，关注度很高。先由群众提供正能量信息，经媒体深入挖掘，再由评议会评选。评议会由党政机关工作人员、道德模范、优秀志愿者、网络"大V"、媒体采编人员、热心市民等 39 人组成。随后在媒体上对当选者开展宣传，并公开举行颁奖仪式。2021 年 2 月 26 日凌晨两点半，白水洋镇下庄村发生一起车祸，路旁电杆被撞断，致使广电信号出现故障。市新闻传媒中心白水洋西北广电中心站员工汪洋接报后立即赶去抢修。在埋头抢修线路时，他被突然倒下的电杆砸中头部，当场牺牲，年仅 31 岁。他的敬业精神感动了无数人，"周周正能量"为之颁发一等奖。

"周周正能量"每年发放奖金 30 万元左右，但奖池内的金额减少得不多，原因是许多获奖者得奖后转身就把奖金捐回给了基金会。也有把奖金捐给被救助人的，如杜桥镇洋平村发生一起车祸，一女青年被肇事汽车压在车下，村民们抬起汽车，把她救出。"周周正能量"给救人的村民们奖励 5000 元。当得知被救的女青年家庭条件不好时，他们当场就把奖金捐给了她。

临海市新时代文明实践基金会运转之后，2020 年临海市进入全国文明城市的行列。这应该不是时间上的巧合。

临海市新时代文明实践基金会也成为一个范本，全国都开始"抄作业"了。

基金，文明实践的加油站和加速器

浙江是我国基金会最多的省份之一。至 2021 年 4 月，注册的各类基金会有847 家，其中省本级的 459 家。

新时代文明实践基金会是浙江临海市首创，爱心事业基金会也是浙江首创。

浙江省爱心事业基金会是全国率先以"爱心事业"命名的基金会，主要用于关爱社会弱势群体，包括特困员工、特困老人、特困家庭、受害家庭和月收入低于 5000 元的单亲子女家庭等。现在，从省、市、县到乡镇和村级，每一级几乎都建立了同类关爱基金。

自省里设立了爱心事业基金会后，各种爱心基金会如雨后春笋般破土而出。海宁市是全国和浙江省建设新时代文明实践中心的试点县（市），除了传统的慈善总会之外，新成立的各种爱心基金会叫人看得眼花缭乱，如"海宁快递小哥关爱基金会""邬旦梅助学基金""宏达关爱党员职工基金会""阳光微笑公益基金""党员互助关爱基金"，等等。还有一个专门为社会组织开展公益服务项目提供资金支持的海宁市社会组织培育发展基金会。基金会扎根到了村庄和社区，如"吃亏是福慈善基金会"是马桥街道的新场村委会建立的；党群关爱基金"微爱同行"是许巷集镇的一个社区基金。

在各种基金会中，基层村和社区的基金会更让我感到亲切温暖。因为基层单位离群众最近，基层的基金会更能及时地帮助困难群众，让群众在文明实践活动中受惠。诸暨市是著名的"枫桥经验"的诞生地。村级关爱基金会在其中起到什么作用？基金的本金从何而来？又是怎么管理和使用的呢？

此前，我只想到了基金是文明实践活动的加油站和加速器，采访中发现，募集本金的过程本身就是一次生动的文明实践活动。自 2018 年至 2021 年一季度，诸暨市的村级关爱基金达 1.22 亿元，涉及近 500 个村和社区。能筹集这么多钱，靠的是"4 + N"筹资法：一是党员干部带头捐；二是乡贤企业爱心捐；三是村民群众互助捐；四是移风易俗公益捐；N，则是探索"新源头"，扩充"资金池"。

在为村关爱基金募捐的过程中，群众又一次见到了高高飘扬的党旗，见到了践行为人民服务根本宗旨的共产党员。据统计，同期党员干部共为村级关爱基金捐款 2300 多万元，占筹资总数的五分之一以上。

2019 年 6 月，牌头镇新乐一村在筹资设立村关爱基金时，收到两位已是耄耋之年的老党员的捐款。一个是 90 岁的徐仲友，入党已 66 年了。他退休前担任泄湖林场的党支部书记，退休后到杭州帮人管理工地，好不容易攒下了 10 万元钱，他却毫不犹豫地全部捐了出来。村党总支书记周钱松说："老人很俭朴，家里没有一件像样的家具，唯一'值钱'的是他最钟爱的朋友写给他的一副对联：'勤俭是立身之本，奉献是为人之责。'我代表村民对他表示感谢，他说：'只要身体还干得动，就要奉献社会。'"另一位老党员是徐仲友的嫂子，叫鲍佩兰，95 岁了，是从外地嫁到新乐一村的，现在和儿子一起住在杭州。听说村里要建关爱基金，她寄来了 5 万元钱，以已故丈夫的名义捐给村里，还寄来了亲手制作的带党旗、党徽图案的手工艺品。她在亲笔信中写道："得悉村里成立关爱基金，非常开心，这是为村民办好事。如果我丈夫活着，他一定会出一把力，我就替他完成心愿吧……"周钱松说："这两位老党员用行动为我们上了一堂党课，为党旗增添了一道光辉，也感动了村民，四个月后，村里的关爱基金筹资达 23 万元。"

在诸暨市，一个叫杜水法的老干部为村关爱基金捐款的事迹感动了千千万万的人。杜水法老人已经 90 多岁了，虽说是暨南街道金杜岭村人，但抗日战争时期就离乡了。他 18 岁去福建求学，学成后回乡教书，半年后加入新四军的金萧支队，直到 20 世纪 50 年代后期转业到沈阳飞机制造厂工作，后被调到成都飞机制造厂，从此把家安在成都直至退休。虽然他少小离家老大也没回，但心里忘不了故乡金杜岭村——自己出生、长大的地方。2013 年，他寄来 10 万元，委托外甥女婿捐给村里做慈善，因为当时村里还没有基金会，不知该如何处理，便退了回去。2017 年，他得知村里要兴建文化礼堂，便寄来一张 20 万元的支票，资助礼堂建设。2019 年，他又听说村里要建立关爱基金，但手里已没钱可捐了。因老伴和两个儿子都已过世，自己身体越来越差，住医院的时间比住家里的时间多，他便把房子便宜卖了，并决定只留 20% 的房款自用，而将80% 用于支持家乡，一下就给村关爱基金捐了 40 万元。村民代表杜国生等专程去成都看望这位只捐钱而不露面的乡贤，走进他的租住房，一下被惊呆了：他前后给村里捐了 60 万元，自己却穿着打补丁的衣服，用着几件破破烂烂的家具，照明用的是一个 15 瓦的灯泡……

党员干部带头捐了，乡贤企业、村民群众就会跟上来。2018 年 10 月 10 日是店口镇侠父村的党员活动日，其中一项议程是党员为即将成立的村关爱基金带头捐款，全村党员捐款 2 万多元。时隔没几天，村党总支书记王祖海等村两委干部召集乡贤座谈会，其中一项议程也是为村关爱基金筹款，在听了党员干部捐款的情况介绍后，与会的乡贤纷纷认捐，共计 40 多万元。乡贤石国柱常年在外经商，离乡 20 多年，听说此事后，特地不远千里从武汉赶回来捐款。乡贤未必都有钱，70 岁的乡贤宣迪明就家境一般，但也参与捐款，"钱不多，就是表达我的一点爱心。"他说。

"4 + N"中，移风易俗公益捐排在第四，也是关爱基金的一个主要来源，其间发生了许多感人的故事。大唐街道有一对百岁亲家,先是男方把儿孙们准备给他办寿宴的 10 万元捐给了关爱基金,女方不甘落后,也把办寿宴的 10 万元捐了。在店口镇檀溪村 2019 年的新春茶话会上,有一位叫张凤全的老人拎着一个黑色塑料袋来了。他对村党总支书记陈林芳说:"这里面的钱大多是儿女们孝敬的,准备给我今年过 80 大寿用,我又往里面加了一点,凑够五万元,一起捐给村关爱基金会。"陈林芳早知老人会捐钱,但没想到他会这么大手笔,因为他平时非常节俭,便劝说他不要全捐了,留一点自己过生日时用。张凤全说:"庆祝生日是为了自己高兴,摆酒席吃吃喝喝,钱一下子就没了,什么也留不住。我把钱捐给村里,能够帮助村民,用于村里的建设,这才有意义。"90 岁的金冬梅老人的几个儿子都在外面工作,已经为村关爱基金捐了款,她自己也捐了 2000 元。陈林芳说:"您儿子都替您捐过了,就别再捐了。"她说:"儿子有儿子的爱心,我有我的爱心。"

老人过寿不大办,把省下的钱捐给基金会,小孩子们也不含糊。过去在诸暨农村,男孩子过 10 周岁生日是相当隆重的。2018 年 11 月 28 日,是次坞镇大儒村的男孩俞力元的 10 岁生日,家里和亲戚们准备好好庆祝一下。可到了这一天的下午两点,俞力元却做出了一个"非常之举"。在父母的支持下,他在村文化礼堂举行的捐赠仪式上宣布,将父母、亲戚准备给他过生日的五万元捐给村里"小棉袄"关爱基金会,还拿出自己攒下来的一万元压岁钱为敬老院的孤寡老人买来了棉衣、棉鞋等御寒用品。大儒村"小棉袄"关爱基金会会长俞浩方接受了他的捐款,次坞镇回赠给俞力元一幅写着"厚德载物"的书法作品。面对会长俞浩方和大人们的赞许,俞力元说:"从小爸爸妈妈就教育我要助人为乐,懂得感恩。我现在很幸福,所以想把这份幸福传递给更多需要幸福的人。"

"4 + N"的"N",是各种灵活的筹款方式的总称。且看:

——同山镇边村有一座建于晚清的祠堂,是浙江省文物保护单位,雕梁画栋,富丽华美,一年四季游人如织。进门时,你会发现祠堂门口放了关爱基金爱心捐款箱,上面贴着二维码,既可以往里投现金,也可以扫二维码通过微信或支付宝捐钱。边村党总支书记边伟忠说："我们经批准设立这个捐款箱，是为关爱基金做宣传和集资。很多游客到庙里会往功德箱里投钱，与此相比，为关爱基金捐款更能帮到人。另外，许多人想为关爱基金捐款，但多了拿不出来，少了拿不出手，到这里捐一分钱也不嫌少，捐款箱为这些人提供了一个献爱心的渠道。"

——山下湖镇新长乐村号称淡水珍珠第一村，以养殖、销售珍珠而闻名于世。直播带货兴起后，在村党总支书记何立新的发动下，青年何行东和何殷碧牵头成立了以"诚信经营，爱心你我"为宗旨的新长乐村"青年创客诚信爱心联盟"。联盟成立当天，与会者共捐出近 33 万元给村关爱基金会。47 名青年创客集体承诺：此后每一单网销都捐一元钱。创客们在直播中明确告诉粉丝，他们每单买珍珠的钱中都会有一元进入关爱基金，买珍珠同时也是在做慈善。

每个村的乡风文明理事会是关爱基金的募集者和管理者。村党总支书记是该理事会的名誉会长，组成人员为村委委员、老党员、老干部、老教师、台门宗亲、公益达人等。遵循"依法依规、民管民用、阳光运行"的原则，基金收支情况通过村民微信群、村务公开栏和村民代表会"三公开"。诸暨市把基金的用途概括为"三重一好"：重大变故有慰问，基金有帮扶；重点对象有结对，基金有关爱；重大节日礼堂有活动，基金有保障；好人好事村社有夸奖，基金有礼遇。

陶朱街道西湖村 2018 年就是诸暨市的新时代文明实践试点村，村里移风易俗等不少经验在街道和市里推广。2020 年全村人均可支配收入近六万元。村党总支书记陈江快 60 岁了，说话不紧不慢，条理清楚。谈到村里关爱基金，他说："这是文明实践活动的一部分。从资金的募集到使用，都是在进行文明实践……在资金募集上，光是移风易俗公益捐这一项，我们就筹资 60 万元，如将婚事简办省下的钱捐一部分给关爱基金。"他认为，开展文明实践活动，创建文明城市、建设文明乡村，说到底是要让大家都过上好日子。要大家都好，又不能像过去那样吃大锅饭，搞平均主义。要做到关爱群众特别是弱势群体，"手中要有'一把米'"。对一个村来说，首先得要有集体经济，过去，西湖村的集体经济非常薄弱，村"两委"手中没有"一把米"，办事很难。2005 年以后，村集体经济壮大了，每年有两三百万元的纯收入，但这些钱是必须按劳分配和用于集体福利的，未经村民大会通过，不能随便用于救助弱势群体。村关爱基金这"一把米"才是专门用于关爱弱势群体和奖励好人好事的。

创新，把加法做出乘法的效果

宁波市鄞州区泰康西路 399 号院，如今是名扬全国公益界的善园。这里是公益慈善综合体——善园公益基金会的大本营，除了善园公益基金会外，以"支教奶奶"周秀芳为代表的"一起行善联盟"等 34 个公益基金会和 N 个其他慈善组织也汇聚于此。谁能想到，10 年前，这里还是严家村面临拆迁的一片破破烂烂的老建筑。根据市政建设规划，农田被征用，上面的建筑自然也该拆除。在施工的推土机即将开进来时，鄞州区政府收到了严家村老百姓的呼吁："严大善人的房子不能拆！"

村民所说的严大善人，是近代宁波帮著名义商严康懋。他的孙子、苏州大学法学院退休教授严令常在加拿大，闻讯后也联络其他严氏后人一起投书宁波市政府有关部门，提出将故居捐献出来，请政府委托公益组织加以保护和利用。信中说："祖父一生好义若渴、无私奉献……他不但为严氏族人兴办好事，如倡办义庄，兴办学校、医院等，对建桥、铺路、兴修水利、赈灾济民，无不勇挑重担，义无反顾……"严家村那片破烂的建筑群原来是严康懋的故居和他当年倡办的义学、义仓和义庄，周围的土地曾经是供这些慈善项目运营的义田。此事经媒体报道后，引起各方强烈关注，市、区文物部门与许多有识之士也纷纷呼吁予以保护。2011 年，时任鄞州区慈善总会会长朱禹宝同志到实地考察，多次与有关领导和专家商量研讨。同时，他又联合王雅根、徐祖良、陈耀芳等几位区人大代表，提出将严氏建筑群建成慈善博物馆的建议。建议得到鄞州区人民政府采纳。但这个慈善博物馆怎么建？由谁来建？建成后产权归谁？由谁管理、使用？一切还须好好商量。

按常规，这个慈善博物馆应该由政府来建，建成后由政府管理、使用。政府投资来建不是问题，问题在建成后：这个博物馆就是文保单位，是该文旅部门管还是民政部门管？定什么级别？编多少人？编制怎么解决？维持经费从哪里出？要解决这一系列问题都不简单。

最后，时任区委领导想到了议案提案人之一、刚从鄞州农村合作银行董事长岗位退下来的陈耀芳先生，他和他的同事们刚刚发起创立了鄞州银行公益基金会，让他来担当此事，一定会不负众望。

2013年10月，鄞州区委、区政府明确将"宁波帮严氏建筑群"作为公益基础设施，委托慈善组织进行保护、活化、利用，同时与周边零星宅基地整体规划设计，打造成宁波市慈善文化地标——善园，该项工作具体由陈耀芳和他的同事们负责实施。

当陈耀芳和严意娜、李建国、周国富、孙建敏等一帮公益伙伴一起前来察看时，眼前情景真是杂乱无章，孤零零的四幢老宅被包围在城市建设的工地中，四周一片狼藉，断水断电，道路泥泞。面对眼前状况，这几位公益人士下定决心，一定不辱使命，要在党和政府领导下，依靠全社会的力量，让这块有深厚慈善文化底蕴的宝地实现华丽蜕变，让中华民族传统美德在新时代进一步发扬光大，把社会关爱的温暖传递到千家万户。

在实施过程中，以严意娜为代表的一帮年轻人发挥了很大作用，年轻人思维活跃，在方案中放入了很多当代公益元素。

说起严意娜这个姑娘，虽然年纪轻，却不简单。2009年10月，在外企任职的江南女孩严意娜远赴大西北——甘肃省陇西县偏远山区，到宏伟乡贾家屲小学支教。一到目的地，被当地孩子们的"苦"震惊的她，迅速通过互联网在宁波募集了充足的过冬物资和基本生活用品。此后，在不到一年半的支教期内，她通过"牵线搭桥"，不仅让宏伟乡120名贫困学生得到了宁波当地爱心人士的结对帮扶，而且前后共募得百余万元善款，在当地建起一座"宁波市民爱心桥"，从根本上解决了当地孩子们上学难的问题，被誉为"架桥女孩"。

支教回来后的严意娜，被选拔到鄞州农村合作银行负责筹建公益基金会并出任首任秘书长。

严意娜等一帮年轻人设想，借严康懋"严大善人"的光，不仅要建慈善博物馆，还要有志愿者广场、公益集市、义文化研究中心，要把它建成一个志愿者和基金会的家和公益组织孵化基地，集参观、培训、交流、研究、展示、服务、教化于一体。同时，集思广益，将该公益项目命名为"善园"。善园！这个名字大家都说好。他们请了最好的设计师来设计，最好的建筑队来施工。2015年6月17日，时任区委书记参加了奠基典礼，2017年6月17日，时任区委副书记、区长参加了竣工典礼和开园仪式，足见区委、区政府的重视。

严意娜带着我参观，介绍说："善园是一个公益慈善博物主题公园，有三大定位：宁波城市慈善文化地标、活化的慈善博物馆、公益慈善主题公园。我们是按照这个定位，把善园作为一个艺术品来做的。"她指着大门上方的"善园"两字说："这是长期担任杭州西泠印社秘书长、时年91岁的老书法家吕国璋先生题写的。"园内有三座古石桥和三座牌坊，牌坊上分别写着"广植德本""善善与共 天下大同"，也是分别由西泠印社资深会员题写的。每座桥都有来历。"中间的这座桥叫中兴桥。第一代'宁波帮'人物叶澄衷先生在家乡镇海庄市创办了中兴学堂，这座桥是当时学生们由村到学堂必过的桥。可以说，著名的'宁波帮'人物如赵安中、包玉刚、邵逸夫等，当年是通过这座桥走向世界的，所以它是一件很珍贵的慈善文物！"园内路上铺的石板也都是有年头的，是大家捐赠和义买得来的。鄞州自古称"义乡"，大家想通过建筑体现出"义乡"的历史传承。

那么，"活化的慈善博物馆"怎么理解？她说："你参观严康懋老先生的故居、义仓、义学，可以了解当年的慈善是怎么做的，接着再看今天我们善园的慈善是怎么做的，这样历史就贯通了，慈善博物馆就活化了。"善园里不仅有许多慈善主题的雕塑、碑刻，还举办慈善讲座、慈善义卖、慈善展览等，差不多每周都会有好几场公益活动。因风景优美，古建风格突出，善园游人如织，特别是新人喜欢来这里拍婚纱照，年轻父母爱来一趟亲子游。当慈善文化作为背景出现在婚纱照上时，当父母在雕塑和画作下给孩子讲慈善故事时，一颗颗慈善的种子就播下了。

善园善园，建善园的目的是为了行善，而非旅游。我最关心的问题是善园建起来后对公益事业发挥了什么作用。在建设善园的同时，宁波市善园公益基金会成立。这是一家公募基金会，注册资金 2000 万元，由数十家社会组织、经济组织众筹而来，第一笔 200 万元的善款是一对新人看了《鄞州日报》的报道后捐赠的。严意娜出任了首任理事长，慈善的接力棒传到了年青一代的手中。由鄞州银行公益基金会、善园公益基金会和宁波市 778 创业资源中心、浙江乐善公益园等慈善组织、非营利机构共同组成了善园 35 公益集团，建立了理事长联席会议和秘书长联席会议制度，成立了联合党支部、工会和共青团组织。在 2015—2021 年的《善园联合年报》中，我看到：到 2021 年，在鄞州银行公益基金会和善园公益基金会下设立的企业（家族）基金就有 34 家，数量是六年前的三四倍。再看善款募集及发放情况：2021 年，善园全年募集善款超 1 亿元（其中：物资捐赠 780 多万元），拨付或支出善款近 9400 万元；累计募集善款超过 4.37 亿元，累计拨付善款超过 3.48 亿元，实施的项目已达千余个。

刚开始建善园时，想的是做加法，把各种基金会或公益组织集中起来，一是让大家有个"窝"，二是便于管理和互相借鉴、帮助，结果却做出了乘法的效果。原因何在？在与鄞州区文明办有关领导和《鄞州慈善志》的主编杜建海等人探讨时，我认为这种基金会的运作方式可称为"善园模式"，是慈善公益领域的一个创新。

第一是集成效应。把若干个公益基金会或公益组织集中到善园，采用集团式、平台化运营方式，产生了集成效应。大家虽然都是做公益的，但基金会的性质有公募的，有非公募的；各家所扶持、资助的领域不一样，方式有区别，有的基金会资助对象比较广泛，几乎无所不包，有的却非常专业，只做一件事。集团式运作，大家各扬其长，优势互补。如鄞州银行公益基金会是非公募基金会，有比较固定的捐资法人和自然人，资金来源较稳定，公益活动相对集中于"三农"；而善园公益基金会是公募基金会，公益活动范围广泛，因此非常灵活，在遇到自然灾害或重大事故时，就可以通过公募解决问题。入驻善园的 778 创业资源中心是一家以"支持公益创新、服务社会创业"为宗旨的公益机构，可以说是专门为公益机构提供服务的公益机构。

第二是品牌效应。鄞州银行公益基金会和善园公益基金会是善园的两家龙头基金会，并且都是 AAAAA 级社会组织，通过了 SGS 全球社会组织最佳实践标准认证。每一笔善款从哪里来，到哪里去，都向社会公布，在网上或手机上就可以查到。每一位捐款人的姓名和捐款数额都刊登在《善园联合年报》上。善园帮人积德行善，公开、透明、高效、便捷，得到了大众的信任。对民间求助呼声，平台反应快捷。如 2015 年宁波市江北区有一两岁男童患白血病，家里为手术费发愁，善园发起众筹，15 小时内 1589 人筹集了 10 万元……不久孩子妈妈高兴地公布："宝宝出仓了！"上述两大基金会创出了善园品牌，善园品牌又反哺了它们。其他入驻善园的基金会和公益机构，也在善园的品牌下熠熠生辉，办事比过去要有效得多。

第三是平台化、集约化运作，节省了运行成本。2015 年 3 月，刚成立的善园基金会成为首家获准以互联网技术开展善款筹募，实施扶贫济困、赈灾救助、慈善救助、公益援助的公益组织。同年 11 月 18 日，公益众筹平台善园网上线，43 天众筹过百万。网上众筹的好处是不择细流，哪怕你只捐一分钱，照样欢迎，故能汇成江海，可鼓励人人行善。所有入驻的公益机构都可以通过善园网运作，很多慈善企业和家族被吸引来加盟。这比各建各的小网站节省了许多成本，还能沾上善园的光，岂不皆大欢喜！集约化运作同时还减少了人力成本，以往是一个机构一套人马，而善园在秘书长联席会议指挥下的执行层是一个整体、一套人马，人员很精干。秘书长联席会议的召集人严意娜还兼任华茂教育基金会的执行理事长，在善园不领工资，其他工作人员的工资分别由服务机构承担，入驻的机构就省下了很大的人力成本，善款几乎能够百分百用到慈善项目上。

第四是不断进行项目创新，帮想做慈善的人圆慈善梦，让求助的人及时获得帮助。"善园邀您一起行善，设立专属您的基金会""您享有慈善账户独立冠名权、慈善项目自主选择权"……这是善园的宣传语，是一项发起慈善行动的创新之举。比如，有一群牙医担忧儿童的牙齿健康，发起成立福娃口腔公益基金，作为善园公益基金会下的企业（家族）基金，首批获得捐赠100万元，已为一万多名儿童提供了免费涂氟服务，并承诺五年内再为一万名适龄儿童免费涂氟；东钱湖是宁波的一大名湖，有一群人想把沿湖的古道打造成一个由亭、桥、牌坊构成的户外公益路亭博物馆，但没有资金，于是成立了一个公益路亭基金，通过善园筹款，使这一项目得以实施；有一支专门关怀孤寡老人的"小棉袄"志愿者队伍，在端午、中秋、重阳、春节等传统节日以及老人生日时，要为他们做爱心午餐，陪他们一起过节，为筹集活动资金，便在善园专设"小棉袄"午餐项目，这一善事由此得以坚持……

爱心企业发10万元公益红包也是善园的善款运作创新之一。企业发公益红包后，抢到的人拿去做公益项目，并告诉用户这个红包是谁给的，帮企业做了宣传。因为这样比单笔大额捐赠更有价值，企业乐意；抢到红包的人用企业的钱做善事，也乐意。

2018年9月，善园获第十届中华慈善奖，这是中国慈善界的最高奖。

善园的中间有一个小湖，湖边莲花盛开，两只白鹅在湖里悠闲地游动，引来很多小朋友观赏。严意娜告诉我："这两只鹅是小朋友在我们组织的活动中，用孵化箱孵出来的。孵化公益组织是善园的一大职责，我们看到这两只鹅就想到自己的职责。"她获得了很多包括"中国好人"在内的省级以上荣誉，但是她最喜欢的还是"造桥女孩"这个老百姓送给她的称号。想想也是，当年她在甘肃山区为上学的孩子们架桥，现在她在善园为善款的捐赠者和需要者之间架供需之桥，为各类基金会或公益机构之间架互通之桥，使善款的数量增加，发挥的效益更大。我突然明白了：为什么善园中的人工湖面积不大，却连续架了三座桥。又想到：像严意娜那样筹款为山区架桥的事在全国并非绝无仅有，但是她所在的善园所创建的运作模式却只会最先出现在浙江。

23

会抓队伍，才会创建

新时代文明实践活动，实践的主体是人；创建文明城市，创建的主体也是人。文明实践造就文明的人，文明的人构成文明城市。从一定意义上说，创建文明城市，其实就是"建人"。文明城市创建要行动起来，新时代文明实践活动要开展起来，手里没有队伍，一切都是空谈。浙江的成功经验表明，阵地、经费、队伍三者缺一不可，尤以队伍为决定因素。而在队伍建设上，党组织是领导核心，志愿者是主力军。习近平总书记指出："志愿服务是社会文明进步的重要标志，是广大志愿者奉献爱心的重要渠道。各级党委和政府要为志愿服务搭建更多平台，更好发挥志愿服务在社会治理中的积极作用。"

舟山"东海渔嫂"的启示

浙江是志愿者之乡，在城镇，到处都可以碰到热心的志愿者，这没人怀疑，但在偏远的海岛，情况会一样吗？

舟山群岛有大小岛屿 2000 多个，大多为无人岛，住人的岛屿只有 141 个。让我很意外的是，在这个岛屿星罗棋布、居民高度分散、渔民出海频繁的舟山市，志愿者队伍与其他地方比起来，不仅毫不逊色，而且独具特色。2021 年舟山注册志愿者突破 20 万人，且活跃率约 65%，持续位于全省前列。在众多的志愿者队伍当中，有一支靓丽的队伍叫"东海渔嫂"。

"东海渔嫂"志愿者队伍由渔家妇女组成，队员或是渔民的妻子，或是渔民的女儿，其功能可概括为"十大员"：宣传员、监督员、禁毒员、反诈员、助老员、调解员、洁美员、协管员、渔安员、代办员。队伍中有一人专做一员的，但大多身兼数员。

曹杏娣是"东海渔嫂"的形象代言人之一。2007 退休后，她组织成立了定海区"美之声"演唱团，吸收有文艺特长和服务技能的人员参加，现有团员 120 多人，最老的已年近古稀，最小的只有十八九岁。他们用文艺演出履行宣传员的职责，同时用热心服务当好助老员。演唱团的服务对象，包括 27 个偏远小岛的 800 多位老人。且看 2021 年 3 月 5 日曹杏娣所带领的小分队的活动轨迹：

上午 8 时，"东海渔嫂""美之声"小分队到达摘箬山岛。小岛上虽然都是别墅式的漂亮楼房，可大多人去楼空，只有几个留守老人了。他们首先来到 86 岁的李阿岳老人家中。听到一声"阿公现在可好啊"，李阿岳就与老熟人曹杏娣拉开了家常。其他团员也都熟门熟路，有的忙着烧热水，美发师邹俊给老人理开了发。发理好了，水也烧热了，老人洗上了热水澡，享受着擦身服务，连说："舒服！舒服！""年轻人有劲，擦得舒服。"另外一位老人贝新利也享受到了洗头、擦身、更衣的服务。舞蹈演员罗亚飞负责为老人洗衣服，用的是搓衣板。现在洗衣机早就普及了，但因种种原因，偏僻小岛上还在用搓衣板。罗亚飞从不会用搓衣板到熟练使用，笑称"学到了奶奶的手艺"。想起第一次跟随曹杏娣去敬老院服务时，因闻不惯老人身上的气味，她差点打了退堂鼓。好在曹杏娣的榜样力量强大，帮助罗亚飞挺了过来。现在，罗亚飞已经是"美之声"的骨干，给老人洗脚、剪指甲、洗衣服，啥都能干……服务完毕，小分队为老人们表演节目，其中有自编自演的歌曲《文明在哪里》等。观众中有一位因病致盲的老人，一度被黑暗所压倒，是曹杏娣她们的开导让他重拾生活的信心。曹杏娣送给他的一部音乐播放器，也成为他的随身陪伴。

离开摘箬山岛，小分队又坐船赶往刺山岛。刺山岛上只剩下 3 名 90 岁以上的老人：王菊英和王阿狗、吴阿财夫妇。他们的儿孙都在外面工作，都想把他们接到身边，可老人难离故土，非要守着岛上的祖宅不可，儿孙无奈，只好隔一两个月来给他们送一次生活物资。现在，"美之声"小分队不仅给他们带来了服务，更为他们排解了寂寞。97 岁的王阿狗在享受服务时说："你们定期来给我理发、洗澡、洗衣服，比儿女还亲啊！共产党领导这样好，我要活过 100 岁。"

已是下午 1 点，老人留小分队队员们吃饭，但他们要急着赶往东岠岛，辞别了老人，在船上啃起了面包。东岠岛上有一位 93 岁的张德成老人，还等着邹俊去给他理发哩！上岛后，大家先为他服务，然后曹杏娣和邹俊为他唱了一首《母亲》，演唱者和老人都哭了……

我们再来认识一位"东海渔嫂"代办员的典型代表、人称"跑腿局长"的倪芳芬。她是舟山市嵊泗县人力资源与社会保障局洋山服务中心主任，服务洋山镇的 1.2 万人。洋山镇以洋山岛为中心，共有 90 多个岛屿，每个社区都有十几个。而且，因为建设深水港，有些岛上的居民虽已迁往上海周边居住，社会保障关系却仍在洋山镇。这就给保障服务带来很大困难。如果坐在办公室里等人上门，可能就会使很多人错过应该享受的待遇，尤其会耽误医疗费的报销。于是，倪芳芬主动走出了办公室，一个接一个岛屿地跑，提供上门服务，每次差不多都有一半时间花在船上。在实现网上办理前，对住在上海的洋山居民，她总是一月一次定期前往服务。残疾老人余银龙无法前往医院打印转院证明，倪芳芬专门抽出时间帮他代办；老人邵珍娥住处离报销地点远，倪芳芬便在下班后上门收集材料……需要帮助的老人住的是哪个弄、哪一户，什么时候需要拜访他们，倪芳芬从来不会弄错。十几年来，倪芳芬跑遍了岛上每一个角落，"跑腿局长"先后骑坏了五辆自行车。

倪芳芬家的门从不上锁，就为了方便群众尤其是街坊邻居们办事。他们把要报销的单据和相关证件放在一个信封中，里面留个条子搁在她家的桌子上，第二天就可以来找她要钱和证件。倪芳芬的邻居、退休老人杨养素说："我每次都这样，留个条，事情就办了。"

有人或许会说，这些事本来就该她办，她怎么就成了代办员的典型？不错。是该她办，但她可以坐在办公室里等你来办，没有规定要她踏浪渡海一家一家上门去办。她一心为群众着想，群众亲切地叫她"阿芬"，按舟山话的意思，是"我的芬"，这是一个很崇高很亲热的称呼。

倪芳芬是代办员的典型，更多的代办员是普通的"东海渔嫂"，有些是她的"腿"。舟山各地成立了代办员联盟（岱山县叫"岱你办"，也有叫"渔嫂代跑"的），建起了代办员工作站，采取岛内岛外、村内村外、线上线下相结合的办法，让群众足不出户就可以办事。定海区小沙街道三龙村的渔嫂爱心服务队，建有一个名曰"岸上微家"的微信群，头儿是村妇女主任王娜红。这个微信群中收录了老年人的生日，哪位即将年满60岁，渔嫂爱心服务队就会提前找他（她）提供市民卡和照片，在其生日当月帮他（她）办理好退休金申请手续。有的渔民买的保险到期了也不知道，为防止他们脱保，"岸上微家"就帮他们记着。她们提前摸清渔船靠岸时间，等船一靠岸，就带着银行、保险等部门的工作人员，到岸边为之办理参保或续约手续，从此杜绝了脱保现象。

"东海渔嫂"志愿者除了像上述"美之声"那样带点专业性的队伍之外，成员大多扎根在居民区和家庭中，常态化地履行着"十大员"的职责，可以说天天都在开展活动。由于渔嫂有吹"枕头风"的优势，"枕头风"一正，许多歪风就被压下去了。比如，对赌博、吸毒等毒瘤的铲除，"东海渔嫂"功不可没。

在海岛，过去渔嫂的地位较低，因为海岛特别是小岛上的可耕地极少，渔家生活来源主要靠男人出海打鱼，渔嫂只能做做家务、补补渔网。现在海岛上有了第三产业，就业门路多了，渔嫂的地位也提高了，但纯渔民家庭，男人还是顶梁柱。要让经济地位不高的渔嫂当志愿者，履行"十大员"的职责，组织能力何其了得！

写到这里，我一下想起毛泽东主席的《组织起来》这篇文章。1943年，毛主席在招待陕甘宁边区劳动英雄时的讲话总结了边区组织民众的经验，指出："把群众组织起来，把一切老百姓的力量，一切部队机关学校的力量、一切男女老少的全劳动力半劳动力，只要是可能的，就要毫无例外地动员起来，组织起来，成为一支劳动大军。"据统计，在陕甘宁边区，我党领导或指导的各类群众团体几乎覆盖了所有社会成员。

发动群众，组织群众，带领群众为美好生活而奋斗，是我党的看家本领。现在创建文明城市，是顺应新时代的要求和人民对美好生活的向往，但创建之事包罗万象，所以也必须发动并组织群众，非得有浩浩荡荡的志愿者队伍不可。与以前相比，物质富裕后的人们，对精神文明也有了越来越高的要求，人们都希望生活在文明城市或文明乡村里，这就形成了一个动员全体城乡居民参加文明实践的前所未有的好时机，一个将逐渐涣散的群众组织起来的好时机。这就是浙江为什么率先在全省普及农村文化礼堂、率先进行新时代文明实践中心建设试点的认识论基础。

创建文明城市是顺应群众对美好生活的向往，但在宣传的同时，还必须让群众亲眼看到文明实践带来的好处。"东海渔嫂"开始时只有少数积极分子，但当群众看到社会治安变好了，办事方便了，老人有人照顾了，特别是许多难题解决了之后，参加的人就越来越多，队伍也越来越受到社会的尊重和支持。

与"东海渔嫂"的情况相似，浙江各地对志愿者的发动都是从解决群众最关心的事情上开始的。当志愿者，为公益，为他人，同时也是为自己。随着志愿者队伍的壮大，浙江形成了一套志愿者的组织、管理体系，一般是县（市）设志愿者总队，县（市）委书记为总队长，宣传部部长为副总队长，文明办主任为秘书长；乡镇和县（市）机关各部门设志愿者大队，乡镇党委书记和部门领导为大队长；居（村）民委员会设志愿者服务队，由居（村）委会党组织书记为队长。按行政区划组成的志愿者组织多为一般志愿者，而专业志愿者大多归口在部门，如无偿献血志愿者组织、心理咨询志愿者组织归口在卫生部门，消防志愿者、水上和野外营救志愿者组织归口在消防部门，等等。各志愿者组织的头儿大多是共产党员。按行政和部门归口领导，主要是政治领导，包括组织学习、表彰奖励先进等工作，并不影响志愿者队伍灵活快捷的行动。

有人曾经把志愿者概括为"一老一小"，"老"是指退休的老头老太，"小"是指上街宣传的小学生。中青年人因为要上班，参加志愿服务活动的就较少。但是，在创建文明城市和开展新时代文明实践活动的过程中，志愿者的成分发生了根本变化。从浙江杭州、宁波等地志愿者的年龄结构来看，年轻化的趋势越来越明显。其中 18—60 岁的青壮年已快占到 80%。

这是一个非常可喜的变化，说明志愿服务已经成为很多青壮年的"第二职业"。这是人们对志愿服务的观念发生转变的结果。大家发现，创建文明城市、进行新时代文明实践，所有志愿服务项目都是为老百姓造福，自己的事自己办，所以大多数人逐渐乐于把志愿服务作为"第二职业"了。

是什么吸引来精英志愿者

人们把在科学、文艺等领域的佼佼者称为社会精英。社会精英"粉丝"多、影响大，他们若充当志愿者往往会使队伍人数呈几何级增加。在浙江各地，差不多都有精英志愿者在从事公益服务。

在丽水市遂昌县的青山绿水中，有一个美丽的历史故事代代相传。明万历年间，被誉为"东方莎士比亚"的伟大文学家、戏剧家汤显祖在遂昌当了五年知县。他用美妙的诗句，描绘出遂昌自然和人文的"仙境"："山也清，水也清，人在山阴道上行。春云处处生。官也清，吏也清，村民无事到公庭。农歌三两声。"汤显祖是一个廉政爱民的好官，在遂昌班春劝农、兴教劝学、传授昆曲，深得人民拥护。他的名作《牡丹亭》就是在遂昌创作的。

四个多世纪过去了，在"绿水青山就是金山银山"理念的指引下，遂昌的山青水清依旧，汤显祖的诗魂归来。于是，有不少人或冲着遂昌山水的纯洁，或为了体会汤公留下的神韵，不远千万里地来了。他们之中，有一个叫戴建军的，人称阿戴，杭州人，是做餐饮业的。做餐饮，食材是第一位的，没有一流的食材，就没有一流的珍馐。他来遂昌，就是冲着深山老林中无污染的食材来的，湖山乡黄泥岭村的土鸡是他的目标之一。黄泥岭村位于国家一级水源保护区——乌溪江水库库区的上游，进出得坐船摆渡。这里的土鸡喝的是Ⅰ类水，呼吸的空气常年为"优"，吃的是草木的种子、粮食和虫子，谁家炖一只鸡，邻村都能闻到香气。戴建军到村里试吃了一只鸡，此等味觉享受，前所未有，当场决定投资发展，定点采购。

黄泥岭村的土鸡帮他致富，他感到自己除了买鸡之外，还应该为村里做点什么。想去想来，决定在这里办一所躬耕书院，意在通过研究和实践，对农耕、文化、教育进行正本清源的传承。戴建军与文艺界人士交往频繁。2013年的某日，听说中央音乐学院指挥系主任、著名指挥家陈琳和作曲家、古琴演奏家陈雷激来遂昌了，他便邀请他们来吃黄泥岭村的土鸡。对戴建军办躬耕书院的事，两人表示大力支持，商定办一个躬耕书院·音乐筑梦班，招收40名左右有潜力的孩子来学习声乐、器乐、舞蹈等，他们带头并邀请中央音乐学院的同仁来这里做志愿者义务教学。不久之后，著名作曲家、北京奥运会主题歌《我和你》的词曲创作者陈其钢来遂昌找创作灵感，一下被躬耕书院所吸引，于2014年9月成立躬耕书院·陈其钢音乐工作坊，以帮助遂昌培养音乐人才。在音乐筑梦班任教的都是我国音乐界赫赫有名的人物，除上述发起者之外，还有小提琴演奏家何为，中提琴演奏家刘韵杰，大提琴演奏家涂强，中央音乐学院副院长、二胡演奏家于红梅等大师，以及青年指挥家赖嘉静、青年古筝演奏家常静、青年歌手常石磊，等等。赖嘉静是中央音乐学院的教师，每年暑期要到躬耕书院义务教学50天。她说："我到遂昌比回老家湖南的次数要多得多，自从来躬耕书院上课之后，心里总惦记着山里的孩子们。"

继音乐筑梦班和陈其钢音乐工作坊开办之后，又有了躬耕书院·摄影班和躬耕书院何为·刘韵杰·涂强青年音乐家培训夏令营。

小小山村，人师云集，一个躬耕书院引来数十名精英志愿者。这看似是一个偶然，其实是青山做媒，天作之合。戴建军跑到遂昌来"淘金"，找到了黄泥岭村的土鸡，为感谢山民，更好地保护这片净土，创办了躬耕书院；遂昌的山川充满灵气，汤显祖的诗韵乐魂，遗风尚存，已经够吸引文人骚客的了，加上在文明城市创建活动中，汤显祖文化在这里得到发扬，遂昌就更加具有文化"磁性"，吸引文化界人士前来采风，捕捉灵感。现在遂昌建起了汤显祖大剧院、汤显祖纪念馆，还有汤显祖书吧、汤显祖邮局，发掘出汤公菜系、汤公酒等，一个总投资 46 亿元的汤显祖戏剧小镇正在建设之中。2006 年中国戏曲学会汤显祖研究分会落户遂昌，每两年召开一次汤显祖学术高峰论坛。绿水青山加汤显祖文化，就是在这一背景下，跑到遂昌来的戴老板与艺术家们牵手了。水到渠成，是为必然。

大师们的到来，使藏身于黄泥岭村的躬耕书院闻名遐迩，让遂昌这个小县城里的汤显祖大剧院扬名国内外。从 2018 年开始，一年一度的中国遂昌汤公音乐节成为中国乐坛一大盛事，大咖云集。躬耕书院·音乐筑梦班和参加青年音乐家培训计划的学生与老师们同台演出，尤其受到关注和褒奖。在 2019 年汤公音乐节的"源缘园·《琴遇红星坪》"专题音乐会上，第一个上场的是曾佳慧，表演古琴演奏。她是躬耕书院走出来的第一个艺术类大学生。刚入音乐筑梦班时，皮肤被晒得黑黑的她还从未接触过乐器，瞪着一双大眼睛看古琴弹奏家陈雷激的演奏，看着、听着，她入迷了，冥冥之中似乎有人告诉她，她就该学古琴。就这样，她跟着陈老师学起了古琴。一个是音乐学博士、著名的作曲家、指挥家和古琴演奏家，一个是音乐盲，从头学起。可这对师生却创造了一个奇迹，仅仅学了一年，曾佳慧就通过了校考，被中央音乐学院附中批准试读，戴建军和指挥家陈琳共同出资让她到北京上学。曾佳慧随后顺利考上了大学。现在她回到家乡，不仅为观众表演艺术，而且给山里的孩子们作了榜样：好好学习，前途无量。

不错！跟曾佳慧一样，从音乐筑梦班走出的艺术类大学生已经有 10 多位。音乐筑梦班的孩子们不仅在家乡的汤显祖大剧院演出，还在老师的带领下，与中央音乐学院交响乐团、杭州爱乐乐团合作，在北京世界园艺博览会、中央电视台和杭州大剧院等高聚光度的舞台上演出，孩子们用天籁之声唱出的《躬耕之歌》感动了无数人。以音乐筑梦班为素材的原创儿童音乐戏剧也于 2020 年 8 月在汤显祖大剧院上演。

"良辰美景奈何天，赏心乐事谁家院？" 400 多年前，伟大的戏剧家汤显祖在遂昌创作了《牡丹亭》，给老百姓教唱昆曲，留下千古佳话。如今，中国音乐界的大腕名家们在这里义务从事音乐教育，配合县委、县政府的文明创建部署，让遂昌成为一座音乐之城。躬耕书院·音乐筑梦班的发起人之一、首届汤公音乐节艺术总监陈琳在开幕式上说："我希望我们的音乐能为遂昌山水注入更蓬勃的生机，更饱满的灵魂。"应该说这个希望正在变成现实，在山村的孩子与著名音乐家牵手，古老的昆曲与交响乐联姻的时候，文明就上了一个层次。

说到这里，也许应该明白，为什么有那么多的社会精英愿意到躬耕书院来当志愿者了。是遂昌的大自然，是遂昌火热的文明创建活动特别是弘扬汤公文化的一系列举措，感染着、呼唤着、吸引着他们。

在嘉兴图书馆，有一个 200 平方米的健心客厅，是由浙大—嘉兴心理健康联合研究中心主办的。成立地市级的公共社会心理服务中心，嘉兴是领先全国的。每天上午，健心客厅里都有心理顾问与来客面对面交流。我穿过图书馆书籍的海洋，来到位于一角的健心客厅，仿佛进入了一个童话的世界。这里有儿童玩具、卡通读物、游戏区，还有一块用软质材料铺设且有半米高"围墙"的小天地，里面有孩子在蹒跚学步，也有还不会走的娃娃在地上爬行。十几个孩子，不论大的小的，都玩得很开心，没有一个哭闹的。带孩子来的有母亲，有祖父母，他们有的在向心理顾问咨询，有的在扎堆聊天。一位从外地来带孙子的爷爷在向心理顾问讨教。他孙子还不会说话，在家里经常哭闹，他哄不好，也搞不清原因，可带到这里来以后，孙子不哭不闹了，与别的孩子本不认识，却在一起玩得挺开心。只听心理顾问对他说："婴幼儿也需要朋友，要有玩伴。老把他关在家里，就容易形成孤僻性格……"有个全职妈妈在向心理顾问倾诉："天天关在家里做家务，连个说话的人都没有，感到很郁闷……"

主持浙大—嘉兴心理健康联合研究中心的是浙江大学儿童心理学教授徐琴美。据她介绍，现代社会人们的心理健康问题越来越突出。心理不健康，不仅影响家庭和睦和人际关系，而且事关社会和谐稳定，甚至影响劳动生产率。嘉兴市委一位主要领导是心理学硕士，对心理健康问题十分重视，所以设想建一个心理健康中心。他说："建心理健康中心，花的钱还不到修半公里马路的钱，但产生的社会效益是难以估量的。"但是市里没有这方面的人才，有的三甲医院都没有一个心理医生，还有不少人不把心理健康当一回事。"我听说嘉兴市委领导的想法后，非常感动，"徐琴美说，"如果他们建心理健康中心，我可以带浙大心理系研究生一起去从事志愿服务，同时也可以为学生找到一个实习的基地。比如，有些学儿童心理学的研究生，从来没有与儿童打过交道，如果能去当志愿者，就是理论联系实际，可以积累写论文的实践材料。如果双方合作，就是双赢：嘉兴等于免费请来了一群心理顾问，浙大心理系等于建了一个实习基地。"这个心理健康联合研究中心就这样诞生了。

嘉兴市图书馆的健心客厅只是众多心理健康客厅中的一个，研究中心的目标是在每个社区都建一个健心客厅。为啥叫客厅？徐琴美说："我们来到这里之后，发现很多影响心理健康的问题。以儿童心理为例，现在许多年轻父母都把孩子交给爷爷奶奶带，白天不打照面，下班回来光顾自己看手机，懒得理孩子，以至于都不会给孩子讲故事。这就会严重影响儿童心理，影响亲子关系。诸如此类的问题，可以通过聊天来解决，而不是要看心理医生。叫客厅，比较亲切，双方平等，比叫别的名称好。"

健心客厅是啥玩意？老百姓开始不大懂。到市图书馆去一看，一下就迷上了。有人教你怎么给孩子讲故事，有人教你怎么让孩子克服"多动症"，有人教你如何"亲近孩子，不亲近手机"……客厅活动多了，常客普遍反映：老头老太带孙子不太累了，爹妈带孩子的时间多了，婆媳关系变好了，家庭更加和睦了。一开始，徐教授为健心客厅找地方，还被一些地方婉拒，现在许多社区抢着来请她开客厅。徐教授带来的研究生很快供不应求了，于是抓紧开办心理学辅导员培训班，找有兴趣并愿意从事志愿服务的中小学老师参加，结业后充当社区心理健康顾问，最终目标是每个社区和市、镇图书馆都有健心客厅，还有两名心理健康顾问。现在，经系统培训的心理健康顾问队伍有200多人，另有参与服务的400多人。他们开始还信心不足，但很快发现，社区居民非常欢迎他们，有的说："我儿子见到心理健康顾问比见到爸妈还亲。"居民的肯定让他们很有成就感，服务热情也更高了。在培训骨干的同时，研究中心还开通了"嘉心在线"App，有"微咨询""微资讯""微调研""微讨论"等板块，大家在手机上就可进行有关心理健康知识的学习、问答和互动。

从事心理健康服务的志愿者，开始只有徐琴美教授从浙大带来的十几个人，实践两年后，志愿者发展到600多人。徐教授说："跟我来的学生在为群众做心理健康服务的过程中，也提升了自己，还几乎都写了入党申请书。"

在经济建设领域，有所谓项目对接之说，其实在精神文明建设上也可以进行项目对接。嘉兴与浙大心理系的成功对接，接来了越来越多的从事心理健康服务的志愿者，接出了一个社会心理服务的全国样板。

如何长效？"让好人有好报"

过去有一种说法，叫作"雷锋三月来，四月走"。这话并非全是调侃，它反映了一些地方学雷锋活动"一阵风"的情况。这是因为有些人把学雷锋当成一个例行的任务。3月5日是毛主席题写"向雷锋同志学习"的日子，后被称为"学雷锋日"，这一天大家都一窝蜂地上街做好事。这天过去，任务完成，学雷锋活动就任其自生自灭，甚至偃旗息鼓了。虽然不乏雷锋式的先进分子常年都在学雷锋，但改变不了学雷锋活动"一阵风"的总体倾向。

20 世纪 80 年代前，中国虽然没有志愿者的称谓，但自古不乏从事志愿服务的善行义举。志愿者的另一个称谓为义工，更符合中国传统文化。义工的义与义庄、义学、义卖的义一样，即无偿服务公益。学雷锋，做好事，就是中华民族这种义文化传统的延续与升华。在志愿者的概念进入中国后，志愿服务自然就与学雷锋活动融为一体了。2000 年，中国青年志愿者协会将 3 月 5 日定为中国青年志愿者服务日。很多志愿者组织就是从学雷锋小组发展起来的，其骨干分子就是学雷锋积极分子。志愿者队伍出现后，开始人们还是担心：会不会又是"一阵风"？

在浙江，志愿服务已实现了常态化、常驻化，已经完全没有"一阵风"的问题了。据有关研究单位统计，浙江志愿者服务活跃度全国领先，志愿者服务渗透率全国领先。志愿者成为浙江一个响当当的"品牌"。他们是怎么做到常态化的呢？

要常态化就得常驻化。常驻化说白了就是志愿者要在居民身边，要加强基层志愿者队伍的建设。"枫桥经验"的诞生地诸暨市的做法被概括成了四句话：党员干部先锋引领；身边力量贴心常驻；公益组织专业支持；巾帼、银发温暖助力。贴心常驻的身边力量都有哪些呢？他们概括为"5＋X"。"5"为"两队三会"5 支队伍：邻里纠纷调解队、民间文艺演出队、乡风文明理事会、邻里互助促进会、乡贤议事参事会；"X"是指自选成立的志愿服务队，如红色故事宣讲队等。如果遇到常驻志愿者不能解决的问题，就找专业队伍帮助：诸暨市共有各类公益组织 1000 余家，几乎囊括了群众需求的各个方面。

但是常驻化并不等于常态化，浙江各地出台了各种志愿者激励机制，有效促进了志愿服务的常态化。联合国将志愿者定义为"自愿进行社会公共利益服务而不获取任何利益、金钱、名利的活动者"。有人机械地理解这一定义，认为做志愿者就是当雷锋，不图名利，助人为乐，还要什么激励？但习惯于"实事疾妄""言之必使可行"的浙江人没那么迂腐。

对志愿者的无偿公益服务，当然不能照搬经济上的激励机制，但是完全离开利益讲激励机制，难免流于空谈。

2021年7月，浙江省文明办、省民政厅下发《浙江省志愿者激励办法（试行）》（以下简称《激励办法》），其中的总则第四条对志愿者激励做了原则性规定："志愿者的激励坚持精神激励为主、物质激励适当的原则，鼓励关注激励对象的需求，切实帮助解决困难和问题。"《激励办法》统一了志愿者服务星级认定标准，志愿者的服务时长和星级是实施激励的依据。各级党委、政府每年进行志愿者服务评比，分别评出相应级别的优秀志愿者，给予表彰奖励。

在《激励办法》出台之前，省内已经有许多县、市出台了志愿者礼遇办法"条例"，其指导思想的核心是"让好人有好报"，其做法大同小异：充分给予精神激励，并将精神激励变"实"。这与"坚持精神激励为主，物质激励适当的原则"是一致的。

《激励办法》之"礼遇优待"一共九条，对志愿者的礼遇优待提出了指导性意见，如：

> 第十一条　鼓励企业和其他组织在同等条件下，优先招用有良好志愿服务记录的志愿者。公务员考录、事业单位招聘应当将志愿服务情况纳入考察内容。
>
> 第十三条　鼓励国家机关、团体、企事业单位和社会各界根据实际情况为有良好记录的志愿者提供免费、优惠、优先或专项服务。

《激励办法》赋予县以上文明办等相关部门根据本地实际制订志愿者礼遇办法的权利。从各地的志愿者礼遇办法（或条例）来看，普遍做到了对星级志愿者发给认定证书、星级勋章，为注册志愿者买好意外伤害保险，为他们解除后顾之忧。在此基础上，各地又因地制宜出台了具体礼遇办法。

如平阳县规定，志愿者服务满100小时，就可以刷志愿者卡免费游览南雁荡山、顺溪等景点；满200小时，就可以免票游览南麂列岛；满300小时，就可以免费乘坐鳌江至南麂岛或南麂岛至鳌江的交通船 1 次……

临海小规定，志愿者服务时长满 200 小时以上（或参加 10 次以上志愿服务活动）可免费去江南影城看电影；县级优秀志愿者享受免费旅游卡、观影券、常规体检、公交卡、健身卡等服务；星级志愿者在签约商场可享受折扣；在同等条件下，星级志愿者创业培训优先，招聘优先；对县级年度优秀志愿者或服务超过 300 小时的，在政策允许范围内，给予其子女或本人在入学上的一定倾斜；对优秀志愿者，鼓励各级各单位在入团、入党、提干、职称评定时优先推荐；……

浙江各地对志愿者的金融礼遇更让人眼睛一亮。如"宁波青年志愿者贷"，星级志愿者可在省农信联社宁波办事处得到 30 万元额度、为期 3 年的优惠贷款，贷款过程也十分便捷，如农商行对星级志愿者的贷款"无须面签、担保，客户只要手机一键申请，贷款就能到账"。

在城市里，停车是一大难题，停车费是一笔不小的开支。在安吉县，积分达到 100 以上的志愿者可享受免费停车半年，积分 150 分（五星级）以上的免费停车一年。

此外，把志愿者服务纳入机关、事业单位的绩效考核，作为企业参评精神文明单位的主要条件等，也是激励机制的一部分。

清代作家李汝珍的小说《镜花缘》里有一个君子国。据书中描写，君子国的人"耕者让田畔，行者让路"。在一宗买卖中，卖方执意给上等货而只收下等货的钱，买方却坚持付上等货的钱而只要下等货，双方因互相谦让，又互不相让，乃至于纠纷没法调和，交易没法进行。李汝珍心中的这个"礼义之邦"比乌托邦还要虚幻，完全脱离人间烟火。所以，鲁迅评论说："君子国民情甚为作者叹羡，然因让而争，矫伪已甚，生息此土，则亦劳矣，不如作诙谐观，反有启颜之效。"

我们今天创建文明城市，开展新时代文明实践活动，是要创建有烟火气的文明城市，而不是要创建此等虚幻的君子国；文明实践活动的主体之一——志愿者是现实中的人，而不是不食人间烟火的君子国国民。因此，礼遇志愿者，激励志愿者，"让好人有好报"，就是天经地义的事了，否则，就会像《镜花缘》中君子国的故事一样，只能"作诙谐观"。

24

"春到江南花自开"

在精神文明建设中，要真正办成一件事，在具备阵地、经费、队伍三个基本条件后，还必须要按规律办事。浙江虚功实做，善作善成，善在遵循规律也。

遵从人民愿望，顺势而为

在文明城市创建中，浙江出现了很多领先全国的创新实践。在文明城市创建活动中，某些地方屡有标新立异的口号和做法，可惜不少热闹一阵后就销声匿迹了，而浙江的很多创新之举不仅在全省普及开了，坚持下来了，而且不少已推向全国。比如，杭州的礼让斑马线，在全省推广后，为全国不少城市所效仿；河长制由长兴推向全省，又由浙江推向全国；丽水试点"两山公司"和GEP核算，现在已经被越来越多的人所接受，一些地方也已开始试行；新时代文明实践中心早在 2018 年即在浙江海宁、诸暨和遂昌三个市、县启动试点，半年后全国按中央部署展开试点工作……

浙江的许多创新为什么如此有生命力？我在采访中发现，与得人心者得天下的道理一个样，能顺应人民愿望、能得人心的创新才有生命力。否则人民不拥护、不支持，即使强力推行，也是不能长久的。细数浙江的各项创新，有些是先由基层发明再由政府推广的，有些是党委、政府倾听群众呼声而提倡的，不论哪种情况，无不是顺应民意、顺势而为的结果。

以遍及浙江全省的农村文化礼堂为例。即使村里集体经济发达，要修礼堂，也不是村干部说了算的，必须村民赞成才行。在集体经济薄弱的村，没有村民的支持，修文化礼堂更是不可能的事。为什么要建文化礼堂，建了礼堂干什么，建设费用哪里来？这些都必须让村民知情。

浙江省第一个农村文化礼堂于 2012 年诞生在杭州市临安市板桥镇上田村。你也许想不到，这个村曾经是一个远近闻名的落后村，经济落后，村容脏乱，而且民风彪悍。2005 年，在外做运输生意的党员潘曙龙回村被选为村支书，一心想改变村里的落后面貌。他想了很多办法，发展特色农业，提高村民收入。2008 年开始进行村容村貌整治，道路硬化了，旧房翻新了，昔日脏乱差的形象得到改变。但是，他觉得村民不知为啥总是提不起精神来，心不齐，拧不成一股绳。通过学习，他突然意识到，问题出在文化上，很多村民对上田村的历史和自己的祖先一无所知，不知道自己从哪里来，也就不知道该往哪里去。他找村里的几个文化人一起合计，决定要挖掘村史。这一挖，发现上田村的历史曾经非常辉煌。这里青山毓秀，绿水长流，清康熙二十四年（1685 年），吴越王钱镠的后代钱源率家人到上田村定居，耕种之外，读书习武，开文武兼修之风气，留下了"茶香竹海，文武上田"的美誉。可以说，上田村是钱氏宗脉保存最完整的村庄，然而，很多年轻人对这一历史不甚了了，唯有习武之风传了下来，但由于不懂习武的真谛，有人爱用拳脚来解决纠纷。村史中的精华被挖掘出来，得有个地方展出，潘曙龙说："总不能好菜都炒出来了再去找装菜的盘子吧！"村史这么好的一道"菜"，得有个装它的"盘子"。 2012 年，村"两委"决定把原来的特色农业展览室改建成以村史展示为主的多功能馆。在改建的过程中，村民纷纷来参观，有大妈说："我们跳广场舞，下雨天也得要有个地方呀！"有小伙子说："他们跳舞要地方，我们练武也要有个地方。"如此七嘴八舌，潘曙龙觉得这就是群众的呼声，于是召集村"两委"开会商量，决定扩大建设规模，逐步建成一个可以开会、演戏、学习、表演武术和跳广场舞的文化设施群。接着开村民大会讨论，会上大家一致拥护。村民普遍反映："早就该建一个文化活动场所了，要不，整个村里就没有一个中心。"既然群众拥护，那就顺势而为，村"两委"根据财力情况，决定分批建设乡治馆、荣誉室、剧场、武术馆、文昌阁等，这些建筑都是徽派风格，围绕广场三面而建……工程才进行到一半，还没有给它想出一个名字，临安市委宣传部和文明办就知道了。主要负责人跑来考察后，对此大加赞赏。对这个建筑的名称，有人说可以叫农村文化礼堂；有人觉得不完全像礼堂，因为它是一个功能各异的建筑群，可以叫文化活动中心。最后，大家统一思想，还是叫农村文化礼堂为好，一是符合群众的习惯叫法，二是礼堂的功能也可以多样化，不必拘泥于开会、演戏。

潘曙龙没有想到，文化礼堂尚未竣工，就发挥出凝聚人心的作用。最先展出的是村史，天天都有村民来参观，有的来看了好几遍。有人看过后对潘曙龙说："我们要好好发展，否则，不说别的，祭祖时在祖宗面前都没法交代。"村民们主动来工地参加义务劳动、监督施工，说："这是我们自己的事，必须要办好。"

在上田村的文化礼堂初步建成时，临安市就在上田村召开了农村文化礼堂建设工作现场会。光辉村、下许村等也学习上田村，利用原有的祠堂、庙堂等建筑建设文化礼堂。2013年3月，浙江省农村文化礼堂建设工作现场会在上田村召开。此时的上田村文化礼堂已经基本建成，与会代表参观了他们的励志廊、村史廊、荣誉廊、书法廊的展品，观看了开蒙礼和孝老礼的演示以及锣鼓队、舞蹈队、武术队的表演。"古有桃花源，今有上田村；十里竹海似画廊，龙井茶香绕山岗……"这首《上田村村歌》唱出了村民们对家乡的热爱和自豪之情。文化礼堂让村民的精神面貌发生了很大变化，村支书潘曙龙所谈的体会引起与会代表的共鸣。

此次会议后的 5 月 10 日，浙江省委办公厅、省政府办公厅发布《关于推进农村文化礼堂建设的意见》，在全省推广上田村的经验，要求文化礼堂的功能要集学习型、礼仪型、娱乐型于一体，做到有场所、有展示、有活动、有队伍。农村文化礼堂建设采取政府主导、社会参与、乡村为主、农民共建共享的方针，各级财政补助（或以奖代补）的钱并不多，80% 以上的经费由村里解决。2013 年作为试点建设年，原计划全省建 1000 家，因为建设文化礼堂是人心所向，结果大大超出了这个数。建起的文化礼堂因地制宜，形态各异，有的是四五层楼房，有的是四合院，有的像博物馆，有的像文化馆，资金主要来自民间，或靠乡贤捐资，或由党员干部带头引导村民集体捐款，村集体经济强大的由村里列支。

对农村文化礼堂建设，省委宣传部、省文明办及时给予指导，下发了《农村文化礼堂建设操作手册》等。在 2013 年现场会后，又分别到台州市、嘉兴市、宁波市召开现场会，到 2018 年 9 月 21 日，为庆祝两天后到来的首个"中国农民丰收节"，浙江省第 10000 家农村文化礼堂在建德市三都镇镇头村正式揭牌投入使用。至 2021 年底，浙江省已建成文化礼堂 19900 多家，500 人以上的行政村覆盖率超 97%，嘉兴市、宁波市达到全覆盖。2021 年 4 月 28 日，浙江省农村文化礼堂建设 2.0 版暨新时代文明实践中心建设工作现场会在绍兴柯桥召开。"数字化"是 2.0 版的主题词，要运用数字技术对文化礼堂进行体系重塑、内容重建、管理重构、品牌重铸。

2013—2021，浙江省文化礼堂不仅遍地开花，而且受到广泛好评。据有关舆情中心 2018 年的数据，浙江农村文化礼堂的热度值约为 97%，为文化礼堂点赞的网友多达 77%。一个并不能直接产生物质效益的文化礼堂，在经济发达的浙江省为什么能如此迅速地发展，为什么能赢得那么多人点赞？

习近平总书记指出："中国人民对美好生活的向往是中国发展的最大内生动力。"与党的大政方针相比，文化礼堂这件具体事似乎太小了，但它同样印证了总书记的这个论断。

辩证思维，做系统工程

每个城市都有许多老旧社区，大多存在停车难的问题。在一些老小区，路边上画的停车位已被占得满满当当，不得不严禁外来车辆进入。这一似乎合情合理的规定，却带来一个民生问题：老社区里老人多，而儿孙往往住在别处，有的距离还很远，儿孙想回来看老人尽尽孝，可开着车来小区不让进，大街上又不能停，着实叫人犯难。在杭州市拱墅区小河街道董家新村社区，就曾经发生过这样的事：一位诸姓老奶奶的女儿在较远的地方工作，坐公交来回要三四个小时太费时间，所以开车来看老妈。可小区不让她的车进，围着小区转了三圈，也找不到地方停车。最后，好说歹说让车进小区了，却不让停，她只得丢下东西就走，就像当了一次快递员。一位80多岁的陈老先生，为了让儿子回来有个停车位，每次老早就搬个板凳坐在一个空车位上，不准别人停车，理由是他也是本小区的居民，车位也应该有他的一份，最终闹得不可开交。这个问题已严重影响子女尽孝，小区里的老人也很不满意，经常为停车问题与物业发生纠纷。社区党支部书记钱宏伟告诉我："这个看似无解的难题在文明城市创建活动中终于得到解决了。"

怎么解决的呢？就是辩证思维，引进数字技术，对车位进行动态管理。社区干部和物业对进出车辆分时段进行统计，发现车位虽然紧张，但并非每个时段都紧张，除了晚上，很多时候其实是有不少空位的。如能悉心调度管理，还是有潜力可挖的。于是预留出四个停车位作为"孝心车位"，在地上用大字标明，专供来看望长辈的儿孙们使用。要来看望老人的儿孙们，只要提前通知物业，不仅可以使用"孝心车位"，而且在非高峰期还可临时用一下其他停车位。如此一来，基本保证了儿孙尽孝的停车需要，来访者也体谅社区的难处，尽量避开高峰期，缩短停车时间。我在这个社区与五位80岁以上的居民座谈，大家都对"孝心车位"赞不绝口。诸奶奶说："现在好了，女儿每周都来看我一次，能坐下来陪我几小时。"董家新村预留"孝心车位"的做法很快就在杭州得到推广。社区钱书记说："为老百姓办事，有的事办起来确实比较难，但不要开口就说没法办。按常规思维没法办，换个思维方式也许就能够办。'孝心车位'就是用大数据思维解决的。"

在采访中，我发现诸如此类的例子很多，都说浙江人会办事，我看其中一个原因是脑筋活络，会辩证思考，做系统工程。比较常见的是所谓"工作专班"，即为推行某项重要工作而成立的跨部门领导小组，如金华市金东区的垃圾分类专班就是这项工作的领导小组，组长是区委书记和区长（双组长），办公室主任是司法局局长，成员包括文明办、环保、城建、卫生、城管、文旅等部门各一位领导。成立"专班"其实并没有增加机关编制，只是因事设人，以达"合成作战"之目的。事实证明，一项重要工作因涉及方方面面的因素，是一个系统工程，光靠一个主管部门是难以落实的，需要多部门通力合作，"专班"就是一个合成指挥部。

浙江是"绿水青山就是金山银山"重要理念的发祥地。他们不是把这句话当口号来喊，或当"金字招牌"来炫耀，而是用系统工程来让这一理念落地生根，变成有说服力的实际例证。这一理念的诞生地湖州，十几年来始终不渝地按照理念指引的方向砥砺前行，走出了一条"生态美、产业绿、百姓富"的可持续发展之路。据他们发表在《求是》杂志上的文章，其经验可简称为"六个相统一"：

  ——坚持经济发展与生态环境保护相统一。

  ——坚持系统治理和集中攻坚相统一。

  ——坚持生态财富和经济财富相统一。

  ——坚持旧动能破除和新动能打造相统一。

  ——坚持绿色发展与生态惠民相统一。

  ——坚持行政推动和依法管理相统一。

上述"六个相统一"可称为生态文明建设的湖州样本，每一个都是辩证关系，是一个大的系统工程。

还以贯彻"绿水青山就是金山银山"理念为例，再看看丽水样本。丽水的稀缺资源早就在那儿了，摆在他们面前的首要任务就是既让老百姓看到"金山银山"，又保住"绿水青山"。他们以打开"绿水青山"向"金山银山"转化的通道为使命，找到了生态价值实现的三条主要途径：第一，生态物质供给产品的价值实现；第二，生态调节服务产品的价值实现；第三，生态文化服务产品的价值实现。而转化途径要畅通，必须进行体制机制创新，同样也是虚不离实，实必务虚的。比如，"两山"理念为虚，"两山"公司为实；环境无价为虚，"丽水山耕""丽水山居"的商标为实；环保光荣为虚，环保先进个人可无担保贷款为实，等等。

高坪乡是遂昌县海拔最高的一个乡，其中最偏僻的是茶树坪村、高坪新村和箍桶丘村三个村。这里有独特的高山梯田、怪石巉岩和森林草场。可"绿水青山"在眼前，"金山银山"却不见。学别的地方开农家乐、搞山水游，位置太偏僻，客人不上门。怎么办？虚不离实，要拿出转化的办法来！县、乡经反复论证，并请高人指点，认为这里最大的特点是空气特别清新，最后决定举办一次"空气拍卖会"，把这三个村的风景和农家乐等一起打包作为统一的标的物，出租一年的休闲养生承包权，结果一家旅游公司以75万元中标。这样，"绿水青山"就转化为实在的"金山银山"了。实必务虚，在"金山银山"面前，得明白这是"绿水青山"作为生态调节服务产品的价值实现，所以在承包合同中明确写上了双方维护生态的责任和损害环境的处罚条款。

久久为功，一张蓝图绘到底

在市场上，商标是商品的标志，著名商标即所谓名牌，代表着商品的高质量。在文明城市的创建上，浙江几乎每个城市都有自己独具特色的文明品牌，或称"金名片"。从某种意义上说，文明城市的称号就是由品牌支撑和搭建起来的。"浙里办"就是全省的一个品牌。

在精神文明建设上，有的地方不乏标新立异之作，但是大多似雨后彩虹，美则美矣，却稍纵即逝。与名牌商品需要长时间的声誉积累同理，浙江城市的文明品牌也是久久为功的结果。杭州的"礼让斑马线"从2006年开始提倡至今15年多了；宁波的"81890"是2001年出生的，至今20多年了；宁波鄞州红色力量慈善义工大队2004年成立，至今快18年了；"最多跑一次"改革是从1999年学习上虞建立行政服务中心开始的，至今快23年了，现在已在"数字浙江"背景下向党建统领的"整体智治"体系推进……

"久久为功"是习近平总书记在多次重要讲话中反复强调的一个词，符合事物发展的客观规律，浙江在文明城市的品牌创建上始终遵循这一规律。

"千万工程"是2003年时任浙江省委书记习近平同志亲自调研、亲自部署、亲自推动的。经过15年的推进，"千万工程"取得了举世瞩目的成绩，2018年，习近平总书记作出重要指示：

> 浙江省15年间久久为功，扎实推进"千村示范、万村整治"工程，造就了万千美丽乡村，取得了显著成效。我多次讲过，农村环境整治这个事，不管是发达地区还是欠发达地区都要搞，但标准可以有高有低。要结合实施农村人居环境整治三年行动计划和乡村振兴战略，进一步推广浙江好的经验做法，因地制宜、精准施策，不搞"政绩工程"、"形象工程"，一件事情接着一件事情办，一年接着一年干，建设好生态宜居的美丽乡村，让广大农民在乡村振兴中有更多获得感、幸福感。

刚成立的生态环境部召开会议，贯彻总书记的指示，推广浙江经验。

"千万工程"受到总书记的肯定，经验在全国推广，而且得了联合国的"地球卫士奖"，一项工作做到这个分上，应该说"顶格"了。但是浙江不但没有故步自封，而且着力找短板，寻找新的示范方向，提高新的示范标准。在获得联合国"地球卫士奖"时，浙江全省已创建美丽乡村先进县 58 个、示范县 12 个，一大批"脏、乱、差"的村庄变得"水清、路平、灯明、村美"，焕然一新了，但面子光鲜了不等于里子充实了，只有高品质"全景式"的美丽乡村才能盛得下乡愁、拢得住人心，美丽经济、美丽生活才能真正到来并持续下去。

三年后，2021 年 5 月 25 日，浙江省农业农村厅、中共杭州市委组织部邀请全省百位村书记在淳安下姜村进行现场交流。"千万工程"中的示范村与三年前相比，已经向前迈进了一大步，其中一个最大的亮点是在高质量发展上创造了新的经验。

下姜村党总支书记姜丽娟发言说，如今的下姜村已经从"一枝独秀"的盆景，变成了带动"周边一起富"的魅力风景区。下姜村"先富帮后富"的办法之一是产能输出，联动带富：以下姜乡村旅游为核心驱动，引入智能蜂业、凤林居等农业、文旅项目，成功创建省级现代农业园区，建成竹林、油茶两个万亩产业基地和红高粱、葛根等九个千亩产业基地，辐射带动周边产业齐头并进。其次是品牌输出，共享领富：以输出"下姜村"及下姜系列商标，构建"下姜村"品牌农产品标准和追溯体系，共推下姜及周边村农户农特产品，创新村企联姻、品牌联建等模式，助推农产品销售。其中，下姜瑶记公司年收购大下姜农产品 800 万元以上。第三是经验输出，加快共富，与周边 24 个村抱团成立了大下姜乡村振兴联合体，扎实推进"平台共建、资源共享、产业共兴、品牌共塑"。

宁波奉化滕头村党委书记傅平均介绍了奋斗致富、联盟带富、赋能促富三位一体的滕头模式。滕头村"基本福利靠集体，发家致富靠奋斗"。基本福利是每个人每个月 1500 元，退休村民每月不低于 4000 元，住房、教育、养老、医疗等保障一个不少；在建立全生命周期保障制度的同时，鼓励村民自主创业，每年召开自主创业座谈会，交流创业信息和经验，2020 年村民自主创业的产值达到了 15 亿元。在联盟带富方面，滕头以构建"1＋6"区域党建联合体为基础，依托滕头生态综合产业发展优势，通过帮谋划、帮项目、帮联络、帮资金、帮开发等方式，因地制宜带动推进联盟各村发展各类产业。在赋能促富方面，滕头深入开展精准扶贫，与吉林安图、河北店房村、新疆库车等结对帮扶，同时，村里建起了滕头乡村振兴学院，方便外地参观者学习。

高质量发展背景下，浙江出现了不少成片的示范村，示范乡镇和示范县（市、区）也越来越多。杭州建德市、宁波市鄞州区等县（市、区）被命名为2020年度浙江省新时代美丽乡村示范县。被命名的示范县个个都有新内容、新特色。

2021年11月16日下午，浙江省深化"千万工程"建设新时代美丽乡村现场会在杭州市萧山区召开，省委书记袁家军在会上强调，要深入学习贯彻党的十九届六中全会精神，对标习近平总书记关于实施乡村振兴战略和推进共同富裕的重要论述精神，围绕环境"美"、产业"旺"、活力"足"、风尚"好"、韵味"浓"、服务"优"、价值"高"、机制"畅"，绘就共同富裕大场景下新时代美丽乡村新图景，将浙江的美丽乡村建设成为农民幸福生活的美好家园、市民旅游休闲的理想乐园、大众创业创新的希望热土、浙江共同富裕的展示窗口，努力为全国推进乡村振兴和全体人民共同富裕贡献更多的浙江力量、提供更多的浙江素材。

深化"千万工程"建设新时代美丽乡村，建设标准比18年前提高了一大步，应该是个什么样子呢？现场会期间，与会者在萧山参观了两个示范村。

第一个是进化镇的欢潭村。这是一个网红千年古村落，浙江省美丽乡村特色精品村。"南宋古城看杭州，南宋古村看欢潭"，走进村口，就见到一面用旧条石垒成的类似照壁的广告墙，左边是欢潭村"印章"和村名，右边是一句"千年南宋情，忠义文化村"。村口有一口直径3米、深1米的水潭，传说当年岳飞率军在此掘潭饮水，将士欢腾，故曰"欢潭"。在实施"千万工程"过程中他们加强古村保护，重塑一湖、二街、三溪、四塘、五桥的布局，做深岳飞和忠义文化的文章，由宋韵欢潭展陈馆、岳园、务本堂、二桥书屋、五义食堂（免费供孤寡老人用餐）、老街等重点景点和区域组成旅游路线。因村庄的治理已经实现数字化，又被称为数字化古村落。

第二个是临浦镇的横一村。这是一个"城乡共融、城乡共富"的探索实践区，有不少诸如"Hi 鸭部落"之类的新鲜元素，还有一个叫"萧山·未来大地"的未来乡村智囊联合体。简要地说，就是本着"五位一体"的理念，让品牌、规划、运营、数字、生态同步进场，进行一体化打造，建成一个未来乡村样板。具体来说，一是让村庄"靓"起来：统筹保护山、水、林、田、湖，种植彩色创意水稻 1700 亩，建成全萧山区连片面积最大的高标准稻田；依托千余亩百年古柿林，引入如意茶室，依山而建如意山房，集中展示"如意柿界"美好景象；通过农居"降围透绿"，换得全村秀色，实现一户一处景，一路一幅画。二是让村民富起来，以"Hi 稻星球"为统一品牌，将千亩良田打造成可参观、可研学、可体验、可休闲的多功能郊野公园，赋予农业更多周边功能；开展全域景区化运营，把农家小院打造成农旅融合的乡创载体，形成农文旅相促相生。三是让村庄治理"活"起来：全面推广"临云治"智治体系，搭建数字庭院、智慧农贸、数字跑道等特色应用场景……

"千万工程"浙江已经抓了 19 年，还在开现场会继续深化，这就叫久久为功。可以想见，"千万工程"，这张浙江的金名片一定会更亮。